KNAUR

Folgende Romane der Autorin sind bislang bei Knaur erschienen:
Eigentlich bist du gar nicht mein Typ
Perfekt ist nur halb so schön
Sag einfach nur ja
Er muss ja nicht alles wissen
Ich würd's wieder tun
Auf dich war ich nicht vorbereitet
Gib mir ein Herz

Über die Autorin:
Anna Bell, geboren in England, sagt von sich selbst, sie sei eine hoffnungslose Romantikerin und liebe nichts so sehr wie ein gut gemachtes Happy End. Bevor sie mit dem Schreiben begann, war sie als Museumskuratorin tätig. Wenn sie nicht gerade am Laptop sitzt und am nächsten Roman schreibt, findet man sie in den Bergen beim Wandern oder in einer französischen Patisserie beim Probieren von Köstlichkeiten. Derzeit lebt sie mit ihrem Mann, den zwei gemeinsamen Kindern und ihren Hunden in Südfrankreich.

ANNA BELL

Doppelt geliebt hält besser

Roman

Aus dem Englischen
von Silvia Kinkel

KNAUR

Die englische Originalausgabe erschien 2021 unter
dem Titel »The Man I Didn't Marry« bei HQ, an imprint
of HarperCollins Publishers, London.

Besuchen Sie uns im Internet:
www.knaur.de

Aus Verantwortung für die Umwelt hat sich die Verlagsgruppe
Droemer Knaur zu einer nachhaltigen Buchproduktion verpflichtet.
Der bewusste Umgang mit unseren Ressourcen, der Schutz unseres
Klimas und der Natur gehören zu unseren obersten Unternehmenszielen.
Gemeinsam mit unseren Partnern und Lieferanten setzen wir uns
für eine klimaneutrale Buchproduktion ein, die den Erwerb von
Klimazertifikaten zur Kompensation des CO_2-Ausstoßes einschließt.
Weitere Informationen finden Sie unter: www.klimaneutralerverlag.de

MIX
Papier | Fördert
gute Waldnutzung
FSC® C014496

Deutsche Erstausgabe März 2023
Knaur Taschenbuch

Redaktion: Gisela Klemt
Covergestaltung: Franzi Bucher, München
Coverabbildung: Collage von Franzi Bucher unter
Verwendung von Motiven von Creative Market und Freepik
Satz: Sandra Hacke, Dachau
Druck und Bindung: GGP Media GmbH, Pößneck
ISBN 978-3-426-52833-4

2 4 5 3 1

Für Jessica,
die mich stets dazu inspiriert,
noch mutiger zu sein.

Prolog

Als ich mich entschied, dieses Jahr als Wonder Woman zur Comic Con zu gehen – in superkurzem Rock und winzigem Korsett –, hatte ich nicht einkalkuliert, hinterher bei der Fleischbeschau in einem Klub zu landen. Zum x-ten Mal ziehe ich am Saum meines Rocks, der mit jeder Minute kürzer zu werden scheint. Dann quetsche ich mich über die volle Tanzfläche, wehre Po-Kneifer ab und Typen, die ihre Hüften bedrohlich nahe an meinen kreisen lassen. *Argh!* Den ganzen Tag bin ich in diesem Outfit herumgelaufen, ohne auch nur einen lästigen Annäherungsversuch erdulden zu müssen. Und nun bin ich seit nicht einmal einer Stunde in diesem Klub und muss unentwegt Hände wegschlagen.

Dabei wollte ich gar nicht herkommen, aber meine Freunde haben mich mitgeschleppt, und dann habe ich sie in dem Gewühl verloren. Keiner der beiden geht ans Handy, also habe ich die vergangenen zwanzig Minuten mit der Suche nach ihnen verbracht, auf mehreren Etagen, die alle dunkel und voller schwitzender Körper sind. Man sollte doch meinen, dass meine als Hulk und Hawkwoman verkleideten Freunde leicht zu entdecken wären! Mittlerweile ist es schon spät, und es war ein langer Tag. Ich werde ein letztes Mal auf der Tanzfläche im Obergeschoss nachsehen, und wenn ich sie da nicht finde, fahre ich nach Hause.

An den Stehtischen am Rand der Tanzfläche drängen sich die Leute, und als ich den Blick darüberschweifen lasse, bleibt mir beinahe das Herz stehen. An einem der Tische entdecke ich Max Voss – den Bruder meiner besten Freundin Rachel alias meinen Teenage-Schwarm. Ich habe ihn seit Jahren nicht gesehen, aber er ist noch genauso umwerfend wie damals. Wie hypnotisiert starre ich ihn an, fühle mich wieder wie mit fünfzehn. Als unbedarfte Fünfzehnjährige peinlich verknallt zu sein ist jedoch eine Sache, sich als reife Achtundzwanzigjährige noch so aufzuführen, etwas völlig anderes. Und trotzdem komme ich nicht dagegen an. Genau aus dem Grund treffe ich mich nicht mit Rachel in ihrem Elternhaus, wenn ich weiß, dass er auch da ist. Offenbar spürt er, dass ich ihn anstarre, denn er schaut hoch, und unsere Blicke treffen sich. Eigentlich erwarte ich, dass er sich sofort wieder abwendet. Mit meinen langen Haaren und ohne mein Markenzeichen – die Brille mit den dicken Gläsern, die ich bis Anfang zwanzig getragen habe – erkennt er mich bestimmt nicht. Aber zu meiner Überraschung winkt er mir aufgeregt zu. Ich schaue über meine Schulter, erwarte, hinter mir eine langbeinige Blondine zu entdecken, aber da ist niemand. Er zeigt auf mich, und dank der Menge an Cola-Rum, die ich intus habe, besitze ich genügend Selbstvertrauen, um zu ihm zu gehen.

»Hey!«, ruft er, winkt mich noch näher heran und brüllt in mein Ohr: »Da bist du ja!« Er ist mir so nah, dass ich seinen Atem auf meiner Wange spüre. So nah war ich ihm noch nie, und ganz sicher war er noch nie so freundlich zu mir. Er legt die Hand auf mein Kreuz, und ich schmelze unter der Berührung dahin. Meine Beine zittern so sehr, dass ich mich sicherheitshalber an dem Tisch neben mir festhalte. Ich hasse es, dass mein Teenage-Schwarm immer noch solche Macht über mich besitzt.

»Ich dachte, du würdest nicht kommen«, sagt er.

»Wie bitte?« Ich bin nicht sicher, ob ich ihn richtig verstanden habe.

»Komm, ich will dir Rodge vorstellen«, sagt er und ignoriert meine Verwirrtheit. Er nimmt meine Hand und führt mich zu einem aus seiner Freundesgruppe, der einen limettengrünen Borat-Mankini trägt. Von allen Kostümen, die ich heute gesehen habe, ist dieses bei Weitem die schlimmste Vergewaltigung meiner Augen. Ich versuche, die Haare und Fleischstücke zu ignorieren, die an Stellen hervorlugen, an denen sie es nicht tun sollten.

Max flüstert seinem Freund etwas in Ohr. Der mustert mich von oben bis unten, und ein breites Grinsen erscheint auf seinem Gesicht.

Er kommt auf mich zu und hält mir die Hand hin. Mir bleibt nichts anderes übrig, als sie zu schütteln.

Max' andere Freunde scheinen sich sehr dafür zu interessieren, was hier gerade vor sich geht, denn sie umringen uns sichtlich gespannt. Ein paar von ihnen pfeifen und grölen den Titelsong von *Wonder Woman*. Sie lachen und klatschen, und weil dank Rum-Cola nichts dagegenspricht, stimme ich mit ein, strecke die Arme nach oben und wiege mich mit den Hüften im Takt.

Ihr Gesang verändert sich, und anfangs verstehe ich nicht, was sie sagen, aber dann höre ich Wörter wie »Kitten« – oder nein, »Titten« raus. Wieso sollten sie wollen, dass ich strippe? Es sei denn … Ich höre abrupt auf zu tanzen, schaue an meinem Outfit hinunter und denke an Max' Bemerkung, dass er dachte, ich würde nicht auftauchen. Und dann die Tatsache, dass diese Gruppe ausschließlich aus Männern besteht. Und dass Max weder meinen Namen genannt noch gesagt hat, woher wir uns kennen. Himmel! Er hält mich für eine Stripperin!

Der Typ in dem Borat-Mankini nickt mir aufmunternd zu, wartet augenscheinlich darauf, dass die Show beginnt. Entsetzt schaue ich zu Max.

Sein Ausdruck von Amüsiertheit wandelt sich in offenkundige Verwirrtheit.

»Moment mal, ich kenne dich«, sagt er, tritt einen Schritt auf mich zu und zieht die Augenbrauen hoch. »O mein Gott!«, ruft er. »Spider, du bist das!«

Bei dem Spitznamen, den er mir damals gegeben hat, zucke ich zusammen. Den habe ich seit Jahren nicht gehört. Als Teenager trug ich wie gesagt eine Brille mit superdicken Gläsern, und wenn man seitlich hindurchschaute, wirkte es, als hätte ich ganz viele Augen. Dazu meine langen, schlaksigen Gliedmaßen und die flache Brust – und Max stellte irgendwann fest, ich sähe aus wie eine Spinne. Und schon hatte ich meinen Spitznamen weg. Liebeskummer und Schmerz stiegen erneut in mir hoch, so wie damals bei dem Teenager, der mit jeder Faser seines Körpers für jemanden schwärmte und erleben musste, dass er für das Objekt seiner Zuneigung nur eine »Spinne« war.

Die Erinnerungen kommen so schnell und so heftig, dass mir Tränen in die Augen treten. Max' Freunde rufen immer noch, ich solle strippen. Das ist zu viel. Ich mache kehrt, schiebe mich durch die Massen auf der Tanzfläche und die Treppe hinunter in Richtung Ausgang.

»Spider, warte!« Max kommt hinter mir die Treppe heruntergetrampelt.

Ich ignoriere ihn und finde mich im nächsten Moment draußen auf dem Bürgersteig wieder, ziehe mein Cape als Schutz gegen die Kälte eng um mich.

»Spider, bitte, es tut mir leid.« Er fasst mich am Ellenbogen und dreht mich behutsam zu sich herum.

»Du dachtest, ich sei eine Stripperin?« Ich stemme die Hände in die Hüften. Mein befreites Cape bauscht sich hinter mir im Wind.

»Tut mir leid«, wiederholt er, nimmt meine Hand und führt mich weg von den Türstehern, die versuchen, nicht über uns zu lachen. »Es war das Outfit. Mein Kumpel Jez sagte, er habe eine Stripperin gebucht, und dann standest du dort und hast zu uns geschaut, und da dachte ich … Shit, es tut mir so leid. Aber – wow, Spider, du bist erwachsen geworden!«

Mir wird bewusst, dass er auf meine Brüste starrt, die oben aus dem Korsett quellen. Mein Cape ist auch keine Hilfe. Sobald ich es um mich wickle, zieht der Wind es wieder weg.

»Ähm, Max …« Ich zeige auf mein Gesicht. Sein Blick huscht nach oben.

»Oh, ja, sorry, es ist nur … Dieses Outfit. Ziehst du dich immer …«

»Ich war heute auf der Comic Con.«

»Comic was?«

»Egal.«

»Bist du mit Freunden hier?«

»War ich, aber ich habe sie verloren. Ich war gerade auf der Suche nach ihnen, als ich dich zufällig gesehen habe. Ich fahre jetzt besser nach Hause«, sage ich und schaue auf der Suche nach einem Taxi die Straße entlang.

Zwei Rausschmeißer kämpfen sich aus dem Klub, befördern Max' Freund in dem Borat-Mankini unsanft vor die Tür. Er fällt in die Arme seiner Freunde, die ebenfalls herausgestolpert kommen.

»Was zur Hölle ist passiert?«, fragt Max.

»Rodge hat sich gerade auf der Tanzfläche übergeben.«

Max zuckt zusammen.

»Wir bringen ihn nach Hause«, sagt einer aus der Gruppe.

»Ich helfe euch.«

»Nee, Kumpel, wir schaffen das schon«, erwidert sein Freund und klopft Max auf die Brust. »Bleib ruhig hier.«

Er wirft mir ein breites Grinsen zu, stützt dann Rodge und geht mit ihm und den anderen die Straße hinunter. Bei der Gelegenheit fällt mein Blick auf Rodges nackten Hintern.

»O Mann, dieses Kostüm!« Ich wünschte, ich könnte das Bild ungesehen machen. »Hat er Geburtstag oder so?«

»Sein Junggesellenabschied.«

»Er feiert *hier* seinen Junggesellenabschied?« Stirnrunzelnd betrachte ich die Fassade dieses geschmacklosen Klubs.

»Wenn du Rodge kennen würdest, wüsstest du, dass es passt. Also, Spider –«

»Ich heiße Ellie.«

Er verzieht das Gesicht. »Natürlich, Ellie. Shit. Da will ich mich entschuldigen und grabe mir ein noch tieferes Loch. Hör zu, ich kann mich nicht erinnern, wann ich das letzte Mal etwas gegessen habe – darf ich es wiedergutmachen, indem ich dir ein Essen spendiere?«

Hat Max Voss mich soeben gefragt, ob er mich zum Essen einladen darf? Habe ich mir diesen Moment nicht x-mal in meiner Fantasie ausgemalt? Jetzt bloß nicht die Nerven verlieren, Ellie. »Wieso nicht?«, antworte ich mit einem lässigen Schulterzucken.

»Super.« Max macht auf dem Absatz kehrt und marschiert in den Imbiss nebenan. Nicht ganz das, was ich mir vorgestellt habe.

Ich folge ihm, und wir bestellen Hähnchen mit Pommes. Als unser Essen fertig ist, trägt Max das Tablett rüber zu den roten Plastikstühlen am Fenster. Mein Rock ist so kurz, dass ich mit nackten Oberschenkeln darauf sitze und befürchte, meine Haut wird an dem Plastik kleben bleiben und abgezogen, wenn ich wieder aufstehe.

»Von allen Leuten, denen ich hier begegnet bin, habe ich dich in diesem Klub am allerwenigsten erwartet. Hätte nicht gedacht, dass so ein Laden dein Ding ist«, sagt er, nimmt die Pappverpackungen vom Tablett und reicht mir eine.

»Ach ja, und was, dachtest du, wäre mein Ding?«

»Ähm, keine Ahnung, Sci-Fi-Conventions. Du warst schon immer ein Nerd«, antwortet er mit frechem Grinsen. Ich werfe eine Fritte nach ihm, und er lacht. »Autsch! Die sind heiß.«

»Ich weiß, habe mir gerade die Finger verbrannt«, erwidere ich.

»Ich wollte dich nicht kränken. Aber du und Rach, ihr wart nicht gerade fürs Partymachen bekannt. Einmal musste ich euch sogar irgendwo reinbringen, ihr habt euch nicht mal getraut, aus dem Wagen zu steigen.«

»In den vergangenen zwölf Jahren ist mein Selbstvertrauen ein wenig gewachsen«, antworte ich und zucke bei der Erinnerung an damals innerlich zusammen. Dass er uns zu dieser Party brachte, war nicht der peinliche Teil …

Er deutet auf meine Brust. »Und wie ich sehe, brauchst du keine Papiertücher mehr.«

Das war der peinliche Teil.

Ich schließe die Augen und fühle mich zurückversetzt. Max hatte uns zum Kricket-Klub gefahren, und als Rach und ich uns nicht trauten, an einer Gruppe cooler Jungs vorbeizugehen, die draußen vor dem Eingang abhingen, brachte er uns hinein. Rach und ich wollten uns gerade von Max verabschieden, als er an etwas zog, was er für den abtrünnigen Fetzen eines Papiertaschentuchs hielt, der an meinem Ausschnitt hing – um dann einen langen Streifen Toilettenpapier herauszuziehen, mit dem ich meinen BH ausgestopft hatte.

»Ich habe dir nie dafür gedankt, dass du mich damals nicht ausgelacht hast.«

Als Max den vermeintlichen Papierfetzen entfernen wollte, kam plötzlich immer mehr Klopapier hinterher. Statt über mich zu lachen, wie es die meisten Jungs im Teenageralter getan hätten, umarmte er mich, um unauffällig den Rest herauszuziehen. Dadurch lief ich zwar mit unterschiedlich großen

Brüsten herum, aber zumindest erfuhr nicht die ganze Schule, dass ich meinen BH ausstopfte.

»Jeder andere hätte das Gleiche getan.«

»Bestimmt nicht. Das war echt nett von dir.«

»Na ja, du warst ständig bei uns zu Hause und deshalb für mich wie meine kleine Schwester.«

»Aha. Und bin ich das immer noch für dich?«

Sein Blick wandert zwischen meinem Outfit und meinem Gesicht hin und her, und ich merke an seinem leichten Schwanken, dass er betrunken ist.

»Dieses Outfit bringt mich irgendwie durcheinander, und ich weiß nicht mehr, was ich denken soll.«

Das Blut schießt mir in die Wangen. Flirtet er etwa mit mir?

»Deiner Freundin würde es bestimmt nicht gefallen, dass du solche Dinge sagst.«

»Freundin?«

»Sorry, Rachel hat vor ein paar Monaten erwähnt, dass du dich mit jemandem triffst, und da habe ich angenommen …«

»Das hat nicht funktioniert. Sie ist ins Ausland gezogen.« Er zuckt mit den Schultern. »Es war aber auch nichts Ernstes.«

»Oh, klar«, erwidere ich, verlegen, weil ich das Thema aufgebracht habe. »Also, was habt ihr bei dem Junggesellenabschied denn alles gemacht?«

»Das möchtest du nicht wissen, aber es war ein langer Tag, so viel ist mal sicher. Wir haben um acht Uhr morgens mit dem Trinken angefangen.«

»Mein lieber Schwan. Und du kannst immer noch stehen?«

»Taktisches Nickerchen im … an einem Ort, wo es bequeme Sessel gibt. Außerdem bin ich zu Wodka Red Bull gewechselt und werde vermutlich vor nächstem Donnerstag nicht mehr schlafen können. Aber ich habe länger durchgehalten als Dodgy Rodge, was normalerweise bei einem Junggesellenabschied unmöglich ist. Wie ein ungeschriebenes Gesetz.«

»Welche ungeschriebenen Gesetze gibt es noch?«

»Ich fürchte, die kann ich dir auch nicht verraten.«

»Verstehe, gefällt mir, dass du so eine geheimnisvolle Aura um etwas erzeugst, bei dem es nur darum geht, dass ihr euch volllaufen lasst und in Strip-Klubs abhängt.«

Max lacht.

»Hattest du schon immer so viel Humor, Spid… Ellie?«, korrigiert er sich rasch, weil ich bereits eine finstere Miene aufsetze.

»Klar, aber du warst ja zu cool, um mit mir zu reden.« Ich schnappe mir einen Hähnchenflügel und will auf manierliche Weise ein kleines Stück abbeißen, aber mich überkommt solcher Heißhunger, dass ich mein Essen verschlinge wie ein Höhlenmensch.

»Stimmt nicht«, erwidert er, aber wir wissen beide, dass ich recht habe. Max war in der Schule einer dieser Typen, die von allen angehimmelt wurden. Seine Schwester Rach und ich dagegen … na ja, wir hätten Mühe gehabt, jemanden zu finden, der auch nur unsere Namen kannte.

»Sag mal, bis du nicht so eine Art Raketenwissenschaftlerin?«, fragt er.

»Datenanalystin, also nicht ganz.«

»Auch beeindruckend.« Er nickt und verdrückt seinen Hähnchenflügel noch schneller als ich meinen. »Und wohnst du noch in der Gegend? Ich weiß, dass Rach manchmal bei dir übernachtet. Aber ich dachte, du würdest draußen in Ealing wohnen oder so.«

Es schmeichelt mir ein bisschen, dass er weiß, wo ich gewohnt habe.

»Ja, das war mal, aber inzwischen habe ich einen neuen Job und fand den Weg zur Arbeit zu weit. Also wohne ich jetzt in Clapham North.«

»Hey, gar nicht weit von mir. Ich bin in Brixton.«

Das ist mir natürlich bekannt.

»Cool«, sage ich.

Wir schauen beide hinunter auf unsere dezimierten Portionen.

»Offenbar waren wir echt hungrig«, stelle ich fest.

»Ja, ich habe das wirklich gebraucht. Also, ähm, darf ich dich nach Hause begleiten?«

»Klar«, stimme ich zu, und als wir uns auf die Suche nach einem Taxi machen, kämpfe ich gegen die wachsende Nervosität an und sage mir, dass er nur höflich ist und mich auf seinem Nachhauseweg bei mir absetzt.

Wie sich herausstellt, war es nicht nur reine Höflichkeit, denn jetzt steht Max in meinem Wohnzimmer und trinkt einen Limoncello als Absacker – der einzige Alkohol, den ich vorrätig hatte.

»Ist noch eine ganz schön lange Strecke bis raus nach Brixton«, sagt er dann, streckt die Arme und täuscht ein Gähnen vor.

»Ja«, stimme ich zu, obwohl ich weiß, dass es nur eine kurze Busfahrt ist. »Du kannst gern hierbleiben.«

»Danke, das wäre super. Ich schlafe natürlich auf dem Sofa.«

»Klar, ein echter Gentleman tut das.«

»Selbstverständlich.« Er kommt einen Schritt auf mich zu, und mein Herz schlägt mir bis zum Hals. Max sieht mich auf dieselbe Weise an wie seinen Hähnchenflügel, bevor er ihn verschlungen hat.

»Aber weißt du, ich habe ein bisschen Schwierigkeiten, aus diesem Kostüm herauszukommen.«

»Ich könnte dir dabei helfen.«

»Auch das würde ein Gentleman tun.«

Er nickt.

»Möglicherweise ist es in meinem Schlafzimmer einfacher.«

»Bestimmt.« Er folgt mir ins Schlafzimmer. Sobald die Tür zufällt, stürzt er sich förmlich auf mich und küsst mich leidenschaftlich.

Wir sinken auf das Bett, und überall sind Hände, die trunken über den Körper des anderen fahren. Es ist nicht die koordinierteste aller Übungen, begleitet von schwerem, lustvollem Keuchen.

»Das Kostüm«, stoße ich atemlos hervor.

»Natürlich.« Max zerrt an dem Top, aber es tut sich nichts. Wir setzen uns hin, und er versucht, den Reißverschluss am Rücken zu öffnen, der jedoch klemmt.

»Warte, lass mich mal«, sage ich und lange in dem Moment hinter meinen Rücken, als Max sich runterbeugt, um besser sehen zu können. Ich ramme ihm meinen Ellenbogen ins Gesicht.

»Au, fuck«, stöhnt er und hält sich die Hand vor ein Auge.

»Mist, zeig mal«, fordere ich ihn auf und knie mich vor ihn.

Er presst beide Hände so fest vors Gesicht, dass ich seine Finger spreizen muss, um überhaupt etwas zu erkennen.

»Sieht nicht so aus, als würde es bluten«, beruhige ich ihn.

»Tut aber verdammt weh.«

»Und dein Auge ist auch noch da, das ist doch ein gutes Zeichen, oder?«

Ich verfluche mein Wonder-Woman-Kostüm. Jahrelang habe ich von solch einem Moment geträumt, und jetzt, da ich Max tatsächlich in meinem Schlafzimmer habe, verpasse ich ihm ein blaues Auge.

»Ich hole was zum Kühlen, okay? Damit es nicht anschwillt.«

Ich renne in die Küche, finde eine halbe Tüte mit Tiefkühlerbsen und wickle sie in ein Geschirrtuch.

In Rekordzeit bin ich wieder im Schlafzimmer, aber Max ist auf meinem Bett ohnmächtig geworden. Heilige Scheiße! Jetzt rast mein Herz aus einem anderen Grund – wenn er nun eine Gehirnerschütterung hat?

Ich beuge mich über ihn, um seine Atmung zu überprüfen. Er schnarcht leise. Schnarchen Menschen, wenn sie eine Gehirnerschütterung haben? Der Wecker auf meinem Nachttisch zeigt 3:32 Uhr. Es ist die Art irre Situation, in der ich normalerweise Rach anrufen und um Rat fragen würde – aber es ist wohl *nicht* die richtige Uhrzeit, um ihr zu erklären, warum ihr Bruder in meinem Bett liegt.

Vor lauter Panik laufe ich erneut in die Küche, fülle ein Glas mit Leitungswasser und kehre zu Max zurück. Ich überprüfe ein zweites Mal, ob er Lebenszeichen von sich gibt, nehme allen Mut zusammen und schütte ihm das Wasser über den Kopf.

»Was zum …!«, brüllt er, setzt sich ruckartig auf und schüttelt sich das Wasser aus dem Gesicht und den Haaren.

»Gott sei Dank«, seufze ich erleichtert. »Ich dachte schon, du hättest eine Gehirnerschütterung.«

»Nein, ich bin nur betrunken«, erwidert er, streckt die Hände aus und zieht mich in seine Arme. Dann kuschelt er sein feuchtes Gesicht in meine Halsbeuge und schläft wieder ein.

Und ich liege einfach nur da, in meinem Wonder-Woman-Kostüm, und versuche den Gedanken an den unweigerlich peinlichen Morgen nach dieser Nacht zu verdrängen und den Augenblick zu genießen – denn ich habe Max Voss in meinem Bett, und auch wenn es nur für einen Moment ist, fühle ich mich, als wären meine wildesten Träume wahr geworden.

Kapitel 1

Vier Jahre später

»Ich hab's!«, ruft Max und steckt kopfüber in meinem Kleiderschrank. »Warum ziehst du das nicht an?«

Ich zwänge mich aus meinem Kleid, und mein Kugelbauch atmet befreit auf. Es war definitiv Wunschdenken, das mich in diesem Stadium der Schwangerschaft glauben ließ, das Teil könnte noch passen.

Als ich mich umdrehe, um zu sehen, was Max in meinem Kleiderschrank entdeckt hat, hält er den grünen Catsuit hoch und grinst mich breit an. »Der ist mit Sicherheit dehnbar.«

»Max Voss«, ermahne ich ihn mit meiner strengsten Stimme, »dieser Catsuit hat uns überhaupt erst in diese Situation gebracht, außerdem passen meine Brüste und der Bauch da niemals rein.«

Ich sehe ein gewisses Funkeln in seinen Augen und ahne, was er denkt. Zwar würde ich uns nicht als Ehepaar mit telepathischen Fähigkeiten bezeichnen, aber ich weiß genau, wann mein Mann scharf auf mich ist.

»Leg das zurück in den Schrank«, verlange ich energisch.

Der Catsuit gehörte zu den Kostümen, die ich für den ersten Geburtstag unserer Tochter Sasha genäht habe. Das Motto lautete »Kinderbücher«, und ich ging als Raupe Nimmersatt. Der Catsuit saß jedoch wesentlich enger als erwartet, und ich verbrachte den Großteil der Party auf der Flucht vor dem Grüffelo alias meinem Ehemann, bis Sasha schließlich im Bett lag und alle Gäste gegangen waren. Und dann hatte der lüsterne Grüffelo freie Bahn.

Ein bisschen geschmeichelt fühle ich mich schon. Während meiner Schwangerschaft mit Sasha waren Max und ich wie die Kaninchen, aber wegen der Arbeit mit dem Umzug in dieses Haus vor wenigen Monaten, eines Kleinkinds und unserer fordernden Jobs gab es in letzter Zeit nicht gerade viel Sex.

»Wenn das so weitergeht, muss ich wohl in Unterwäsche gehen«, stelle ich fest und stemme die Hände in die Hüften.

»Ich für meinen Teil befürworte das sehr.« Max kommt einen Schritt auf mich zu. »Bist du sicher, dass wir da hinmüssen? Mum und Graham passen auf Sasha auf, und wir haben das ganze Haus für uns. Wie oft kommt das schon vor?«

»Nie«, antworte ich, und er nähert sich auf Tuchfühlung. »Trotzdem gehen wir zu dem Geburtsvorbereitungskurs.«

»Wieso? Wir haben das doch schon mal durchgemacht und wissen, wie es geht. Ich reiche dir meine Hand, die du fast zerquetschst, während du presst, dann sage ich dir, du sollst atmen, und du fauchst mich an, ich solle mich verpissen.«

Ich verziehe das Gesicht.

»Genau deshalb gehen wir dahin. Damit es dieses Mal anders läuft.«

»Gut, ich freue mich, wenn meine Hand anschließend nicht wegen des Verdachts auf Knochenbrüche geröntgt werden muss.«

Er beugt sich vor und gibt mir einen Kuss. Wie von selbst schlinge ich die Arme um ihn und erwidere den Kuss.

»Nein, nein, nein.« Behutsam schiebe ich ihn dann weg, obwohl mein Herz laut pocht. »Wir haben keine Zeit.«

»Komm schon, das war mindestens ein Siebener-Kuss.«

Max und ich haben ein Spiel, bei dem wir Küsse in Filmen auf einer Skala von eins bis zehn bewerten und sie auch schon mal bei uns anwenden. Ich weiß nicht mehr, wie es anfing, aber bisher haben nur Ryan Gosling und Rachel McAdams in *Wie ein einziger Tag* einstimmig von uns eine perfekte Zehn erhalten. Nicht etwa, dass sich Max den ganzen Film angeschaut hätte, aber ich habe dafür gesorgt, dass er sich diese Kussszene im Regen ansieht.

»Also, in meinen Augen eher eine Fünf«, lüge ich. Für gewöhnlich enden Küsse der Stufe sieben oder darüber mit Sex, und dafür haben wir jetzt echt keine Zeit.

»Na super, danke auch. Dabei habe ich nur versucht, ein bisschen Würze in unsere Ehe zu bringen«, sagt er und macht sich damit über einen Artikel lustig, den ich ihm an diesem Morgen vorgelesen habe.

»Ich verspreche dir, dass dafür noch jede Menge Zeit bleibt, bevor das Baby kommt und ich in Mutterschutz bin. Dann können wir die Rollenspiele und was die sonst noch so vorgeschlagen haben, umsetzen. Alles, was dieses Kind davon überzeugt, ein bisschen früher zu kommen.«

Ich ziehe wieder das Kleid an, das ich als erstes anprobiert habe, und überprüfe mein Aussehen im Spiegel. Zufrieden bin ich immer noch nicht. »Vielleicht doch besser Leggings und Tunika?«

»Wenn wir keine Zeit für Sex haben, dann auch nicht zum erneuten Umziehen. Außerdem ist es draußen total warm, und du wirst schwitzen.«

Ich muss lachen. Er hat recht.

»Okay, ist ja schon gut.«

»Ich verstehe sowieso nicht, warum du dich deswegen so verrückt machst«, sagt er und streift sich ein schwarzes T-Shirt mit V-Ausschnitt über. Männer haben es so einfach bei Klamotten. »Dir ist doch bewusst, dass du bereits einmal entbunden *und* an einem Geburtsvorbereitungskurs teilgenommen hast?«

Da bleibt mir nur, die Augenbrauen hochzuziehen und ein

Geräusch des Missfallens von mir zu geben. Meinen tobenden Schwangerschaftshormonen sollte man momentan nicht blöd kommen.

»Ja, aber wir wissen alle, dass es im Grunde nicht um den Kurs geht. Ich möchte andere Mütter kennenlernen, mit denen ich abhängen kann, und du solltest dir ein paar Papa-Freunde von hier zulegen.«

»Ich glaube nicht, dass ich mich mit anderen ›Dads‹ anfreunden will.« Er verzieht das Gesicht und malt Gänsefüßchen in die Luft.

»Das sind einfach nur Männer mit Kind, so wie du«, antworte ich lachend. Wieso verspüren Männer im Gegensatz zu uns Frauen nie den Druck, Freundschaften zu schließen? »Außerdem brauchst du mehr Freunde. Owen siehst du in letzter Zeit kaum noch.«

»Weil er sich austobt, seit er und Sarah sich getrennt haben.«

Wir gehen aus dem Schlafzimmer, und ich versuche, den verschlissenen Teppich mit Blumenmuster unter unseren Füßen nicht zu bemerken, während ich die Treppe hinuntertapse. Genauso, wie ich die rosa gestreifte Strukturtapete an den Wänden möglichst ignoriere und das rosa lackierte Geländer und die direkt auf den Putz gemalte Meerlandschaft, die eine ganze Wand unten im Eingangsbereich ziert. Tatsächlich bin ich schon richtig gut darin, die dekorativen Auswüchse der Vorbesitzer auszublenden, die offenbar auf guten Geschmack allergisch reagierten.

Als unsere winzige Wohnung in London definitiv zu klein für uns wurde, entschieden Max und ich, zurück in unsere Heimatstadt Fleet zu ziehen, was immer noch nah genug ist, um nach London zu pendeln, aber praktischerweise auch nicht zu weit von unseren Eltern entfernt. Um innerhalb unseres Budgets die Art Haus zu bekommen, die wir wollten – ohne bis über beide Ohren verschuldet zu sein und unsere Nieren sowie vermutlich auch noch unsere zukünftigen Kinder verkaufen zu müssen –, entschieden wir uns für eines, das man eher als »Projekt« bezeichnen könnte. Am liebsten hätten wir das Haus ausgehöhlt und komplett umgebaut – in etwas Schickes, Modernes mit einem offenen Wohn-Ess-Bereich, großen Fenstern und Doppeltüren. Aber das können wir uns unmöglich leisten. Also haben wir stattdessen alle kosmetischen Verbesserungen aufgelistet, durch die das Haus etwas weniger aussehen wird wie eine Ausstellung für experimentelle Kunst. Allerdings sind wir schon vor drei Monaten eingezogen, und ich warte immer noch darauf, dass der enthusiastische Do-it-yourself-Mann, in den sich Max bei der Besichtigung verwandelte, erneut zum Vorschein kommt.

Seufzend betrachte ich die verhasste Meerlandschaft.

»Darum kümmere ich mich bald«, versichert Max und verzieht das Gesicht. »Sobald es im Büro etwas ruhiger geworden ist.«

Seit bestimmt einem Monat arbeitet er irrsinnig viel, nimmt den Zug nach London bei Tagesanbruch und kehrt erst spätabends zurück.

»Ich hab ganz vergessen, wie es ist, ohne Sasha aus dem Haus zu gehen – sieh mal, wir spazieren einfach durch die Tür«, sagt Max.

»Ich weiß, kein Herumgesuche nach Mütze und Schuhen und – hach! Seit einer Ewigkeit habe ich zum ersten Mal nur eine kleine Handtasche dabei«, stelle ich fest und hänge sie mir lässig über die Schulter.

Lachend schließt Max die Tür hinter uns. »Das ist definitiv das Beste daran, dass wir hergezogen sind – die Grandmas sind in der Nähe und können babysitten.«

»Wir sind nicht nur deshalb wieder nach Fleet gezogen.«

»Ich weiß, aber ist das nicht ein echt geiler Pluspunkt? Zwei Paar Babysitter in der Nähe!«

»Na ja, *ein* Paar. Wie du weißt, sind meine Eltern dank ihrer vielen Kreuzfahrten kaum zu Hause«, erwidere ich und steige in den Wagen. Meine Eltern sind vor ein paar Jahren in eine kleine Wohnung über einem Fish-and-Chips-Laden gezogen, und seither geben sie das Geld von dem Verkauf ihres ersten und einzigen Hauses – erworben in den 1980ern – für Kreuzfahrten rund um die Welt aus.

»Wann kommen sie eigentlich zurück?«

»In etwa fünf Wochen. Keine Sorge, ich habe mich darum gekümmert, dass sie rechtzeitig vor diesem hier eintrudeln.« Ich tätschele meinen Bauch.

»Vermutlich werden wir alle Hilfe brauchen, die wir bekommen können«, sagt Max und lässt den Motor an.

»Also, gleich in dem Kurs …«– ich wähle meine Worte sorgfältig – »… könntest du dann, ähm, ein bisschen zurückhaltender sein mit deinen Witzen?«

Max will gerade den Wagen wenden, tritt jedoch auf die Bremse und wirft den Kopf zu mir herum. Für gewöhnlich hinterlässt er einen exzellenten ersten Eindruck, aber wenn es um Kommentare zum weiblichen Körperbau geht, verwandelt er sich in einen Teenager mit einem ganzen Arsenal unpassender Bemerkungen.

»Zurückhaltender?« Er verengt die Augen und starrt mich an.

»Ja, du weißt schon … vielleicht nicht solche Witze wie beim letzten Mal. Wie die über die Dammnaht.«

»Wieso? Die Jungs haben sich kaputtgelacht.«

»Die Jungs vielleicht schon, die Mädels aber nicht. Am Ende haben wir nicht einmal Telefonnummern ausgetauscht. Das lag vermutlich nicht nur an diesem Witz, aber wir sollten alles tun, um neue Freunde zu finden. Unterdrück bitte deinen Instinkt, witzig zu sein.«

»Okay, der langweilige Blödmann steht bereit.«

»Nein, du sollst interessant sein«, korrigiere ich ihn, als er endlich losfährt. »Sie müssen dich mögen. Frauen beurteilen ihre Freundinnen danach, welchen Mann sie sich als Ehemann ausgesucht haben.«

»Dann hast du ja nicht den geringsten Grund zur Sorge«, erwidert Max. »Mit meinem Charme bezirze ich jeden.«

Ich reibe meine verschwitzen Handflächen an den Oberschenkeln trocken und hoffe, dass er recht hat. Unser Umzug nach Fleet ist nicht ganz so verlaufen, wie ich es mir vorgestellt habe, und es wäre nett, wenn endlich etwas reibungslos funktionieren würde. Und eine quasi schon fertige Freundesgruppe käme dem sehr nahe.

»Hallo, alle miteinander«, begrüßt uns Mary, die vor der Gruppe stehende Kursleiterin. »Ich freue mich, dass ihr hier seid. Meine Aufgabe besteht darin, eure Ängste und Befürchtungen zu mildern, was die kommenden Monate eures Lebens angeht, wenn ihr eure neue Rolle als Eltern kennenlernt.«

Gut, dass diese Plastikstühle so unbequem sind, sonst wäre ich bei ihrer ruhigen, monotonen Stimme schon eingeschlafen. Obwohl ich erst im siebten Monat bin, übermannt mich die Müdigkeit, sobald ich irgendwo länger als zehn Minuten sitze. Vielleicht haben sie hier deshalb diese Folterstühle.

Mary hält einen Vortrag über die Bedeutung des positiven Denkens, und ich lasse den Blick über meine potenziellen neuen BFFs schweifen. Wenn man die Männer abzieht, bleiben vier Frauen. Eine von ihnen sieht aus wie die königliche Hoheit in Person, mit perfekt frisiertem Haar, einem schicken royalblauen Kleid und eleganten Pumps. Sie sitzt auf einem dicken Kissen, das ich neidisch beäuge. Eine andere Frau mit stufenförmig herabfallenden blonden Locken hat ihren Notizblock gezückt und schreibt mit. Eine dritte mit langen braunen Haaren und einem wunderschönen Schwangerschaftskleid scheint entsetzliche Angst zu haben. Und schließlich ist da noch die Frau neben mir, mit einem kurzen blonden Bob, die mich anlächelt, als sie merkt, dass ich sie betrachte.

»Tatsächlich«, sagt Mary, »dauert es nicht mehr lange bis zum Ende eurer Schwangerschaft, und es gibt wirklich viel, auf das ihr euch freuen könnt.«

»Ja, zum Beispiel eine Wassermelone aus unserer Vagina zu pressen«, sagt die Frau mit dem blonden Bob.

Ihr Ehemann stöhnt.

»Was denn? Das denken wir doch alle, und es ist furchterregend«, erwidert sie, und ich nicke ihr solidarisch zu, bevor wir unsere Aufmerksamkeit wieder auf Mary richten.

»Natürlich kann eine Geburt sehr beängstigend sein«, fährt Mary fort, »aber dazu kommen wir noch. Bis zum Ende unseres Kurses werdet ihr festgestellt haben, dass es keine Rolle spielt, wie groß die Wassermelone ist – und sie kann ziemlich groß sein –, weil unser Körper das schafft. Letzten Monat hat eine unserer Kursteilnehmerinnen ein 10-Pfund-Baby zur Welt gebracht«, sagt sie, und die Frau neben mir schreit leise auf.

»Wer war das, Mary?«, fragt die elegant gekleidete Frau.

»Ah, Anneka, ich vergaß, dass du schon am Kurs im vergangenen Monat teilgenommen hast.« Das erklärt zumindest, wieso sie ein Kissen mitgebracht hat. »Es war Aimee, die mit den langen blonden Haaren.«

»Oh.« Anneka nickt.

»Bevor wir nun in die ernste Materie einsteigen, wollen wir die Atmosphäre mit einem Spiel auflockern«, bringt Mary uns wieder auf Kurs.

Die Frau mit dem blonden Bob neben mir murmelt etwas, das klingt wie »Fuck my life«.

»Jeder von euch bekommt ein Bündel mit zehn Wollfäden in unterschiedlichen Farben und Längen. An den Wänden ringsum seht ihr Karten mit Sätzen wie ›Durchmesser des Muttermunds, wenn er vollständig geöffnet ist‹ oder ›Bauchumfang in der 40. Schwangerschaftswoche‹. Ihr müsst zu den verschiedenen Wollfäden die jeweils richtige Karte finden. Und vergesst nicht, euch mit den anderen Kursteilnehmern auszutauschen, während ihr umhergeht«, erklärt Mary und verteilt die Wolle.

Ich sortiere gerade die Fäden der Länge nach, als Max einen hochhält.

»Länge meines Penis«, sagt er grinsend.

»Erstens, was haben wir über Witze zur Anatomie gesagt? Und zweitens« – ich nehme ihm den Wollfaden ab und lasse ihn vor seinen Augen baumeln –, »nur in deinen Träumen.«

»Autsch«, erwidert er lachend und schnappt ihn sich zurück.

Als alle aufstehen, scharren die Stühle unangenehm über den Boden.

Ich ziehe ohne Max los und schaue auf die Karte, der ich am nächsten stehe. *Durchschnittlicher Umfang eines Babykopfes während der Geburt*. Ich zucke zusammen. Ich habe das Ganze zwar schon einmal durchgestanden, gebe aber mein Bestes, jegliche Erinnerung daran zu verdrängen.

»Denkst du, irgendeiner dieser Wollfäden ist lang genug, um sich damit zu erhängen?«, sagt die Frau, die neben mir gesessen hat, und probiert es auch schon aus. »Sorry, wenn das geschmacklos ist, aber ich hasse solche Spiele.«

»Geht mir genauso«, stimme ich ihr zu. »Ich bin übrigens Ellie.«

»Helen.« Sie wendet sich der Karte zu, um den Text zu lesen, und verzieht das Gesicht. »Es muss doch bessere Wege geben, um sich mit anderen werdenden Müttern anzufreunden. So etwas wie Tinder für Schwangere. Dann könnten wir nach rechts oder links wischen und uns Freunde aussuchen, ohne für den Rest unserer Schwangerschaft traumatisiert zu sein.«

»Vermutlich in Fleet eine echte Marktlücke«, erwidere ich lachend. »Allerdings lügen die Leute bei ihren Profilen womöglich. Hier kann man sie wenigstens unter die Lupe nehmen.«

»Auch wahr.« Helen nickt. »Und du bist sicher vor Perverslingen beim Catfishen.«

»Männer, die auf Schwangere stehen?«

Helen nickt wieder. »Es gibt alles.«

Die Frau in dem royalblauen Kleid gesellt sich zu uns und überfliegt rasch den Text auf der Karte, bevor sie uns beide von oben bis unten mustert und dann höflich lächelt. »Also, November-Babys?« Sie zeigt auf unsere Bäuche. »Für wann seid ihr ausgerechnet?«

Ich betrachte ihr perfekt geformtes Bäuchlein, das aussieht, als hätte sie nur einen dieser kleinen, weichen Beachbälle unter das Kleid geschoben.

»Für den vierten«, sagt Helen.

»Ich für den dritten«, füge ich hinzu.

»Ah, die Frau dort drüben ist für den fünften ausgerechnet. Ist es nicht ein wunderbarer Zufall, dass ihr alle etwa zur selben Zeit fällig seid?«

»Ich weiß.« Helen nickt. »Als gäbe es im Februar einen besonders romantischen Tag, an dem diese November-Babys entstehen.«

Wir kichern alle drei, obwohl ich weiß, dass mein Termin mehr mit Sashas Geburtstagsparty am 12. Februar zu tun hat als mit dem Valentinstag.

»Ich bin Anneka«, sagt die Frau, und Helen und ich stellen uns ebenfalls vor.

»Wann ist dein Termin, Anneka?«, frage ich.

»Am 25. Oktober, aber ich lasse eine Woche vorher einen Kaiserschnitt machen.«

»Wie kann es sein, dass dein Bauch so viel kleiner ist als unsere?«, fragt Helen.

»Meine Frauenärztin sagt, ich hätte abgesehen vom Eigengewicht des Kindes nicht ein Pfund zugenommen.«

»Echt jetzt? Wenn ich schon neun Monate keinen Gin trinken darf, dann esse ich verdammt noch mal so viel Kuchen, wie ich will«, sagt Helen.

»Ich auch«, stimme ich zu.

»Schwangerschaftsdiabetes ist eine ernste Sache!«, erwidert Anneka erschrocken.

»Dann wirst du also als Erste von uns ein Baby haben.« Ich wechsle das Thema, um nur ja nicht die Gruppenharmonie zu zerstören, die ich so dringend herstellen möchte.

»Vermutlich hast du uns mit deiner Frage vor irgendwelchen Eisbrecher-Spielen bewahrt, bei denen wir raten müssen, wer als Erste ihr Kind bekommt«, sagt Helen.

»Man kann nie wissen. Ich habe schon letzten Monat an dem Geburtsvorbereitungskurs teilgenommen, und eine Frau bekam direkt im Anschluss Wehen, in der zweiunddreißigsten Woche«, erzählt Anneka.

»War mit dem Kind alles okay?« Allein bei der Vorstellung wird mir schummrig.

»O ja. Es stellte sich heraus, dass beim Ausrechnen des Termins irgendetwas schiefgelaufen war. Mutter und Kind geht es gut – oder so gut, wie es dir gehen kann, wenn dein Freund dich verlässt, als ihm klar wird, dass das Kind wohl nicht von ihm ist.«

»Meine Güte! Klingt dramatisch.«

»Wieso machst du diesen Kurs eigentlich ein zweites Mal?«, frage ich.

»Weil mein Baby für Ende Oktober ausgerechnet ist, passt es zeitlich zu zwei Gruppen, also habe ich mich entschieden, an beiden Kursen teilzunehmen und zu schauen, welche Leute mir besser gefallen.«

»Und wie schlagen wir uns im Vergleich zur letzten Gruppe?«, hakt Helen nach.

»Die andere Gruppe war ganz und gar nicht mein Fall. Ich hatte nicht eine einzige Sache mit denen gemeinsam.« Anneka rümpft die Nase und kommt ein bisschen versnobt rüber. »Ihr gefallt mir deutlich besser.«

»Hm«, murmele ich nur und weiß nicht so recht, was ich von ihr halten soll.

»Ich gehe mal mit den anderen Ladys da drüben plaudern.« Sie zeigt auf die zwei anderen Frauen, die sich angeregt unterhalten. »Und nur zur Info …« – sie sucht aus ihrem Wollbündel einen der längeren Fäden heraus – »was du für den Umfang des Babykopfes hältst, ist die Länge deines Geburtskanals.«

Als sie den Faden an die Karte heftet, keuche ich entsetzt auf.

»Die Wassermelone soll da durch?«, stöhnt Helen. »Soll dieser Kurs uns nicht eigentlich beruhigen, statt uns zu Tode zu erschrecken?«

»Genau. Ich habe das alles bei meiner kleinen Tochter zwar schon durchgestanden, aber es gibt ein paar Dinge, an die ich mich lieber nicht erinnere.«

»Bitte, meine Damen, immer schön weitergehen!«, ruft Mary und klatscht in die Hände.

»Uns bleibt aber auch nichts erspart.« Helen verdreht die Augen und geht zu einem der Männer, der ratlos die Karten betrachtet.

Ich entspanne mich allmählich. Vielleicht ist es am Ende gar nicht so schwierig, neue Freunde zu finden.

Als sich der Kurs dem Ende nähert, habe ich alle anderen Paare kennengelernt. Vor allem Helen mit ihrer humorvollen, scharfsinnigen Art gefällt mir. Und Polly erinnert mich an mich selbst während meiner ersten Schwangerschaft – wie ein Reh gefangen im Scheinwerferlicht. Anneka hat offenbar Max mit seiner charmanten Persönlichkeit ins Herz geschlossen, und trotz seiner kühnen Witze bevorzugt sie uns weiterhin gegenüber ihrer vorherigen Kursgruppe. Dann ist da noch Nina mit den Stufenlocken, sie ist witzig und nett.

»Na also«, sagt Max, als wir wieder in unseren Wagen steigen. »Das lief doch ganz gut. Und ich war nicht peinlich und bin wenigstens mitgekommen, im Gegensatz zu Annekas Mann, wie heißt er noch?«

»George … ich glaube, er hat sie letzten Monat zu dem Kurs begleitet. Was meinst du damit, dass du nicht peinlich warst? Du hast Babykacke von der Windel geleckt!«

»Habe ich nicht, nur von meinem Finger – außerdem war es Nutella. Trotzdem schienen mich alle zu mögen, und das ist doch die Hauptsache, oder?«

»Vermutlich hast du recht.«

Nach dem Kurs haben wir Telefonnummern ausgetauscht, und Anneka hat bereits eine WhatsApp-Gruppe eingerichtet – und eine eigene für die Männer.

»Ich habe dir doch gesagt, dass du dir keine Sorgen machen sollst, und wie Mary sagte, bleiben dir noch mehr als zwei Monate, in denen du dich zurücklehnen und entspannen kannst, bevor das Kleine kommt.«

»Hahaha«, erwidere ich, lache aber tatsächlich. »Ich werde weiterarbeiten, auch wenn es von zu Hause ist.«

»Klar, so wie heute Morgen – im Pyjama auf dem Sofa, während im Hintergrund Frühstücksfernsehen läuft«, sagt er in liebevoll-spöttischem Ton. »Außerdem ist es nur noch ein Monat, und dann hast du ein ganzes Jahr frei«, fügt er hinzu.

»Du weißt, dass Mutterschutz kein Urlaub ist, oder?«

»Ach, komm schon, dieses neue Baby wird genauso unkompliziert sein wie Sasha.«

Ich pruste vor Lachen. »Sasha, unkompliziert?«

»Ja, jedenfalls, wenn ich auf sie aufpasse.«

»Und wie oft bist du mit ihr allein?« Das klingt spitzer als beabsichtigt.

»Ich würde mich ja öfter kümmern, aber an den Wochenenden willst du immer, dass wir etwas als Familie unternehmen.«

»Ja, weil ich dich auch sehen möchte«, versuche ich die gereizte Stimmung wieder zu beschwichtigen. »Wir schaffen das doch, oder?«

»Entspann dich, Ellie.« Max imitiert Marys flötende Sprechweise. »Die letzten zweieinhalb Monate deiner Schwangerschaft werden völlig stressfrei ablaufen, dafür sorge ich.«

Ich lache und kann nur hoffen, dass er recht behält.

Kapitel 2

Ich liebe es, morgens aufzuwachen und zu wissen, dass ich nicht hetzen muss. Deshalb ist der Samstag mein Lieblingstag. Heute ist es sogar noch besser, weil ich gestern zum vorerst letzten Mal im Büro gewesen bin. Bis zu meinem Mutterschutz dauert es zwar noch vier Wochen, und so lange werde ich von zu Hause arbeiten, aber ich muss nicht mehr pendeln. Das allein ist schon Grund zum Feiern.

»Was würdest du heute gern unternehmen?«, frage ich und schlendere in die Küche. Max sitzt am Tisch mit einer Kaffeetasse in der einen Hand und scrollt mit der anderen durch sein Handy. Sasha sitzt in ihrem Hochstuhl und isst Toast, der vermutlich von Max' Teller stammt. Jetzt wird sie das Porridge nicht anrühren, das ich gerade für sie zubereiten wollte. Um mir nicht die gute Laune zu verderben, sehe ich dieses Mal drüber weg. »Das Wetter wird schön, wir könnten ein Picknick veranstalten!«

Max folgt meinem Blick aus dem Küchenfenster, und wir erschaudern beide beim Anblick des hüfthohen Unkrauts, das in unserem winzigen Garten wuchert.

»Ehrlich gesagt muss ich ins Büro.«

»Ins Büro? An einem Samstag?« Ich lehne mich mit dem Rücken an die scheußlichen Küchenschränke, die aus einer variantenreichen Bandbreite verschiedener Holzarten bestehen.

Max ist Projektmanager in einem großen Vermögensverwaltungsunternehmen, wo es zwar nicht unüblich ist, in der Endphase eines Projekts auch samstags zu arbeiten, aber dass er am Wochenende dafür ins Büro fährt, kommt so gut wie nie vor. Das meiste kann er problemlos von zu Hause aus erledigen.

»Ich weiß, tut mir leid. Gestern Abend ist ziemlich spät noch ein Problem aufgetreten. Ich wollte es dir sagen, aber du hast schon geschlafen.«

Er reicht Sasha noch ein Toaststück, und sie ergreift es gierig.

»Aha.« Ich setze den Wasserkessel auf. »Und das kann nicht bis Montag warten?«

»Nein. Aber ich werde nicht den ganzen Tag weg sein. Wir können am späten Nachmittag etwas unternehmen.«

»Heute Abend ist das Geburtstagsdinner deiner Mum.«

»Ach ja, richtig. Die erste größere Familienfeier mit Graham. Wie konnte ich das vergessen?« Bei der Erwähnung von Mums neuem Freund, dem ehemals besten Freund seines Vaters, verzieht er das Gesicht.

»Es wird bestimmt schön. Deine Mum ist glücklich mit ihm.«

»Ich weiß. Und es ist ja nicht so, als wäre er bei früheren Geburtstagen nie dabei gewesen, als Dad noch da war, aber …« – er zuckt mit den Schultern – »vermutlich sollte ich froh sein, dass sie mit *ihm* zusammen ist – er ist wenigstens ein netter Kerl.«

»Ja, das ist er«, stimme ich zu und stelle Sashas Lerntasse auf die Ablage ihres Hochstuhls. »Saft«, sage ich zu ihr, und sie brabbelt einen Kommentar. »Leckerer Saft.«

»Denkst du, Dad weiß das mit Graham?«

»Keine Ahnung«, antworte ich und bin ein bisschen abgelenkt wegen meiner kleinen Unterhaltung mit Sasha. »Wenn du mit ihm reden würdest, könntest du ihn fragen.«

»Oder du, wenn du mit ihm skypst. Kommt Rach heute Abend eigentlich?«, wechselt er gezielt das Gesprächsthema. Ich weiß, dass ich ihn wegen seines Dads nicht drängen sollte.

Max hat kaum mit seinem Vater gesprochen, seit der vor ein paar Jahren zum Golfurlaub nach Portugal flog, dort eine junge Pilates-Trainerin namens Ruby kennenlernte und nie zurückkehrte.

»Ja, sie kommt, aber ohne Gaby. Sie hat Rufbereitschaft.«

»Das ist der Nachteil, wenn du Ärztin bist. Oder ein Vorteil. Dadurch hat sie eine ›Du kommst aus dem Gefängnis frei‹-Karte für sämtliche Familienfeiern.«

Ich muss lachen.

»Wieso rufst du Rach nicht an und fragst, ob sie vorher zu dir kommen kann?«, schlägt er vor.

»Gute Idee«, stimme ich zu und frage mich, wieso ich nicht selbst diese Idee hatte.

Als Max und ich ein Paar wurden, habe ich nicht einkalkuliert, wie sehr das meine Freundschaft mit Rachel verändern würde. Wir sehen uns immer noch oft, vielleicht sogar öfter als früher, aber für gewöhnlich im Kreis der Familie. Dass wir zu zweit Zeit miteinander verbringen, kommt nur noch selten vor, und wenn wir es tun, ist es anders als früher. Als ich anfangs mit Max zusammen war, befürchtete sie, er könne mir wehtun. Vermutlich bin ich deshalb sehr vorsichtig mit dem, was ich ihr erzähle, denn ich will ihr unbedingt das Bild vermitteln, wie perfekt unsere Ehe ist. Außerdem ist sie nicht scharf auf Details aus dem Sexleben ihres Bruders.

»Wäre gut für euch, ein bisschen Zeit miteinander zu verbringen. Und sie muss ja endlich mal mit diesem Mist aufhören, ich hätte dich ihr weggenommen.« Er leert seine Kaffeetasse und steht auf. Bevor er vom Tisch weggeht, gibt er Sasha einen Kuss auf den Kopf und strubbelt durch ihr Haar.

»Übrigens, Rach und Gaby wollen auf ein Festival unten in Dorset. Es soll familienfreundlich sein, und sie haben gefragt, ob wir alle drei mitkommen.«

Max lacht laut, verstummt jedoch, als er merkt, dass ich nicht einstimme.

»Sasha in einem Zelt? Und du? Ellie, neben dir zu schlafen ist momentan wie ein Kampf über neun Runden mit Tyson Fury. Du kannst nicht einmal in einem Bett richtig bequem liegen – wie zur Hölle willst du in einem Zelt schlafen?«

»Das schaffe ich schon.«

Er zieht eine Augenbraue hoch.

»Und dann das ganze Zeug, das wir aus dem Wagen schleppen müssen. Ich bin schon beladen wie ein Packesel, wenn wir nur mit Sasha unterwegs sind, auch ohne Campingausrüstung.«

»Rach und Gaby werden bestimmt mithelfen. Außerdem treten Pilot Dawn als Hauptact auf.«

Die Erwähnung einer seiner Lieblingsbands hat zwar sichtlich sein Interesse geweckt, aber sein Gesicht sieht immer noch nach einem Nein aus.

»Ich werde darüber nachdenken«, sagt er schließlich, was seine Art ist, ein Thema zu beenden.

»Okay«, erwidere ich ernüchtert.

Meine Enttäuschung entgeht ihm offenbar nicht, denn er seufzt theatralisch.

»Lass uns heute Abend mit Rachel darüber reden und überlegen, wie es funktionieren kann«, lenkt er ein, und ich boxe triumphierend in die Luft. »Aber ich verspreche nichts. Möchtest du denn nicht lieber irgendwo hinfahren, wo du vier Wände um dich herum hast, ein Bad *en suite* und einen Babysitter-Service?«

»Wo bleibt denn da der Spaß?«, erwidere ich lachend.

Max reagiert nicht darauf. »Ich versuche, so schnell wie möglich wieder zu Hause zu sein«, versichert er stattdessen.

»Das solltest du auch, denn da ich nicht mehr pendeln muss, ist bei mir jede Menge zusätzliche Energie vorhanden – und wollten wir nicht unter anderem mehr Sex haben?« Den letzten Teil des Satzes flüstere ich, da »Sex« nicht gerade das nächste Wort sein sollte, das Sasha nachzuplappern versucht.

Max lacht schallend, und es ist schön zu sehen, dass er jetzt ein bisschen entspannter wirkt als vorhin.

»Das Rollenspiel, alles klar. Wer weiß, vielleicht bringe ich dir etwas aus London mit. Denkst du, man bekommt irgendwo sexy Schwangerschaftskostüme?«

Ich schlage mit dem Trockentuch nach ihm.

»Wag es ja nicht.«

Er zwinkert mir zu und küsst mich auf den Scheitel, ähnlich wie kurz zuvor bei Sasha, aber ich bin froh, dass er mir nicht durchs Haar strubbelt, denn das ist zerzaust genug.

Sasha beginnt sich in ihrem Hochstuhl zu langweilen, also hebe ich sie heraus und setze sie auf den gefliesten Boden. Sofort fängt sie an, die Tupperware aus der untersten Schublade zu räumen – eine ihrer Lieblingsbeschäftigungen –, und ich schnappe mir mein Handy, um Rachel eine Nachricht zu schreiben.

»Mal sehen, ob deine Tante Rach Lust hat, mit uns spazieren zu gehen.«

»Spieren, spieren«, plappert Sasha nach. Vielleicht muss ich den heutigen Tag doch nicht komplett abschreiben.

Zu Sashas und meinem Glück hat Rach am Nachmittag nichts vor und begleitet uns zum Fleet Pond, einem großen Naturschutzgebiet außerhalb der Stadt mit einem Labyrinth an Wanderwegen.

»Ich hatte ganz vergessen, wie schön es hier ist«, schwärmt Rach. Sie weicht einer großen Pfütze aus, und ich schiebe Sashas Buggy ganz langsam hindurch, um mir nicht die Beine mit Schlamm zu bespritzen.

»Ja, das ist auch einer der Gründe, warum wir wieder hergezogen sind – die Natur direkt vor der Haustür zu haben. Ich habe so viele glückliche Erinnerungen daran, als Kind hier gewesen zu sein.«

»Ich auch«, stimmt Rach zu. »Weißt du noch, als wir weggelaufen sind und uns hier versteckt haben, weil unsere Eltern uns keine Karten für das Robby-Williams-Konzert kaufen wollten?«

»Klar!« Ich muss bei der Erinnerung an die Höhle lachen, die wir uns mit einem alten Bettlaken unter einem Baum gebaut hatten. »Die ersten ein, zwei Stunden war es super, aber ging uns nicht bald der Proviant aus?«

»Ja, was nicht sonderlich überraschend war, da wir nur eine Tüte Chips und einen Marsriegel mitgenommen hatten.«

»Und dann fing es an zu regnen.«

»Wir hatten nicht darüber nachgedacht, dass das Laken nicht wasserdicht war.«

»Nein, aber zum Glück kam Max uns suchen«, erwidere ich lachend.

»Aber nur, weil ich seinen Discman gemopst hatte, und nicht, weil er ehrlich besorgt war.«

Wie lange ich schon nicht mehr daran gedacht habe.

»Wie alt waren wir damals? Zehn? Elf?«, fragt sie.

»So etwa. Ich glaube, wir waren in der siebten Klasse.«

»Wer hätte damals gedacht, dass du mal meinen Bruder heiraten und mir eine Nichte schenken würdest? Meine wunderschöne, schlafende Nichte.«

»Schscht, nicht beschwören! Normalerweise schläft sie nie so lange«, erwidere ich lächelnd.

»Mum will mich die ganze Zeit bezirzen, ihr beim Backen des Geburtstagskuchens zu helfen. Dabei wissen wir alle, wie reizbar sie beim Backen ist. Sie lässt mich nicht einmal die Teigschüssel auslecken.«

»Ich habe ihr angeboten, eine Torte zu kaufen, aber sie hat darauf bestanden, selbst zu backen«, sage ich achselzuckend.

»Und sie klang so aufgedreht. Sie scheint glücklich zu sein mit Graham, nicht wahr?«

»Ja, das ist sie. Seit wir wieder hergezogen sind, sehen wir die beiden öfter, und sie verstehen sich echt gut.«

»Obwohl ich sie mir in einer Million Jahren nicht als Paar vorstellen konnte.«

»Ich weiß, ich auch nicht. Aber ich freue mich sehr. Nach allem, was sie mit eurem Dad durchgemacht hat, verdient sie es, glücklich zu sein.«

Rach nickt und wirkt traurig bei der Erwähnung ihres Vaters. Sein plötzlicher Abgang nach Portugal hat die gesamte Voss-Familie schwer getroffen.

Wir weichen einer Frau aus, die sich in den Leinen ihrer Yorkshireterrier verheddert hat.

»Und was macht Max heute? Nimmt er euren umwerfend schönen Flur in Angriff?«, fragt Rach.

»Nein. Komischerweise« – ich ducke mich unter einem tief hängenden Ast durch – »arbeitet er heute.«

»An einem Samstag?«

»Japp. In letzter Zeit macht er ständig Überstunden, um seine laufenden Projekte abzuschließen, damit er seinen Vaterschaftsurlaub antreten kann.«

»Nimmt er nur die üblichen paar Wochen?«

»Ja – kannst du dir ihn etwa vorstellen, wie er sich allein um zwei Kinder kümmert, während ich wieder arbeiten gehe?«, erwidere ich kichernd. »Ich käme mir vor, als hätte ich zwei Jobs, weil ich alles für die drei vorbereiten müsste, bevor ich morgens das Haus verlasse.«

»Stimmt, aber zumindest erleichtert euch das die Entscheidung, wer von euch zu Hause bleibt«, sagt sie und lacht ein bisschen angestrengt.

»Hey! Ihr habt zwar mal erwähnt, dass ihr Kinder wollt, aber das klingt so, als würdet ihr konkret darüber sprechen …«

Rach wirkt verlegen.

»Entschuldige, ich sollte nicht so neugierig sein«, füge ich rasch hinzu.

»Nein, ist schon gut.« Sie atmet seufzend aus. »Es ist nur … Vielleicht hilft es mir sogar, wenn ich mit dir darüber rede. Wenn es für dich okay ist?«

»Natürlich. Lass uns irgendwo etwas trinken. Es ist nicht mehr weit bis zu dem kleinen Kaffee-Stand. Dort gibt es auch Tische und Stühle.«

»Wacht Sasha dann nicht auf?«

Ich spähe durch die Plastikhaube des Buggys.

»Sie scheint tief zu schlafen. Ich werde den Kinderwagen ein bisschen schaukeln«, sage ich, als der Kaffee-Stand mit seinen ausgezeichneten Pfannkuchen in Sichtweite kommt.

»Super. Dann gehe ich bestellen, und du bleibst bei ihr. Was möchtest du?«

»Koffeinfreien Skinny Latte und vielleicht einen Pfannkuchen. Für Sasha natürlich, falls sie aufwacht.«

»Natürlich. Dann nehme ich sicherheitshalber auch einen für sie«, erwidert Rach mit verschwörerischem Grinsen.

Sie geht zum Ende der Schlange, und ich suche uns einen freien Tisch, achte darauf, dass dort genügend Platz ist, damit ich Sashas Buggy mit dem Fuß hin- und herschieben kann. Die Warteschlange kommt mir echt lang vor, aber ich hoffe, dass es schnell vorangeht, denn ich bin ziemlich gespannt, worüber Rach mit mir reden will.

Um mich bis dahin ein bisschen abzulenken, ziehe ich mein Handy aus der Tasche und sehe, dass es ein paar Nachrichten in dem Gruppen-Chat gibt, den Anneka eingerichtet hat, wegen unseres Treffens, das wir für nächsten Montag geplant haben.

Seit unserem Geburtsvorbereitungskurs vor einer Woche haben wir uns eine Menge Nachrichten geschickt und über alles Mögliche gejammert, von geschwollenen Knöcheln bis zum Auflisten all der Dinge, die wir essen/trinken/tun wollen, sobald die Kinder auf der Welt sind. Der Abend bei Anneka nächsten Montag wird unser erstes Treffen als Gruppe sein, und ich freue mich sehr darauf, die anderen zu sehen.

Anneka

Morgen, Ladys! Wollte nur kurz nachhören, ob ihr Montagabend auch alle dabei seid? Wir treffen uns um Punkt 19 Uhr. Lasst mich wissen, falls jemand irgendetwas nicht essen darf – abgesehen von den üblichen Schwangerschaftseinschränkungen natürlich, denn ich wollte jetzt bald bei Ocado bestellen. Freue mich auf ein bisschen gemäßigten Spaß mit euch!

Helen

Bin dabei und werde ganz bestimmt nicht nur gemäßigten Spaß haben. Meine Ernährungsbedürfnisse sind jede Menge Kuchen und Kohlenhydrate, um den fehlenden Alkohol auszugleichen. Wir sehen uns am Montag, 19:30 Uhr x x

Anneka

Es ist um Punkt 19 Uhr, und ich habe jetzt gesunde Snacks bestellt.

Helen

Ist okay, ich schaue unterwegs in einem richtigen Geschäft vorbei und bringe noch ein paar ungesunde Snacks mit – damit unsere Ernährung ausgewogen ist, und nur zur Info, ich verspäte mich immer, peile 19 Uhr an, werde also 19:30 eintreffen.

Polly

Komme! Freue mich schon sehr. Ihr könnt euch nicht vorstellen, was für eine Erleichterung es ist, eine so nette Gruppe gefunden zu haben.

Nina

Danke für die Einladung, Anneka, aber ich werde es wohl nicht schaffen. Ich habe einen echt großen Bekanntenkreis, und es ist jetzt schon schwierig, immer alle unterzubringen. Aber du scheinst echt nett zu sein :-) Alles Gute mit den Bäuchen, Geburten und Babys x x

Nina hat die Gruppe verlassen

Entsetzt starre ich auf mein Handy und scrolle dann rasch weiter, um zu sehen, wie die anderen darauf reagieren. Alle paar Sekunden gibt mein Handy leise Geräusche von sich, woran ich merke, dass noch mehr Nachrichten eintrudeln.

Anneka

WTF???? Wie kann sie es wagen, uns zu verlassen????

Helen

Vielleicht hat sich die andere Gruppe genauso gefühlt, als du gegangen bist. :-)

Polly

Denkt ihr, ich habe etwas Falsches gesagt, und sie ist deshalb ausgestiegen? Habe ich zu dick aufgetragen?

Helen

Vielleicht ein bisschen. Vielleicht hättest du bis nach Montag warten sollen, bevor du deine wahren Gefühle zeigst … Spaß! Sie ist offenkundig ein komischer Vogel.

Anneka

Und was mache ich jetzt mit den ganzen Karottenstäbchen???

Helen

Möchtest du, dass darauf das in der 31sten Woche schwangere Biest antwortet oder die Höfliche?

Polly

Ich bringe Hummus mit … x

Ellie

OMG, was für ein Schock! Freue mich darauf, euch alle Montag zu sehen und darüber zu sprechen xx

Nina ist zweifellos ein Verlust, IMHO. Die Konversation endet, und ich lege mein Handy auf den Tisch. Ein kurzer Blick zum Kaffee-Wagen verrät mir, dass Rach schon fast den Anfang der Warteschlange erreicht hat.

»Eleanor, Eleanor Smith?«, fragt jemand, und ich schaue hoch zu einer Frau, die mich anblinzelt. Es sind ihre Wangenknochen, an denen ich sofort die umwerfende Cara Worthington erkenne, mit der ich zusammen zur Schule gegangen bin.

»Ähm, ja, obwohl ich jetzt Voss heiße. Wie geht es dir, Cara?«

Ich sehe, wie sie beim Klang meines Nachnamens die Augen aufreißt. Jeder an der Schule kannte Max, und sie wird vermutlich nicht als Einzige überrascht sein, dass ich ihn geheiratet habe. Aber sie fasst sich sofort wieder, klimpert mit den Wimpern und bricht in ein breites Strahlen aus, als wären wir alte Freundinnen, die sich aus den Augen verloren haben. Dabei überrascht es mich, dass sie überhaupt meinen Namen kennt. Oder zumindest weiß sie, wie mich die Lehrer damals angesprochen haben – meine Freunde nennen mich schon seit jeher Ellie.

Cara Worthington war eines der beliebten Mädchen in meinem Jahrgang, und unsere Bekanntenkreise überschnitten sich nicht wirklich. Sie stolzierte damals mit ihrem perfekten Make-up und einer übertrieben großen Zahl Schmetterlings-Clips im Haar majestätisch umher, stets eine Horde heißer Jungs im Schlepptau. Ich dagegen schlurfte durch die Schule mit orangebraunen Flecken des Abdeckstifts im Gesicht, das Haar zu einem festen Knoten hochgesteckt, aus dem zwei entwichene Strähnen wie Tentakel herausragten, und die einzigen Jungs, die mir folgten, gehörten zum Dungeons-and-Dragons-Rollenspiel-Klub, den wir gegründet hatten.

»Es geht mir gut. Ich freue mich, dass du mich erkannt hast. Vor allem, wenn ich so aussehe«, antwortet sie, als seien schimmernde Haare eine Art Verkleidung. Sie ist von Kopf bis Fuß in Lycra gekleidet, aber da sie Cara Worthington ist, natürlich nicht in irgendwelchem alten Zeug, sondern es ist Lululemon, wodurch ich mir in meiner ausgeleierten Yogahose noch schlampiger vorkomme. »Das muss fast zwanzig Jahre her sein. Wir haben dich beim zehnjährigen Klassentreffen vermisst.«

»O ja, echt schade, dass ich nicht kommen konnte«, lüge ich. Als über Facebook die Einladung eintraf, habe ich sie sofort gelöscht, da ich keine Lust hatte, meine Schulzeit wieder aufleben zu lassen. »Ich wohnte zu der Zeit in London und, ähm …« Ich führe den Satz einfach nicht zu Ende. »Und du lebst hier in der Gegend?«

Seit wir vor ein paar Monaten hergezogen sind, begegnen mir immer mal Leute aus der Schulzeit. Nachdem ich jahrelang von der Anonymität eines Lebens in London umgeben war, wo sogar meine direkten Nachbarn so taten, würden sie mich nicht kennen, kann ich mich nicht so recht daran gewöhnen. Offenbar sind zwar eine Menge Leute aus Fleet geflohen, aber das Vertraute und das kostenlose Babysitten durch Familienangehörige haben anscheinend viele wieder hergelockt.

»Nein!«, erwidert sie in entsetztem Ton. »Ich besuche nur meine Mum. Ich lebe jetzt in Manchester.«

»Ah. Ich mag Manchester.« Ich nicke.

»Ja, es ist toll. Ich arbeitete dort für die BBC.«

»Wow, beeindruckend.«

»Ja.« Strahlend wirft sie ihr Haar zurück.

Beängstigend, wie ähnlich sie ihrem Teenager-Ich geblieben ist! Ich hoffe, dass sie nicht das Gleiche über mich denkt.

»Voss heißt du jetzt also?«, beginnt sie und blinzelt irgendwie mit den Augen. »Bist du etwa verheiratet mit …«

»Japp«, erwidere ich mit gewissem Stolz in Anbetracht dieser Tatsache.

»Wow.« Jetzt wirkt sie beeindruckt. »Was dagegen, wenn ich mich setze?«

»Äh, natürlich nicht.« Aber es verschlägt mir vor Überraschung fast den Atem. In der Schule hat Cara höchstens mit mir gesprochen, wenn sie meine Mathehausaufgaben abschreiben wollte, und mittlerweile ist meine Trigonometrie ziemlich eingerostet. »Rachel holt uns gerade etwas zu trinken, soll ich ihr rasch zurufen, dass sie dir auch etwas mitbringt?«

»Nein, nein«, lehnt Cara ab, schaut hinüber zu Rachel und lächelt. »Ich mache gerade eine Saft-Diät.«

Sie setzt sich auf den freien Stuhl mir gegenüber, stützt die Ellenbogen auf den Tisch und legt das Kinn in die Hände.

»Also, Eleanor Voss«, sagt sie und betont meinen Nachnamen eigenartig. »Dann erzähl mal, wie es dir so ergangen ist. Wie ich sehe, hast du ein … Baby bekommen.«

»Ähä«, sage ich, »und ich erwarte noch eins.«

Ich tätschele meinen Bauch, und ihr Gesicht leuchtet auf.

»Das ist so *wunderbar* für euch beide.«

Mein Handy auf dem Tisch beginnt zu vibrieren, und ich sehe, dass Max' Mum Judy anruft.

»Musst du rangehen?«, fragt Cara.

»Nein«, erwidere ich und leite den Anruf zur Voicemail.

Ich habe ein schlechtes Gewissen dabei, aber Judy gehört zu den Menschen, bei denen du fragst, ob du später zurückrufen kannst, und die dir dann sagen, dass es nur eine Sekunde dauert und dann losrattern mit dem, was sie dir sagen wollen, egal, wie lange sie dafür brauchen. Ich werde sie anrufen, sobald Cara gegangen ist.

»Und wer von euch bleibt zu Hause und kümmert sich um das Baby?«, fragt sie und legt den Kopf schief.

Ich bin im ersten Moment sprachlos über ihre Frage. Es passiert heute schon zum zweiten Mal, dass ich das gefragt werde, und ich fühle mich schuldig an der Frauenwelt, dass Max und ich dieses Thema nicht einmal diskutiert haben.

»Na ja, überwiegend ich. Das ist einfacher wegen des Stillens«, antworte ich, als müsste ich mich rechtfertigen.

»Dann nimmst du also das ganze Jahr?«, hakt sie beinahe schockiert nach.

Ich nicke und fühle mich noch schuldbewusster.

»Ich weiß nicht, ob ich so lange auf meinen Job verzichten könnte«, sagt sie. »Ich liebe meine Arbeit sehr. Es ist wie eine Berufung. Außerdem habe ich sehr hart gearbeitet, um diese Position zu bekommen, ich würde es hassen, einen Rückschritt zu machen.«

Ich denke daran, wie hart auch ich gearbeitet habe, um die Leiter emporzuklettern, das jahrelange Studium, die vielen Überstunden, bis Sasha kam. Bisher habe ich meine Position halten können – sie haben mir eine Drei-Tage-Woche zugestanden –, aber mit einem weiteren Baby und dem schlechten

Gewissen einer Mutter, viel Zeit mit den Kindern verbringen zu wollen, solange sie klein sind, weiß ich nicht, wie lange das noch der Fall sein wird. Vor allem, da ich viele männliche Kollegen habe, die natürlich nicht so selbstverständlich zu Hause bleiben, sobald ein Kind kommt. Aber all das spreche ich nicht aus, sondern nicke nur.

»Also, Eleanor Voss, wann ist es denn so weit?«

»Erst in etwa neun Wochen, Cara Worthington.« Wieso nennt sie mich immer bei meinem vollen Namen?

»Noch neun Wochen! Dann wirst du also noch dicker?«, fragt sie. »Ist nicht bös gemeint, aber normalerweise haben schlanke Frauen doch nur solch winzige Bäuche …«

Plötzlich hoffe ich, dass denen im Wagen die Pfannkuchen ausgegangen sind.

»Bitte schön!«, sagt Rach und balanciert das Tablett auf den Tisch. Erst dann registriert sie, wer mir gegenübersitzt. »Oh, hi.«

»Hi, Rachel, du erinnerst dich an mich, nicht wahr? Cara Worthington aus der Schule.«

»Ich erinnere mich«, antwortet Rach mit nervösem Lachen.

»Also noch ein kleines Baby?«, sagt Cara und starrt Rach an.

»Ähm, ja, wir sind alle sehr aufgeregt«, antwortet Rachel, und ihre Augen flehen mich an, das Gespräch zu übernehmen. Offenbar ist Rach spontan zu ihrem alten Schul-Ich geworden, das jemand Beliebten nicht einmal ansehen, geschweige denn mit dieser Person reden konnte.

»Ich könnte mir nicht vorstellen, zwei Kinder zu haben. Nicht dass ich das müsste. Bei meinem Job bleibt mir nicht einmal die Zeit, mich zu verabreden, ganz zu schweigen davon, ein Kind zu haben«, sagt Cara und lacht klirrend.

»Du arbeitest also beim Fernsehen?«, frage ich und nehme dadurch den Druck von Rach.

»Hinter den Kulissen. Ich halte das für wichtiger, als Moderatorin auf Sendung zu sein«, sagt sie und nickt, als müsse sie sich selbst überzeugen.

»Kann ich mir vorstellen«, stimme ich zu.

»Und was macht ihr beide? Rachel?«, fragt sie und zieht eine Braue hoch.

»Ich … äh …«, stammelt Rach.

»Sie ist Wissenschaftlerin an der Universität von Surrey.«

»Beeindruckend«, sagt Cara, und Rach wird rot. »Und du?«

»Ich bin Datenanalystin.«

»Was ist das?« Cara verzieht das Gesicht.

»Einfach ausgedrückt sehe ich mir die Daten von Unternehmen an und versuche, Muster zu finden, um zu prüfen, ob ich Teile ihres Geschäfts optimieren kann.«

»Aha. Klingt … schwierig. Vermutlich möchtest du deshalb gern eine Pause. Obwohl ich gedacht hätte, dass du es in deiner Situation eher fifty-fifty gehandhabt hättest, statt deinen Job aufzugeben, Ellie«, sagt sie und schaut zwischen Rach und mir hin und her.

»In meiner Situation?«, wiederhole ich.

Sie nickt. »Ja, du weißt schon. Erst trägst du das Kind aus und kümmerst dich dann auch noch während der kompletten Elternzeit darum.«

»Ja, so läuft es normalerweise«, erwidere ich.

Ich schnappe mir meinen Kaffee, um ihn so schnell wie möglich auszutrinken und von Cara und ihrer seltsamen Art wegzukommen, muss aber nur erkennen, dass mein Mund nicht aus Asbest besteht und ich mir die Zunge verbrenne.

»Über diese Frage habe ich schon oft nachgedacht. Wie das geht. Wie man entscheidet, wie man schwanger wird.« Sie schaut immer noch abwechselnd zu Rach und mir.

Im Biologieunterricht hat Cara ständig herumgelabert – vermutlich, weil sie der einzige Teenager in unserer Klasse war, der bereits selbst herumexperimentiert hatte –, aber vielleicht hätte sie besser aufpassen sollen.

»Nun ja, ein Mann und eine Frau …«, beginne ich und pruste fast vor Lachen.

»Es stört dich doch nicht?«, wendet sich Cara jetzt direkt an Rachel.

»Ehrlich gesagt versuche ich nicht darüber nachzudenken, dass sie Sex mit meinem Bruder hat«, antwortet Rach.

Cara kippt die Kinnlade herunter, was ihre perfekten Wangenknochen nur noch mehr betont. Sie ist offenbar genauso fassungslos wie ich, dass Rach es geschafft hat, ihr mit einem vollständigen Satz zu antworten. Sie beugt sich über den Buggy, den ich schaukele. Sasha reißt die Augen auf, als spüre sie, dass jemand sie anschaut, und ist für einen Moment zu überrascht, um zu weinen.

»O mein Gott, sie sieht ihm so ähnlich!«, entfährt es Cara.

Ich wühle in dem Fach unter dem Kinderwagensitz, suche in der Tasche nach der Milch.

»Alles gut, Schatz, jetzt bist du aufgewacht, aber ich habe Milch für dich.«

»Ist es für dich nicht sonderbar, sie anzuschauen und ihn zu sehen?«, wendet sich Cara an Rach.

»Eigentlich nicht, er ist ihr Dad.«

»Hm, hundertprozentig.« Cara nickt gedankenverloren. »Aber es muss doch hart sein, sie anzuschauen und tagtäglich diese Ähnlichkeit zu erkennen.«

»Ich sehe Sasha nicht jeden Tag, ich wohne in Guildford«, antwortet Rach stirnrunzelnd.

Endlich finde ich die Milch ganz unten in der Tasche.

»Hier, Süße.« Ich gebe Sasha die Flasche in beide Hände und streichle ihr über die Wange.

»Klar, zwischen Guildford und Fleet kann man pendeln«, sagt Cara. »Aber warum lebt ihr beide nicht zusammen?« Sie zeigt auf Rach und mich.

»Warum sollten wir?«, erwidere ich verwirrt und richte mich wieder auf. Ich greife nach meinem Kaffee und trinke endlich den dringend benötigten Schluck.

»Weil ihr verheiratet seid?«, antwortet sie und schaut zwischen Rachel und mir hin und her. »Du bist Mrs Rachel Voss.«

»Du denkst, Rachel sei meine Frau?« Prustend spucke ich den Kaffee wieder aus.

»Das hast du doch gesagt. Ich habe dich gefragt, ob du sie geheiratet hast, und du hast ja gesagt.«

»Ähm, nein, hast du nicht. Daran würde ich mich mit Sicherheit erinnern.«

»Ihr beide seid also nicht …?« Wieder zieht sie eine Braue hoch. »Es tut mir echt leid, aber es gab doch Gerüchte an der Schule, dass ihr beide lesbisch seid – da habe ich es wohl einfach angenommen.«

»Gerüchte an der Schule?«, frage ich mit ungewöhnlich hoher Stimme, während ich ihre Worte nach und nach sacken lasse.

»Ja, ihr beide wart immer zusammen, und hattet ihr nicht sogar eure eigene Sprache?«

»Es war nicht wirklich unsere eigene Sprache, es war eine Variante von Kauderwelsch, erwidert Rachel, die eher amüsiert als verblüfft wirkt. »Haben alle gedacht, wir wären zusammen?«

»Ich glaube schon.« Cara zuckt mit den Schultern. »Aber es hätte noch schlimmer sein können. Wir hätten zum Beispiel denken können, dass du mit einem dieser Jungs aus dem Sci-Fi-Club zusammen bist, mit denen du immer abgehangen hast.«

Meine Finger schließen sich noch fester um den Kaffeebecher, obwohl er heiß ist, während ich versuche, diese Enthüllung zu verdauen. Rach lacht. Sasha stimmt mit ein, und irgendwie wird die ganze Situation dadurch noch schräger.

»Ich kann nicht glauben, dass alle anderen wussten, dass ich lesbisch bin, als ich noch keine Ahnung hatte.«

Ich lächle. Rach hat sich mir offenbart, als wir Mitte zwanzig waren. Ihre Familie hat sie allerdings erst nach der Trennung ihrer Eltern eingeweiht.

»Moment mal, wenn ihr beide nicht miteinander verheiratet seid und sie die Tochter deines Bruders ist«, sagt Cara und deutet mit dem Kopf zu Sasha, »bedeutet das, du hast Rachels Bruder geheiratet?«

»Richtig.«

»Oh, nun, ich dachte, Max wäre dein einziger Bruder.«

»Ist er auch«, bestätigt Rach.

»*Du* hast *Max* geheiratet?«, wendet sich Cara an mich, und die Fassungslosigkeit ist ihrer Stimme anzuhören. »Du hast Max Voss geheiratet? Max Voss, den wir 1997 zum heißesten Typen der Schule gewählt haben?«

Ich weiß, dass ich zu Schulzeiten anders aussah und mich damals nicht sonderlich wohl in meiner Haut gefühlt habe. Aber *so* schockierend kann es doch nicht sein, dass er ausgerechnet mich geheiratet hat, oder? Damals mag er ja *der* Max Voss gewesen sein, aber jetzt ist er einfach nur noch Max.

»Ja, Ellie hat Max geheiratet, und ich verstehe nicht, warum dich das so überrascht«, sagt Rach. »Sie ist wunderbar – und genau genommen hat mein Bruder verdammtes Glück, dass sie ihn genommen hat, sie ist ein weitaus besserer Fang als er.«

Ich bin Rach dankbar und möchte ihr das durch ein Lächeln zeigen, aber ich habe angefangen zu zittern. Cara sieht in mir immer noch das schlaksige Mädchen mit der Brille. Das Lustige ist, dass meine Brillengläser zwar mittlerweile dünner sein mögen, aber ich bin immer noch dieses Mädchen, lernbegierig und ein bisschen unbeholfen. Aber ich bin auch warmherzig, humorvoll und großzügig, und sie hätte das damals genauso wie heute sehen können, wenn sie richtig hingeschaut hätte. Aber das tut sie nicht.

»Natürlich … ich war nur im ersten Moment etwas überrascht … aber es gibt selbstverständlich keinen Grund, warum sie ihn nicht …«, stammelt Cara und wirkt immer noch erschrocken. »Nur so aus Neugier: Sieht er immer noch aus wie …«

»Ein Hemsworth-Bruder, japp«, antworte ich und fühle mich unwohl, weil mein Leben gerade nur anhand dessen bewertet wird, wie heiß mein Ehemann ist. Sasha wird unruhig in ihrem Buggy. Ich nehme ihr die Milchflasche ab, löse die Gurte und hebe sie auf meinen Schoß.

»Du bist eine glückliche Frau«, sagt Cara.

»Du doch auch, du hast deine Arbeit«, erwidere ich und versuche, nicht zu sarkastisch zu klingen, während ich Sasha auf meinen Knien hüpfen lasse und ihre Hände zusammenklatsche. »Und es ist deine Berufung.«

»Hm. Ja, vermutlich.« Sie zieht ihre Jacke wieder an und schiebt den Stuhl zurück. »Echt schade, dass ihr beide kein lesbisches Paar seid. Wir planen nächsten Monat eine Sendung zu dem Thema. Es geht um gleichgeschlechtliche Paare, die ein Kind adoptieren. Wir haben schon ein paar Männer, aber bisher kaum Frauen.«

Und endlich fällt bei mir der Groschen, warum sie so daran interessiert war, sich zu mir zu setzen und zu plaudern.

»Tut mir leid, dass wir nicht helfen können«, sage ich ausdruckslos.

»Keine Ursache«, erwidert sie und steht auf. »Ich muss dann

mal los. Vielleicht sehen wir uns ja beim nächsten Klassentreffen.«

Sie schiebt sich den Träger ihrer winzigen Tasche über die Schulter.

»Klar, vielleicht tauchen wir zusammen dort auf«, sagt Rach und tätschelt meine Hand. »Und sorgen so richtig für Aufsehen.«

Cara lächelt gequält, bevor sie davoneilt.

Rach und ich wechseln Blicke, versuchen angestrengt, nicht zu lachen, bis sie außer Hörweite ist.

»Sie hat sich seit der Schulzeit kein bisschen verändert, ist immer noch ein Miststück«, sagt Rach dann.

»Du bist aber ziemlich hart«, erwidere ich.

»Jetzt komm schon, hast du ihr Gesicht gesehen, als ihr klar wurde, dass du mit Max zusammen bist?«

»Sie ist nicht die Einzige, die so reagiert«, antworte ich. Sasha will sich von meinem Schoß herunterwinden, und ich lasse sie. Begeistert über ihre neu gewonnene Freiheit, tapst sie zwischen Rach und mir hin und her.

»Nein, aber vermutlich ist sie die Einzige, die es dir ins Gesicht sagt. Ich kann nicht glauben, dass wir uns damals gewünscht haben, sie würde sich für uns interessieren.«

»Ich weiß.«

»Zum Glück ist sie fort. Sollen wir jetzt über das reden, was wir eigentlich vorhatten?«

»O ja«, stimmt Rach zu und atmet tief aus.

Doch wieder vibriert mein Handy auf dem Tisch, und ich nehme es hoch.

»Es ist eine Voicemail. Deine Mum hat vorhin angerufen.«

»Hör sie ab. Vermutlich gibt es einen Notfall bei der Zuckerglasur«, sagt Rach. Sasha streckt ihr die Arme entgegen, und zu ihrer großen Freude kitzelt Rach sie.

Ich muss über die beiden lachen. Sasha schwankt von Rach weg, kommt aber immer wieder zurück, weil sie mehr will. Als ich die Nachricht abhöre, verschwindet jedoch das Lächeln aus meinem Gesicht.

»Ellie, hier ist Judy. Ähm … Max ist hier, und er … na ja, irgendetwas stimmt nicht mit ihm. Ich denke, du solltest so schnell wie möglich herkommen.«

Mein Herz schlägt mir bis zum Hals.

»Was ist los, Ellie?«, fragt Rach und beugt sich auf ihrem Stuhl vor.

»Es geht um Max«, antworte ich und wähle Judys Nummer, aber es ist besetzt. Ich hinterlasse eine kurze Nachricht und bitte sie, mich zurückzurufen. Aber dann sehe ich, dass mein Akku fast leer ist. »Deine Mum sagt, dass mit ihm etwas nicht stimmt. Mist, wieso habe ich das verdammte Handy nicht aufgeladen?«

Ich wähle Max' Nummer, lande jedoch direkt bei der Voicemail.

»Und ich habe mein Handy zum Laden bei Mum gelassen«, sagt Rach. »Komm, lass uns hingehen.«

»Aber zu Fuß brauchen wir fast eine halbe Stunde!«

»Zwanzig Minuten, wenn wir uns beeilen. Na los.«

Irgendwie kann ich meine Füße nicht dazu bewegen, sich in Bewegung zu setzen.

»Aber wir wollten über dich und Gaby reden.«

Rach hebt Sasha zurück in den Kinderwagen. »Das ist jetzt nicht so wichtig, wir sollten zuerst rausbekommen, was mit Max los ist.

»Natürlich, klar doch.« Meine Stimme klingt zittrig.

»Komm schon.« Rach schnappt sich den Buggy und marschiert los. Ich folge ihr. »Ich bin sicher, dass es keinen Grund zur Sorge gibt. Du weißt ja, wie Mum ist – sie dramatisiert gern.«

Hoffentlich hat Rach recht. Aber mein Magen zieht sich zusammen bei dem Gedanken daran, wie ängstlich Judy klang, und mein Gefühl sagt mir, dass etwas ganz und gar nicht in Ordnung ist.

Kapitel 3

Als Rach und ich mit rot glühenden Wangen und verschwitzt beim Haus meiner Schwiegermutter ankommen, ist Sasha wieder eingeschlafen.

»Ich stelle den Buggy in den Garten unter den Baum«, sage ich, während Rach direkt auf die Haustür zusteuert.

»Okay, wir sehen uns drinnen«, antwortet sie und steckt den Schlüssel ins Schloss. Ich entriegele das Törchen zum Garten hinter dem Haus, schiebe Sasha in den Schatten unter die große Eiche und gehe zum Hintereingang. Als ich einen Blick durchs Küchenfenster werfe, sehe ich, wie Max den Kopf in den Kühlschrank steckt, und seufze erleichtert – offensichtlich ist er in einem Stück.

»Du«, sage ich zu ihm, nachdem ich die Tür geöffnet habe, und zeige mit dem Finger auf ihn, »steckst in großen Schwierigkeiten.«

Erschrocken fährt er zusammen und hebt die Hände. Ich mustere ihn von oben bis unten. Er hat nicht einmal einen Kratzer. Verdammte Judy. Sie müsste eigentlich wissen, dass man einer hochschwangeren Frau nicht solche Nachrichten auf den Anrufbeantworter spricht. Ich weiß zwar nicht, warum Max bei seiner Mutter ist, statt nach Hause zu gehen, aber so wie ich ihn kenne, hat er vermutlich seinen Schlüssel verloren, und der Akku seines Handys ist genauso leer wie meiner.

»Komm her«, sage ich erleichtert, gehe zu ihm und lege die Arme um seinen Nacken. »Warum bist du hier?«

Er weicht zurück, stößt gegen die Küchenwand, und Panik steht ihm ins Gesicht geschrieben.

»Das ist Mums Haus.« Er verengt die Augen, doch dann breitet sich ein Lächeln in seinem Gesicht aus. »Spider, verdammt, ich hätte dich beinahe nicht erkannt.«

Ich erstarre. Max weiß doch, wie sehr ich diesen Spitznamen hasse! So hat er mich seit jener Nacht in dem Klub nicht mehr genannt. Ich schiebe meine Brille mit den sehr viel dünneren Gläsern den Nasenrücken hoch.

»Echt witzig, Max.« Ich sehe ihn wütend an.

»Verdammt. Du bist richtig erwachsen geworden. Sieht nicht so aus, als wären da Papiertaschentücher drin.« Er senkt die Stimme und zwinkert mir zu.

Genau das hat er an dem Abend im Klub auch gesagt.

»Soll das hier eine Art Rollenspiel sein?«, frage ich verwirrt. Er mustert mich mit diesem Blick, der normalerweise darauf hinausläuft, dass wir im Schlafzimmer landen.

Offenbar hat er seit unserem Gespräch heute Morgen etwas ausgeheckt.

»Rollenspiel? Das fandest du schon immer toll, nicht wahr? Du und Rach, ihr wart in der Schule in diesem Klub, wie hieß er noch – Dungeons and Dragons?«, erwidert Max lachend.

So zu tun, als hätten wir uns seit der Schulzeit nicht mehr gesehen, ist nicht gerade das Rollenspiel, das mir vorschwebte. Aber nach der Begegnung mit Cara Worthington ist das Nachspielen einer Fantasie, in der die Streberin den heißen Typen bekommt, gar nicht so abwegig.

»Verstehe … Also, Max, kommst du öfter her?«, schnurre ich, aber es klingt eher, als hätte ich mich an einem Fellball verschluckt.

»Es ist das Haus meiner Mutter …«

»Klar.« Mir liegt dieses Spiel nicht, im Gegensatz zu Max, der sich glaubwürdig unnahbar gibt. »Aber deine Mum ist jetzt nicht hier, oder?«

»Äh, nein, sie ist im Wohnzimmer und telefoniert.«

Ich dränge mich gegen ihn, und er presst sich an die Wand. Mein Bauch nagelt ihn förmlich fest – er kann nicht entkommen.

»Wie praktisch«, sage ich und fahre mit den Fingern die Knöpfe seines Hemdes hinab.

»Was tust du da, Spider? Ich weiß, dass du früher in mich verknallt warst, aber ich hätte nie gedacht, dass du … ich hatte ja keine Ahnung, wie du wirklich bist!«

»Tatsächlich?« Endlich gelingt das Schnurren. »Diese Muskeln …« Ich streichle sie. »Und erst dein Hintern.«

»Spider!«, stößt er erschrocken hervor, als ich seinen Hintern packe, und ich muss vor Vergnügen laut kichern. Wer hätte gedacht, dass das so witzig sein kann?

»Weißt du«, schnurre ich, »wenn wir als Teenager am selben Tisch gegessen haben, habe ich mir oft vorgestellt, wir würden auf diesem Tisch Sex haben.«

»Verdammt, meine Mum ist direkt nebenan«, zischt er und entwindet sich mir. »Das ist völlig daneben, nicht nur, weil du schwanger bist, sondern auch« – er greift nach meiner Hand –, »weil du verheiratet bist.«

Ich verdrehe betont die Augen.

»Keine Sorge, mein Mann muss das nicht erfahren. Außerdem siehst du viel besser aus als er.«

Bei dem Kompliment schwillt Max für einen Moment stolz die Brust; er spielt echt klasse mit, das ist zum Schießen. Er weicht vor mir zurück, verschanzt sich hinter dem Küchentisch, aber ich folge ihm, jage ihn langsam um den Tisch herum.

»Das ist nicht gut«, jammert er.

»Aber ist es nicht gerade deshalb so gut?«, erwidere ich übertrieben lustvoll, bekomme ihn endlich zu packen, drücke ihn mit meinen Armen gegen die Wand und recke mich hoch, um ihn zu küssen.

Rach kommt in die Küche geplatzt. »Also, Mum hat mich ins Bild gesetzt. Sie telefoniert gerade mit Gaby und –« Wir fahren erschrocken auseinander. Ich versuche mich zu sammeln, während Max mich anstarrt, als hätte ihn ein Lkw gerammt. »Oh. Entschuldigt, ich wollte euch nicht unterbrechen.«

»Hast du nicht«, sage ich und versuche, so zu tun, als wäre ich nicht verlegen.

»Dann ist also alles in Ordnung?«, fragt Rach, verschränkt die Arme vor der Brust und schaut zwischen Max und mir hin und her.

»Alles bestens«, versichere ich und ziehe mein Oberteil glatt. »Ich wollte Max gerade erzählen, dass wir zufällig Cara Worthington aus der Schule getroffen haben.«

»Ich erinnere mich an sie, blonde Haare und Riesentitten.«

Rach und ich reißen die Köpfe herum und starren ihn an.

»Was?« Er zuckt mit den Schultern. »Dafür war sie in der Schule bekannt. Dafür und dass sie schluckt.«

Mir klappt die Kinnlade herunter.

»Komm schon, Spider, jetzt guck nicht so entsetzt. Vor ein paar Minuten wirktest du gar nicht so schüchtern.«

»Spider?«, wiederholt Rach leise und studiert mein Gesicht, um zu sehen, wie ich darauf reagiere.

»Na schön. Wir haben so getan, als wären wir nicht zusammen. Du weißt schon, was Paare tun, um ...« Mir schießt noch mehr Blut in die Wangen. »Ach, egal.«

»Ich will gar nicht wissen, was ihr macht, aber ... Ellie, Mum hat mir erzählt, dass mit Max etwas nicht stimmt.«

Max seufzt laut.

»Mit mir ist alles in Ordnung. Aber ihr verhaltet euch sonderbar. Du, Mum, Spider. Weißt du, dass sie mir gerade an die

Wäsche wollte? Wenn sich jemand merkwürdig verhält, dann doch wohl sie. Sie hat mich geküsst, dabei ist sie verheiratet und schwanger«, flüstert er Rach zu.

»Was du nicht sagst, Sherlock!«, zischt sie zurück.

»Es war allein ihre Schuld, sie hat sich auf mich gestürzt, also schimpf nicht mit *mir*. *Sie* ist die mit dem Ehemann.«

»Max, jetzt hör auf, dich zu verstellen. Wenn wir so etwas tun, ist das unsere Sache, aber zieh Rach da nicht mit rein«, ermahne ich ihn peinlich berührt.

»Was meinst du mit verstellen – inwiefern verstellen?«, fragt er.

Ich spüre, wie sich Rachels Blick förmlich in mich hineinbohrt.

»Ellie …«, beginnt sie, aber ich lasse sie nicht ausreden.

»Du bist mein Ehemann. Das ist unser Baby.«

Max verengt die Augen, starrt mich an und beginnt schallend zu lachen.

»Der war gut, Spider. Könnten jetzt bitte alle mit dem Herumalbern aufhören?«

»Ich habe meinen Schlüssel gefunden.« Judy betritt die Küche. »Hast du Ellie eingeweiht? Ah, Liebes, da bist du ja.«

Sie kommt zu mir und ergreift meine Hände.

»Hat Rach dir erzählt, dass ich mit Gaby telefoniert habe? Wir sollen Max sofort in die Notaufnahme bringen, damit er untersucht wird.«

Er stöhnt.

»Mum, ich habe dir doch gesagt, dass es mir gut geht.«

»Max? Was ist los? Warum sollst du in die Notaufnahme?« Panik überkommt mich. Nichts von dem hier ergibt Sinn.

»Es ist alles in bester Ordnung. Mum übertreibt wie immer. Um wie viel Uhr kommt Dad nach Hause? Er wird dich schon beruhigen.«

»Dein Dad? Aber –«

»So bald wird er nicht hier sein, Liebes«, unterbricht mich Judy und wirft mir einen warnenden Blick zu.

»Schade, er würde das nämlich schnell beenden.« Max seufzt entnervt.

»Möchte mir jetzt bitte mal jemand erklären, was los ist?« Für jemanden, dessen Job es ist, Informationen miteinander zu verbinden, versage ich gerade kläglich.

»Alle sind durchgedreht, das ist los«, antwortet Max. »Mum und Rach wollen mich ins Krankenhaus karren, und du schiebst mir die Zunge in den Hals. Dabei will ich nur ein Bier trinken und mir das Fußballspiel ansehen.«

Mein Herz schlägt plötzlich so laut, dass ich es hören kann.

»Aber Gaby sagt, wir sollen sofort in die Notaufnahme«, beharrt Judy.

»Wer auch immer diese Gaby ist, sie hat keine Ahnung«, erwidert Max und holt sich ein Bier aus dem Kühlschrank.

»Was meinst du damit, ›wer auch immer Gaby ist‹?«, frage ich.

Mir ist plötzlich so schwindelig und übel, dass ich mich auf einen Stuhl fallen lasse, um nicht umzukippen.

»Keine Ahnung, was für einen kranken Streich ihr mir spielt, aber das ist nicht witzig. Ich gehe jetzt Fußball gucken«, sagt er und stürmt hinaus.

Gesagt, getan.

Während ich zwischen Judy und Rach hin und her schaue, wabert vom Wohnzimmer der leise Klang des Fernsehers herüber.

Rach setzt sich neben mich auf einen Stuhl.

»Max ist vor etwa einer Stunde hier aufgetaucht und wirkte ein bisschen verwirrt«, sagt sie leise.

»Verwirrt?«

»Er sagte, er sei in Chiswick gewesen, wisse aber nicht, was er dort wollte, also fuhr er zu seiner Wohnung in Brixton, aber dort würde jetzt jemand anderes wohnen. Dann entdeckte er in seinem Portemonnaie die Fahrkarte nach Fleet und kam her.«

Ich brauche einen Moment, um ihre Worte sacken zu lassen.

»Brixton? Wieso sollte er glauben, dass er in Brixton wohnt? Seither ist er schon zweimal umgezogen. Und was wollte er in Chiswick? Das ist nicht einmal in der Nähe seines Büros!«

Eine Gänsehaut breitet sich auf meinen Handgelenken aus, wandert die Arme hinauf bis zum Nacken, bis schließlich mein gesamter Körper brennt.

»Wir wissen nicht, was los ist, aber es sieht so aus, als hätte er sein Gedächtnis verloren«, sagt Judy.

»Sein Gedächtnis?« Ich runzele die Stirn. »Menschen verlieren nicht einfach ihr Gedächtnis. So etwas gibt es nur in Filmen.«

»Was soll es sonst sein? Er denkt, er sei immer noch zweiunddreißig und würde in Brixton wohnen. Er weiß nicht, dass ihr beide verheiratet seid und in Fleet lebt.«

Ich schüttle den Kopf. Er kann unmöglich die letzten fünf Jahre seines Lebens vergessen haben. Ruckartig stehe ich auf, muss mich jedoch an der Tischkante festhalten, weil sich plötzlich alles vor meinen Augen dreht.

»Das passiert doch gerade nicht wirklich«, flüstere ich, gehe zum Wohnzimmer und stoße die Tür auf.

Max sitzt mit der Fernbedienung auf dem Sofa und zappt durch die Kanäle.

»Ich versuche immer noch, einen Sportsender zu finden, aber die sind alle geblockt. Dad wird sauer sein.«

Ich umklammere die Rückenlehne des Sofas, meine Beine sind wie Gummi.

Das war das zweite Mal, dass er seinen Dad erwähnt – mehr

als in den vergangenen viereinhalb Jahren zusammengenommen.

»Ellie, Liebes«, sagt Judy und tritt hinter mich. Ihr Gesicht ist kalkweiß. »Wir müssen ihn ins Krankenhaus bringen. Ich mache mir Sorgen, dass er womöglich gestürzt ist und sich den Kopf angeschlagen hat.«

Max fährt sich mit den Händen durchs Haar, und das vertraute Gefühl von Schmetterlingen in meinem Bauch macht sich breit – nur dass es heute nicht vor Lust ist, sondern aus Angst.

»Ich kann dich übrigens hören. Und es geht mir gut.« Er zuckt mit den Schultern. »Mum, was ist mit Sky Sport passiert?«

»Haben wir abbestellt.«

»Wieso sollte Dad das tun?« Max verzieht fragend das Gesicht, aber bevor Judy antworten kann, ertönt ein Quengeln aus Richtung Flur, und Rach kommt mit Sasha auf dem Arm herein.

»Seht mal, wer aufgewacht ist«, sagt sie, und Sasha streckt die Arme in meine Richtung aus.

»Ist das dein Kind?«, fragt Max und steht vom Sofa auf. »Kenne ich den Vater?«

Ich bin zu fassungslos, um darauf zu antworten, und mir gehen die Begründungen aus, warum er sich so verhält.

Sasha sieht Max und will zu ihm. Ich reiche sie ihm instinktiv, aber mir entgeht nicht sein entsetzter Gesichtsausdruck.

»Und was soll ich jetzt tun?«, fragt er und nimmt die Kleine unbeholfen entgegen. Aber sobald er sie in den Armen hält, setzt er sie sich auf die Hüfte und lächelt sie an.

Für einen Moment glaube ich, dass alles in Ordnung ist. Erleichtert schaue ich zu Judy. Was auch immer das für eine kleine Episode war, es ist vorbei, und er ist wieder normal.

»Ich glaube, sie hat etwas in ihre Windel gemacht«, sagt Max in dem Moment und hält mir Sasha hin. »Ich werde mir noch ein Bier holen, und dann versuche ich herauszufinden, was mit den Sportkanälen passiert ist. Aber sie ist süß, trotz des Geruchs.«

Er verlässt das Zimmer, und ich wende mich Judy und Rach zu.

»Was zum Teufel geht hier vor?«, frage ich und umklammere Sasha ein bisschen zu fest.

»Du darfst dich nicht aufregen, Schatz, das ist nicht gut für das Baby.«

»Nicht gut für das Baby? Judy, mein Ehemann hat offenbar keinen Schimmer, dass wir verheiratet sind! Wie sollte ich mich nicht aufregen?«

»Natürlich ist das schwierig«, räumt Judy ein und versucht, ruhig zu klingen, obwohl sie alles andere als das ist. »Aber im Moment sollte nicht auch noch dieses Baby zur Welt kommen, okay?«

»Ja«, antworte ich und atme tief aus. »Aber ich verstehe das einfach nicht.«

»Gaby sagt, dass ein Gedächtnisverlust alle möglichen Ursachen haben kann und Max zu einem Neurologen muss. Aber wir sollen uns nicht verrückt machen, denn in den meisten Fällen hält eine Amnesie nicht lange an.«

Rach nimmt mir Sasha ab und hilft mir dann, mich aufs Sofa zu setzen.

»Amnesie«, flüstere ich verwirrt. »Wie kann das sein? Er erkennt uns doch alle.«

Judy reibt sich über die Stirn und seufzt.

»Aber er scheint sich nicht an die vergangenen fünf bis sechs Jahre zu erinnern.«

»Die vergangenen fünf oder sechs Jahre«, wiederhole ich

und schluchze laut. So viel ist seither passiert! Sein Dad hat die Familie verlassen. Wir kamen zusammen, haben geheiratet. Sasha wurde geboren, und jetzt bin ich wieder schwanger. »Er tut nur so. Er verhält sich nicht wie jemand, der den Verstand verloren hat. Er wirkt nicht verwirrt oder traumatisiert, wie man erwarten würde – tatsächlich habe ich ihn schon lange nicht mehr so entspannt gesehen. Gaby muss sich irren.«

Judy zuckt zusammen. »Trotzdem. Wir sollen ins Krankenhaus fahren und ihn untersuchen lassen.«

»Er steht momentan im Job sehr unter Druck … Wenn es nun einfach zu viel war?« Ich spüre einen Adrenalinstoß und atme tief durch.

»Mehr ist es bestimmt nicht«, versichert Judy mit beruhigender Stimme. »Aber lassen wir ihn lieber früher als später untersuchen. Okay?«

»Ich könnte hierbleiben«, schlägt Rach vor. »Und auf Sasha aufpassen.«

»Würdest du das tun?«, frage ich erleichtert, denn momentan fühle ich mich außerstande, mich gleichzeitig um sie zu kümmern und mir Sorgen wegen Max zu machen.

»Natürlich. Lasst ihn durchchecken. Dann kommt ihr wieder nach Hause, und wir tratschen in Ruhe über Cara Worthington.«

»O ja, Cara mit den großen Titten«, erwidere ich sarkastisch.

»Es wird alles wieder gut, Ellie«, sagt sie, beugt sich zu mir und nimmt mich in den Arm. »Ganz sicher.«

Ich nicke und gebe Sasha einen dicken Kuss. Es muss alles wieder in Ordnung kommen. Sasha und dieses Baby in meinem Bauch brauchen ihren Daddy genauso sehr wie ich meinen Ehemann.

Kapitel 4

Ich bilde mir ein, dass ich gut mit Krisen umgehen kann. Für gewöhnlich behalte ich einen kühlen Kopf und gerate nicht in Panik. Allerdings passiert es auch nicht alle Tage, dass mein Ehemann mich behandelt wie einen durchgeknallten Stalker.

Meine Sorge wächst mit jeder Minute, die wir länger im Krankenhaus sind. Irgendwie habe ich wohl erwartet, dass die Mitarbeiter der Notaufnahme uns sagen würden, wir hätten überreagiert. Aber die Tatsache, dass sie ihn gründlich untersuchen und sofort einen Neurologen herbeirufen, beruhigt nicht gerade meine zum Zerreißen gespannten Nerven.

Max geht mit der ganzen Situation locker um. Er hat ein Schläfchen gehalten, eine Tüte M&Ms geknabbert und mit der ziemlich hübschen Ärztin geflirtet, die ihn als Erste untersucht hat. Ich habe mehrfach versucht, ihn daran zu erinnern, dass ich seine Frau bin, aber das tut er jedes Mal mit einem Lachen ab. Und wenn er nicht lacht, zeigt er auf seinen ringlosen Finger. Ich habe ihm erklärt, dass er den Ring vor dem Duschen auszieht und in neun von zehn Fällen vergisst, ihn wieder anzuziehen.

Judy versucht es mit einer anderen Strategie: Sie setzt sich neben ihn und sagt kein Wort.

»Dauert das hier noch lange?«, fragt Max. »Ich verpasse das Fußballspiel.«

»Vergiss dieses Scheiß-Fußballspiel«, fauche ich ihn an, zücke mein Handy und suche nach den Spielergebnissen. »Brighton wurde 4:0 von Man City geschlagen. Bist du jetzt zufrieden?«

Er verengt die Augen.

»Jetzt weiß ich endgültig, dass du mich auf den Arm nimmst. Wie könnte Brighton gegen Man City spielen?«

»Weil sie mittlerweile in der Premier League sind«, antwortete ich. Vielleicht glaubt er mir wenigstens das.

»Ellie, wir sollten Max nichts von dem erzählen, was er verpasst hat, bis der Arzt ihn untersucht hat.«

»Wie bitte? Dann sollen der dicke Bauch und ich hier herumsitzen und so tun, als würden wir nicht existieren?«

Judy beißt sich auf die Lippe, und ich fühle mich schlecht. Ihr Leben hat sich in den vergangenen Jahren dramatisch verändert, und es wird nicht einfach sein, Max das alles noch einmal zu erklären.

Der Vorhang zur Untersuchungskabine wird mit einem metallischen Kreischen zurückgeschoben, und wieder erscheint ein blonder Weißkittel. Beinahe hätte ich vor Erleichterung geseufzt, dass es dieses Mal ein Mann ist und mir wenigstens erspart bleibt, Max beim hemmungslosen Flirten zuzusehen.

»Also, Max, was haben wir für Probleme?«

»Wir verschwenden unsere Zeit, das ist unser Problem«, erwidert Max und verschränkt die Arme vor der Brust.

»Schon gut. Mein Name ist Sam, und ich werde Ihnen ein paar allgemeine Fragen stellen. Zunächst einmal, wissen Sie, wo Sie sich befinden?«

»County Hospital.« Max seufzt genervt, als würde man ihn für einen Schwachkopf halten.

»Okay, und welches Jahr haben wir?«

»2014«, antwortet er, ohne mit der Wimper zu zucken.

»Wer ist momentan Premierminister?«

»David Cameron.«

»Und Brexit bedeutet?«

Max runzelt fragend die Stirn.

»Gütiger Gott«, stöhnt Judy.

Mir wird klar, wie naiv ich in Bezug auf den Gedächtnisverlust war. Max hat nicht nur alles über uns vergessen, sondern auch, was in der Welt passiert ist.

»2014«, sage ich langsam. »Obama ist Präsident?«

»Klar, wer sonst?«, erwidert er. »Du bist doch angeblich so eine Art Genie, Spider!«

Ich zucke bei dem Namen zusammen, und der Arzt dreht sich zu mir um.

»Sind Sie seine Ehefrau?«

»Ja, ich bin Ellie, und das ist seine Mum, Judy.«

»Sie ist nicht meine Frau«, widerspricht Max. »Sie ist die beste Freundin meiner Schwester, und ich habe sie seit Jahren nicht gesehen. Die beiden spielen mir einen Streich.«

Sam, der Arzt, sieht mich lange an, bevor er sich wieder Max zuwendet.

»Sie denken also, Sie seien nicht verheiratet?«

»Natürlich denke ich das, weil ich es nicht bin! Daran würde ich mich ja wohl erinnern.« Er prustet vor Lachen. »Sehen Sie, kein Ring.«

Ich presse meine Hände zusammen, grabe die Fingernägel in die Handflächen, um mich durch den Schmerz vor dem Durchdrehen zu bewahren.

Der Arzt tippt etwas in sein iPad und wendet sich dann mir zu.

»Vielleicht wäre es besser, wenn ich mit Max unter vier Augen spreche«, sagt er.

»Aber –«

»So ist es oft einfacher. Gegenüber der Untersuchungskabine ist ein Wartebereich mit Stühlen. Sobald wir hier fertig sind, komme ich zu Ihnen, und wir reden.«

»Aber ich denke wirklich, dass –«

»Bitte, nur ein paar Minuten«, sagt er in einem Ton, der mich meine Tasche nehmen und langsam hinausgehen lässt.

»Komm schon, Ellie, es ist besser so. Lass Max ein wenig Raum.«

»Aber er ist durcheinander, er ist –«

»Genau deshalb müssen wir ihm Raum lassen«, insistiert Judy.

Eine Weile sitzen Judy und ich schweigend in dem Wartebereich. Vermutlich will keine von uns die Ausmaße dieser Situation offen aussprechen. Ich hole mein Handy heraus und rufe Max' besten Freund Owen an, lande aber direkt auf der Voicemail. Ich hinterlasse ihm eine Nachricht, in der ich erkläre, was passiert ist, und bitte ihn, mich möglichst bald zurückzurufen.

»Hast du deine Mum angerufen?«, fragt Judy.

»Nein, meine Mum ist in Krisen keine Hilfe. Davon abgesehen befindet sie sich momentan irgendwo in der Karibik. Ich habe Owen angerufen.«

»Gute Idee. Vielleicht weiß er ja, was Max in Chiswick wollte.«

Ich nicke, schiebe das Handy zurück in die Tasche, und wir schweigen wieder.

»Stell dir vor – nichts vom Brexit zu wissen«, sagt Judy schließlich.

Ich schließe die Augen und frage mich, wie das wohl sein mag. Wenn man zurückfällt in eine weniger verwirrende Zeit.

»Oder von Donald Trump«, sage ich und denke an die Reihenfolge der Ereignisse.

»Oder dass David Bowie gestorben ist«, sagt Judy.

Ich wende ihr den Kopf zu.

»Verdammt, 2016 – das Jahr, in dem all die Guten gestorben

sind. Max liebte Alan Rickman. Für ihn ist *Stirb langsam* der beste Weihnachtsfilm aller Zeiten, und zwar wegen Alan Rickman.«

Judy nimmt meine Hand und drückt sie.

»Prince ist tot.«

»Noel Edmonds«, sagt Judy und schüttelt den Kopf.

»Noel Edmonds? Echt? Ich dachte, der lebt noch.«

»Nein«, erwidert sie energisch. »Ich bin sicher, dass er vor ein paar Jahren gestorben ist. Haben sie nicht aus dem Grund die Show *Deal or No Deal* eingestellt?«

»Die hatte einfach ausgedient.«

»Hm.« Judy klingt nicht überzeugt. Sie zückt ihr Handy und tippt darauf herum. »Ah, es war Keith Chegwin. Ich habe die beiden verwechselt.«

»Die beiden haben überhaupt keine Ähnlichkeit.« Mühsam unterdrücke ich ein Lachen.

»Sie waren beide in der *Swap Show*, vermutlich vor deiner Zeit. Meine Güte, denk nur an all die Fernsehsendungen, an die er sich nicht mehr erinnert!«

»Ja.« Mir fallen unsere Serienmarathons ein, die zu einem wichtigen Bestandteil unserer Beziehung geworden sind. »Er wird sich nicht daran erinnern, dass er *Dark Matter* gesehen hat, und ich habe Jahre gebraucht, ihn davon zu überzeugen, es sich anzuschauen, *Jahre*!«

Max steht nicht auf Science-Fiction, und ich musste ihn förmlich anflehen, meine Lieblings-Kult-Klassiker mitzugucken.

»Er wird wütend sein, weil sie das Toffee aus der Quality-Street-Schachtel genommen haben. Du erinnerst dich?«, fragt sie.

»Wie könnte ich Toffeegate vergessen?« Meine Mundwinkel gehen nach oben, und mir entweicht ein leises Lachen. Judy muss ebenfalls lachen. Aber sobald wir aufhören, ist der Kummer wieder da. »Wie konnte er all das vergessen?«

»Möglicherweise ist es nur ein kurzzeitiges Phänomen. Er wacht morgen vielleicht auf, und alles kommt uns vor wie ein schlechter Traum.«

Judy, die ewige Optimistin. Hoffentlich hat sie recht.

Nach einer gefühlten Ewigkeit nähert sich der Arzt. Wir wollen aufstehen, aber er signalisiert uns, sitzen zu bleiben, und zieht sich einen Stuhl heran.

»Also, ich habe eine erste Untersuchung durchgeführt, und die gute Nachricht ist, dass die Testergebnisse in Ordnung sind und es keine äußeren Anzeichen für eine Kopfverletzung gibt. Als Nächstes machen wir ein MRT und ein EEG, um sicherzugehen, dass er keinen Schlaganfall hatte. Aber so, wie er sich verhält, und in Anbetracht der unauffälligen Blutergebnisse würde ich auf dissoziative Amnesie tippen.«

»Das klingt ernst«, sagt Judy, und ihr Griff um meine Hand wird fester.

»Ja und nein.« Sam atmet tief durch, bevor er es uns erklärt. »Natürlich ist es eine ernste Sache, dass er ein paar Jahre seines Lebens vergessen hat, aber wenn bei dem MRT keine physischen Schäden an seinem Gehirn festzustellen sind, bedeutet das, dass die Erinnerungen immer noch vorhanden sind.«

»Das verstehe ich nicht – wenn sie noch da sind, warum hat er dann keinen Zugang zu diesen Erinnerungen?«, frage ich.

Sam holt noch einmal Luft und setzt ein beruhigendes Lächeln auf.

»Das ist nicht mein Fachgebiet, und der Psychiater kann es Ihnen besser erklären. Wir wissen nicht immer, warum so etwas passiert. Für gewöhnlich kommt es dazu, wenn Menschen etwa Traumatisches beobachtet oder erlebt haben. Was hat Max heute Vormittag getan?«

»Er ist zur Arbeit gefahren«, antworte ich und spüre, dass hier etwas nicht zusammenpasst.

»Zur Arbeit zu gehen kann ziemlich traumatisch sein«, versucht Sam die Stimmung aufzuheitern, was ihm jedoch nicht gelingt. »Sie wissen nicht, ob er einen Unfall hatte oder sonst etwas passiert ist?«

»Nein, wir haben nicht die geringste Ahnung«, antworte ich.

»Okay. Nun, in den meisten Fällen dieser Art erholen sich die Patienten sehr schnell«, versichert Sam.

»Wenn Sie von schnell sprechen, meinen Sie dann Tage oder Wochen?«, hakt Judy nach.

»Für gewöhnlich sind es nur Stunden, manchmal Tage oder Wochen, möglicherweise sogar Monate oder Jahre, aber das nur in sehr, sehr seltenen Fällen«, fügt er rasch hinzu, als Judy und ich entsetzt keuchen. »Während wir auf das MRT warten, werde ich schon mal einen Psychiater anfordern.«

»Einen Psychiater …« Ich schließe die Augen. »Braucht er nicht einen Neurologen, damit er wieder in Ordnung kommt?«

»Falls es sich tatsächlich um dissoziative Amnesie handelt, kann ich leider nichts tun, um die Erinnerungen wieder freizusetzen. Wenn sie zurückkehren, dann hoffentlich auf einen Schlag. Das wird häufig durch etwas ausgelöst, wie zum Beispiel das Finden der Ursache des Traumas. Aber was auch immer ihn dazu veranlasst hat, einen Teil seines Gehirns zu verschließen, es ist etwas, das er nicht noch einmal erleben will – der Psychiater wird deshalb vermutlich empfehlen, dass Max einen Therapeuten aufsucht, der ihm in einem unterstützenden Umfeld durch das Problem hindurchhilft.«

Für einen Moment schweige ich und versuche, das alles zu verstehen.

»Tut mir leid, aber für mich klingt das nach Bullshit. Sie wollen behaupten, dass mein Sohn seine Erinnerungen vor sich versteckt?« Judy sagt wie üblich ganz offen, was sie denkt.

Sam tippt ein paarmal auf sein Display.

»Richtig. Unser Gehirn kann äußerst komplizierte Wege einschlagen, um uns zu schützen.«

»Es muss mehr als das sein«, widerspricht Judy. »Wenn er seine Erinnerung verloren hat, müsste ihn das doch beunruhigen? Aber Sie haben ihn doch gesehen, er wirkt völlig entspannt.«

»Das ist eines der Symptome bei dieser Art von Amnesie. Max' Gehirn verbirgt etwas vor ihm und gaukelt ihm deshalb vor, es sei alles in Ordnung. In Ihren Augen verhält er sich nicht normal, aber ihm ist das nicht bewusst.«

Jetzt bin ich an der Reihe, Judys Hand fast zu zerquetschen.

»Wie können wir ihm helfen, die Erinnerungen wiederzufinden?« Ich konzentriere mich lieber auf die Heilung und nicht auf die Diagnose.

Sam schenkt mir einen seiner mitfühlenden Blicke. »Unterstützen Sie ihn bei seiner Psychotherapie. Erinnern Sie ihn an Erlebtes, vielleicht hilft etwas davon seinem Gedächtnis auf die Sprünge. Ihren üblichen Tagesablauf beizubehalten könnte ein Anstoß sein. Aber Sie müssen behutsam vorgehen. Das Umfeld muss so sicher und unterstützend wie möglich gestaltet werden, damit seine Erinnerungen zurückkommen. Sie wollen ihm ja keinen weiteren Schock versetzen, denken Sie also bitte nicht, Sie müssten ihm alles auf einmal erzählen. Er wird sich schon bald wieder erinnern können. Ich halte es deshalb für das Beste, wenn Sie bis dahin Ihr Leben so weiterleben wie bisher.«

»Aber was ist mit seinem Job?«, frage ich panisch. »Er wird sich nicht erinnern, woran er gerade arbeitet.«

»Der Psychiater wird ihn vermutlich vorübergehend krankschreiben. Ich habe sowohl den Psychiater als auch das MRT angefordert, aber ich fürchte, für beides müssen Sie sich gedulden. Samstags ist nicht der beste Tag für einen Aufenthalt in der Notaufnahme, vor allem, da nach den Sommerferien die Sportveranstaltungen wieder anlaufen. Ich lasse Sie jetzt für einen Moment allein, damit sich das alles setzen kann, und komme dann später zurück, um ein EEG zu machen.«

»Und was sollen wir bis dahin machen?« Ich frage nicht einmal, was genau ein EEG ist.

»Sprechen Sie mit ihm«, antwortet er, zuckt mit den Schultern und schaut auf seine Armbanduhr.

»Danke«, sage ich. Er steht auf und versichert noch einmal, dass wir uns später erneut sprechen.

Ich will auf den Vorhang zugehen, aber Judy hält mich zurück.

»Sollten wir vielleicht vorab überlegen, was wir ihm erzählen?«, fragt sie.

»Wie meinst du das? Der Arzt hat doch gesagt –«

»Ich weiß, aber was ist zum Beispiel mit seinem Dad?«

»Oh. Es wird furchtbar für ihn sein, das noch einmal durchstehen zu müssen«, stimme ich zu.

»Deshalb sollten wir es ihm besser nicht erzählen. Bestimmt kehrt seine Erinnerung schon in wenigen Stunden zurück – es bringt nichts, ihm unnötig zuzusetzen.«

Mir ist nicht wohl dabei. Immerhin ist das ein wichtiger Bestandteil seines Lebens, den wir einfach ausklammern würden.

»Und wenn es sich über Monate hinzieht?«

»Dann finden wir einen Weg, es ihm zu sagen, behutsam. Wir bringen es ihm langsam und schonend bei.«

»Und wie wollen wir bis dahin erklären, dass sein Dad nie zu Hause ist?«

»Wir behaupten, er sei mit Graham im Golfurlaub. Für Max ist das sicher am besten so.«

»Okay.« Ich starre auf den Vorhang. »Und was ist mit Mick? Sagen wir ihm, dass Max sein Gedächtnis verloren hat?«

Sie zupft am Schultergurt ihrer Handtasche herum.

»Judy, er ist sein Sohn, er hat ein Recht, es zu wissen.«

»Klar, aber können wir wenigstens ein paar Tage warten, bevor wir ihn anrufen? Lass uns sehen, ob Max' Erinnerungen nicht schon bald wieder zurückkehren. Das Letzte, was ich will, ist, dass er hergeflogen kommt und Max aufregt.«

Ich beiße mir auf die Unterlippe, bin hin- und hergerissen, ob ich Max die Wahrheit sagen und so für noch mehr Verstimmung in der Familie sorgen soll. Als ich mich das letzte Mal einmischte, ging es darum, ob Mick per Videocall Sasha sehen darf. Max hat zwar zögerlich zugestimmt – er will nicht verhindern, dass Sasha eine Beziehung zu ihrem Großvater aufbaut –, aber jedes Mal, wenn wir mit ihm facetimen, verlässt Max das Haus.

»Also gut.« Ich nicke.

»Ich schicke Graham und Rach eine Nachricht, damit sie Bescheid wissen.«

Ich trete an den Vorhang und ziehe ihn auf. Max schaut mich grinsend an. Für einen Moment halte ich die Luft an, hoffe, dass der Spuk vorbei ist.

»Du wirkst äußerst selbstzufrieden.« Ich versuche, nicht erwartungsvoll zu klingen. »Erinnerst du dich wieder?«

»Nein«, antwortet er. »Aber Sam hat mir erzählt, dass Brighton heute Nachmittag gegen Man gespielt hat. Du hattest recht, Spider. Brighton ist zurück in der Premier League!«

Judy schaut mich an und schüttelt den Kopf. Sicher bedeutet das: Lass sich Max *darauf* konzentrieren und nicht auf die Tatsache, dass der Arzt ihm gerade gesagt hat, er habe fünf Jahre seines Lebens verloren.

Ich sehe ihn an, und auf eine Weise ist es der Max, den ich kenne und liebe, aber auf andere Weise ist er ganz und gar nicht der Mann, den ich geheiratet habe.

Kapitel 5

Sashas Brabbeln weckt mich auf, und ich brauche ein paar Sekunden, um herauszufinden, wo ich bin. Ich drehe mich auf die Seite und sehe sie in ihrem Reisebettchen stehen. In dem Moment bricht die Erinnerung an den vergangenen Tag wie eine Welle über mich herein.

Ich mag gar nicht daran denken, wie wenig ich diese Nacht geschlafen habe. Als wir aus dem Krankenhaus nach Hause kamen, war es schon spät. Da Sasha bei Judy schon fest eingeschlafen war, sind wir geblieben, und ich bin sofort ins Bett gegangen.

Als ich Sasha hochhebe, wird sie noch mitteilsamer. Ihr zuzuhören funktioniert nicht, da ich Max unten lachen höre. Hoffnungsvoll eile ich hinunter in die Küche und finde ihn dabei vor, wie er Schranktüren öffnet und wieder schließt.

»Hey«, begrüße ich ihn ein wenig atemlos.

Sasha windet sich aus meinen Armen. Ich stelle sie auf den Boden, und sie tapst sofort los.

»Hey, Spider«, sagt Max, holt eine Bratpfanne heraus und stellt sie auf den Herd.

Mir bricht förmlich das Herz. Sam hat uns gewarnt, dass es Tage dauern könne, oder sogar Wochen oder Monate, aber mir war nicht klar, wie sehr ich gehofft hatte, dass Max heute Morgen aufwachen und sich wieder an alles erinnern würde.

Auf mich wirkt es befremdlich, dass er sich verhält wie an einem typischen Sonntag. Aber der Arzt hat uns ja gesagt, dass er so reagieren würde. Vermutlich sollte ich dankbar sein, dass Max mehr oder weniger akzeptiert, dass ich zu seinem Leben gehöre, wenn er auch die Tatsache ignoriert, dass wir verheiratet sind, und es vermeidet, über unser gemeinsames Leben zu sprechen.

»Ich mache Frühstück für Rach, falls du auch etwas möchtest? Nur schnell ein Omelette.«

»Klar, und Sasha hätte auch gern etwas«, antworte ich und lasse mich auf den Stuhl fallen. Ich wollte so dringend herausfinden, wie Max' Zustand ist, dass ich Rach, die am Küchentisch sitzt, völlig übersehen habe. Sie reibt mir mitfühlend über die Schulter und streckt dann die Arme in Richtung Sasha aus, die auf sie zugetapst kommt.

»Okay«, sagt Max, und ich schaue ihm dabei zu, wie er die Zutaten verrührt.

»Für Sasha bitte die Paprika ganz klein schneiden.«

Es ist sonderbar, ihm Dinge erklären zu müssen, die gestern noch völlig selbstverständlich für ihn waren.

»Alles klar«, sagt er, schaut jedoch nicht zu unserer Tochter. Normalerweise zieht sie ihn geradezu magnetisch an, sobald sie im Zimmer ist.

»Ich muss nur noch herausfinden, wo die Gewürze und Kräuter stehen«, sagt er, während er wieder eine Schranktür öffnet und schließt.

Mit Sasha auf dem Arm steht Rach auf und öffnet den Schrank direkt neben dem Herd. »Hier. Sie stehen seit achtundzwanzig Jahren am selben Ort.«

»Ich glaube nicht, dass ich schon jemals hier gekocht habe«, erwidert er. »Warum sollte ich, wenn Mum es so gut kann?«

»Spar dir das Schleimen, Mum ist schließlich gar nicht da.«

»Sprecht ihr über mich?«, fragt Judy, die in dem Moment in die Küche spaziert kommt.

»Die beiden amüsieren sich nur darüber, dass Max sich nicht in der Küche zurechtfindet«, informiere ich sie.

»Ich wusste nicht einmal, dass er kochen kann«, erwidert Judy.

Sie geht zum Herd und will übernehmen, aber Max scheucht sie weg.

»Schon gut. Ich mache nur schnell ein Omelett. Möchtest du auch eins?«

»Gern«, antwortet sie und drückt Sasha, bevor sie sich an den Tisch setzt.

Max holt Kräuter der Provence aus dem Schrank und stellt den Streuer neben den Eierkarton.

»Wo finde ich einen Schneebesen?«, fragt er und wühlt in dem Krug mit den Kochlöffeln herum, bis er einen entdeckt.

»Fühlt sich fast so an wie damals als Kinder, wenn du bei uns übernachtet hast, Ellie«, sagt Rach. »Abgesehen davon, dass Max kocht – wir hätten niemals etwas gegessen, das er zubereitet hat.«

»Dann hast du was verpasst. Erinnerst du dich nicht mehr an die Käse-Makkaroni, die ich in Ernährungskunde gekocht habe? Dafür habe ich eine Eins bekommen.«

»Ich bin mir ziemlich sicher, dass du Carly Simmons dazu gebracht hast, für dich zu kochen«, entgegnet Rach und verdreht die Augen.

»Hey, das meiste davon war meine Arbeit, besten Dank auch!« Er schenkt uns ein gewinnendes Lächeln. »Zumindest habe ich alle Zutaten besorgt.«

»Mum hat alles abgewogen und für dich in Tupperware-Dosen gefüllt.«

»Habe ich das?« Ein zartes Lächeln umspielt Judys Lippen.

Es versetzt mir einen Stich, dass sich Max gegenüber Rach und seiner Mum so verhält wie immer, während Sasha und ich für ihn wie Fremde sind. An dieses neue Normal muss ich mich erst noch gewöhnen.

»Das war köstlich, auch wenn ich mich damit selbst lobe.« Nachdem Max sein Omelett gegessen hat, schiebt er den Teller weg und greift nach seinem Handy. »Wie gut, dass ich für sämtliche Handys dasselbe Passwort benutze, sonst wäre ich jetzt geliefert.« Solche Witze in dieser Situation kann auch nur Max bringen.

»Genau genommen hat dein Handy Fingerabdruck-Erkennung. Da, auf der Rückseite, scannt es deinen Fingerabdruck.« Ich zeige es ihm.

»Heilige Scheiße, wir leben in der Zukunft!«, ruft er mit leuchtenden Augen. »Was hat sich technisch denn noch so getan? Wie ich sehe, besitzen wir noch keinen Roboter, der den Abwasch erledigt.«

Zum ersten Mal, seit wir das Krankenhaus verlassen haben, begeistert er sich über etwas aus seinem neuen Leben – und es hat nicht einmal mit Fußball zu tun.

»Ich bin ziemlich sicher, dass es im Jahr 2014 auch schon Geschirrspüler gab«, wirft Rach ein. »Aber so wie ich dich kenne, wusstest du noch nie, was das ist.«

»Sehr witzig.«

»Bedauerlicherweise haben wir keine herumlaufenden Roboter«, sagt Judy. »Alexa, was sind die größten technischen Fortschritte der vergangenen fünf Jahre?«

Die mechanische Stimme von Alexa erfüllt den Raum. »Zu den Top Ten der technischen Fortschritte in den vergangenen fünf Jahren zählen Erweiterte Realität, Künstliche Intelligenz bei Apps …«

Max wirbelt herum, starrt verwundert auf den Lautsprecher auf der Anrichte und lauscht gespannt der Aufzählung.

»Unglaublich. Mum, seit wann bist du so technikversiert?«

»Das war ein Weihnachtsgeschenk von dir, aber ich mag Alexa. Dadurch bin ich nie allein.«

»Dahinter steckst doch bestimmt du, oder? Das ist wie bei *Star Trek*«, sagt er zu mir.

»Manchmal kommt es mir so vor, als gäbe es in unserer Ehe zwei Frauen, und Alexa ist eine davon. Du stehst total auf sie«, erwidere ich.

»Echt? Und wozu nutze ich sie?«

»Für alles. Fußballergebnisse, Musik, Wetter.«

»Wow. Und wie macht man das?«

»Du sagst: ›Alexa‹, und dann stellst du deine Frage.«

»Okay. Alexa, in welcher Liga spielt Brighton?«, fragt er laut und deutlich wie ein Brite im Ausland, der die dortige Sprache nicht beherrscht.

»Brighton & Hove Albion F.C. sind in der Premier League.«

»Ja, das sind sie!« Max boxt triumphierend in die Luft.

Dann schnappt er sich wieder sein Handy und wischt über das Display.

»Suchst du nach Dingen, die deinem Gedächtnis auf die Sprünge helfen könnten? Vielleicht solltest du deine Textnachrichten durchgehen«, schlägt Rach vor.

»Nein, ich wollte Dad schreiben, um zu fragen, wann er nach Hause kommt.«

Judy und ich wechseln einen Blick.

»Habt ihr ihm nichts von Dad gesagt?«, fragt Rach und starrt uns entsetzt an.

»Was meinst du damit?« Max hört ihr nur mit halbem Ohr zu, weil er weiter mit seinem Handy beschäftigt ist.

»Dass er verreist ist, ein Golfurlaub mit Graham, und erst in ein paar Wochen zurück sein wird«, betet Judy herunter, als habe sie den Text auswendig gelernt.

Rachel öffnet den Mund, um zu protestieren. »Autsch!«, sagt sie dann und schaut unter den Tisch, wo sie vermutlich einen Tritt bekommen hat.

»Aber als ich gestern mit ihm sprach, sagte er noch, dass er morgen zurückkäme, und das wäre dann heute«, sagt Max und schaut uns über sein Telefon hinweg an.

»Du kannst gestern nicht mit ihm gesprochen haben«, erwidert Judy und zupft nervös am Kragen ihrer Bluse. »Er hat dort keinen Empfang.«

Rachel starrt sie an, sagt jedoch nichts.

»Es schien aber zu funktionieren. Ich habe ihn angerufen, als ich feststellte, dass in meiner alten Wohnung in Brixton jemand anderes wohnt, und er sagte, ich solle hierher fahren und ihr würdet mir weiterhelfen. Und dann fand ich die Monatskarte der Bahn.«

Judys Hals verfärbt sich rot an der Stelle, an der ihre Bluse daran reibt. Ich öffne gerade den Mund, um zu sagen, dass es am besten wäre, ihm die Wahrheit zu sagen, als es an der Tür klingelt. Wir schauen alle zur Küchentür, die in den Flur führt.

»Vielleicht ist er das ja schon«, sagt Max, schiebt seinen Stuhl über den Boden und steht auf. »Hat bestimmt den Schlüssel vergessen.«

Judy starrt mich entsetzt an, und wir denken beide offenbar dasselbe: Das kann nicht sein!

Max geht in den Flur. Rach schließt hinter ihm die Küchentür, dann wendet sie sich uns zu.

»Verdammt, ihr wart stundenlang in diesem Krankenhaus, und als ihr gesagt habt, ihr würdet ihn über die Situation aufklären, dachte ich, es ginge um die wichtigen Dinge!«, faucht sie.

»Haben wir auch. Es gibt eine Menge, das er nicht wusste – über Brexit, Trump, dass Boris jetzt Premierminister ist, der bedrohliche Klimawandel, dass die Fernsehspielshow *Supermarket Sweep* ein Comeback versucht«, antwortet Judy und schaut Rach dabei nicht in die Augen.

»Um Himmels willen«, stöhnt Rachel.

»Das ist kein Thema, mit dem du herausplatzt, wenn du auf einem Krankenhausbett sitzt«, verteidigt sich Judy. »Diese Vorhänge vor den Kabinen sind so dünn.«

Rachel verdreht schon wieder die Augen. Sie war schon immer ein Mensch, der es besser findet, das Pflaster mit einem Ruck abzureißen und dir klar zu sagen, was Sache ist.

Es ist eine großartige Eigenschaft bei einer Freundin – sobald man sich erst einmal daran gewöhnt hat, dass sie stets brutal ehrlich ist. Das hat mir im Laufe der Jahre so einiges erspart, zum Beispiel, mir in der achten Klasse eine Dauerwelle machen zu lassen, gefährliche Mitternachtsknutschereien mit unausstehlichen Typen, als ich so beschwipst war, dass ich sie für attraktiv hielt, ein Brautkleid im Fishtail-Stil, in dem ich unmöglich hätte tanzen können.

»Ihr hättet es ihm gestern sagen sollen«, beharrt Rach.

»Der Arzt denkt, dass Max' Gedächtnisverlust nur vorübergehend ist. Schon in wenigen Tagen sollte er sich an alles erinnern, und dann hätten wir ihn unnötig diesem Kummer ausgesetzt«, erwidert Judy und verschränkt die Arme vor der Brust.

»Und wenn er nun wirklich mit Dad gesprochen hat und der jetzt vor der Tür steht?«

»Eher steht Elvis vor der Tür«, murmelt Judy. »Niemals ist Mick in ein Flugzeug gestiegen.«

Wir hören Frauenlachen.

»Wusste ich doch, dass Mick nicht kommen würde«, stellt Judy mit einem Seufzer der Erleichterung fest.

»Ich gehe nachschauen, wer es ist«, biete ich rasch an, da ich keine Wiederholung von vergangener Nacht möchte, als Max jede Frau anbaggerte, die ihm vor die Augen kam.

»Hallo, Gaby!«, rufe ich erleichtert, als ich Rachs Lebenspartnerin an der Haustür stehen sehe.

»Sorry, ich möchte nicht stören, aber meine Rufbereitschaft ist zu Ende, und ich dachte, ich schaue mal vorbei.«

»Aber natürlich, komm doch rein.«

»Ja, komm nur herein«, fügt Max hinzu, und ich merke, dass sich sein Verhalten irgendwie verändert hat. Er steht aufrechter und lächelt mehr. O nein. Genauso hat er sich gestern bei der Ärztin aufgeführt.

Max führt Gaby in die Küche.

»Dann schließe ich mal die Haustür«, murmele ich, knalle sie zu und folge den beiden.

»Hey, wie schön, dich zu sehen!«, ruft Rach überrascht, als sie Gaby erblickt.

»Du bist also Rachs Arztfreundin. Bist du vorbeigekommen, um mich zu untersuchen?«, fragt Max augenzwinkernd.

»Äh …«, Gaby wirft mir einen fragenden Blick zu, »ich denke, der Arzt hat gestern schon die richtigen Ratschläge gegeben. Behutsam vorgehen, nichts erzwingen, und mit Unterstützung eines Psychotherapeuten kehren die Erinnerungen hoffentlich bald zurück. Und bis dahin bin ich hier, um euch alle zu unterstützen.«

»Das ist echt nett von dir. Rach hat Glück mit ihren Freundinnen, die dazu auch noch so hübsch sind.«

»Ja, einschließlich der, mit der du verheiratet bist«, werfe ich ein und hebe die Hand.

»Aber klar«, stimmt er mit angedeutetem Lächeln zu, als hätte ich etwas Witziges gesagt. Offenbar kann er sich nicht im Geringsten vorstellen, dass wir beide zusammen sind. »Ist schwierig für mich, so plötzlich vom Single-Dasein in den ›Vergeben‹-Status zu wechseln«, sagt er zu Gaby und malt Gänsefüßchen in die Luft.

Gaby runzelt die Stirn und schaut mich an. Ich zucke nur mit den Schultern und versuche, mir wie eine Schallplatte mit

Sprung zu sagen, dass er unter Gedächtnisverlust leidet und es einfach nicht besser weiß.

»Ist schon gut, Max«, sagt sie und tätschelt seinen Arm so fest, dass es wie ein Klaps daherkommt. Dann geht sie zu Rachel und legt ihr die Hand auf die Schulter. »Ich bin auch vergeben.«

Rach reibt Gabys Hand.

»Max, das ist meine Freundin, Gaby.«

»Ja, sie sagte schon, dass sie deine Freundin ist«, erwidert er, und mir dämmert allmählich, dass er gar nicht weiß, dass Rach lesbisch ist.

»Nein, sie ist meine Lebenspartnerin.«

»Deine Lebenspartnerin«, wiederholt er langsam, als würde er jetzt verstehen. »Du bist …«

»Japp«, bestätigt Rach. Gaby setzt sich neben sie, und die beiden halten Händchen.

»Okay, wow. Das ist eine Menge zu verarbeiten. Also Robbie ist …«

»Tja, irgendwie habe ich die ganze Zeit gespürt, dass es nicht das Richtige war«, antwortet Rach und schüttelt sich bei der Erwähnung ihres Ex-Freunds.

»Also schön. Damit ich das alles richtig verstehe. Ich bin mit Ellie verheiratet, Rach ist lesbisch und mit Gaby zusammen, und ich habe eine fast zweijährige Tochter.«

»Und ein zweites Kind ist unterwegs«, wirft Rach ein.

»Richtig«, murmelt er und zieht die Stirn kraus, als seien das zu viele Informationen auf einmal. »Na, wenigstens hat sich bei dir nichts verändert, Mum, oder?«

Er lacht, und Judy wird blass. Sie öffnet den Mund, aber das Geräusch eines Schlüssels im Schloss der Haustür lässt sie ihn wieder schließen, noch bevor sie etwas gesagt hat. Wir sehen in die Runde, um festzustellen, wer fehlt, und Judy schreit leise auf.

»Das wird Dad sein«, sagt Max.

Die Haustür knallt, Schritte hallen durch den Flur, und dann betritt tatsächlich Mick die Küche, braun gebrannt.

»Was zum …«, stammelt Rachel.

»Ich bin so schnell gekommen, wie ich konnte. Nach deinem Anruf gestern habe ich mir große Sorgen gemacht. Was ist denn los?«

Für einen Moment schweigen alle, aber dann geht Max zu seinem Vater und umarmt ihn.

»Dad, du bist zurück.«

»Du hast mich gebeten zu kommen, und da bin ich.«

Tränen treten Mick in die Augen. Ich weiß, dass Max' Weigerung in den vergangenen Jahren, mit ihm zu sprechen, ihn schwer getroffen hat. Ich spähe zu Judy, sehe den Schock in ihren Augen. Aber dann schaue ich zurück zu Max, bemerke, wie glücklich er ist, seinen Dad zu sehen, und fühle mich schrecklich, weil wir diese Seifenblase jeden Moment platzen lassen werden.

Kapitel 6

Max verliert keine Zeit, seinen Dad über den Gedächtnisverlust in Kenntnis zu setzen. Ich rechne jeden Moment damit, dass Judy sich einmischt und ihm die Wahrheit über ihren Ehestatus sagt, aber sie tut es nicht. Sie steht da, mit zitternden Händen, fummelt schon wieder am Kragen ihrer Bluse herum.

Dann geht sie auf die beiden zu, hat vermutlich erkannt, dass es Zeit ist, reinen Tisch zu machen, aber sie wendet sich nicht an Max, sondern an Mick.

Mein gesamter Körper spannt sich an. Das letzte Mal, dass ich die beiden zusammen in einem Raum gesehen habe, war bei unserer Hochzeit, und da gerieten sie fast aneinander. Danach hat sich die Situation nicht verbessert, vor allem seit sie darüber diskutieren, das Haus zu verkaufen. Aber jetzt breitet sich ein Lächeln auf ihrem Gesicht aus, das mich noch mehr verwirrt.

»Darling, du bist zu Hause«, flötet sie übertrieben schrill. Mir klappt die Kinnlade herunter, als sie ihn umarmt. Ich sehe, dass es Rach genauso geht wie mir. »Ich bin ja so froh, dass du deine Reise verkürzen konntest!«

Mick zuckt zusammen, als sie ihn umarmt. Max, der die seltsame Anspannung nicht bemerkt, setzt sich an den Tisch, und Judy ergreift die Gelegenheit, Mick etwas ins Ohr zu flüstern. Er runzelt die Stirn und nickt. Dann löst sich Judy von ihm und ergreift seine Hand. Das erinnert mich an die Art von »an die Hand nehmen«, wenn ich Sasha mühsam dazu bewegen möchte, in eine Richtung zu gehen, in die sie partout nicht will.

»Wir versuchen gerade, Max mit Informationen zu füttern,

denn er hat seine Erinnerungen an die vergangenen *fünf* Jahre verloren«, sagt Judy und führt Mick an den Tisch. »Allerdings bemühen wir uns sehr, ihn nicht zu überfordern. So viel ist seither in der Welt passiert! Erinnerst du dich noch, *was* wir vor fünf Jahren getan haben?« Ein klirrendes Lachen schwingt in ihrer Stimme, und sie drückt Micks Hand noch fester. »Gerade erst hat er von Rach und Gaby erfahren.«

»Alles in Ordnung, Rach?«, fragt Mick und lächelt unsicher.

Rach nickt. »Ja, danke, Dad.« Ihre Stimme ist angespannt. Die beiden reden immerhin noch miteinander, aber sie sind sich längst nicht mehr so nah wie früher.

Rach und Gaby haben eine Nacht in seinem Haus verbracht, als sie letztes Jahr in Portugal waren – sie wollte anschließend nicht in die Details gehen, aber ich konnte heraushören, dass sie sich mit ihrer potenziellen Stiefmutter Ruby nicht sonderlich gut verstanden hat.

»Schön, dich zu sehen, Gaby«, sagt Mick.

»Dich auch«, erwidert sie den Gruß.

»Ist das nicht ein wunderbares verspätetes Geburtstagsgeschenk?« Max lächelt seine Mum an und ignoriert die unterschwellige Feindseligkeit in den Blicken und der Körpersprache der anderen. »Dass Dad früher zurück ist?«

»Absolut. Herzlichen Glückwunsch, Judy«, gratuliert sie sich selbst und lächelt sarkastisch.

»Ja, natürlich. Herzlichen Glückwunsch«, sagt Mick hastig und wirkt leicht verlegen. Dann beugt er sich vor und drückt seiner Ex-Frau ungelenk einen Kuss auf die Wange. »Fünfundsechzig?«

»Hahaha, witzig wie immer«, presst sie zwischen zusammengebissenen Zähnen hervor. »Zweiundsechzig.«

Sasha lässt ihre Schale vom Hochstuhl fallen, und Mick wirbelt herum, betrachtet die Kleine staunend. Ich habe ihm

Fotos von Sasha geschickt, und wir skypen, damit er sie sehen kann, aber jetzt hat er sie zum ersten Mal vor sich.

»Sasha«, sagt er liebevoll.

Zum Glück kann sie noch nicht richtig sprechen. Und ich bin dankbar, dass er nicht versucht, sie auf den Arm zu nehmen. Mit Fremden ist sie schwierig. Aber zumindest lächelt sie ihn an.

»Du musst müde sein von der Reise«, geht Judy dazwischen. »Möchtest du dich oben ein bisschen hinlegen?«

»Ähm …«, stammelt er. »Lieber wäre mir ein Kaffee.«

»Ich koche welchen«, biete ich an, ergreife gern die Gelegenheit, dieser Verlegenheit am Tisch zu entfliehen.

»Und ich helfe dir!« Gaby springt auf und denkt offensichtlich das Gleiche wie ich.

Mick beginnt, Judy und Max auszuquetschen, was bei den Untersuchungen im Krankenhaus herausgekommen ist, während sich Gaby den Wasserkocher schnappt und wir beide zum Spülbecken am anderen Ende der Küche gehen.

»Findest du nicht auch, dass wir Max von der Trennung seiner Eltern erzählen sollten?«, flüstert Gaby und sieht mich stirnrunzelnd an.

»Natürlich finde ich das auch, aber es ist nicht unsere Entscheidung«, antworte ich leise. »Außerdem hat uns der Arzt gestern davor gewarnt, Max einen Schock zu versetzen.«

»Ich denke nicht, dass er das damit meinte.« Sie seufzt. »Als Ärztin kann ich euch nur raten, ihm alles zu erzählen.«

»Und was rätst du uns als Freundin seiner Schwester?«

»Deiner Schwiegermutter nicht auf die Füße zu treten«, sagt sie mit einem weiteren Seufzer. »Deshalb sollte man als Arzt vermutlich auch keine Familienangehörigen behandeln.«

Wir spähen hinüber zum Tisch, wo jetzt Judy und Mick Händchen halten.

Gaby dreht den Wasserhahn zu und schaltet den Wasserkocher an, während ich Kaffeepulver in den Filter gebe.

»Wie geht es Graham, Dad?«, fragt Max. Vor Schreck verteile ich das Kaffeepulver über die Arbeitsplatte und wirbele herum.

»Ich würde sagen, sehr gut, findest du nicht auch, Judy?«, antwortet Mick und zieht eine Braue hoch. Wie Graham in diese Konstellation passt, hatte ich noch gar nicht bedacht. Wenn Mick und Judy so tun, als seien sie noch zusammen, kann Graham natürlich nicht ihre neue Beziehung sein.

»Ja, aber da du die letzten Wochen mit ihm Golf spielen warst, wirst du es besser wissen«, erwidert sie mit einem Lächeln, das ihrem stechenden Blick widerspricht.

»Zwei Wochen Golf spielen«, sagt Max und klopft einem verwirrt wirkenden Mick auf den Rücken. »Der Ruhestand bekommt dir anscheinend gut? Und wir haben uns Sorgen gemacht, dass du nichts mit dir anzufangen weißt, sobald du nicht mehr arbeitest.«

»Mick hat absolut keine Probleme, seine Zeit zu füllen, seit er nicht mehr arbeitet. Golf, Pilates«, sagt Judy, sichtlich zufrieden mit ihrem subtilen Seitenhieb.

Mick erwidert ihr Lächeln und drückt Judys Hand, woraufhin beide noch lauter lachen.

Zum ersten Mal seit Jahren sehe ich sie zivilisiert miteinander umgehen. Mir war gar nicht klar, dass sie dazu noch in der Lage sind – auch wenn sie es nur wegen Max tun.

Und ich habe Judy in all den Jahren für eine schlechte Schauspielerin gehalten! Einmal waren wir nämlich gezwungen, sie uns bei der Theateraufführung einer Laienspielgruppe auf der Bühne anzusehen. Wenn sie damals so gut gespielt hätte, wären die Vorstellungen ausverkauft gewesen.

Sasha beginnt sich in ihrem Hochstuhl zu langweilen, also

wische ich ihr mit einem Stück Papier von der Küchenrolle den Mund ab und hebe sie heraus.

Sofort windet sie sich in Max' Richtung und murmelt ihr geliebtes »Da-da-da«.

»Sagt sie Dad?«, fragt er und sieht sie immer noch mit einem gewissen Maß an Zurückhaltung an.

»Ihre Version davon, es war ihr erstes Wort. Möchtest du sie mal nehmen?«, frage ich und hoffe, dass er das will, denn sie zappelt so sehr, dass ich sie kaum halten kann.

Er schiebt seinen Stuhl zurück und holt tief Luft.

»Okay«, stimmt er unsicher zu. »Wie mache ich das am besten?«

»Nimm sie einfach, und den Rest erledigt sie«, antworte ich und reiche sie ihm.

Sasha macht es sich sofort auf seinem Schoß bequem und zupft an seinen Ohren. Das bringt ihn zum Lachen, und mir geht das Herz über. Ich gehe wieder zur Spüle, um den Kaffee zuzubereiten, aber Gaby hat das bereits erledigt. Sie stellt die Kanne auf den Tisch und Tassen daneben, sodass sich jeder selbst bedienen kann.

»Und wie ist dein Golf-Handicap nach diesem Urlaub?«, fragt Max.

Mick erstarrt förmlich, und ich eile ihm zu Hilfe.

»Ich bin immer noch ein bisschen hungrig«, sage ich.

»Soll ich dir noch ein Omelett machen?«, bietet Max an.

»Nein, es ist ein anderer Hunger. Eher Schwangerschaftsgelüste. Saure Gurken wären jetzt super. Könntest du vielleicht zu dem kleinen Supermarkt gehen und mir welche holen?« Ich setze mein süßestes Lächeln auf.

»Schwangerschaftsgelüste? Hast du die oft?«

»O ja«, lüge ich.

Abgesehen davon, dass ich mich in den ersten drei Monaten

der Schwangerschaft hauptsächlich von Ingwerkeksen ernährt habe, verspüre ich nur Gelüste auf Verbotenes wie Gin.

»Okay, mache ich«, sagt Max.

»Warte mal, ich habe noch Cornichons«, wirft Judy ein, springt auf und ignoriert die tödlichen Blicke, die ich ihr zuwerfe. »Ich habe schon welche für Weihnachten besorgt.«

»Mum, es ist August«, stöhnt Rachel.

»Ich weiß«, erwidert sie und durchforstet bereits einen ihrer Küchenschränke. »Aber man muss diese Dinge kaufen, wenn man sie sieht. Sonst vergisst man es, und kurz vor Weihnachten sind sie nicht mehr zu haben.«

»Ich bin ziemlich sicher, dass sie das ganze Jahr über erhältlich sind«, erwidert Rach und schüttelt den Kopf.

»Ah! Da haben wir sie ja.« Triumphierend reicht Judy mir das Glas, gefolgt von Teller und Gabel.

Entsetzt starre ich darauf. Ich hatte das nicht bis zum Ende durchdacht. Cornichons sind so ziemlich das Letzte, was ich morgens um neun essen will.

»Glück gehabt, jetzt kann Max hierbleiben«, stellt Mick fest.

»Ja, was für ein Glück.« Ich schraube den Deckel ab und versuche, beim Geruch des Essigs nicht zu würgen. Dann spieße ich eine verschrumpelte kleine Gurke mit der Gabel auf, schiebe sie mir in den Mund, kaue, so schnell ich kann, und spüle sie mit einem Schluck Orangensaft herunter.

»Hat das gut geschmeckt?«, fragt Judy.

»Fast perfekt, aber nachdem du Weihnachten erwähnt hast, habe ich Lust auf Mürbeteigtörtchen mit Kirschfüllung.«

»Ja, nichts schmeckt mehr nach Weihnachten als diese Törtchen«, schwärmt Rachel.

»Allein dieses Marzipanaroma ist so weihnachtlich!« Ich werfe ihr einen vielsagenden Blick zu und hoffe, sie versteht mich.

»Davon habe ich auch welche hier«, murmelt Judy und will schon wieder aufstehen.

»Nein, Judy, hast du nicht«, halte ich sie zurück. »Ich habe sie Mittwochnachmittag aufgegessen, als ich hier war.«

»So lange war das doch gar nicht«, erwidert sie entsetzt. »Ich hatte zwei Packungen.«

Judy hatte mich an dem Tag gebeten, ein Paket entgegenzunehmen, das sie erwartete. Sie und Graham waren bei der Jahreshauptversammlung des Gärtnerklubs, und sie wusste, dass ich mittwochs freihabe. Ich wiederum war froh, meinem geschmacklosen Zuhause entfliehen und ein paar Stunden in einem neutral gestrichenen Haus verbringen zu können.

»Sasha und ich waren hungrig.«

»Dein Kleinkind und du, ihr habt zwölf Törtchen verdrückt?«, erwidert sie ungläubig.

»Japp. Und jetzt möchte ich schon wieder welche. Max, könntest du schnell zum Supermarkt gehen? Er befindet sich immer noch an der Hauptstraße.« Ich stehe auf und reiche ihm seine Brieftasche, die auf der Arbeitsplatte liegt. »Ich würde ja selbst gehen, aber ich fühle mich ein bisschen matt.«

»Das liegt vermutlich an den zwölf Törtchen, die du Mittwoch gegessen hast«, grummelt Judy.

»Das sollte ich hinbekommen«, sagt Max und steht auf, wirkt jedoch unsicher. »Brauchst du sonst noch etwas, Mum?«

»Ich denke nicht, es sei denn, Ellie hat noch mehr geplündert«, erwidert sie.

»Nein, das war alles.«

»Ich begleite dich«, schlägt Mick vor. »Könnte mir die Beine ein bisschen vertreten.«

»Nein«, widerspreche ich schnell. »Gaby sollte mitgehen.«

Sie und Rach wechseln einen verständnislosen Blick, aber dann nickt Gaby.

»Komm schon, Max«, fordert sie ihn mit strenger Stimme auf, und ihm bleibt nichts anderes übrig, als ihr zu folgen. Bevor er geht, reicht er mir Sasha.

»Du solltest ein bisschen aufpassen, wie viel Zucker du zu dir nimmst«, warnt mich Judy, sobald die beiden verschwunden sind. »Es überrascht mich, dass Gaby nichts dazu gesagt hat.«

»Ich habe die Törtchen nicht gegessen, sie sind immer noch im Küchenschrank. Ich wollte doch nur Max aus dem Haus schaffen!«

»Warum?«

»Um eine Geburtstagsüberraschung für ihn zu planen … Was glaubst du wohl, warum?«, stöhne ich und lasse zu, dass Sasha sich von meinem Schoß hinunterschlängelt. Sie wackelt zielstrebig zu der Kiste mit Spielsachen, die Judy aus karitativen Secondhandläden zusammengetragen hat.

»Allerdings«, stimmt Rach zu. »Irgendjemand muss euch beide ja zur Vernunft bringen. Was soll das? So zu tun, als wärt ihr noch zusammen?«

»Das war nicht meine Idee«, verteidigt sich Mick. »Deine Mum hat mich einfach überrollt.«

»Habe ich nicht. Ellie und ich haben gestern Abend entschieden, dass es Max zu sehr aufregen würde, wenn er von der Trennung erfährt.«

»Moment mal, das war, bevor Mick hier aufgekreuzt ist«, protestiere ich. »Aber jetzt könnt ihr doch nicht so tun, als wärt ihr immer noch ein Paar!«

»Wieso nicht?«, fragt Judy.

»Weil Max denkt, dass Mick hier wohnt, und wenn ihr es ihm nicht erzählt, dann muss Mick hier leben, bis sich Max' Zustand normalisiert«, stelle ich klar.

»Wir können ja so tun, wenn ihr zu uns kommt«, schlägt Mick vor. »Die übrige Zeit wohne ich im Gästezimmer.«

»Falls Max überhaupt mit zu uns nach Hause kommen möchte«, gebe ich zu bedenken. »Er scheint nicht sonderlich erbaut von dem Gedanken, dieses Haus zu verlassen, und ihr könnt dieses Affentheater nicht aufrechterhalten, wenn wir alle unter einem Dach leben. Und was ist, wenn seine Erinnerung monatelang nicht zurückkehrt? Du kannst doch nicht für immer hier wohnen.«

Judy zuckt zusammen.

»So lange wird es schon nicht dauern«, wiegelt Mick ab. »Wir schaffen das. Nicht wahr, Judy?«

Ich massiere meine Schläfen.

»Was ist mit Ruby?«, fragt Rach. »Sie wird wohl kaum Verständnis dafür aufbringen, dass du mit deiner Ex-Frau zusammenwohnst.«

»Ich sage ihr einfach, dass ich bei Max und Ellie wohne«, entgegnet er.

»Pah«, prustet Judy verächtlich. »Was für eine Überraschung. Sie belügst du also auch.«

»Ihr streitet euch ja jetzt schon«, stöhnt Rach. »Die Sache wird aus dem Ruder laufen. Je früher ihr Max einweiht, desto leichter wird es sein.«

»Aber dann redet er wieder nicht mehr mit mir«, jammert Mick. »Habt ihr gesehen, wie er mich umarmt hat?«

»Als du uns damals verlassen hast, war er am Boden zerstört«, gibt Judy zu bedenken. »Rach, du erinnerst dich bestimmt noch. Er hat sogar getrunken, und ich würde es nicht ertragen, wenn er all das noch einmal durchmacht. Nicht jetzt, wo Ellie schwanger ist und sie sich um Sasha kümmern müssen. Wir brauchen einen stabilen Max. Der Arzt hat doch gesagt, dass seine Erinnerung jeden Tag zurückkommen kann. Und wir sollten ihm keine hässlichen Schocks versetzen, die diesen Gedächtnisverlust für ihn nicht noch schlimmer machen.«

»Ja, aber …«, setze ich an.

»Es ist zu seinem Besten«, unterbricht mich Mick.

Ausnahmsweise bilden die beiden eine geschlossene Front.

»Euch ist schon klar, wenn Max das herausfindet – und das wird er –, ist er noch verletzter, weil ihr ihn angelogen habt«, warne ich die beiden.

»Das will natürlich niemand«, sagt Mick und seufzt. »Ich habe ihn schon so sehr verletzt, dass es für ein ganzes Leben reicht.«

»Aber uns bleibt keine andere Wahl«, insistiert Judy.

Es dauert nicht lange, und die Haustür geht auf, Max und Gaby kommen herein, bepackt mit Kuchenschachteln. Judy und Mick werfen Rach und mir flehende Blicke zu.

»Bitte schön«, sagt Max und schiebt die Kuchenschachteln über den Tisch hinweg zu mir.

»Kaffee?«, fragt Judy und fühlt an der Kanne, ob der Kaffee noch warm ist. »Und dann essen wir jeder ein Törtchen.«

Sasha hört, dass Lebensmittel ausgepackt werden, und wandert um die Stühle herum zu mir – das ist meine Tochter. Ich breche ihr ein Stück von dem knusprigen Teig ab und reiche die Packung dann weiter, bevor ich selbst abbeiße. Diese Törtchen sind so gut, dass ich vermutlich tatsächlich alle zwölf gegessen hätte, wenn sie mir am Mittwoch in die Hände gefallen wären.

»Also«, beginnt Gaby, »seid ihr denn schon einen Schritt weitergekommen bei der Frage, was Max überhaupt in Chiswick gewollt hat?«

Alle Blicke richten sich auf Max, dessen Gesicht Ratlosigkeit ausdrückt.

»Das habt ihr noch nicht herausgefunden?«, fragt Mick.

»Natürlich nicht, sonst hätte er sein Gedächtnis vermutlich schon wieder zurück«, knurrt Judy.

»Was wisst ihr denn bisher?«, versucht Gaby die Spannung schnell wieder zu lösen.

»Ähm, eigentlich nichts. Wir waren damit beschäftigt, Max auf den neuesten Stand zu bringen.«

Mick seufzt und krempelt die Ärmel hoch, offenbart eine tiefe Bräune, die man niemals in zwei Wochen bekommt. Er steht auf und geht zu der Tafel, auf der Judy alles notiert, was eingekauft werden muss, wischt ihre Liste weg, nimmt die Tafel von der Wand und stellt sie so auf die Arbeitsplatte, dass wir sie alle sehen können.

»He!«, schimpft Judy.

»Ich werde dich daran erinnern, dass du Waschpulver brauchst«, wiegelt Mick ab. »Lasst uns aufschreiben, was ihr bisher wisst.«

Judy verschränkt die Arme.

»Erst fünf Minuten hier und übernimmt schon wieder das Kommando«, knurrt sie.

»Nun, Darling«, sagt er und schenkt ihr ein breites Lächeln, »es ist doch das, was ich immer tue, nicht wahr?«

Judy sieht aus wie ein Dampfkochtopf kurz vor dem Explodieren, und für einen Moment glaube ich, dass gleich die ganze Wahrheit aus ihr herausplatzen wird.

»Was würden wir nur ohne dich machen?«, murmelt sie jedoch, zeigt ihr ganzes schauspielerisches Talent und lächelt zurück.

Mick schreibt, und ich sehe das Wort »Chisick«.

»Nach dem s folgt ein stilles w«, korrigiert Judy ihn.

»Danke, Liebes«, erwidert Mick und verbessert das Wort mit so viel Druck, dass ich fürchte, die Kreide zerbricht.

»Das ist wie bei *Line of Duty*!«, rufe ich begeistert.

»Was ist das?«, fragt Max.

Unzählige Stunden haben wir an exakt diesem Küchentisch

gesessen, über die Wendungen der Handlung diskutiert und uns über die Akronyme amüsiert, die vielen OCGs, UCOs und AFOs.

»Das ist eine Fernsehserie, und sie ist brillant«, sagt Rach. Max zuckt bedauernd mit den Schultern.

»Max spazierte also durch Chiswick mit w«, fährt Mick fort. »Und dann fuhr er nach Brixton. Ich nehme an, dass ich das richtig geschrieben habe?«

»Ja, Schatz«, zwitschert Judy.

»Und dann rief er mich an, bevor er nach Fleet fuhr. Er hat fünf Jahre seines Lebens vergessen.«

Er unterstreicht das Wort ›Jahre‹ dreimal und dreht sich dann zu uns um.

»Was haben wir noch?«, fragt er und zieht hoffnungsvoll die Brauen hoch.

Judy, Rach und ich tauschen Blicke.

»Nichts«, antworte ich.

»Gar nichts? Was ist mit seinem Telefon? Seid ihr die Anrufe durchgegangen, Textnachrichten, WhatsApp, Facebook?«

Max schüttelt den Kopf. »Ich habe es kurz durchgeschaut und konnte nichts finden«, antwortet er. »Nur Nachrichten von Ellie, die aber keinen Sinn ergeben. Irgendwas wegen Raupen.«

Er schnappt sich sein Handy vom Tisch, und ich bekomme Panik, dass er die Nachrichten laut vorlesen will. Ich strecke den Arm aus und halte die Hand über sein Display. Seit der Nacht mit dem Kostüm der Raupe Nimmersatt ist das unser Codewort, wenn einer von uns Lust auf Sex hat.

»Darauf müssen wir nicht näher eingehen«, winke ich ab. »Was ist mit deinem Terminkalender im Job? Oder berufliche E-Mails? Du wolltest schließlich zur Arbeit, als du gestern Morgen los bist.«

»Mir gefällt, wie logisch du denkst, Ellie«, sagt Mick und zeigt mit der Kreide auf mich.

Judy schürzt die Lippen.

»Ich habe schon versucht, meine beruflichen E-Mails zu finden«, sagt Max.

»Lass mich mal«, biete ich an und greife nach seinem Handy.

Er presst es fest an sich.

»Oder Rach kann es versuchen, sie ist gut in Sachen Technik«, lenke ich ein und bin verletzt, dass er mir nicht genügend vertraut, um es mir einfach zu geben.

Max entsperrt per Daumenabdruck sein Handy – immer noch voller Ehrfurcht gegenüber dieser Technologie –, bevor er es ihr reicht.

Bewaffnet mit der Kreide, wartet Mick auf neue Informationen.

»Nichts«, sagt Rach und rümpft die Nase. »Nichts über einen Termin oder warum er Samstag ins Büro wollte.«

»Es muss aber etwas geben«, beharre ich. »Max sagte, er habe sehr spät am Freitagabend erfahren, dass er im Büro etwas klären müsse.«

»In seinem Briefkasten ist jedenfalls nichts«, erwidert Rach. »Was ist mit seinen privaten E-Mails?«

»Normalerweise trenne ich beides«, sagt Max, »aber was weiß ich schon über mein heutiges Ich. Vielleicht tue ich das ja nicht mehr.«

Ich schüttle den Kopf. »Deinen privaten E-Mail-Account nutzt du so gut wie gar nicht. Für gewöhnlich kommunizierst du über WhatsApp.«

»Verwendet dein Büro vielleicht Slack oder etwas in der Art?« Rach wischt über das Display.

»Keine Ahnung.« Er zuckt wieder mit den Schultern. »Hatten wir nicht, aber Dinge können sich ja ändern.«

»Du hast keine Apps auf deinem Handy«, stellt Rach fest und schüttelt den Kopf.

»Was ist mit Owen? Hast du ihn angerufen?«, frage ich, weil mir einfällt, dass er mich nicht zurückgerufen hat.

Rach tippt auf dem Handy herum.

»Anscheinend hast du seit Wochen nicht mit ihm geredet.«

»Das ist seltsam«, murmele ich. »Du besprichst doch alles mit Owen.«

»Hat er dich gestern Abend zurückgerufen?«, fragt Judy.

»Nein, aber ich bin direkt auf der Voicemail gelandet. Vielleicht war sein Akku leer, und er hat ihn noch nicht wieder aufgeladen.«

»Hast du versucht, Sarah zu erreichen?«, fragt Max.

»Oh.« Ich schließe die Augen. Noch etwas, das er nicht mehr weiß. »Sarah und Owen haben sich letztes Jahr getrennt.

»Was? Im Sinne von Beziehungspause?«

»Nein, sie lassen sich scheiden. Es lief ziemlich einvernehmlich ab«, füge ich rasch hinzu.

»Aber doch nicht Sarah und Owen, die beiden sind ... sie sind ...«– Max sucht eindeutig nach Worten – »... eines von diesen unzertrennlichen Paaren.«

»Owen meinte, sie hätten zu jung geheiratet und seien zu dem Schluss gekommen, dass sie im Leben unterschiedliche Dinge wollen.« Ich fühle mich schrecklich, dass ich diejenige bin, die es ihm erzählt.

»Wow.« Max schüttelt den Kopf.

Mick schreibt *Owen* auf die Tafel. »Okay, aber um sicherzugehen, dass er nichts weiß, müssen wir nachhaken.«

»Lebt er noch in Dalston?«, fragt Max.

»Er wohnt jetzt in Surbiton.«

»Surbiton? Verdammt. Warum sind wir alle rausgezogen in die tiefste Provinz?«

»Ähm, es ist nicht gerade die tiefste Provinz, sondern Zone 6 der Londoner U-Bahn«, erwidere ich lachend.

Sasha wird ein bisschen unruhig, und Rach setzt sich zu ihr auf den Boden, um mit ihr zu spielen. Ich lächle sie dankbar an.

»Vielleicht wollte ich mich mit Rodge oder Jez treffen?«, fragt Max.

»Die beiden siehst du kaum noch.«

»Echt?«

»In der Regel treffen wir uns nur an Geburtstagen mit den beiden.«

»Aha. Und mit wem hänge ich dann ab?«

»Wenn du nicht zu viel im Büro zu tun hast, gehst du immer noch zum 5er-Fußball. Außerdem waren wir ziemlich eng mit einem Pärchen, das ich durch meine Arbeit kenne, Howard und Keely, aber die sind vor ein paar Monaten nach Edinburgh gezogen. Ehrlich gesagt verbringst du die meiste Zeit mit Sasha und mir.«

Er schaut mich lange an, als würde es ihm allmählich dämmern, wie sehr sich sein Leben verändert hat und dass ich ein zentraler Teil davon geworden bin.

»Es ist so schwierig, alles zu begreifen«, sagt er und lächelt mich an. Für einen Moment blitzt eine Verbundenheit zwischen uns auf, die mir ein bisschen Hoffnung macht, dass mein Max immer noch irgendwo in ihm steckt.

»Shit«, flucht er leise und seufzt. »Also, wenn ich keinen meiner nicht existierenden Freunde getroffen habe und eigentlich beruflich unterwegs gewesen sein müsste, vielleicht habe ich mich dann mit einem Kunden getroffen?«

»An einem Samstag?«, frage ich.

»Ja, das ist seltsam«, murmelt er.

Ich starre auf die Tafel, versuche, eine Verbindung zu finden.

»So kommen wir nicht weiter«, stelle ich fest.

»Jetzt guck nicht so niedergeschlagen«, sagt Gaby. »Diese Art von Amnesie hält meistens wirklich nicht lange an. Ich wette, dass ihr nach Hause geht, irgendetwas sein Gedächtnis anstößt und alles wieder zurückkommt.«

»Nach Hause?« Max schaut fragend zu seinen Eltern. »Ich dachte, ich bleibe einfach hier.«

»Das geht nicht.« Judy springt auf. Ich vermute, dass Mick und sie eine Atempause von ihrer Inszenierung brauchen. »Gaby hat recht, bei deiner Familie zu sein, wird deine Erinnerung schneller zurückkommen lassen, da bin ich sicher. Außerdem müsst Ellie und du zu zweit das eine oder andere klären, Zeit miteinander verbringen.«

»Aber was ist mit … der Schlafsituation …« Max wirkt verlegen.

»Wir haben ein Gästezimmer«, sage ich. »Es steht zwar voller Umzugskartons, aber irgendwo darunter befindet sich eine Matratze.«

Er wirkt erleichtert, was mir einen Stich versetzt. Ich fürchte mich davor, mit ihm allein zu sein, ohne die Familie, hinter der wir uns verstecken können. Wenn wir mit anderen Leuten zusammen sind, stehe ich diese Situation irgendwie durch, aber wenn Max mich auch in unserem Zuhause wie eine Fremde behandelt, wird es mir erneut das Herz brechen.

Kapitel 7

Die Stunden bis zum späten Nachmittag vergingen wie hinter einem Nebel. Als mein Gehirn endlich anfing, alles zu verarbeiten, zog ich mich ein bisschen zurück und ließ Max' Familie ihn mit stark überarbeiteten Versionen der vergangenen fünf Jahre zuschütten.

Sie zeigten ihm Fotos von unserer Hochzeit und von Sasha kurz nach der Geburt. Ihm wurden neue Clips von Donald Trump im Internet gezeigt, die Max für Parodien hielt. Sie erklärten ihm die Grundzüge des Brexit und das dadurch verursachte Durcheinander. Max erfuhr, dass dem Plastik der Krieg erklärt worden war und nun auf wiederverwendbare Materialien gesetzt wurde. Es war schwer zu sagen, was ihm dabei durch den Kopf ging. Er saß da, nickte, hörte sich alles an, sagte jedoch kaum etwas.

Wenn man jeden Tag in dieser Welt lebt, nimmt man die Veränderungen kaum wahr; erst wenn wir stehen bleiben und über alles nachdenken, wird uns bewusst, wie viel sich in fünf Jahren tun kann.

»Da wären wir«, sagt Judy und hält am frühen Abend am Straßenrand vor unserem Haus. Weder Max noch ich sind sonderlich begeistert von der Idee, glückliche Familie zu spielen. Aber wir wissen auch, dass Gaby und der Arzt im Krankenhaus gesagt haben, wir sollen unser Leben ganz normal weiterführen.

Max, Sasha und ich hocken dicht an dicht auf dem Rücksitz des Wagens, während Judy und Mick vorn sitzen. Mühsam beuge ich mich vor, um meine Handtasche samt dem darin befindlichen Haustürschlüssel vom Boden aufzuheben.

»*Home sweet home*«, murmele ich, löse den Sicherheitsgurt und öffne die Wagentür.

Max betrachtet das Haus beklommen. Ich weiß nicht, ob es daran liegt, zu sehen, wo er jetzt lebt, oder daran, gleich mit mir allein zu sein.

Er wird dieses Haus hassen. Seine alte Wohnung in Brixton, an die er sich noch erinnert, befand sich in einem umgebauten Schulgebäude mit bogenförmigen Fenstern vom Boden bis zur Decke, dunklen Parkettböden, minimalistisch eingerichtet und voller Hightech. Es war atemberaubend – wohingegen dieses Haus von außen normal aussehen mag, es einem drinnen jedoch aus den falschen Gründen den Atem verschlägt.

»Können wir nicht vielleicht doch bei euch bleiben?«, fragt Max.

»Nein«, erwidert Judy streng. »Du musst zurück in deine normale Routine.«

»Aber das geht doch sowieso nicht, oder? Simon wird mich nicht arbeiten lassen.«

Die Aussicht, für einen Monat krankgeschrieben zu sein, hat Max nicht gerade gut aufgenommen. Er glaubt, weil er immer noch bei derselben Firma beschäftigt ist wie vor fünf Jahren – und mehr oder weniger die gleichen Aufgaben verrichtet –, könne er sich problemlos einfinden.

»Wenn dich ein Arzt krankschreibt, darfst du nicht arbeiten«, erklärt Judy.

»Und da gibt es keinen Spielraum?« Er wirft mir einen flehenden Blick zu.

Ich war es, die seinen Chef an diesem Morgen zu Hause angerufen und über die Situation in Kenntnis gesetzt hat, und obwohl die Krankschreibung der Hauptgrund für seine Auszeit ist, so dreht es sich in seinem Job zudem um Multimillionen-Dollar-Projekte, und garantiert will ihn kein Klient auch nur in der Nähe dieser Projekte wissen, solange er sich nicht einmal an seine Frau und sein Kind erinnern kann.

»Nein, aber Simon hat versprochen, per E-Mail Kurzberichte und Bewertungen zu ein paar älteren Projekten zu schicken, damit du sehen kannst, was du in den vergangenen fünf Jahren gemacht hast.«

Max seufzt wie ein schmollender Teenager.

»Hör zu, Max«, wendet sich Judy an ihn. »Du musst Zeit mit Ellie und Sasha *allein* verbringen. Dadurch kehren deine Erinnerungen hoffentlich zurück, und je früher das passiert, desto schneller kannst du wieder ins Büro.«

»Und da Ellie nun in Mutterschutz ist, werdet ihr viel zusammen sein können.«

»Sie wird Sasha und mich babysitten – kann ich mich nicht glücklich schätzen?«

Ich presse die Zähne zusammen. So hatte ich mir die letzten acht Wochen meiner Schwangerschaft nicht vorgestellt. Ich hatte mich darauf gefreut, noch ein bisschen im Homeoffice zu arbeiten, aber als ich auch meinen Chef zu Hause anrief und ihm die Situation erklärte, schlug er mir vor, etwas früher in Mutterschutz zu gehen. Ich soll nur noch ein paar offene Probleme lösen und die Berichte, die ich eigentlich schreiben müsste, auf Kollegen übertragen. Dadurch habe ich zwar am Ende meines Mutterschutzes einen Monat weniger mit dem Baby, aber momentan kann ich mir echt nicht vorstellen, wie ich in dieser Situation arbeiten soll.

»Wollen wir dann reingehen und uns das Haus ansehen?«, fragt Max.

Alle steigen aus dem Wagen, und ich hebe Sasha aus dem Kindersitz. Judy nimmt sie mir ab, damit ich die Haustür aufschließen kann.

»So … da wären wir«, sage ich und öffne die Tür weit. Mir entgeht nicht, wie Max beim Anblick des Wandgemäldes die Kinnlade herunterklappt.

»Wow«, entfährt es Mick, und er verzieht das Gesicht. Ich hatte ganz vergessen, dass er das Haus auch noch nicht kennt. »Daran erinnerst du dich doch bestimmt, Max. Wer das einmal gesehen hat, vergisst es nie wieder.«

Er fährt mit der Hand über den Strukturlack und schüttelt sich.

»Ist das unser Werk?«, fragt Max blinzelnd.

»Klar, habe ich selbst geschaffen«, antworte ich todernst, bevor mir einfällt, dass er meine Art von Humor momentan nicht kennt. »Nein, es war schon da, als wir das Haus gekauft haben. Seit unserem Einzug haben wir es zeitlich noch nicht geschafft, dieses Werk zu beseitigen.«

Mick zieht eine Grimasse nach der anderen, er ist offenkundig genauso entsetzt über diese Bleibe wie sein Sohn.

»Es dürfte doch nicht schwer sein, das zu überstreichen«, sagt er und verrät dadurch beinahe, dass auch er es zum ersten Mal sieht. Judy verpasst ihm mit dem Ellenbogen einen Stoß in die Rippen, aber Max hat sowieso nicht mitbekommen, was sein Vater gerade gesagt hat. Er ist viel zu sehr damit beschäftigt, sich fassungslos umzuschauen.

»Klar, das sind nur Schönheitsreparaturen. Max wollte sich um das meiste selbst kümmern, da wir unser Budget bei dem Kauf ziemlich ausgereizt haben. Aber du hattest in letzter Zeit im Büro so viel zu tun, dass es noch nicht geklappt hat«, wende ich mich mit dem letzten Satz an ihn.

»Im kommenden Monat scheine ich ja nicht allzu sehr beschäftigt zu sein, oder?«

»Dein Dad könnte dir zur Hand gehen«, schlägt Judy vor, und Mick wirft ihr einen giftigen Blick zu. »Es wäre schön, dich ein bisschen aus den Füßen zu haben«, sagt sie zu Mick und lacht künstlich, ein zunehmend vertrauter Klang.

»Okay, es wird bestimmt nett, etwas mit dir zusammen zu machen«, stimmt Mick zu.

»Nur die Ruhe, Dad, du wirst doch auf deine alten Tage nicht rührselig werden.«

»Ich meinte nur, dass du in letzter Zeit so viel gearbeitet hast. Wir konnten uns nicht oft sehen.«

»Wollen wir hoffen, dass ich nicht vergessen habe, wie man einen Pinsel benutzt.«

Max geht ins Wohnzimmer und kommt rückwärts wieder heraus.

»Leuchtend orange und pink? Wer zur Hölle hat hier vorher gewohnt? Twiggy?«

Ich lache prustend, und Max sieht mich beunruhigt an. Normalerweise macht er sich über mich lustig, wenn ich aus Versehen so pruste, und ich tue dann so, als würde mich das kränken, woraufhin er mich in die Arme nimmt und behauptet, er fände es liebenswert. Das sind diese Feinheiten, die unsere Beziehung ausmachen, und es wird schwer sein, sich daran zu gewöhnen, dass es sie nicht mehr gibt.

»Wir sollten dann mal gehen«, wendet sich Judy an Mick.

»Äh, richtig«, stimmt er zögernd zu.

»Müsst ihr?«, fragt Max. »Ihr könntet doch zum Abendessen bleiben. Wir holen irgendwo Essen oder …?«

Judy tätschelt seinen Arm.

»Ich denke, ihr braucht ein bisschen Zeit als Familie«, sagt sie erneut. »Aber wir wohnen ja quasi um die Ecke. Du kannst jederzeit rüberkommen. Ihr könnt uns natürlich auch Sasha bringen. Wir helfen gern, wo immer es geht, in diesen … schwierigen Zeiten.«

»Absolut«, versichert Mick und beugt sich vor, um Sasha in

die Wange zu kneifen, aber sie dreht den Kopf weg und verbirgt ihn an Judys Brust.

Judy reicht mir die Kleine, die sich sofort an mich kuschelt.

»Ich rufe dich morgen früh an, Liebes«, sagt Judy. »Und vergiss nicht, Gaby sagte, dass ihr sie auch jederzeit anrufen könnt, falls ihr einen ärztlichen Ratschlag braucht.«

Max nickt langsam, und Judy und Mick umarmen uns zum Abschied, bevor sie zum Auto eilen.

Als sie losfahren, winken wir ihnen nach, treten dann ins Haus zurück und schließen die Tür.

Max sieht mich an, und mein Herz beginnt zu rasen. Dieses Gefühl erinnert mich an die Zeit, als wir Teenager waren und ich ihm bei Rachel zu Hause zufällig über den Weg gelaufen bin. Damals bekam ich auch immer Herzklopfen.

»Also, ähm …«

»Also …«, beginne auch ich, weiß jedoch nicht, wie wir beide uns jetzt verhalten oder wie wir miteinander reden sollen. Ich habe mich darauf verlassen, dass seine Familie ihn in unser Leben einweiht, aber plötzlich sind wir allein, und mir wird bewusst, dass ich für meinen Mann eine Fremde geworden bin. »Sasha müsste allmählich ins Bett. Ich werde sie baden und hinlegen, danach können wir reden.«

»Klar, sicher.« Er lächelt unsicher. »Ich, äh, warte in der Küche.«

Ich zeige ihm, wo es zur Küche geht, und bringe dann Sasha nach oben.

»Dann wollen wir mal, meine Süße«, sage ich und denke, wie wunderbar es sein muss, so nichts ahnend wie sie zu sein.

Eine Stunde später betrete ich die Küche und finde Max am Tisch sitzend, den Kopf in die Hände gestützt. Er scheint so tief in Gedanken versunken zu sein, dass ich ihn nicht stören will. Die ganze Situation ist schon für mich unfassbar, und ich kann nur ahnen, wie es ihm erst gehen muss.

Aber er spürt offenbar meine Anwesenheit und hebt den Kopf, schenkt mir ein unsicheres Lächeln.

»Hey«, sage ich und lehne mich gegen die Arbeitsplatte.

»Hey. Schläft sie?«

»Momentan ja. Manchmal wacht sie nachts auf. Aber da der heutige Tag sehr aufregend war, schläft sie hoffentlich durch.«

»Okay.« Er nickt.

Eine peinliche Stille senkt sich über den Raum, da keiner von uns weiß, was er sagen soll.

»Möchtest du einen Drink?«, frage ich.

»Unbedingt«, sagt Max und bringt mich damit zum Lachen.

»Gin?« Ich lange zum Küchenschrank und hole seinen Lieblingsgin hervor, der nach Rhabarber und Ingwer schmeckt.

»Das Zeug kann ich nicht ausstehen«, sagt er. »Hast du keinen Jack Daniels?«

Mich schüttelt es, weil ich diesen Whiskey-Geruch noch nie mochte.

»Vertrau mir, das hier trinkst du ständig«, erwidere ich, öffne eine Dose Ingwerbier und gieße den Inhalt zu seinem Gin. Den Rest des Ingwerbiers schütte ich für mich in ein Glas.

Ich setze mich ihm gegenüber und schiebe ihm sein Glas zu.

»Hmm«, sagt er, nachdem er den ersten Schluck getrunken hat. »Das schmeckt echt gut. Du kennst mich besser als ich mich selbst.«

»Nur vorübergehend«, erwidere ich. Wieder schweigen wir.

»Was für ein Irrsinn«, sagt er schließlich.

»Ein totaler Irrsinn.«

»Du und ich, dieses Haus. Ich meine, wo sind wir hier eigentlich? Ich weiß, du hast gesagt, die Bausubstanz sei solide, und ich bin ja auch froh, dass wir uns offenbar ein Haus leisten können, aber trotzdem …« Er lässt den Blick über die zusammengewürfelten Küchenschränke schweifen. »Und es ist in Fleet. Ich hätte nie gedacht, dass ich einmal hierher zurückziehe.«

»Ich auch nicht. Aber als wir Sasha bekamen, hat sich alles verändert. Und Fleet hat eine Menge zu bieten, außerdem sind es bis London nur fünfzehn Minuten.«

»Trotzdem fühlt es sich an, als lägen Welten dazwischen, oder?«, sagt er.

»Fleet wurde zu einem der besten Wohnorte in UK gewählt.«

Er verzieht das Gesicht. »Aber ich fand es toll, in Brixton zu wohnen. Ich hatte alles gleich vor der Haustür. Jetzt fühle ich mich, als würde mir etwas fehlen.«

»Ist ja auch so. Dir fehlen fünf Jahre.«

Von allen Jahren, die er vergessen konnte, mussten es ausgerechnet die ereignisreichsten seines Lebens sein: die Trennung seiner Eltern, Rachels Coming-out, unser Wiedertreffen, die Heirat, Sasha.

»Bevor wir geheiratet haben, sind wir in eine etwas größere Wohnung nach Herne Hill gezogen. Sie lag in der Nähe des Brockwell Parks, und die Gegend wirkte etwas familiärer. Aber als Sasha geboren wurde …« Ich zucke mit den Schultern. »Keine Ahnung, es gefiel uns immer weniger. Wir wurden es leid, dass die Nachbarn nachts um zwei nach Hause kamen oder Partys veranstalteten, wenn wir gerade eingeschlafen waren, und dass es der reinste Albtraum war, mit Kinderwagen öffentliche Verkehrsmittel zu nutzen. Wie haben uns wohl daran erinnert, wie schön wir es fanden, in einer Kleinstadt aufzuwachsen, und wollten, dass Sasha eine ähnliche Kindheit verlebt wie wir.«

»Aber wir hätten doch bestimmt auch dort ein Haus finden

können oder zumindest an der Endstation irgendeiner U-Bahn-Linie?«

»Hätten wir vermutlich, aber wir haben gar nicht erst danach gesucht. Bei dem Gedanken an Vororte fiel uns beiden sofort das hier ein.«

Er stößt geräuschvoll den Atem aus. »Ich hätte nie gedacht, dass ich einer von diesen Leuten bin, die sozusagen nach Hause zurückziehen.«

»Geht mir genauso.« Ich zucke mit den Schultern.

Schweigend sitzen wir da, während er über alles nachzudenken scheint.

»Also, du … Spider, wie sind wir …?«

»*Ellie*, du nennst mich jetzt Ellie. Spider bin ich schon sehr lange nicht mehr.«

»Sorry, alte Gewohnheiten. Der netteste Spitzname war es wirklich nicht.«

»In der Tat.«

»Aber wenn ich dich und Rach sehe, dann seid ihr für mich die beiden von früher. Während unserer Kindheit warst du so oft bei uns zu Hause, dass ich dich als kleine Schwester betrachtet habe. Ich kann mir einfach nicht vorstellen, wie wir davon zu unserem jetzigen Leben gewechselt sind. Ich meine, wir haben eine Tochter, also nehme ich an, dass wir … du weißt schon, und die Tatsache, dass noch ein Kind unterwegs ist, bedeutet …«

»Dass wir es mindestens zweimal getan haben«, beende ich den Satz für ihn. Wenn das hier nicht so tragisch wäre, könnte man sich totlachen. »Aber ich verrate dir ein kleines Geheimnis: Wir tun es ziemlich oft.«

Ihm schießt das Blut in die Wangen, und er hüstelt.

»Aber als wir uns vor ein paar Jahren wiederbegegnet sind, habe ich in dir doch immer noch die Freundin meiner jüngeren Schwester gesehen, oder?«

»Mehr oder weniger. Wir waren damals beide betrunken, haben uns geküsst, ein bisschen gefummelt und sind dann eingeschlafen. Und am nächsten Morgen hast du mir klipp und klar gesagt, dass ich für dich wie eine Schwester sei und wir nur Freunde sein sollten.«

Max nickt, als würde er in diesem Moment genau das Gleiche denken.

»Aber bei unserer zweiten Begegnung … Lass es mich mal so sagen, da hast du endgültig realisiert, wie sehr sich mein Körper verändert hat, und es war vorbei damit, mich als kleine Schwester zu betrachten.« Ich zeige auf meine Brüste.

Er wirkt für den Bruchteil einer Sekunde schockiert, aber dann breitet sich ein leises Lächeln auf seinem Gesicht aus.

»Vielleicht sind die ja der Schlüssel zu allem«, sagt er. »Du könntest mich rasch einen Blick darauf werfen lassen. Bestimmt fällt mir dann alles wieder ein.«

Das ist genau die Art freche Bemerkung, die mein Max von sich geben würde, und es fällt mir so schwer, zu verstehen, dass er das gar nicht ist – oder zumindest nicht der Max, wie ich ihn kenne.

Erwartungsvoll zieht er eine Braue hoch, und ein teuflisches Grinsen ziert sein Gesicht. Er hat mich schon Hunderte Male nackt gesehen, wenn nicht Tausende, aber dieses Mal fühlt es sich anders an.

»Das ist schwierig, weil du immer noch derselbe Max bist und gleichzeitig auch nicht.«

»Du fühlst dich vermutlich, als hättest du einen Ehemann verloren.«

»Hoffentlich ist es nicht so«, erwidere ich und habe plötzlich einen Kloß im Hals.

Er lächelt mich mitleidig an, und mein Herz bricht noch ein Stück mehr.

»Ich war einfach nie der Typ für langfristige Beziehungen. Ich habe nie das Bedürfnis verspürt, mich auf etwas Festes einzulassen und zusammenzuziehen. Ich bin glücklich in meiner Wohnung, hänge mit meinen Kumpels ab, ziehe um die Häuser und …« Er schüttelt den Kopf. »Tut mir leid, wenn das nicht das ist, was du hören möchtest. Ich versuche nur, ehrlich zu sein.«

Ich blinzele eine Träne weg. Ich habe ja nicht erwartet, dass wir nach Hause kommen und er wie durch ein Wunder wieder der Alte ist, aber anscheinend hatte ich doch fest damit gerechnet, dass er versucht, die Verbindung zu mir wiederherzustellen.

»Ellie«, beginnt er, aber an der Haustür ertönt ein leises Klopfen.

»Ich geh schon«, sage ich und bin erleichtert, aus dieser Situation fliehen zu können.

Max berührt mich am Arm, bringt mich dazu, innezuhalten. Mein ganzer Körper erbebt unter seiner Berührung, und ich frage mich, ob er das auch spürt.

Wieder klopft es an der Tür, und ich löse mich von ihm.

Ich gehe durch den Hausflur und wische mir mit dem Ärmel über die feuchten Augen.

Als ich öffne, sehe ich Max' besten Freund draußen stehen und bin so erleichtert, dass ich ihm um den Hals falle.

»Wie schön, dich zu sehen«, begrüße ich Owen.

»Sorry, wir waren übers Wochenende in New Forst und hatten keinen Empfang. Ich habe deine Nachricht erst vor etwa einer Stunde gehört, und als ich dich zurückgerufen habe, bist du nicht rangegangen. Also sind wir kurzerhand auf der Rückfahrt an eurer Ausfahrt von der Autobahn abgebogen.«

Das Wort *wir* überrascht mich – erst jetzt entdecke ich die rothaarige Frau hinter ihm.

»Oh«, sage ich, löse mich von ihm und versuche mich zu sammeln. »Hallo, ich bin Ellie.«

»Claire«, stellt sie sich vor und wippt auf ihren Absätzen, als sei sie nervös.

»Dann stimmt es also? Deine Nachricht wegen Max … er hat tatsächlich sein Gedächtnis verloren?«

»Japp, die letzten fünf Jahre sind weg«, bestätige ich. »Komm rein und sieh selbst.«

»Aber wie …«, beginnt Owen, während ich die beiden hereinlasse. Dann setze ich sie rasch über die vergangenen vierundzwanzig Stunden ins Bild.

»Kumpel!«, begrüßt Max ihn mit einem Seufzer der Erleichterung, als wir die Küche betreten.

Er eilt zu Owen und umarmt ihn, und Owen wirkt sichtlich überrascht.

»Danke fürs Kommen.«

Owen schweigt für einen Moment, schaut abwechselnd zu Max und zu mir.

»Ist das hier echt?«, fragt er schließlich. »Ich begreife das einfach nicht.«

»Keiner von uns begreift es«, erwidere ich.

»Sorry«, sagt Max in dem Moment und geht zu Claire. »Bestimmt muss ich dich kennen, aber ich kann mich echt nicht erinnern.«

»Wir sind uns auch noch nie begegnet«, antwortet sie mit einem verlegenen Lächeln. »Ich bin Claire.«

»Freut mich, Claire«, sagt er. »Das ist gut. Seit der ganze Mist angefangen hat, bist du die erste Person, der ich begegne, die ich *nicht* erkennen müsste. Seid ihr beide zusammen oder …?«

»Ja«, erwidert Owen und führt es nicht weiter aus.

Ich wusste gar nicht, dass er sich mit jemandem trifft, und

schon gar nicht, dass er mit diesem Jemand übers Wochenende verreist. Komisch, dass Max das nie erwähnt hat.

»Ich habe Schwierigkeiten, mir das alles vorzustellen. Wenn du dich an die letzten fünf Jahre nicht erinnern kannst, dann weißt du auch nicht mehr, dass du mit Ellie zusammen bist?«

»Richtig.«

»Wow, du erinnerst dich nicht an deine eigene Frau?«, sagt Claire und streicht sich die Haare hinter die Ohren.

Es tut mit ein bisschen leid, dass sie bei ihrer ersten Begegnung mit uns in diese Situation geworfen wird.

»Das war vielleicht ein Wochenende! Hey, wieso gehen wir nicht alle zusammen ein Bier trinken?«, schlägt Max vor. »Was ist unsere Stammkneipe, immer noch The Station? Dann können wir Claire besser kennenlernen. Ist eine schöne Abwechslung, etwas über dich zu erfahren statt über meine fehlenden Jahre.«

»Wir können nicht beide ausgehen, Max. Sasha schläft oben«, erwidere ich.

»Ach ja, richtig«, sagt er. »Ich vergesse ständig, dass du eine Tochter hast.«

»*Wir* haben eine Tochter«, korrigiere ich ihn frustriert, weil diese neue Realität anscheinend nicht bei ihm ankommt. »Aber geht ihr doch einfach was trinken.«

»Wir lassen dich jetzt nicht allein, Ellie«, sagt Owen. »Vielleicht setzt du einfach Teewasser auf?«

»Tee?« Max macht große Augen.

»Ich muss fahren, Kumpel«, informiert ihn Owen.

Irgendwie seltsam, aber in seiner Stimme schwingt eine ungewohnte Schärfe mit.

»Okay, gut, Claire – aber du trinkst doch ein Bier mit mir oder einen von diesen Gins hier, oder? Ich mag nicht allein trinken, und Ellie kann nicht, weil sie schwanger ist.«

Claire wirkt unentschlossen und schaut erst zu Owen, der als Antwort mit den Schultern zuckt, bevor sie Max' Lächeln erwidert.

»Klar, ich nehme ein Bier, danke.«

Max geht zum Kühlschrank, öffnet eine Flasche Bier und reicht sie Claire.

»Also dann, wollen wir uns ins Wohnzimmer setzen und einander besser kennenlernen? Ich muss dich allerdings vorwarnen, vielleicht solltest du dort drinnen deine Sonnenbrille aufsetzen«, fügt er hinzu und deutet auf ihre Brille, die sie auf dem Kopf sitzen hat. »Na los, komm mit.«

Claire blickt nervös über die Schulter zu Owen.

»Geh ruhig, wir kommen in einer Minute nach.« Er haucht ihr einen Kuss auf den Scheitel, und sie lächelt ihn an. Diese liebevolle Geste versetzt mir einen Stich, denn Max würde normalerweise etwas Ähnliches tun, bevor er den Raum verlässt.

Sobald die beiden fort sind, schließt Owen hinter ihnen die Tür.

»Was zum Teufel ist hier los, Ellie? Er tut so, als sei alles in Ordnung.«

»Ich weiß, aber das ist typisch für seine Art von Gedächtnisverlust.«

»Und es ist echt? Er spielt es nicht nur vor?«

»Wieso sollte er?«

»Keine Ahnung.« Owen seufzt.

»Er spielt uns definitiv nichts vor. Sein Dad kam heute hergeflogen, und die beiden verhalten sich wie beste Freunde.«

»Shit!«, flucht Owen. »Wie hat er das mit der Scheidung aufgenommen?«

»Sie haben es ihm gar nicht erzählt. Seine Eltern tun so, als seien sie noch zusammen.«

»Sie tun *was?*« Owen fallen fast die Augen aus dem Kopf.

»Es ist alles so verquast, Owen.«

»Und die Tests haben nichts ergeben?«

»Nein. Die Ärzte konnten nichts finden«, antworte ich und wünsche beinahe, sie hätten etwas entdeckt, damit wir irgendeine Erklärung für all das hätten. Natürlich ist es besser, dass sie nichts gefunden haben und physisch mit Max alles in Ordnung ist, aber es ist eine schreckliche Vorstellung, dass er seine eigenen Erinnerungen verdrängt.

»Shit, Ellie«, sagt Owen noch einmal.

»Allerdings. Er erinnert sich auch nicht an Sasha, und in neun Wochen kommt dieses hier.« Ich tätschele meinen Bauch.

Die Tränen, gegen die ich so hart gekämpft habe, laufen mir jetzt sturzflutartig über die Wangen.

»Schscht«, sagt Owen und legt den Arm um mich. »Alles wird gut. Du sagtest doch, es sei nur vorübergehend. Er wird sich bestimmt schon bald wieder an alles erinnern.«

»Ja – wenn wir nur herausfinden könnten, was er gestern gemacht hat und was passiert ist. Hast du eine Ahnung, was er in Chiswick wollte?«

Er zögert, und es kommt mir beinahe so vor, als wolle er Ja sagen, aber dann schüttelt er den Kopf. »Nein«, antwortet er. »Ich habe schon eine Weile nicht mehr mit ihm gesprochen.«

»Das passt gar nicht zu euch beiden. Ich weiß, dass er wegen des Jobs ein paar Mal beim 5er-Fußball gefehlt hat, aber trefft ihr euch nicht wenigstens ab und zu zum Mittagessen?«

»Schon, aber in letzter Zeit hatte ich viel zu tun. Wir haben uns immer nur auf die Mailbox gesprochen. Außerdem treffe ich mich oft mit Claire. Apropos, wir sollten rübergehen und sie retten«, sagt er und schiebt sich ein Stück weiter in Richtung Tür.

»Ja, natürlich«, pflichte ich ihm bei. »Ich mache dir rasch

deinen Tee und bringe ihn dann mit. Milch, kein Zucker, stimmt's?«

»Japp, danke, Ellie.« Er ist schon auf dem Weg zur Tür, als er sich noch einmal umdreht. »Er kommt wieder in Ordnung, alles wird gut.«

»Natürlich.« Ich setze ein tapferes Lächeln auf, das sofort verschwindet, sobald Owen durch die Tür ist.

Ich schalte den Wasserkocher ein und höre, dass mein Handy piept. Es befindet sich noch in meiner Handtasche, also hole ich es heraus und sehe, dass ich eine Nachricht aus unserer Yummy-Mummys-Gruppe bekommen habe.

Anneka

Nicht vergessen, Polly und Ellie: Punkt 19 Uhr! Nicht vergessen, Helen: Punkt 18:30 Uhr!

Helen

Netter Versuch. Wir sehen uns um 19:30 Uhr. X

Bei all dem, was am Wochenende passiert ist, habe ich den morgigen Mädelsabend völlig vergessen. Ich will gerade schreiben, dass ich es doch nicht schaffe, als ich sehe, dass Anneka noch eine Nachricht schickt.

Anneka

Zur Info: Akute Wehen werden als einzige Entschuldigung für Nichterscheinen akzeptiert.

Ich muss laut lachen, und meine Finger schweben über dem Display in der Luft. Ich kann Max nicht mit Sasha allein lassen. Wenn er sie wieder vergisst und in den Pub geht? Vielleicht könnte ich Judy oder Mick bitten, ihm Gesellschaft zu leisten. Ein paar Stunden hier rauszukommen, würde mir vielleicht guttun. Sasha wird dann im Bett sein, und ich wäre im Notfall schnell wieder hier.

Ellie

Bis morgen xx

Während das Wasser aufheizt, atme ich tief durch und wiederhole im Kopf Owens Worte: *Alles wird gut*. Das muss es auch, wir haben gar keine andere Möglichkeit. Ich wische die Tränen weg und spritze mir kaltes Wasser ins Gesicht, bevor ich Owen seinen Tee zubereite und ins Wohnzimmer hinüberbringe.

Kapitel 8

Bisher läuft es mit unserer Kennenlernzeit nicht so wie von Judy gehofft. Seit vierundzwanzig Stunden sind wir mittlerweile bei uns zu Hause und haben kaum einen Moment allein verbracht. Owen und Claire verabschiedeten sich erst spät, und wir waren so müde, dass wir sofort schlafen gingen – jeder in seinem Zimmer. Heute Morgen um 9 Uhr tauchte Mick im Overall auf – und brachte genügend Farbe mit, um die ganze Straße zu streichen. Während Mick und Max im Wohnzimmer anfingen, verbrachte ich den Tag damit, meine laufenden Projekte an Kollegen zu übergeben und an meinem ersten und letzten Arbeitstag zu Hause so viele noch offene Probleme wie möglich zu lösen. Und nun will ich los zu dem Treffen bei Anneka.

»Seid ihr sicher, dass ihr klarkommt?«, frage ich Max und Mick, die auf dem mit Plastikfolie abgedeckten Sofa sitzen und Bier trinken, während sie über ihren harten Arbeitstag sinnieren. »Ich kann auch hierbleiben.«

»Geh ruhig«, erwidert Max. »Dad ist hier, er passt doch bestimmt ständig auf Sasha auf.«

Mick verzieht kaum merklich das Gesicht und zwinkert mir dann zu.

Dass Mick ihn unterstützt, beruhigt mich nicht sonderlich, da er keinerlei Erfahrung als Babysitter von Sasha hat, aber ich muss hier einfach mal raus.

»Wir kommen schon zurecht. Außerdem haben wir deine Telefonnummer, und Sasha schläft tief und fest«, sagt Mick.

»Okay, ich will mich nicht verspäten!«, rufe ich und renne förmlich hinaus, bevor ich doch noch einknicke.

Ich fahre los und habe es gerade bis zur nächsten Abzweigung geschafft, da klingelt mein Handy. Sofort rutscht mir das Herz in die Hose, weil ich annehme, dass Max und Mick anrufen. Ich fahre rechts ran und schluchze erleichtert, als ich sehe, dass es ein Skype-Anruf von Mum ist.

Wieso nur will man immer mit seiner Mum reden, wenn es ein Problem gibt?

»Hi, Mum«, melde ich mich, aber sie antwortet erst nicht, und ich sehe nur ein grobkörniges Bild von ihr.

»Hallo, Liebes, wie läuft es denn?« Oder zumindest glaube ich, dass sie das gesagt hat, denn die Verbindung ist unglaublich schlecht.

»Irgendetwas ist mit Max passiert, und wir sind gestresst«, antworte ich.

»O Liebes«, sagt sie, und das Bild wird unscharf, aber als es wieder klarer wird, hat sie ein breites Lächeln im Gesicht. »Ihr habt bald ein Fest? Wie schön.«

»Nein, Mum«, erwidere ich. »Ich bin gestresst.«

»Test? Was denn für ein Test?«, erwidert sie, nickt und fügt etwas hinzu, das ich wieder nicht verstehe.

Ich schließe entnervt die Augen. Das verpixelte Bild und die akustischen Missverständnisse erinnern mich daran, dass sie eine halbe Weltreise entfernt ist. So gern ich ihr auch mein Herz ausschütten würde, damit ich mich besser fühle, es würde sie nur beunruhigen und ihr den Urlaub verderben.

Das Bild verschwindet, und als es zurückkehrt, sitzt mein Dad neben ihr.

»Hallo, Schatz, wie geht es Sasha und der Keule?« Vermutlich habe ich mich verhört, und er hat gesagt »der Beule«.

»Beiden geht es gut. Die Verbindung ist echt schlecht«, sage ich, als das Bild einfriert. »Können wir es später noch mal versuchen?«

»Ja, natürlich. Wir werden … dich … Antigua …«, antwortet Mum, und dann ist das Bild endgültig verschwunden.

Ich fülle die Informationslücken selbst; entweder sind sie in Antigua oder fahren gerade dorthin, und sie wird später noch mal versuchen, mich anzurufen. Normalerweise verfolge ich ihre Kreuzfahrten auf einer Landkarte oder mit einer App, um mich neidisch zu machen auf die exotischen Orte, die sie besuchen. Aber in den vergangenen Tagen bin ich nicht dazu gekommen.

Seufzend lege ich auf und setze meinen Weg zu Anneka fort.

Ich bin nicht überrascht, dass sie in einem riesigen Haus wohnt. Es steht in einem der Nachbarorte mit umwerfender Aussicht über die Landschaft. Es ist die Art von Haus, über die ich in einer Folge von *Escape to the Country* schmachten würde. Eine umgebaute Scheune mit jahrhundertealten Holzbalken, neuem Mauerwerk und viel Glas. Ich kann nur ahnen, wie schön es drinnen aussieht. Annekas Ehemann ist ein auf Scheidungen spezialisierter Anwalt, und der Größe des Hauses nach zu urteilen, boomt das Geschäft.

Ich mache mich mit dem schweren Türklopfer bemerkbar, um den ich sie ebenfalls beneide.

»Ah, Ellie, pünktlich auf die Minute. Das gefällt mir«, begrüßt mich Anneka, als sie die Tür öffnet.

Ich verrate ihr nicht, dass ich es nicht gewagt hätte, mich zu verspäten. In dem Moment kommt ein verbeultes, altes Auto in die Einfahrt gerollt, und ich erkenne Polly hinter dem Steuer, die der Lippenbewegung nach so etwas wie »Heilige Scheiße« murmelt.

Ich winke ihr, sie winkt zurück, und dann kommt sie auch schon angewatschelt.

»Dieses Haus ist umwerfend, Anneka«, sagt sie, als sie uns erreicht. »Ich werde mich nie trauen, dich zu uns einzuladen.«

»Allerdings«, stimme ich zu. »Ich dachte, unser kleines Haus wird etwas Besonders sein, wenn wir es erst gestrichen haben, aber das hier«, fahre ich fort, als wir in den Eingangsbereich treten, »ist umwerfend.«

»Stimmt«, erwidert Anneka und nickt. »Wir haben es letztes Jahr gekauft, als wir uns entschieden haben, eine Familie zu gründen. In unserem alten Haus gab es nur vier Schlafzimmer.«

»*Nur* vier?«, antworte ich lachend, und Polly zieht die Brauen hoch.

»George hat Kinder aus seiner früheren Ehe, und sie sollen sich nicht ausgeschlossen fühlen, wenn das neue Baby da ist. Außerdem dachten wir, es ist ganz praktisch, einen Gästeanbau zu haben, wenn wir Personal brauchen. Ich habe mich bereits bei einer Agentur angemeldet, damit sie uns ein chinesisches Au-pair suchen. Es ist so wichtig für die Kinder, früh mit dem Lernen von Sprachen anzufangen, und Kantonesisch ist die Sprache der Zukunft.«

»Absolut«, pflichte ich ihr bei und nicke emsig, als würde ich etwas Ähnliches in Erwägung ziehen.

Ich reiche Anneka den alkoholfreien Sekt, den ich mitgebracht habe. Sie nimmt die Flasche entgegen und führt uns einen hellen und luftigen Flur entlang.

Ich folge ihr mit offenem Mund, spähe in die verschiedenen Zimmer, an denen wir vorbeikommen.

Anneka geht voran in eine Traumküche, ein offener Raum, dem sich ein großer Wohnbereich mit riesigem Esstisch und mehreren Sofas anschließt, vervollständigt durch Flügeltüren, die sich über die gesamte Rückseite des Hauses erstrecken und in den Garten führen, von dem man einen weiten Blick über die Felder hat.

»Also, was wollen wir trinken? Etwas von dem Sekt, den Ellie mitgebracht hat?«

»Ich nehme gern einen Sekt«, antwortet Polly.

Ich nicke und versuche, einen der Stühle an der Frühstücksbar zu erklimmen, lasse jedoch einen Fuß auf dem Boden, um nicht samt Hocker umzufallen.

»Ach, nicht dort. Auf den Dingern kann man nicht gut sitzen. Setzt euch auf die Sofas.« Anneka deutet zu den strahlend weißen Sofas in der Ecke.

»Aber die sind so hell und empfindlich«, sage ich auf dem Weg dorthin. »Sie sehen aus, als hätte dort noch nie jemand gesessen.«

»Keine Sorge, sie sind mit Scotchguard geschützt, und unsere Putzhilfe vollbringt wahre Wunder.«

Polly wirft mir einen ängstlichen Blick zu, aber wir setzen uns hin.

»Und, wie geht es dir?«, frage ich Polly.

»Ganz gut«, antwortet Polly. »Ich bin nur ständig müde. Vermutlich wird es besser, wenn ich nicht mehr arbeiten muss. Bis dahin sind es noch anderthalb Monate, und ich kann es kaum erwarten.«

Anneka bringt unsere Getränke, gefolgt von einer Platte mit Gemüsesticks.

»Bedient euch. Hier sind auch Dips, Salsa mit wenig Zucker und fettfreies Tsatsiki.«

Wieder spähe ich auf das Sofa, aber Anneka sieht mich erwartungsvoll an, und das ängstigt mich noch mehr. Also entscheide ich mich für das Tsatsiki, die fleck-ungefährlichste Option.

»Und bei dir? Arbeitest du jetzt von zu Hause aus?«, wendet sich Polly an mich.

Ich will gerade antworten, als es an der Tür klingelt.

»Fünf Minuten zu spät«, verkündet Anneka, bevor sie in Richtung Haustür davonklick-klackt.

»Ich glaube nicht, dass ich in meinem Erwachsenenleben schon mal irgendwo auf die Minute pünktlich war«, sagt Polly. »Das ist eine Premiere, weil sie mir ziemliche Angst einjagt.«

»Geht mir genauso.«

»Da bin ich erleichtert. Mir graut davor, wie es mit Kind sein wird. Als die Kinder meiner Schwester noch klein waren, hat sie ein bis zwei Stunden gebraucht, ehe endlich alle fertig und angezogen waren und sie das Haus verlassen konnten.«

»Kenne ich. Wenn ich mit Sasha rausgehen will, plane ich unseren Aufbruch eine Stunde früher, als ich eigentlich müsste«, antworte ich.

»Vielleicht hat Nina deshalb die Gruppe verlassen. Konnte nicht mit dem Druck umgehen.«

»Und vielleicht schließen wir uns ihr noch an«, erwidere ich lachend.

Helen betritt hinter Anneka das Wohnzimmer, eine große Schachtel aus der örtlichen Bäckerei an sich gepresst.

»Hallo, hallo!«, ruft sie, kommt schnurstracks zu uns, schiebt die gesunden Snacks beiseite und stellt die Schachtel ab, die mit Obsttörtchen gefüllt ist. »Habe mich an die Anweisung gehalten«, sagt sie zu Anneka. »Die sind mit Obst.«

Anneka rümpft die Nase. »Außerdem mit Marmelade, Zucker und Vanillecreme.«

»Ja, aber das Obst zählt als eine unserer fünf Portionen pro Tag. Also …« Sie zuckt mit den Schultern und setzt sich. »Und dann habe ich noch das hier mitgebracht. Falls wir einen kleinen Eisbrecher brauchen.«

Ich starre auf die DVD. *»Magic Mike XXL?«*, frage ich skeptisch.

»Dachte, ein paar durchtrainierte Sixpacks könnten uns helfen, einander besser kennenzulernen – und ehrlich gesagt ist es das Erotischste, das ich momentan an Männlichkeit zu sehen bekomme. Seit der Bauch dicker geworden ist, lässt Toby mich nicht an sich heran. Als wir es einmal gerade tun wollten, hat das Baby getreten, und er bekam voll die Panik. Sorry, ist vermutlich ein bisschen zu viel an Informationen, aber mit meinen anderen Freundinnen kann ich über solche Dinge nicht reden. Ich bin die Letzte, die Kinder bekommt, die anderen sind damit schon alle durch und haben jetzt sowieso keinen Sex mehr, seit die Kinder größer sind und abends später ins Bett gehen.«

»O mein Gott, ist das so?«, rufe ich überrascht. Max und ich hatten damit bisher kein Problem, da Sasha gegen 19 Uhr schläft.

»Anscheinend wird es schwieriger, wenn sie Teenager sind. Dann bleiben sie lange auf und drehen durch, wenn sie Geräusche aus dem Schlafzimmer hören.«

Vor Entsetzen klappt mir die Kinnlade herunter. Dass meine Babys irgendwann zu Teenagern werden, hatte ich noch nicht bedacht.

»Ach, so schlimm ist das gar nicht. Du kaufst ihnen ein paar teure Airpods und erweiterst für ein oder zwei Stunden ihren Internetzugang«, sagt Anneka, tätschelt ihr die Hand und reicht Helen ein Glas Sekt. »George hat zwei Kinder im Teenageralter aus seiner früheren Ehe, und um das hier zu zeugen, hatten wir einen ziemlich strengen Sexplan. Wir konnten keine Rücksicht darauf nehmen, ob andere Personen im Haus waren. Wenn der richtige Zeitpunkt da war, dann war er da.«

»Verdammt«, fluche ich, trinke meinen Sekt und wünschte, er wäre mit Alkohol.

»Davon abgesehen brauchen wir uns bei diesen hier überhaupt keine Sorgen zu machen. Sobald sie größer werden, sind sie eh süchtig nach Technikspielzeug und haben keinen Schimmer, was wir so treiben«, sagt Anneka.

»Etwas, worauf wir uns so oder so freuen können, nicht wahr?«, sagt Helen und verzieht das Gesicht, sodass Polly und ich lachen müssen.

»Wir sind eine nette Truppe, stimmt's?«, fragt Anneka. »Und wir können gut auf diese Frau verzichten, deren Namen wir nicht nennen müssen.«

»Nina?«, wirft Helen hilfsbereit ein.

»Danke, ich wollte meinen Atem nicht mit ihrem Namen verschwenden, aber ja. Seht doch nur, wie gut wir uns verstehen. Ich bin sicher, dass wir im Laufe des kommenden Jahres alles miteinander teilen werden«, stellt Anneka fest. »Ich bin sehr froh darüber, euch gefunden zu haben und dass ihr heute hier seid. Als ich euch sah, wusste ich sofort, dass ihr meine Gruppe sein würdet.«

»Zumal dir keine Zeit mehr bleibt, den Kurs ein drittes Mal zu machen«, fügt Helen hinzu.

Anneka ignoriert die Bemerkung.

»Und in diesem Sinne möchte ich einen Toast aussprechen. Ich hoffe, dass wir eine glückliche, fürsorgliche und einander unterstützende Gruppe werden und alle immer füreinander da sind. Die Mutterschaft wird eine anstrengende Zeit sein, und wir brauchen Menschen, auf die wir uns verlassen können. Prost.« Anneka erhebt ihr Glas.

Mir kommen die Tränen – das war genau das, was ich hören musste –, und wir trinken alle.

»Das war hübsch«, sagt Polly.

»Ich habe es den ganzen Tag geplant. Meine Friseurin Cassandra coacht mich, ein besserer Mensch zu werden. Hat es funktioniert? Habe ich nett und normal geklungen?«, fragt Anneka und zieht eine Braue hoch.

»Japp – bis du uns danach gefragt hast«, antwortet Helen grinsend. »Geht es dir gut, Ellie?«

Ich schniefe die Tränen weg, die ungefragt zu fließen begonnen haben.

»Tut mir leid«, sage ich und tupfe mir die Augen ab. »Aber ich bin gerade erst hergezogen und kenne quasi niemanden. Ich habe noch keine Freundinnen in der Stadt, und das mit euch bedeutet mir so viel, vor allem da am Wochenende ...« Ich bringe die Worte nicht über die Lippen.

»Ich bin momentan auch ein emotionales Wrack«, unterstützt mich Polly. »Gestern Abend habe ich bei *Höhle der Löwen* jedes Mal geheult, wenn jemand ein Angebot bekam.«

»Deine Tränen sehen nach mehr als nur nach hormonellen aus«, sagt Helen und schiebt mir die Schachtel mit Obsttörtchen zu.

»Sind sie auch, aber ich will euch nicht mit meinen Problemen belasten, wo wir einander doch kaum kennen.«

»Mach dir darüber keine Sorgen«, erwidert Anneka. »Wir sind hier unter Freundinnen. Und falls du Georges Dienste brauchst, kann ich dir seine Karte geben.« Sie sieht offenbar das Entsetzen in Helens und Pollys Gesichtern. »Was? Ihr würdet nicht glauben, was in der letzten Gruppe passiert ist.«

»Es ist nichts in der Art, Anneka. Und ich hoffe sehr, dass es nicht dazu wird«, erwidere ich und hole tief Luft. »Max hat sein Gedächtnis verloren.«

Die drei starren mich verständnislos an.

»Ich hatte jetzt eigentlich etwas Skandalöseres erwartet«, sagt Anneka. »George ist auch furchtbar vergesslich. Aber das liegt daran, dass er schon über sechzig ist.«

Das Bild, das sie von George zeichnet, nimmt zunehmend Gestalt an. Aber jetzt ist nicht der richtige Zeitpunkt, um mehr über ihn herauszufinden.

»Max ist nicht vergesslich – er hat alles aus den letzten fünf Jahren komplett vergessen.«

»Was verf...«, setzt Helen an.

»Nicht das F-Wort«, unterbricht Anneka sie. »Wir fluchen nicht im Beisein der Babys.«

»Sie sind noch nicht einmal geboren, was sollen sie verfickt noch mal dagegen tun?«, erwidert Helen. »Oh, Mist, sorry.« Sie schlägt die Hand vor den Mund, tut so, als wäre ihr das herausgerutscht, und Anneka giftet sie an.

»Weißt du eigentlich, wie viel Embryos verstehen können? Aber wie dem auch sei, wir weichen vom Thema ab. Ellie ...«– sie bedeutet mir mit der Hand, fortzufahren – «... was in aller Welt ist passiert?«

»Am besten erzähle ich von Anfang an«, sage ich.

»Das klingt wie dieser Film«, sagt Polly und genehmigt sich noch ein Obsttörtchen. »Ich glaube, der ist mit Channing Tatum oder jemandem, der ihm ähnelt. Und nicht er hat das Gedächtnis verloren, sondern seine Frau. Aber ansonsten ist alles genauso – sie muss sich neu in ihren Mann verlieben. Und dann ist da natürlich noch ihre Familie, die sie manipulieren und von ihm wegholen will. Aber davon abgesehen ...«

»Ah, den habe ich gesehen«, meldet sich Helen zu Wort, und wir alle schauen sie an. »Kommt schon, *Magic Mike* ist nicht der einzige Film mit Channing Tatum, den ich gesehen habe.«

»Wenn ich ihn auch gesehen hätte, wüsste ich vielleicht, was zu tun ist.« Ich wünschte, meine Situation wäre ein Film und nicht das wahre Leben.

»Ja, du könntest ein paar Tipps bekommen«, stimmt Helen zu. »Du könntest so wie die Familie sein und Max manipulieren, Dinge zu tun, die er normalerweise nicht tun würde. Du weißt schon, ihm einreden, er würde immer den Müll rausbringen oder die Schmutzwäsche nach Farben sortieren. Oder jeden Abend für dich kochen. Oder dir unaufgefordert die Füße massieren, wenn du von der Arbeit nach Hause kommst. Und ständig Sex mit dir haben, während du schwanger bist«, fügt sie schwärmerisch hinzu und verliert sich offenbar in ihren Fantasien.

»Ich spüre, dass das Thema wichtig für dich ist«, erwidere ich. »Sollten wir vielleicht über deine Ehe sprechen?«

»O nein, ich meine, das machen wir vermutlich noch, aber jetzt geht es um dich. Was können wir tun, um dir zu helfen?«

»Nichts. Es sei denn, eine von euch weiß, wieso Max in Chiswick war, oder hat eine Idee, wie ich sein Gedächtnis zurückholen kann.«

»Stellt euch vor, nicht zu wissen, wie man sich ineinander verliebt hat«, sagt Polly, und eine Träne kullert ihr über die Wange. »Natürlich weiß ich nicht, wie ihr euch ineinander verliebt habt, aber wenn mein Mann das vergessen würde, wäre ich echt traurig.«

»Es ist schwer. Man realisiert gar nicht, wie viel der gemeinsamen Geschichte Teil des täglichen Lebens und Vokabulars ist. Und es ist auch sehr einsam. Es sind zwar erst gut zwei Tage, aber wenn man sogar die Kleinigkeiten des Alltags erklären muss … Zum Beispiel, dass das Baby tritt oder ich schreckliches Sodbrennen habe. Obwohl er sich für mich doch nicht wie ein Fremder anfühlen sollte, ist er zu einem geworden.«

Polly streichelt mir über den Rücken. Ich blinzele die Tränen weg.

»Du kannst uns jederzeit eine Nachricht schicken«, sagt sie. »Dafür ist die WhatsApp-Gruppe da.«

»Auf jeden Fall«, pflichtet Helen ihr bei.

»Und hoffentlich haben die Ärzte recht, denn dann handelt es sich nur um Tage, bis er sich wieder erinnert«, versichert Polly.

Ich nicke. »Das hält mich momentan aufrecht.«

»Aber beunruhigt es dich nicht, dass sein Gedächtnis möglicherweise nie zurückkehrt?«, lässt Anneka nicht locker und tunkt einen Karotten-Stick in die Salsa.

Helen wirft ihr einen warnenden Blick zu.

»Was?«, verteidigt sich Anneka und knabbert an ihrer Karotte. »Das fragen wir uns doch alle. Ich habe nur laut gedacht.«

»Das wird nicht passieren«, versichert Polly und tätschelt diesmal meinen Arm.

»Ich versuche lediglich, realistisch zu sein.« Anneka zuckt mit den Achseln. »Du solltest die Zeit auf jeden Fall nutzen, ihn wieder in dich verliebt zu machen. Denn falls sein Gedächtnis nicht zurückkommt, wird er sonst ein Fremder bleiben. Und es geht nicht darum, dass ich kein Blatt vor den Mund nehme oder taktlos bin. Du bist in diesen Geburtsvorbereitungskurs gekommen, um dich auf die Geburt vorzubereiten. Warum also solltest du dich nicht auch auf den Fall vorbereiten, dass er sich nie wieder erinnert?«

»Ich stimme ihr nur ungern zu«, sagt Helen, »aber an ihren Worten ist was dran. Max wird sich bestimmt wieder erinnern, aber es kann ihm nicht schaden, dich wieder ganz neu kennenzulernen.«

Ich nippe an meinem Sekt und lasse mir die Vorschläge durch den Kopf gehen.

»Hör zu, was Anneka und Helen ansprechen, ist das Worst-Case-Szenario«, lenkt Polly ein. »Sollten wir nicht lieber positiv denken?«

»Ich kann auch positiv denken«, erwidert Anneka, woraufhin Helen sie mit hochgezogener Braue misstrauisch beäugt. »Ich bin nur gern pragmatisch. Wir drücken ihm alle die Daumen, dass seine Erinnerung so schnell wie möglich zurückkehrt, aber bis dahin solltest du darauf setzen, ihn wieder in dich verliebt zu machen.«

»Klar, ich wedele einfach mit meinem Zauberstab«, sage ich und fahre mit den Händen durch die Luft. »Aber so einfach ist es nicht, stimmt's? Sich zu verlieben, meine ich. So viele Variablen müssen berücksichtigt werden, und alles muss stimmen. Es gibt zig Millionen Geschichten von Leuten, die ihrem Seelenverwandten begegnet sind, aber für einen von beiden war es nicht der richtige Zeitpunkt, oder etwas hat sie davon abgehalten, zusammenzufinden. Ich bezweifle, dass Max und ich zusammen wären, wenn wir uns ein paar Jahre früher wiedergetroffen hätten. Er ist fast jeden Abend mit seinen Kumpels losgezogen und hatte kurze Affären mit umwerfend schönen Frauen, die alle als Model durchgehen würden.«

Die Worte purzeln aus meinem Mund, bevor mein Gehirn gleichauf ist. Max glaubt, er würde immer noch dieses Leben führen. Und er hat es selbst gesagt – er ist glücklich mit diesem Leben.

»Aber falls er doch dein Seelenverwandter ist?«, sagt Polly und sieht mich mit schief gelegtem Kopf an.

»Was ist, wenn das nicht genügt?« Panik überkommt mich. »Wenn wir uns nur verliebt haben, weil die Situation dazu geführt hat? Wenn wir uns unter anderen Umständen nie ineinander verlieben würden?«

»Erstens«, wirft Helen ein, »sollten wir dich aufheitern, und das hier läuft in die falsche Richtung. Positiv bleiben, du erinnerst dich? Und zweitens ist das totaler Bullshit. Das mit dem richtigen Zeitpunkt ist Unsinn. Ihr habt euch einmal ineinander verliebt, ihr werdet euch wieder ineinander verlieben. So einfach ist das.«

»Und wenn nicht? Es ging zwar recht schnell damals, aber es gab vorher so viele kleine Momente, ihr wisst schon. Zum Beispiel, als wir uns als Freunde zum Minigolf verabredet haben. Wir wollten nicht, dass der Abend vorbei ist, also haben wir immer weitergespielt, bis sie uns rausgeworfen haben. Oder als er mit mir einen Kurztrip nach Paris gemacht und mir zum ersten Mal gesagt hat, dass er mich liebt. Oder die vielen Male vor unserer Hochzeit, als wir den Eröffnungstanz geübt haben. Und jedes Mal musste ich mich kneifen, weil ich dachte, wie glücklich ich doch bin, dass ich den Rest meines Lebens mit ihm verbringen werde. Wie sollen wir die Gefühle all dieser Momente denn neu erschaffen?«

»Ich hab's!«, ruft Polly, rutscht auf dem Sofa ein Stück vor und klatscht in die Hände. »Du tust all das erneut.«

»Ich tue *was* erneut?«, frage ich verwirrt.

»Du inszenierst all diese Erinnerungen«, antwortet sie. »Das ist perfekt! Du hast gerade gesagt, ihr beide hättet euch verliebt, weil euch gewisse Ereignisse dorthin gebracht haben, wo ihr jetzt seid. Also, indem du diese Ereignisse neu erschaffst, bleiben die Variablen gleich.«

»Variablen? Was ist das hier, ein Experiment im Chemieunterricht?« Helen zeigt auf meinen Bauch. »Davon abgesehen glaube ich nicht, dass die Variablen dieselben sein werden.«

»Das schafft sie, solange ihr bei keinem eurer Dates Fallschirmspringen wart«, wiegelt Polly ab.

»Aber ich habe jetzt auch Sasha. Sie zu einem Kurztrip mitzunehmen, wird der Romantik nicht gerade zuträglich sein.«

»Sagtest du nicht, deine Schwiegermutter ist für dich da, falls du Hilfe brauchst?«

»Vermutlich schon«, erwidere ich und überlege bereits, ob ich Judys Angebot, öfter auf Sasha aufzupassen, annehmen soll.

»Na also. Das klingt doch nach einer tollen Idee«, freut sich Polly. »Und ich würde das gern auch mit Jason machen. Vielleicht schlage ich es mal vor. Allerdings sind wir uns bei einem 24-Stunden-Festival begegnet, und momentan würde ich es nicht einmal schaffen, auch nur eine Stunde in einem Zelt im Matsch zu stehen.«

»Mit George würde das auch nicht funktionieren. Wir kamen zusammen, als er nach der Scheidung noch mit seiner Ex-Frau zusammenwohnte. Meine Tage mit einem Quickie auf der Rückbank seines Jaguars sind ein für alle Mal vorbei, Gott sei Dank.«

»Wie erfahren gerade eine ganze Menge übereinander«, stellt Helen fest und verzieht das Gesicht. »Aber, Ellie, denkst du, es könnte funktionieren?«

»Keine Ahnung. Max ist sowieso schon kurz vorm Durchdrehen, weil wir verheiratet sind und in einem Vorort wohnen.«

»Ach, Süße, du weihst ihn natürlich nicht ein. Das Ding bei Männern ist, sie zu überrumpeln und glauben zu machen, es sei ihre Idee gewesen. Dass sie sich von ganz allein in dich verliebt haben.«

»Aber so sind Max und ich nicht.« Ich seufze. »Wir spielen keine Spielchen.«

»Das galt, solange die Rahmenbedingungen fair waren«, erwidert Anneka, die eindeutig zu viel Erfahrung in solchen Dingen hat. »Jetzt gelten mildernde Umstände. Und er ist schon dein Mann. Ist ja nicht so, als würdest du einen Mann dazu verführen wollen, seine Frau zu verlassen.«

»Wir können es kaum erwarten, zu erfahren, wie das läuft«, sagt Polly und rutscht unruhig auf ihrem Platz hin und her. »Wir helfen dir da durch.«

»Wir unterstützen dich auf jedem Schritt des Wegs«, bestätigt Anneka. »Ich habe noch nie zu einer Bande wie dieser gehört. Wir werden wie das A-Team sein.«

»Nur ohne die Gewalt und den hässlichen Schmuck«, fügt Polly hinzu.

»Du vielleicht! Ich hätte schon Lust, ein paar Leute umzuhauen, und gegen ein bisschen protzigen Schmuck habe ich auch nichts«, sagt Helen, und wir lachen.

»Danke, ihr Lieben«, sage ich und versuche, nicht zu weinen. »Ich bin so froh, dass ich euch kennengelernt habe.

»Geht mir genauso«, stimmt Polly zu.

Helen schaut zu Anneka und nickt dann zustimmend.

Ich mag ja in einer großen Lebenskrise stecken, aber zum ersten Mal seit Max' Gedächtnisverlust bin ich nicht mehr so niedergeschlagen. Die Mädels haben recht, ich muss dafür sorgen, dass alles von Neuem beginnt. Max hat sich schon einmal in mich verliebt, wie schwer kann es sein, ihn ein zweites Mal dazu zu bringen?

Kapitel 9

Der gestrige Abend mit den Mädels war genau das, was ich gebraucht habe. Abgesehen davon, dass Sasha wach war und mit Max und Mick, die verlegen dreinblickten und wie ein Komikerduo wirkten, *Peppa Wutz* im Fernsehen schaute, als ich um 22 Uhr nach Hause kam.

Ständig muss ich daran denken, was die Mädels gesagt haben. Die Idee, Max dazu zu bringen, sich noch einmal neu in mich zu verlieben, ist ziemlich schräg, aber je mehr Zeit ich mit ihm verbringe, desto verlockender wird sie.

Er ist gerade bei seinem Psychotherapeuten, und ich hoffe, dass der den Schlüssel zu Max' Erinnerungen findet. Zu gern wäre ich mit hineingegangen, wurde jedoch freundlich gebeten, draußen zu warten, und zu dem Stapel Zeitschriften dirigiert. Irgendwie passt es, dass die alle schon ein paar Jahre alt sind, vermutlich spendet das den Amnesiepatienten ein bisschen Trost.

Mein Handy klingelt. Hektisch suche ich in der Handtasche danach, ich dachte eigentlich, ich hätte es auf stumm gestellt. Als ich es endlich finde, ist das Display jedoch dunkel. Ein Mann am anderen Ende des Wartebereichs schaut demonstrativ zu dem großen Schild KEINE HANDYS und zeigt darauf. Aber es klingelt immer noch, und ich merke, dass das Geräusch aus Max' Jacke kommt, die er auf dem Stuhl liegen gelassen hat, als er hineinging. Ich hole den Stein des Anstoßes hervor und will den Anruf gerade ablehnen, als ich sehe, dass es eine Londoner Nummer ist. Ich gehe ran.

»Hallo«, melde ich mich, schnappe mir meine Tasche und

Max' Jacke und eile in den Flur, fort von den missbilligenden Blicken des Mannes.

Am anderen Ende herrscht Schweigen, aber ich bin sicher, dass ich jemanden atmen höre.

»Hallo?«, frage ich erneut, aber es wird aufgelegt.

Mein Kopf sagt mir, dass es vermutlich irgendein Werbeanruf war, aber nach den seltsamen vergangenen Tagen habe ich den Drang, es zu überprüfen.

Ich rufe die Nummer zurück und lande in der elektronischen Telefonzentrale des Charing Cross Hospitals. Da ich nicht weiß, mit wem ich verbunden werden möchte, lege ich auf. Das war ganz sicher kein Werbeanruf. Ich zücke mein Handy und googele das Krankenhaus, das vermutlich nahe der Charing Cross Station liegt, stelle jedoch fest, dass es ein großes Krankenhaus in Hammersmith ist, nur wenige Minuten Fahrt von Chiswick, wo Max sein Gedächtnis verloren hat.

Mein Herz schlägt plötzlich schneller, aber bevor ich irgendetwas unternehmen kann, steckt Max den Kopf durch die Tür.

»Ach, da bist du. Dachte schon, du wärst abgehauen.«

»Nein, entschuldige, dein Handy hat geklingelt und ich bin aus dem Wartezimmer, um ranzugehen, weil ich dachte, dass es vielleicht wichtig ist. Sorry.«

»Schon okay.« Er nimmt es wieder an sich und wischt über das Display, um selbst nachzusehen. »Wer war dran?«

»Irgendjemand vom Charing Cross Hospital. Hat aber nichts gesagt.«

»Bestimmt verwählt«, antwortet er und schiebt das Handy in seine Jackentasche.

»Vermutlich. Das Krankenhaus liegt zwar in der Nähe von Chiswick, aber das ist sicher nur ein Zufall. Kannst du dich daran erinnern, in einem Krankenhaus gewesen zu sein?

Vielleicht bist du dort hingefahren, als du durcheinander warst?«

»Nein, nein.« Max schüttelt den Kopf. »Ich weiß noch, dass ich vor dem Bahnhof in Chiswick stand und nicht wusste, wie ich dort hingekommen bin. Dann bin ich nach Brixton gefahren.«

»Okay.« Irgendwie ist das eine Sackgasse. Wir laufen durch ein Labyrinth von Fluren. »Wie war deine Sitzung?«

»Intensiv.«

»Worüber habt ihr denn geredet?«

»Ach, du weißt schon.« Er reibt sich über die Augen. »So 'n Zeug.«

»Zeug?«

»Japp.«

Gut, dass wir das geklärt haben.

»War es hilfreich?«

Er zuckt mit den Schultern und seufzt. »Vielleicht. Ehrlich gesagt bin ich erschöpft. Macht es dir etwas aus, wenn wir nicht darüber sprechen? Vermutlich erzähle ich dir sonst immer alles, stimmt's?«

Ich bin hin- und hergerissen. Max gehörte nie zu den Leuten, die ihre Gefühle vor anderen ausschütten, aber jetzt möchte ich unbedingt wissen, was in seinem Kopf vorgeht. Mir fällt Helens Vorschlag ein, seinen Gedächtnisverlust zu meinem Vorteil zu nutzen, auch wenn sich ihre Vorschläge nur auf häusliche Pflichten bezogen.

»Hm«, murmele ich, ohne ihn zu korrigieren.

»Hoffentlich gelingt mir das irgendwann wieder.«

»Hm.«

Wenn ich ausschließlich Geräusche von mir gebe, ist das nicht eindeutig manipulativ.

Normalerweise fühle ich mich sicher in unserer Beziehung

und habe bisher nie das Bedürfnis verspürt, jeden noch so kleinen Gedanken in seinem Kopf zu kennen. Aber was jetzt abläuft, ist eben nicht normal.

Wir kommen bei unserem Wagen an, und als ich losfahre, spüre ich Trauer aufsteigen. Ich habe zwar nicht insgeheim gehofft, dass er zu diesem Therapeuten geht und nach einer einzigen Sitzung geheilt ist, aber mit jeder verstreichenden Stunde ohne Durchbruch scheint sich mein Max weiter von mir zu entfernen.

Allerdings wirkt er emotional ausgelaugt. Er lehnt den Kopf gegen das Fenster und schließt die Augen. Ich schalte das Radio ein und lasse ihn während der restlichen Fahrt in Ruhe.

Während ich bei der Kindertagesstätte anhalte, um Sasha abzuholen, bleibt er im Wagen und schenkt der Umgebung erst wieder Aufmerksamkeit, als wir in Fleet ankommen.

»Können wir kurz bei Mum und Dad vorbeischauen?«, fragt er.

»Ähm, klar«, antworte ich, schaue nach hinten und stelle fest, dass Sasha ausnahmsweise nicht im Auto eingeschlafen, sondern hellwach ist. »Möchtest du kurz anrufen und fragen, ob sie zu Hause sind?«, schlage ich vor.

»Aber ihr Haus ist doch direkt dort vorn«, erwidert er und zeigt in die Richtung. »Wir können doch einfach anklopfen.«

»Natürlich«, erwidere ich zögernd und fühle mich nicht wohl in meiner Haut, schließlich habe ich Judy versprochen, sie immer vorzuwarnen, bevor Max bei ihr auftaucht.

Ich fahre in die Einfahrt und parke direkt hinter Judys Wagen.

»Steigst du nicht aus?«, fragt Max, während er seinen Sicherheitsgurt öffnet.

»Willst du denn länger bleiben?«

»Na ja, ich möchte die beiden ein paar Dinge fragen, die der Therapeut von mir wissen wollte. Du weißt schon, sichergehen, dass ich es richtig in Erinnerung hatte.«

»Ach so«, sage ich und zucke kaum merklich zusammen.

Ich lasse mir Zeit damit, Sasha aus ihrem Kindersitz zu befreien, und suche nach einem Plan.

»Würdest du für mich vorher schnell zu dem kleinen Laden an der Ecke laufen? Ich habe schon wieder diese Schwangerschaftsgelüste und würde ja selbst gehen, aber meine Knöchel sind geschwollen und …«

»Und diese Gelüste hattest du noch nicht, als wir vorhin an dem großen Supermarkt vorbeigefahren sind?«

»Nein, hat gerade erst angefangen. Ich habe Heißhunger auf … Lebkuchen.«

»Lebkuchen?«, fragt er ungläubig.

»Ähä, in der Backwarenabteilung haben sie frische Lebkuchenmänner.«

»Also gut«, sagt er, während ich Sasha aus dem Wagen hebe. »Sonst noch was?«

»Nein, vielen Dank.« Ich lächle ihn zuckersüß an.

»Okay.« Er rührt sich nicht. Stattdessen bohrt er die Schuhspitze in den Kies, und ich rechne förmlich damit, dass er jeden Moment sagt, ich solle mir meinen Lebkuchen gefälligst selbst holen. »Bevor ich gehe … ähm, weißt du zufällig, ob ich früher schon mal eine Therapie gemacht habe?«

»Ich denke nicht«, antworte ich.

»Aha. Es ist nur so, dass es sich gar nicht so seltsam angefühlt hat, über mich zu sprechen, wie ich dachte.«

»Also, du hast nie erwähnt, dass du in Therapie warst, aber vielleicht hast du ja vor unserer Zeit schon mal eine gemacht.«

Er nickt, schaut hinunter auf die Kuhle im Kies, die er gegraben hat, schiebt sie dann wieder zu.

»Gut, also dann bis gleich. Keine Kirschtörtchen zu deinem Lebkuchen?

»Nein«, entgegne ich, und er entfernt sich in Richtung Straße. Erst als er außer Sichtweite ist, wird mir klar, dass er nicht weiß, dass mein Nein in Wahrheit Ja bedeutet. Mein Max hätte das verstanden und auch noch Kirschtörtchen gekauft.

Wie soll ich ihm nur alle diese kleinen Codes wieder beibringen? Ich versuche, mich von dem Gedanken nicht runterziehen zu lassen, und drücke auf die Türklingel.

Mick öffnet und wirkt sofort beunruhigt, als er mich vor der Tür stehen sieht.

»Ellie ist hier, Schatz!«, ruft er den Flur entlang, wendet sich mir dann wieder zu und späht über meine Schulter. »Ist Max bei dir?«

»Ja, aber er ist kurz zum Laden gelaufen.«

»Gut, sorry, wir haben euch nicht erwartet. Müssen uns nur schnell sortieren. Graham ist in der Küche bei Judy.«

»Verstehe.«

Judy kommt den Flur entlanggeeilt.

»Hat die Therapie geholfen?«, fragt sie.

»Nicht so, wie ich gehofft habe.«

Sie seufzt, aber mir entgeht nicht, dass Mick beinahe zufrieden wirkt. Vermutlich ist er hin- und hergerissen zwischen dem Wunsch, dass Max sich wieder erinnert, und dem Genießen der gemeinsamen Zeit mit ihm.

»Max wird jeden Moment hier sein. Soll ich so tun, als wärt ihr nicht zu Hause, wegen Graham?«

»Nein, alles gut. Judy hat sich eine Geschichte ausgedacht«, antwortet Mick.

»Komm rein und trink eine Tasse Tee«, sagt sie und winkt mich hinter sich her durch den Flur. »Du natürlich auch.« Sie zeigt auf Mick, und ich habe den Eindruck, dass die beiden so viel Abstand wie möglich halten, sobald Max nicht da ist.

»Vorher gehe ich noch in den Schuppen und hole die Tennisschläger. Ich wollte Max fragen, ob er Lust auf ein Spiel hat, wie in alten Zeiten.«

Mick eilt davon, und Judy verdreht die Augen. »Er liebt diese Situation. Als würde all das, was er verbrochen hat, keine Rolle mehr spielen.«

Ich reibe ihr über den Arm.

»Max wird sich schon bald wieder erinnern«, tröste ich sie und entlasse Sasha aus meinen Armen, die sofort zu Judy tapst.

»Hallo, meine Süße.« Sie beugt sich hinunter und knuddelt die Kleine. »Grandma schaut mal, ob sie einen Zwieback für dich hat.«

Judy richtet sich wieder auf und sieht mich an.

»Gut, dass Max noch nicht da ist, dann kann ich dich auf den neuesten Stand bringen.«

»Den neuesten Stand?« Ich streife die Schuhe ab und gehe den Flur entlang.

»Ja, damit unsere Geschichten auch übereinstimmen.«

»Okay.«

»Also …« Sie führt mich in die Küche und zeigt auf Graham, der am Tisch sitzt. Ich muss zweimal hinsehen, denn er sieht nicht aus wie der Graham, den wir alle kennen und lieben, er ist irgendwie »in Farbe«.

»Hi, Graham, geht es dir … gut?«

»Ja, abgesehen davon, dass ich aussehe wie der orange Typ aus dem Limo-Werbespot«, sagt er, giftet Judy an und verschränkt die Arme vor der Brust.

Ich beiße mir auf die Lippe, um nicht zu lachen, denn er ist wirklich leuchtend orange im Gesicht.

»Darf ich fragen …?«

Graham schüttelt den Kopf und zieht dann für mich einen Stuhl unter dem Küchentisch vor, damit ich mich setzen kann.

»Für unsere Geschichte brauchte Graham künstliche Bräune«, informiert mich Judy. »Du weiß ja, dass er angeblich mit Mick Golf spielen war – und du hast gesehen, wie gebräunt *er* ist.«

»Ich verstehe immer noch nicht, warum wir nicht einfach behaupten konnten, ich hätte Lichtschutzfaktor 50 benutzt«, erwidert Graham kopfschüttelnd. »Hast du eine Ahnung, wie albern ich mir vorgekommen bin? Ich musste in eine kleine Kabine gehen, und sie haben mir Papierunterhosen gegeben.«

Ich wehre mich gegen das in meinem Kopf aufsteigende Bild von Graham in Papierunterhosen, aber es gelingt mir nicht.

»Jedenfalls wollte ich mir mit dem Sprühzeug nicht das Badezimmer einsauen. Außerdem hätte Max womöglich Spuren entdeckt oder den Geruch erkannt«, fährt Judy fort.

Sie traut Max viel zu viel zu. Wie die meisten Männer ist Max von Natur aus unaufmerksam. Graham könnte sich lila färben, und Max würde es kaum auffallen.

»Es ist trotzdem lächerlich. Ich musste mich im Hoodie herschleichen, damit mich niemand erkennt.«

»Was noch alberner wirkte als die Bräune. Du hast ausgesehen wie einer von diesen ASBOs.«

Ich muss lachen. Ich sollte Judy darauf hinweisen, dass ASBO die Abkürzung für »Einstweilige Verfügung wegen antisozialen Verhaltens« steht und kein Sammelbegriff für Jugendliche ist.

»Wie läuft es mit Mick?«, frage ich. Graham prustet spöttisch. Auch er hatte Mick seinen plötzlichen Abgang übel genommen. Er fühlte sich hintergangen, weil sein bester Freund ihn damals nicht eingeweiht hat. Was ihn letztlich noch näher zu Judy trieb, indem sich die beiden gegenseitig trösteten. Und da sie nun ein Paar sind, ist es unwahrscheinlicher denn je, dass Graham und Mick wieder Freunde werden. »Habt ihr miteinander geredet?«

»Nicht so richtig«, antwortet Graham.

»Ich habe den beiden befohlen, zivilisiert miteinander umzugehen, und wenn es nur in Max' Anwesenheit ist«, erklärt Judy und stemmt die Hände in die Hüften.

»Wir können nicht so gut schauspielern wie du, Judy. Was Mick getan hat« – Zorn schwingt in seiner Stimme mit –, »kann man nur schwer verzeihen.«

»Mick will auch nicht mit Graham reden«, fügt Judy hinzu. »Er behauptet, dass sich Graham von Anfang an auf meine Seite geschlagen habe, weil er mich für sich wollte.«

Graham schießt das Blut in die Wangen, was dem orangen Teint eine interessante Note verleiht.

»Das stimmt nicht.«

»Ich weiß«, beschwichtigt Judy ihn.

»Es ist eine Schande – ihr beide wart jahrelang die besten Freunde«, melde ich mich zu Wort.

»Er war auch jahrelang mit Judy verheiratet«, erwidert Graham.

Judy stellt mit einem Knall den Teebecher vor mir ab, und die Flüssigkeit schwappt über den Rand.

»Falls es dadurch einfacher wird, könnten wir Max auch die Wahrheit sagen«, schlage ich vor.

»Danke«, erwidert Graham. »Genau meine Worte. Erspart uns dieses Theater.«

»Das geht nicht, Ellie, wir haben es besprochen: Ich lasse nicht zu, dass Max unnötig verletzt wird. Wir müssen in den sauren Apfel beißen.«

Die Gartentür zur Küche geht auf, und Graham setzt sich aufrechter hin. Mick kommt mit einem Tennisschläger in der Hand hereinspaziert.

»Einen habe ich gefunden«, verkündet er, schwingt den Schläger ein wenig zu enthusiastisch und fegt beinahe den Ständer mit den Teebechern von der Arbeitsplatte.

»Vorsichtig, das ist Royal Doulton!«, kreischt Judy.

»Royal Doulton, na klar. Die sind von Marks and Spencer, und das weißt du genau«, erwidert Mick.

Judy verschränkt die Arme, und die beiden starren sich an wie zankende Kinder. Ich wage mir gar nicht vorzustellen, wie es hier zugeht, wenn ich nicht dabei bin.

Es klingelt an der Haustür, und wir erstarren.

»Alle verhalten sich ganz natürlich«, befiehlt Judy wie eine Regisseurin. »Ellie, du machst auf.«

Ich tue wie verlangt, und Max streckt mir eine braune Papiertüte mit Lebkuchen entgegen und folgt mir dann zur Küche.

Mick lehnt an der Arbeitsplatte, den Tennisschläger lässig hinter dem Kopf. Judy hat sich ein Trockentuch geschnappt und steht neben ihm. Graham sitzt am Küchentisch und hält die Zeitung vor sich. So viel dazu, sich natürlich zu verhalten.

»Wie fühlst du dich, mein Schatz?«, fragt Judy, geht zu Max und umarmt ihn.

»Ähm, gut«, antwortet er und schaut in die Runde. »Ellie hat euch sicher schon gesagt, dass ich mich immer noch nicht erinnere. Hallo, Graham, schön, dich zu sehen.«

»Ich freu mich auch, dich zu sehen«, erwidert Graham, steht auf, und die beiden schütteln sich die Hände.

Max studiert Grahams Gesicht, sagt jedoch nichts zu der Farbe.

»Hattest du einen schönen Urlaub?«

»Und ob. Wir haben im Quinta do Lago Resort in der Nähe von Vilamora gewohnt, und es war fantastisch. Ich kann es nur wärmstens empfehlen«, antwortet er mit einer Art Roboterstimme, die mich vermuten lässt, dass man ihn zum Auswendiglernen gezwungen hat.

»Großartig«, antwortet Max. »Ich war noch nie in Portugal, habe aber gehört, dass es schön sein soll.«

»Nun, deinem Vater gefällt es dort auch riesig«, säuselt Judy und verpasst Mick einen Ellenbogenstoß in die Rippen.

»Autsch. Ausgezeichnete Golfplätze«, pflichtet er ihr bei. »Und erst das Essen und der Wein.«

»Hör lieber auf, Dad. Sonst will Mum noch ihren Ruhestand dort verbringen«, sagt Max lächelnd.

»Hahaha.« Judy lacht wie vom Band – perfekt für jede Sitcom. »Und worüber habt ihr heute in der Therapiesitzung gesprochen?«, versucht sie das Gespräch in sicheres Terrain zurückzuleiten.

»Dies und das. Hauptsächlich über Dinge, an die ich mich noch erinnere. Fragen zu Freunden und der Familie.«

»Das ist so typisch für diese Therapeuten! Immer den Eltern die Schuld geben. Immer haben wir es vermasselt«, braust Judy auf.

»Niemand hat von Schuld gesprochen. Aber er hat mich gefragt, was in der Familie los war, und da ist mir klar geworden, dass ihr mir nur Dinge aus meinem Leben erzählt habt und nicht aus eurem.«

»Oh«, entfährt es Judy. »Na ja, du erinnerst dich, dass dein Grandpa gestorben ist, das muss jetzt sechs Jahre her sein. Und vor ein paar Jahren auch Tante Susan, sie war die Schwester deiner Oma Lilian, aber eigentlich kanntest du sie gar nicht. Aber ansonsten ist alles beim Alten. Wir wohnen immer noch in diesem Haus.«

»Hm«, murmelt Mick.

Ihr Haus war bei der Scheidung ein Streitpunkt, und sie haben sich erst kürzlich einigen können. Im nächsten Jahr soll es endlich verkauft werden. Das bedeutet das Ende einer Ära, aber es wird ihnen bestimmt allen guttun.

»Dann ist also nichts Wesentliches passiert? Nur *mein* Leben hat sich dramatisch verändert?«, fragt er.

»Hm«, presst Judy mit aufgesetztem Lächeln hervor. »Hör zu, du hattest einen anstrengenden Tag. Soll ich dir eine Tasse Tee machen? Über sich selbst zu sprechen, kann müde machen.«

»Du musst es wissen, du hast ja reichlich Übung«, zischt Mick.

Graham wirft ihm einen Blick zu, der mich schon fürchten lässt, dass er sich jeden Moment quer über den Tisch auf ihn stürzt.

»Tee wäre super, danke, Mum«, antwortet Max nichts ahnend. »Was hast du mit dem Tennisschläger vor, Dad?«

»Habe ich aus dem Schuppen geholt. Dachte, wir könnten ein bisschen Tennis spielen, wie in alten Zeiten.«

»Wir haben nicht mehr gespielt, seit ich etwa sechzehn war! Oder haben wir danach wieder angefangen?«

»Nein«, antwortet Mick. »Aber wir haben darüber gesprochen, dass wir wieder anfangen wollen.«

»Okay, wenn du Lust hast.«

»Habe ich.«

»Schön, aber du musst vorsichtig sein, wenn du es nicht mehr gewohnt bist. In deinem Alter musst du an dein Herz denken«, fügt Max hinzu.

»Mach dir um mich keine Sorgen, ich bin kerngesund, gehe drei Mal die Woche ins Fitnessstudio.«

»Und er macht Pilates«, ergänzt Judy und verschränkt ihre

Arme vor der Brust, während sie darauf wartet, dass das Wasser kocht.

»Pilates? Du, Dad?«, fragt Max und verzieht das Gesicht. »Und Mum behauptet, es habe sich nichts verändert. Das ist ja 'n Ding.«

»Pilates ist ausgesprochen männlich«, erwidert Mick.

»Natürlich ist es das, mein Schatz«, säuselt Judy.

»Allerdings«, knurrt er. Er stellt den Tennisschläger ab, legt sich auf den Boden, hebt dann gleichzeitig Beine und Oberkörper an und streckt die Arme zu den Beinen.

»Teufel auch«, entfährt es mir voller Bewunderung.

Judy klappt die Kinnlade herunter, und Graham sieht nicht glücklich aus.

»So schwierig kann das ja nicht sein«, sagt Graham und steht auf. Schon liegt er ebenfalls auf dem Boden und versucht, die Übung nachzumachen, kullert jedoch nur herum.

»Komm hoch, Graham, du verrenkst dir noch den Rücken«, schimpft Judy und zieht an seinem Hemd.

»Lass Graham los, es geht ihm gut!«, faucht Mick sie an.

»Ja, es geht mir gut«, keucht Graham. Seine Wangen glühen, was weiterhin keine Verbesserung zu dem Orange ist.

»Du wirkst aber nicht so«, sage ich zu ihm, weil er aussieht, als wäre er in einem Machowettbewerb gelandet. »Vielleicht wäre es am besten, wenn ihr beide aufhört.«

»Es. Geht. Mir. Gut«, stößt er hervor und lässt sich dann flach auf den Boden fallen.

Mick lacht. »Und wer behauptet jetzt, das sei nicht männlich?«

Graham ringt immer noch um Atem und dreht sich auf den Rücken.

Sasha, die das Ganze interessiert beobachtet hat, watschelt zu Graham und setzt sich auf seinen Bauch, worüber wir alle lachen müssen. Ich hole sie dort weg, woraufhin sie zu Max watschelt.

Er hebt sie hoch und setzt sie auf sein Knie.

»Dada«, sagt sie. »Dada Wutz.«

»Oh, hallo, Sasha Wutz, oink, oink«, sagt Max. Sasha gluckst vor Freude und klatscht in die Hände.

»Das habe ich zu ihr gesagt, als wir uns gestern *Peppa Wutz* anschauten«, erklärt er, und das Blut schießt auch ihm in die Wangen. »Es scheint ihr zu gefallen.«

Er wirkt verlegen, weil wir ihn alle anstarren.

»Allerdings, sie ist ganz begeistert davon«, stimme ich zu.

»Und, Max, wann ist dein nächster Therapietermin?«, fragt Judy.

»Nächste Woche um dieselbe Zeit.«

»Tatsächlich? Ich hatte gehofft, dass der Therapeut es etwas beschleunigt. Schließlich kommt bald das Baby.«

»Und was hast du in der Zwischenzeit vor?«, fragt Graham.

»Dad hilft mir beim Renovieren, und morgen Nachmittag treffe ich mich mit meinem Chef im Büro.«

»Echt?«, frage ich überrascht. Mir war nicht klar, dass er mit ihm gesprochen hat.

»Ja, ich wollte mich nur vergewissern, dass ich tatsächlich zu Hause bleiben soll. Du hattest recht, aber er hat vorgeschlagen, dass ich mal kurz vorbeikomme. Er will mit mir ein paar meiner Projekte durchgehen und mir einige Ordner mitgeben, mit denen ich hoffentlich ein paar Erinnerungslücken schließen kann.«

»Wird dir guttun«, stimmt Judy zu.

»Wenn du magst, begleite ich dich«, bietet Mick an.

»Ehrlich gesagt würde ich lieber allein gehen.«

Judy und Mick schauen mich an, und ich zucke mit den Schultern. Seit es passiert ist, haben wir ihn nicht allein gelassen, aber irgendwann müssen wir das wohl tun.

Pollys Worte vom Vorabend fallen mir ein, dass ich unsere Erinnerungen neu erschaffen soll, und mir kommt eine Idee.

»Judy, könntest du morgen Abend auf Sasha aufpassen?«

»Natürlich«, sagt sie.

»Max, wie wäre es, wenn wir uns treffen, nachdem du im Büro gewesen bist? Vermutlich möchtest du zuerst ein bisschen Zeit für dich, aber wie wäre es abends?«, schlage ich vor. Mir schwebt schon der perfekte Ort vor. Wir könnten Minigolf spielen, wie bei unserer ersten Verabredung.

»Warum nicht?« Er zuckt mit den Schultern.

»Super«, erwidere ich und ignoriere seine mangelnde Begeisterung.

»Auszugehen wird euch guttun«, freut sich Judy, und ich sehe, wie sich Max' Miene verändert und er noch weniger überzeugt wirkt.

»Kein Date. Ganz zwanglos und locker, vielleicht in einen Pub«, beeile ich mich zu versichern, und Max entspannt sich sichtlich. »Außerdem hilft es deinem Gedächtnis vielleicht auf die Sprünge, an Orte zu gehen, wo du früher schon gewesen bist.«

»Sasha kann auch gern über Nacht bei uns bleiben«, bietet Judy an.

»Sicher?«, hake ich nach. Das würde die Fahrerei um einiges erleichtern.

»Ja, wir haben ihr Reisebettchen noch vom letzten Wochenende hier. Und ich helfe wie gesagt gern.«

»*Wir* helfen gern«, korrigiert Mick und legt den Arm um Judy. Sie tätschelt ihm die Brust.

»Super, ich danke euch«, versichere ich.

Max nickt und wendet sich dann Graham zu. »Geht es dir gut? Du bist immer noch ziemlich rot im Gesicht.«

Grahams Nasenflügel beben, was aber vermutlich darauf zurückzuführen ist, dass Mick den Arm um Judy gelegt hat, und weniger auf Pilates.

»Ach, mach dir um ihn keine Sorgen, er läuft immer an wie ein Feuermelder, wenn er sich körperlich anstrengt«, erklärt Judy, und ich bemühe mich, nicht zusammenzuzucken. »Habe ich gesehen, wenn er draußen vorbeijoggt«, fügt sie rasch hinzu. »Noch jemand Tee?«

Wir nicken alle, und sie bereitet uns allen Tee zu. Max unterhält sich mit Mick und Graham über Fußball, und ich plane im Kopf, wie ich unsere erste Verabredung inszenieren werde. Kaum zu glauben, dass ich Pollys Idee tatsächlich umsetze, aber wenn Max' Erinnerung nicht bald zurückkommt, muss ich alles versuchen, um es ein bisschen zu beschleunigen.

Kapitel 10

Ich sitze im Zug zu meiner Verabredung mit Max und kann mich nicht erinnern, wann ich das letzte Mal so nervös war wegen eines Dates mit ihm. Wann sich diese Aufgeregtheit wohl gelegt hat und es sich einfach normal anfühlte, ihn zu sehen? Unter anderen Umständen würde ich diese prickelnde Erwartungsfreude bestimmt genießen.

Der Zug fährt in den Bahnhof, und ich folge den Horden von Menschen die Treppe hinunter zu den Tunneln unterhalb des Schienennetzes. Ich begebe mich zum Ausgang St. John's Hill und lächle, als ich die Ticketschranke passiere und Max draußen vor dem Coffeeshop auf mich warten sehe.

»Na du, kommst du oft her?«, begrüße ich ihn wie beim Anbaggern.

Er lächelt verlegen. Hätte ich mir diesen Witz doch nur verkniffen. »Also, wo gehen wir jetzt hin?«

Ich streiche mein frisch geglättetes Haar hinters Ohr.

»Es ist nicht weit«, antworte ich, enttäuscht darüber, dass er mir kein Kompliment über mein Aussehen macht. Immerhin habe ich mich in eine Skinny-Schwangerschaftsjeans gequetscht und eine tief ausgeschnittene Tunika angezogen, die für ein beeindruckendes Dekolleté sorgt. Aber er bemerkt anscheinend nicht, wie viel Mühe ich mir gegeben habe.

»Wie lief es im Büro?«

»Es war schön, Simon zu sehen«, antwortet er achselzuckend. »Wo müssen wir lang?«

»Hier«, erwidere ich und wünschte, er wäre ein bisschen entspannter.

Wir durchqueren das kleine Einkaufszentrum und treten hinaus auf die belebte Straße. Es ist kurz nach 18 Uhr, und die Menschen eilen an uns vorbei, sind nach der Arbeit auf dem Heimweg.

Ein Doppeldeckerbus kommt auf die Bushaltestelle zugeschossen, und Max zuckt zusammen.

»Alles in Ordnung?«, frage ich. Er ist bis an die Hauswand zurückgewichen.

»Ich habe mich nur erschrocken«, antwortet er, und wir gehen weiter.

»Hast du die Leute in deinem Büro erkannt?«, will ich wissen.

»Die Leute von früher schon, aber es gibt auch jede Menge neue Gesichter, die ich nicht kannte.«

»Und was ist mit den Projekten? Hat Simon dir gezeigt, woran du zuletzt gearbeitet hast?«

Er holt tief Luft. »Hat er.« Weiter führt er das nicht aus. »Aber ich möchte nicht über die Arbeit sprechen. Simon lässt sich nicht umstimmen, was meine einmonatige Auszeit betrifft. Also gibt es nichts zu sagen.«

So redet er mit mir! Ich verstehe nicht, warum er mich so abweisend behandelt. Bisher hat er sich zwar nicht gerade wie mein Ehemann aufgeführt, aber zumindest war er nett zu mir. Aber das hier – das ist anders.

Wir gehen schweigend weiter. So sollte unser Treffen nicht ablaufen. Ich wollte ihm von unserer zufälligen Begegnung im Nachtklub erzählen und dass wir dann bei unserer ersten Verabredung – die kein echtes Date war – hierhergegangen sind, und wie wir dann zusammenkamen. Aber die Schwingungen, die er aussendet, sind feindselig.

»In welchen Pub gehen wir?«

»Er nennt sich Four. Ein ziemlich cooler Laden, es gibt sogar drinnen eine Minigolfanlage.«

Er bleibt abrupt stehen.

»Minigolf?«

»Ja, das macht Spaß. Ich dachte, wir könnten ein paar Runden spielen. Wir waren dort schon mal.« Mehr sage ich nicht, weil er ziemlich unbeeindruckt wirkt.

»Bekomme ich da auch ein anständiges Bier?«, fragt Max.

»Klar, es ist ein richtiger Pub, nur eben mit Minigolf.«

»Gut.« Max nickt. »Ich könnte nämlich etwas zu trinken gebrauchen.«

Ich auch, wenn ich doch nur trinken dürfte, schießt mir durch den Kopf.

Als wir bei dem Pub ankommen, drücke ich die Tür auf, und wir gehen zur Theke, um ein Zeitfenster für die Minigolfanlage zu buchen.

»Hallöchen, könnten wir eine unbegrenzte Anzahl von Runden spielen?«

Der Barmann runzelt die Stirn. »Tut mir echt leid, aber die Minigolfanlage ist momentan geschlossen, sie wird generalüberholt.«

»Aber wir sind extra dafür hergekommen«, erwidere ich ungläubig. »Heute Morgen habe ich auf Ihrer Homepage nachgeschaut, und da steht nichts von geschlossen.«

»Ich bin mir ziemlich sicher, dass es dort steht.« Der Barmann verschränkt die Arme.

Ich hole mein Handy aus der Tasche, um es ihm zu beweisen, aber als ich die Seite lade, sehe ich es schwarz auf weiß. Zu Hause hatte ich nur darauf geschaut, dass man nicht im Voraus reservieren muss, und nicht weiter runtergescrollt.

»Wie ärgerlich«, schimpfe ich vor mich hin.

»Ist schon gut, Ellie. Dann trinken wir einfach was oder fahren direkt wieder.«

»Nein, wir bleiben«, widerspreche ich, und meine Stimme

steigt um eine Tonlage. »Wenn wir deinem Gedächtnis auf die Sprünge helfen wollen, müssen wir bestimmte Orte aufsuchen.«

»Es gibt sicher auch andere Orte, an denen wir in Clapham waren.«

Ich trommle mit den Fingerspitzen auf die Theke. Er weiß nicht, warum dieser Ort für mich so besonders ist.

»Nein, es muss hier sein.«

Max schaut sich in dem Pub um. »Falls es dir hilft: Hier kommt mir nichts bekannt vor. Vermutlich hätte es sowieso nicht funktioniert.«

Ich möchte schreien, dass das nicht der Punkt ist, aber stattdessen hole ich tief Luft.

»Wenn ihr wollt, könnt ihr stattdessen Bier-Pong spielen. Auf den Tischen im hinteren Raum«, schlägt der Barmann vor.

»Bier-Pong?«, frage ich ungläubig.

»Oh, ich liebe Bier-Pong!«, ruft Max. »Das habe ich gespielt, als ich meinen Kumpel Dom in Texas an der Uni besucht habe.«

»Cool, welches Paket möchtet ihr: Bier, Prosecco?«, bietet der Barmann an.

»Orangensaft«, antworte ich und zeige auf meinen Bauch. »Ich kann nichts trinken.«

»Dann trinke ich für dich das Bier«, entscheidet Max. »Wir nehmen einen Tisch.«

Der Barmann nickt und lässt den Krug volllaufen, während er kassiert.

»Das wird ein Riesenspaß. Ich bin nämlich wahnsinnig gut in diesem Spiel«, sagt Max.

»Wie schön.«

Er bemerkt meinen Sarkasmus nicht, und ich frage mich, wie mein Plan nur so fürchterlich schiefgehen kann.

Max schnappt sich den vollen Krug, und wir gehen zum

Hinterzimmer, wo es dank des verschütteten Biers stinkt wie in einer Brauerei. An den meisten Tischen spielen Gruppen, die laut kreischen, während sie Tischtennisbälle in Becher werfen. Das mag ja witzig sein in einer Runde von Kumpels, aber bestimmt nicht beim ersten Date – vor allem, wenn eine Hälfte des Pärchens gar nichts trinkt.

Max platziert die Becher innerhalb der aufgemalten Dreiecke und erklärt mir die Regeln. Er muss schreien, um die Gruppe gackernder Hühner am Nebentisch zu übertönen, die Prosecco-Pong spielen.

»Japp, hab's verstanden«, versichere ich wenig beeindruckt. Ich werfe den ersten Ball, und er landet mitten in einem Becher.

»Heilige Scheiße«, flucht Max. »Guter Wurf.« Er nimmt den Becher und leert ihn. »Habe deine Hand-Augen-Koordination unterschätzt. Ich weiß noch, dass Rach dich früher mal mit zum Tennisplatz gebracht hat und du von einem Ball am Kopf getroffen wurdest. Musste Mum nicht sogar mit dir in die Notaufnahme?«

Ich erinnere mich nur allzu gut an diesen Tag. Da ich wusste, dass Max auf dem Platz sein würde, hatte ich mein Aertex-T-Shirt und knappe Shorts angezogen. Beim Aufwärmen mit einem der älteren Kids bekam ich dann den Aufschlag mitten ins Gesicht. Das war mein erster und letzter Besuch auf dem Tennisplatz.

»Ja, vielen Dank auch. Wie schön, dass dein Langzeitgedächtnis gut funktioniert.«

Er lacht, und es fühlt sich an wie ein kleiner Sieg über seine schlechte Laune. Vielleicht kann ich das hier doch noch in die richtige Spur bringen.

Max wirft und trifft einen meiner Becher auf der hinteren Linie. »Treffer!«, ruft er, geht hin und leert den Becher. »Genau das hat mir der Arzt verordnet.« Er läuft zurück zu seiner Tischhälfte.

Eine Frau in enger Lederhose und knappem Top betritt den Raum. Sie trägt einen Waffengürtel, der gefüllt ist mit kleinen Schnapsflaschen, und balanciert ein Tablett mit Pinnchen.

»Wer möchte einen Schnaps?«, fragt sie und schaut zwischen Max und mir hin und her.

Ich zeige auf meinen Bauch, woraufhin sie seufzt und Max mit ihren Wimpern anklimpert.

»Ich nehme einen und trinke vielleicht auch den von Ellie«, sagt er und zückt sein Portemonnaie.

»Äh, Max, bist du sicher, dass du zusätzlich zu dem Bier auch noch Schnaps trinken willst?«

»Kein Problem. Schnaps vertrage ich bestens«, antwortet er und stürzt die grünliche Flüssigkeit in den beiden Pinnchen direkt nacheinander hinunter. Dann schüttelt er sich heftig. »Die waren widerlich.« Er schnappt sich das Bier, das er sowieso trinken wollte, und benutzt es zum Nachspülen.

»Gut, wo waren wir stehen geblieben?«, fragt er. »Das hier ist doch sehr viel besser als Minigolf, oder?«

»Hm«, murmele ich und versuche, die Anfeuerungsrufe beim Junggesellinnenabschied am Nebentisch auszublenden, wo die Mädels ihre Schnäpse hinunterstürzen. Wer in aller Welt veranstaltet seine Abschiedsparty an einem Mittwoch?

Ich werfe den Ball und treffe. Gut so, denn je früher dieses Spiel vorbei ist, desto eher können wir von hier verschwinden.

Die angehende Braut stolpert auf dem Rückweg von der Toilette an mir vorbei und rempelt mich an.

»Oh, sorry«, entschuldigt sie sich, bemerkt meinen Bauch und starrt mich entsetzt an.

»Ich trinke nicht«, versichere ich schnell. »Mein Mann übernimmt das für uns beide.«

»Alles klar«, murmelt sie und sieht mich verständnisvoll an. Jetzt fühle ich mich noch schlechter. Ich drehe mich um zu Max, hoffe, dass er allmählich genug hat, aber er unterhält sich mit einer großen Blondine, die eine Brautjungfer-Schärpe trägt. Die Kellnerin mit dem Schnaps ist wieder da, und Max und die Blondine stürzen jeder ein Pinnchen runter und spülen dann mit dem Prosecco nach, den sie ihm reicht.

»Woohoo!«, feuert Max das Jubeln der Mädels an.

Er hat immer gern gefeiert, aber ich habe ihn schon lange nicht mehr so viel trinken sehen, nicht seit Sashas Geburt jedenfalls.

Ich huste laut, und er sieht mich überrascht an.

»Du bist dran!«, rufe ich.

»Klar.« Er schenkt der Blondine ein Schulterzucken, und sie tänzelt zurück zu ihrem Tisch.

Max verfehlt den Becher, ich fange den Ball und werfe ihn so kraftvoll zurück, dass das Bier herausspritzt, als er in einem von Max' Bechern landet.

»Na dann«, sagt Max und hebt den Becher hoch. »Nach deinem Wurf ist kaum noch Bier drin.«

Eine große Gruppe beginnt an dem Tisch auf unserer anderen Seite zu spielen, und es ist nahezu unmöglich, sich zu unterhalten, ohne zu schreien, also geben wir es auf.

»Ist das nicht toll?« Max lallt ein bisschen, als er zu meiner Tischseite kommt, um den nächsten Becher mit Bier zu leeren.

»Findest du nicht, dass du genug hast?«

»Genug? Wer bist du, meine Mum?«, erwidert er lachend. »Komm schon, das war doch noch gar nichts.«

»Du solltest keinen Schnaps mehr trinken«, erwidere ich.

Er gibt ein spöttisches Geräusch von sich und verdreht die Augen. »Ich trinke immer Schnaps«, sagt er. »Und ich habe das mit dem Saufen im Griff, okay?«

In seiner Stimme schwingt eine Schärfe mit, die fremd ist und mir nicht gefällt.

Er wankt bereits, als er zu seiner Seite des Tisches zurückgeht, und ich frage mich besorgt, wie ich ihn nach Hause bekommen soll.

Max konzentriert sich, holt aus und will gerade werfen, da landet ein Ball in einem meiner Becher.

»Ups«, sagt die Brautjungfer kichernd und kommt anstolziert, um ihn zurückzuholen. Ich bin nicht davon überzeugt, dass sie aus Versehen auf unseren Tisch geworfen hat, aber für Max scheint das keine Rolle zu spielen, denn er umrundet den Tisch und fischt den Ball für sie heraus. »Am besten trinkst du ihn auch leer, Ellie ist schwanger und darf sowieso keinen Alkohol.«

Die Blondine schaut mich nicht einmal an, schüttet das Bier in sich hinein und wirft ihre langen Haare zurück.

»Danke«, sagt sie, stellt den leeren Becher ab und stützt sich mit einer Hand auf den Tisch, den Rücken mir zugekehrt. »Weißt du, ich könnte ein paar Tipps beim Zielen gebrauchen. Ich bin ein hoffnungsloser Fall.«

»So schlecht bist du bestimmt nicht«, säuselt Max. »Ich werde es dir zeigen.«

Beide gehen auf seine Seite des Tisches, die Blondine hält den Arm hoch, und Max korrigiert ihre Haltung.

Ich kann nicht hören, was sie sagen, aber es muss urkomisch sein, danach zu urteilen, wie sie ausgelassen lachend den Kopf zurückneigen.

Mein Herz pocht laut, während ich dabei zusehe, wie eine andere Frau mit meinem Mann flirtet. Ich war nie eifersüchtig. Die Cara Worthingtons dieser Welt glauben natürlich, ich müsste es sein. Schließlich gehört Max von Natur aus zu den attraktivsten Menschen, wohingegen ich lange gebraucht habe, um zu akzeptieren, dass ich auf meine Weise auch schön bin.

Ich bin nicht die Art von Frau, die Auffahrunfälle verursacht. Aber in unserer Beziehung – als Paar – spielte das Aussehen nur eine geringe Rolle. Klar fühle ich mich von Max' Aussehen angezogen, und wie, aber es ist so viel mehr als das. Unsere Beziehung funktioniert auf vielen Ebenen – oder hat sie zumindest getan. Natürlich bin ich nicht so naiv, zu behaupten, dass er nie eine andere Frau attraktiv fand, seit wir zusammen sind, letztlich ist er auch nur ein Mensch, aber er lässt es mich nie spüren – bisher jedenfalls.

Die Frau wirft den Ball und trifft mich mitten ins Gesicht.

»Autsch!« Ich wische mir die Biertropfen von den Wangen.

»Sorry!«, ruft die Frau und schlägt sich die Hand vor den Mund, aber ich sehe trotzdem, dass sie dahinter grinst.

Ich reibe über die Stelle, die erstaunlich stark schmerzt.

Die ganze Situation könnte sich nicht noch stärker von unserem ersten Date unterscheiden. Damals lag nach der ersten halben Stunde Max' Hand auf meinem Kreuz, er führte mich von einem Loch zum nächsten, und ich hielt ihn an den Hüften, lehnte mich an ihn, versuchte, ihm bei seiner Minigolf-Technik Tipps zu geben. Etwa zu diesem Zeitpunkt änderte sich etwas zwischen uns, es begann zu prickeln. Das Einzige, was jetzt prickelt, ist der Prosecco auf dem Nachbartisch.

»Alles in Ordnung?«, fragt Max und kommt auf mich zu, gefolgt von der Brautjungfer. »Hoffentlich hast du keine Gehirnerschütterung.«

»Wie soll sie davon eine Gehirnerschütterung bekommen?« Die Brautjungfer verschränkt die Arme vor der Brust. »Das ist ein mit Luft gefüllter Plastikball.«

»Aber sie ist schwanger«, entgegnet er und tritt einen Schritt von ihr weg.

»Hallo? Ich hab sie ja nicht am Bauch getroffen.«

Max ignoriert die Brautjungfer. Sie schnaubt und kehrt zu

ihren Freundinnen zurück, dieses Mal, ohne mit den Hüften zu wackeln.

»Ein Ausflug in die Notaufnahme ist überflüssig«, versichere ich ihm und wische mir die letzten Bierreste fort.

»Gut.« Er fährt mit den Fingerspitzen über meine Wange, um sich zu vergewissern. Ein Schauer jagt durch meinen Körper, und er sieht mir direkt in die Augen, als würde er es spüren. Seine Hand ruht immer noch dort, und ich wende ihm wie von selbst das Gesicht zu, sodass sich meine Wange in seine Hand schmiegt.

»Sollen wir gehen?«, flüstere ich.

»Bist du sicher, dass du nicht zu Ende spielen willst?« Max löst sich von mir, als habe es diesen Moment nicht gegeben. »Wir haben sowieso nur noch ein paar Würfe übrig.«

»Ganz sicher«, antworte ich seufzend.

»Okay.« Er dreht sich um und trinkt die noch verbliebenen Becher mit Bier auf ex.

»Äh, Max, ich weiß nicht, wie ich dich nach Hause schaffen soll.«

»Was denn? Das konnte ich doch nicht verschwenden«, erwidert er.

Ich gehe zur Tür, will den Bier-Pong-Raum verlassen, aber die Kellnerin mit den Schnäpsen blockiert den Durchgang.

»Mehr Schnaps?«, fragt sie, holt ein Fläschchen aus ihrem Holster und füllt ein Pinnchen.

Ich versuche, mich an ihr vorbeizuschlängeln, aber Max ist schon dabei, zwei weitere Gläser von dem grünlichen Zeug in sich hineinzuschütten.

»Ich dachte, das Zeug schmeckt scheußlich?«

Er schüttelt sich unwillkürlich. »Je mehr ich davon trinke, desto besser schmeckt es. Also, was steht als Nächstes auf dem Plan?«, fragte er und reibt sich die Hände.

»Mit dem Zug nach Hause und dann ins Bett«, antworte ich und träume bereits davon, diesen schrecklichen Abend im Schlaf zu vergessen.

»Nach Hause und ins Bett? Ellie, es ist noch nicht einmal acht Uhr! Lass uns was essen oder noch mehr trinken.«

Er steuert auf kürzestem Weg die Bar an und winkt den Barkeeper zu sich.

»Du brauchst nicht noch mehr Alkohol.«

Er bestellt einen Sambuca, bevor er sich zu mir umdreht. »Und ich habe dir gesagt, dass du nicht meine Mutter bist«, erwidert er.

Der schöne Moment von vor wenigen Minuten hat sich komplett in Luft aufgelöst.

Wir schauen einander an, und ich spüre, wie Ärger in mir hochsteigt. Das Baby tritt, und das lässt mich sofort wieder zur Vernunft kommen. Es tut mir nicht gut, so wütend zu sein.

»Na schön«, sage ich. »Dann fahre ich allein nach Hause.«

»Ellie!«, ruft er, aber ich verlasse bereits den Pub.

Ich stürme davon, oder versuche es zumindest, denn hochschwanger ist das gar nicht so einfach. Es ähnelt eher einem zügigen Watscheln.

»Ellie!«, ruft Max noch einmal. Er holt mich ein, und sein Atem lässt mich beinahe ohnmächtig werden.

»Komm schon, Ellie. Lass uns weitermachen.«

»Weitermachen, Max? Hör dich doch mal an! Du lallst. Lass uns nach Hause fahren und so tun, als habe es diesen Abend nie gegeben.«

»Ich dachte, wir hätten Spaß«, erwidert Max und stolpert über seine eigenen Füße.

»Du – du hattest viel Spaß. Du und die blonde Brautjungfer.«

»Oh.« Max seufzt. »Darum geht es also – du bist der eifersüchtige Typ, verstehe.«

»Nein, du verstehst nichts!«, brause ich auf und bleibe abrupt stehen. »Ich bin überhaupt nicht der eifersüchtige Typ. Genauso wenig, wie du der Flirt-Typ bist. Wir sind anders, sind über so etwas hinaus. Wir spielen nie irgendwelche Spielchen. Wir kamen zusammen, haben uns verliebt, und es war … leicht. Das hier« – ich zeige zwischen ihm und mir hin und her – »ist verdammt schwierig. Der Max, den ich kenne, hätte mich nie zum Bier-Pong geschleppt, wenn ich gar keinen Alkohol trinken darf. Er hätte keine Schnäpse mit einer umwerfend schönen Frau gekippt. Er hätte mir nie vorgehalten, nicht seine Mutter zu sein. Ich war eine Idiotin, auch nur zu denken, diese Verabredung hier könnte etwas bringen.«

Max öffnet den Mund, und ich nehme an, dass er sich entschuldigen will, aber stattdessen wendet er sich ab und übergibt sich auf den Bürgersteig. Was. Für. Ein. Scheiß!

Ich stecke in London fest mit einem Ehemann, der nicht weiß, wer ich bin, und der zu betrunken ist, um mit dem Zug zu fahren. Was soll ich denn jetzt tun?

Kapitel 11

Danke fürs Kommen«, sage ich und stehe bei Owens Anblick erleichtert von der Bank auf.

Dadurch kann sich Max nicht mehr an mich lehnen und sackt sofort zur Seite.

»Lieber Himmel, wie viel hat er getrunken?«, fragt Owen.

»Mehr als genug. Tut mir echt leid, dass ich dir den Abend ruiniere. Ich wusste nicht, wen ich sonst anrufen soll, und allein kann ich ihn unmöglich nach Hause bringen.«

»Du hast das Richtige getan«, versichert Owen, tritt einen Schritt zurück und wägt offenbar die Optionen ab. »Ist ihm noch schlecht?«

»Nein, ich denke, das Schlimmste hat er überstanden.«

»Dann richten wir ihn jetzt auf. Ich stütze ihn, und du sorgst dafür, dass er nicht zur anderen Seite kippt.«

Owen wuchtet Max hoch, packt ihn unter den Schultern und zieht ihn in die Aufrechte. Max sträubt sich ein wenig.

»Hi, Kumpel«, lallt er dann, als er Owen erkennt, und umarmt ihn, bevor er wieder den Kopf hängen lässt.

»Hi, Kumpel«, murmelt Owen und stöhnt unter dem Gewicht. »Eigentlich wollte ich ein Taxi rufen, aber ich bezweifle, dass ihn in dem Zustand jemand mitnimmt. Wir müssen ihn in den Zug verfrachten.«

Ich schaue Max an, dessen Augen fast geschlossen sind.

»Wir fahren zu mir nach Surbiton. Die Zugfahrt dauert nur elf Minuten, und von der Station sind wir in fünf Minuten zu Fuß zu Hause. Ihr bleibt heute Nacht bei mir. Sasha schläft bei Judy, stimmt's?«

»Ja, aber ich möchte dir nicht noch mehr Umstände bereiten.«

»Sei nicht albern, das sind keine Umstände, und ich bezweifle, dass du im Zug nach Fleet allein mit ihm fertigwirst. Ihr könnt mein Zimmer haben, und ich schlafe auf dem Sofa.«

»Okay«, sage ich nur und mustere Max von oben bis unten.

»Oder wir packen ihn auf eine Matratze in den Flur, wenn dir das lieber ist«, schlägt Owen vor, und ich frage mich, ob er Gedanken lesen kann.

»Ist bestimmt die sicherere Option. Eine, die sich näher zu einem Bad befindet«, überlege ich laut.

Owen lächelt. »Na, dann los.«

Als ich das erste Mal schwanger war, hasste ich es, dass ich keine Nacht durchschlafen konnte. Später wurde mir klar, dass mich die Natur dadurch auf den Schlafenzug vorbereiten wollte, der mir noch bevorstand. Dieses Mal – da Sasha mehr oder weniger nachts durchschläft – genieße ich die Stille, wenn ich wach bin, und die Tatsache, dass niemand etwas von mir will. Aber heute Nacht, während ich in diesem fremden Bett liege, bin ich ruhelos. Als es schließlich unerträglich wird, stehe ich auf und schleiche an Max vorbei, der nahezu besinnungslos auf einer Luftmatratze im Flur kampiert. Als ich die Küche betrete, entdecke ich zu meiner Überraschung Owen, der am Spülbecken steht.

»Mist, tut mir leid, habe ich dich geweckt?«, fragt er und füllt den Wasserkocher. »Ich dachte, ich wäre leise gewesen.«

»Warst du auch, ich habe dich nicht gehört. Ich kann nicht schlafen.«

»Auch einen?« Er hält eine Schachtel mit Teebeuteln hoch.

»Hm, ich sollte kein Koffein zu mir nehmen.«

»Wie wäre es mit einer heißen Milch?«

»Perfekt.«

Ich setze mich an den Tisch und reibe mir über den Bauch.

»Alles in Ordnung mit dir und dem Baby?«

»Ja, bestens, danke. Nur das Schlafen ist momentan ein Problem, es gibt einfach keine bequeme Position mehr.«

»Kann ich mir vorstellen«, sagt er und fährt dann fort: »Ich nehme an, du hast immer noch nicht herausgefunden, was eigentlich passiert ist?«

»Nein, ich bin keinen Schritt weiter. Allerdings hat Max einen Anruf von einem Krankenhaus in Hammersmith erhalten. Als ich ranging, wurde jedoch aufgelegt. Ich habe die Nummer zurückgerufen, bin aber in der Telefonzentrale gelandet.«

»War vielleicht einfach die Verbindung schlecht?«

»Nein, ich bin sicher, dass ich jemanden atmen gehört habe. Kein Keuchen – nicht diese Art Anruf –, aber ich spürte, dass jemand am anderen Ende der Leitung war.«

»Vermutlich nur verwählt«, erwidert Owen.

»Ja, das hat Max auch gesagt.« Ich schaue zu der offen stehenden Tür, durch die jetzt leises Schnarchen zu uns hereindringt.

»Er ist quasi bewusstlos«, sagt Owen. »So habe ich ihn seit Jahren nicht mehr gesehen.«

»Ich auch nicht. Aber er hat in sehr kurzer Zeit extrem viel getrunken.«

»Das ist beim Bier-Pong keine große Kunst.«

»Anscheinend.«

Owen stellt einen Topf mit Milch auf den Herd und zündet die Gasflamme an.

»Du hast mir noch gar nicht erzählt, warum ihr das überhaupt gespielt habt. Da du nichts trinken kannst, ist es nicht gerade naheliegend.«

Ich stöhne leise.

»Was?«, fragt Owen.

»Es klingt ziemlich dämlich.«

Er zuckt mit den Schultern. »Bei dem, was du im Moment durchstehst, dürfen Dinge dämlich klingen.«

Ich lächle. Ich habe Owen immer gemocht.

»Ich dachte, es könnte Max' Erinnerung auf die Sprünge helfen, wenn wir dorthin gehen, wo wir bei unserer ersten Verabredung waren. Bei diesem Treffen hat er nämlich aufgehört, in mir nur die bekloppte Freundin seiner kleinen Schwester zu sehen. Er verliebte sich in mich.«

»Das klingt überhaupt nicht dämlich, sondern nach einer verdammt guten Idee. Und was ging schief?«

»Die Minigolfanlage wird gerade überholt, und der Barmann schlug vor, stattdessen Bier-Pong zu spielen. Max ist sofort auf die Idee eingegangen und entschied, mein Bier einfach selbst zu trinken.«

»Ah.« Owen zieht eine Grimasse. »Und dadurch wurde er so betrunken.«

»Ja, und durch die Schnäpse mit der sexy Brautjungfer vom Nebentisch.«

»Verstehe.« Owen nickt. »Typisch Max.«

Ich seufze. »Typisch Max *vor* meiner Zeit.«

Wir schweigen für eine Weile, und ich versuche, nicht daran zu denken, wohin uns dieser Abend geführt hat. »Als ich anfangs mit ihm zusammen war, hat Rach sich ziemlich Sorgen um mich gemacht.«

Die Milch ist endlich heiß genug, und Owen füllt sie in eine Tasse. »Echt?«

»Japp. Sie sagte, sosehr sie ihn auch liebe, er würde nie erwachsen werden und mir das Herz brechen. Sie riet mir, auszusteigen, solange es noch ging.«

Owen nickt wieder, während er mir die Tasse über den Tisch

hinweg zuschiebt, dann geht er zurück zur Arbeitsplatte und bereitet seinen Tee zu.

»Ehrlich gesagt war ich anfangs auch besorgt«, fahre ich fort, umfasse die Tasse und wärme meine Hände daran. »Er war immer ein Frauenheld, schon damals in der Schule, und ich dachte, dass die Sache mit uns für ihn auch nur ein flüchtiges Abenteuer ist. Ich stellte mich also darauf ein, ihn nur ein paar Mal zu treffen, ein bisschen Spaß zu haben. Aber er verhielt sich ganz anders als erwartet. Die verrückten Sauftouren, für die er bekannt war, schienen der Vergangenheit anzugehören, und obwohl wir auch ein paar verrückte Abende erlebten, an denen wir betrunken waren, geriet es nie außer Kontrolle. Er hat sich nie so verhalten wie gestern Abend. Sonst hätten wir als Paar auch keine Zukunft gehabt.«

»Vermutlich ist es eine Altersfrage«, antwortet Owen und rührt in seinem Tee. »Du und Max, ihr seid ein tolles Paar und werdet das hinbekommen.«

»Du und Sarah wart das auch«, erwidere ich und verfluche mich sofort dafür. »Tut mir leid, das war blöd.«

»Du hast ja recht. Das waren wir auch. Als wir uns begegneten, kamen wir frisch von der Uni. Wir sind zusammen erwachsen geworden, haben uns jedoch auseinanderentwickelt. Du und Max dagegen seid erwachsen geworden und habt euch dann gefunden.«

»Nur dass er jetzt seine Erinnerungen zu diesem Teil seines Lebens verloren hat.«

Owen lächelt. »Mach dir nicht so viele Sorgen. Der Arzt sagte doch, dass seine Erinnerung jeden Tag wieder zurückkommen kann.«

»Und wenn nicht?«

»Und wenn doch?« Owen pustet auf seinen Tee, während er zum Tisch kommt und sich mir gegenübersetzt.

»Dann ist alles in Butter. Aber ich ertrage diese Warterei und Ungewissheit nicht, ich muss für den schlimmsten Fall planen. In ein paar Wochen kommt unser Kind zur Welt, und ich will, dass Max bis dahin wieder in mich verliebt ist.«

»Das wird er auch sein.«

»Aber wie? Er sieht mich an, als sei ich immer noch der unbeholfene Teenager. Und ich kann gerade nicht wie beim letzten Mal in einem knappen Wonder-Woman-Kostüm herumstolzieren.«

Owen lacht leise und hustet dann.

»Ellie«, sagt er mit sanfter Stimme, »du bist wunderschön, gerade jetzt.«

»Ich war nicht auf Komplimente aus«, erwidere ich errötend. »Ich möchte nur, dass Max mich wieder so wie vor diesem Wochenende anschaut. Du weißt schon – mit diesem Glitzern in den Augen, das mir eine Gänsehaut verursacht. Ich höre mich total albern an.«

»Nein, tust du nicht.«

»Er hatte so eine Art, mich anzusehen, als wäre ich alles für ihn.« Ich wische eine Träne weg.

»Das kommt bestimmt wieder zurück. Sieh es doch mal aus seiner Perspektive. Er hat sich plötzlich von einem Typen mit ständig neuen Frauen in einen Ehemann mit Kleinkind verwandelt, der bald zum zweiten Mal Vater wird. Diese Rolle so unerwartet spielen zu müssen, ist für ihn gewiss beängstigend.«

»Ich weiß, und deshalb will ich auch nicht, dass er es spielt. Ich will, dass er es wirklich lebt.«

Owen sieht mich mitfühlend an.

»Meine Freundinnen aus der Geburtsvorbereitungsgruppe haben mich überredet, ein paar unserer wichtigsten früheren Dates erneut zu inszenieren. Deshalb wollte ich die Magie unserer ersten Verabredung neu erschaffen.« Ich lege den Kopf in beide Hände. »Es war eine dumme Idee.«

»So was macht man nun mal, wenn man verliebt ist. Willst du noch mehr solche Aktionen durchziehen?«

Ich zucke mit den Schultern. »Rach findet, ich solle mich auf die Frage konzentrieren, warum er sein Gedächtnis verloren hat. Ich solle herausfinden, was Max getan hat, als es passierte.«

»Ich dachte, das sei eine Sackgasse?«

»Schon, aber ich könnte noch mal seine Textnachrichten durchgehen. Vielleicht hat er etwas übersehen.«

»Nein, tu das nicht«, erwidert Owen ein bisschen zu schnell.

»Warum nicht? Denkst du, dass er etwas verheimlicht?«

»Nein, nein«, wiegelt er sichtlich verlegen ab. »Ich meine nur, dass ich es nicht mögen würde, wenn jemand ohne meine Erlaubnis in meinem Handy herumstöbert. Außerdem könntest du auf Dinge stoßen, die völlig harmlos sind – Scherze oder Nachrichten –, die aber möglicherweise falsch rüberkommen.«

»Ich weiß nicht, es könnte –«

»Ellie, seine Nachrichten wurden gecheckt. Konzentrier dich darauf, dass ihr einander wieder kennenlernt.«

»Du hast recht«, lenke ich ein. »Das mit den Nachrichten ist zu weit hergeholt.«

»Aber bitte nicht erneut diese Dinnerparty veranstalten, die ihr beide vor eurer Hochzeit gegeben habt.«

»O Gott, als Max noch seine Wohnung in Brixton hatte?« Ich erschaudere bei dem Gedanken daran. Owen beginnt zu lachen, und ich stimme mit ein.

Wir hielten uns für so erwachsen, weil wir eine Dinnerparty veranstalteten! Aber Max und ich probierten ein bisschen von dem Calvados, der in die Soße kam. Am Ende hatten wir fast die ganze Flasche geleert, noch bevor die Gäste eintrafen. Dass wir schließlich um Mitternacht beim Thailänder Essen bestellten, sagt wohl alles über die Qualität unserer Kochkünste in dem Zustand.

Max kommt blinzelnd in die Küche, presst die Hände gegen den Magen.

»Was ist so lustig?«, krächzt er.

»Wir haben uns gerade an eine Dinnerparty erinnert, die wir beide mal gegeben haben«, antworte ich, und das Lachen verebbt. Man muss dabei gewesen sein, um es lustig zu finden. »Wie fühlst du dich?«

»Ein bisschen wie ein Arschloch.«

Owen steht auf und stellt seine Tasse ins Spülbecken.

»Na ja, dafür hast du ja auch lange geübt«, sagt er und tätschelt Max den Rücken, als er an ihm vorbei zur Tür geht. »Ich gehe wieder ins Bett.«

»Gute Nacht«, antworte ich und drücke meine Tasse an mich. »Danke noch mal für die Milch und das Gespräch.«

»Jederzeit«, antwortet er und verlässt die Küche.

»Ich glaube, diese Schnäpse waren doch keine gute Idee«, stöhnt Max undeutlich. Er kommt zum Tisch gewankt, setzt sich und reibt über seine Schläfen.

»Ach was.«

»Und das war vermutlich nicht unser bester Ausgehabend.«

»Nein, vermutlich unser schlimmster«, fahre ich ihn an. Es sollte nicht so harsch klingen, aber ich bin immer noch wütend.

»Mir tut das alles leid«, sagt er. »Ich war so ein Arsch.«

»Schon gut.«

»Nein, ist es nicht. Ich meine, ich kann mich nicht mal an alles erinnern«, fügt er hinzu und zuckt zusammen. »Aber die Teile, an die ich mich erinnere, sind ziemlich übel. Und mein Schädel …« Er stöhnt.

»Bist du schon lange wach?«

»Nein. Ich wollte mir ein Glas Wasser holen, aber es hat sich alles gedreht. Dann hörte ich Lachen, und mir wurde klar, dass du auf bist.«

Ich stehe auf, fülle ein Glas mit Leitungswasser und reiche es ihm.

»Danke.« Er nimmt es und trinkt einen Schluck. »Ich fühle mich schrecklich.«

»Davon bin ich überzeugt«, sage ich und setze mich wieder.

»Eine kleinlichere Frau hätte jetzt geantwortet, dass ich es verdient habe.«

Ich beiße mir auf Lippe.

»Und sie hätte recht. Tut mir leid, wie ich mich gestern verhalten habe. Die Trinkerei und darauf zu bestehen, dass wir Bier-Pong spielen … Dabei weiß ich doch, dass es so ziemlich das Letzte ist, was man tun möchte, wenn man nüchtern bleiben muss.«

»Ist schon gut.« Ich winke ab.

»Ist es nicht. Ich war gestern Abend mies drauf. Irgendwie hat mich diese ganze Sache schließlich eingeholt. Du weißt ja, dass ich im Büro war. Dort kamen alle möglichen Leute zu mir, haben mit mir geredet, und ich hatte keinen Schimmer, wer sie waren. Ich erkannte die Projekte nicht, an denen ich gearbeitet habe. Alles scheint in einer fremden Sprache geschrieben zu sein, mit den vielen neuen Abkürzungen und dem Jargon. Da traf es mich wie ein Schlag: Wenn ich mich nun nie wieder erinnere? Wenn ich für immer in diesem Loch bleibe? Das würde ja noch gehen, wenn ich allein wäre, aber das bin ich nicht. Du bist im Mutterschutz, und falls ich meinen Job verliere, wie sollen wir uns dann ein Haus und Kinder leisten?« Wieder fasst er sich an die Schläfen. »Und das ist nur der finanzielle Aspekt. Ich erkenne meine eigene Tochter nicht.

Wenn ich nun nie wieder eine Beziehung zu ihr aufbauen kann?«

Sein plötzlicher Wortschwall hat mich überrascht. Und ich dachte, in *meinem* Kopf würde sich alles drehen. Er ist so locker mit seinem Gedächtnisverlust umgegangen, dass ich gar nicht darüber nachgedacht habe, wie überwältigend und schwierig es für ihn sein muss.

»Das gelingt dir bestimmt. Mit Sasha klappt es doch schon gut.«

»Es fühlt sich aber nicht so an. Ich habe keinen Schimmer, was ich eigentlich tue, und du bist so ein Naturtalent.«

»Glaube mir, dass war ich anfangs auch nicht. Es braucht einfach Zeit, bis du wieder Selbstvertrauen und sicheren Boden unter den Füßen hast. Ich werde dir helfen.« Ich ergreife seine Hand.

Er schaut auf unsere Hände und lächelt mich dann zaghaft an. »Danke, es bedeutet mir viel, jemanden zu haben, der mich bei alldem unterstützt. Allein würde ich das niemals schaffen.«

»Das haben wir uns bei der Hochzeit versprochen. In guten wie in schlechten Tagen.«

»Ich bin sicher, dass du diesen Spruch vergangene Nacht verflucht hast.«

Ich ziehe meine Hand zurück, weil sie feucht wird von dem ganzen Alkohol, den er ausschwitzt.

»Ja, etwa zu dem Zeitpunkt, als du auf meine Schuhe gekotzt hast. Oder als du mit dieser heißen Brautjungfer geflirtet hast.«

Er rümpft die Nase. »Ich habe Flashbacks, dass du mich angeschrien hast. Kein Wunder, dass du sauer warst.«

»Ehrlich gesagt ist im Moment nicht viel nötig, damit ich wütend werde. In dieser Phase der Schwangerschaft spielen meine Hormone verrückt. Gibt man dann noch deine Amnesie und unser katastrophales Haus dazu – staune ich darüber, dass ich nicht völlig den Verstand verliere.«

Er lächelt, aber es ist ein trauriges Lächeln.

»Was ist, wenn meine Erinnerung nicht zurückkehrt oder es ewig dauert und ich es bis dahin vermasselt habe? Mit Sasha, mit dem Job … und mit dir?«

»Hör zu, Max, du wirst dich wieder erinnern«, versichere ich, obwohl ich nur wenige Minuten zuvor dieselben Bedenken gegenüber Owen geäußert habe.

»Und wenn nicht? Hast du darüber mal nachgedacht? Was machen wir dann?« Er kratzt sich am Kopf.

»Ich habe ein bisschen darüber nachgedacht.«

»Es ist seltsam, dir zu erzählen, wie ich mich fühle, aber auch eine Erleichterung. Ich kann nachvollziehen, warum ich dir immer alles erzähle.«

»Hm.« Ich habe ein schlechtes Gewissen, weil ich ihn am Vortag nicht korrigiert habe, aber es ist natürlich nett, zu erfahren, was in seinem Kopf vorgeht.

»Du kannst jederzeit mit mir reden, ich bin für die Verrücktheiten nach Feierabend zuständig«, versichere ich lächelnd.

»Wie kannst du bei alldem nur so gelassen bleiben? Schließlich musst du Sasha *und* mich beaufsichtigen. Und in ein paar Wochen bekommen wir ein Baby. Apropos Geburt. Ich habe keinen Schimmer, was ich tun muss, wenn es losgeht. Hast du einen Geburtsplan? Wird es eine Wannengeburt? Werde ich deine Exkremente mit einem Netz herausfischen?« Sein Gesicht verfärbt sich tatsächlich noch grüner.

»Nein, keine Sorge, ich werde das Kind nicht im Wasser zur Welt bringen. Das ist nichts für mich. Aber ehrlich gesagt müssen wir uns um die Geburt die wenigsten Gedanken machen. Sie ist das Einzige, von dem ich definitiv weiß, dass sie stattfinden wird. Wir sollten uns auf alles andere konzentrieren.« Ich schweige einen Moment und fahre dann fort: »Mal angenommen, es dauert Monate, bis du dich wieder erinnerst, wie verhalten wir uns in der Zwischenzeit?« Ich schalte jetzt in den Planungsmodus, so wie ich es auch im Job tun würde.

»Keine Ahnung. Ich sollte vermutlich wieder anfangen zu arbeiten.«

»Okay.« Ich nicke. »Das ist schon mal ein Anfang. Du musst herausfinden, wofür die neuen Abkürzungen stehen, und dich bei allem auf den neuesten Stand bringen.«

»Ich könnte auch mehr Zeit mit Sasha verbringen. Du erklärst mir, wie alles abläuft und was ich für gewöhnlich tue.«

»Klar doch.« Das passt wunderbar zu Helens Idee, aus ihm den perfekten Ehemann und Vater zu machen.

»Bleiben nur noch wir«, sagt er.

»Äh …« Ich betrachte den Milchschaum am Boden meiner leeren Tasse.

»Das lässt sich wohl nicht so einfach richten«, fährt er fort. »Du hast mir noch nicht einmal erzählt, wie es mit uns angefangen hat.«

»Stimmt. Das ist einer der Gründe, warum ich es für eine gute Idee hielt, gestern auszugehen. Nur wir beide. Gib uns ein bisschen Zeit, damit ich dir diese Dinge erzählen kann.«

»Aber ich habe den Anfang vermasselt.« Er seufzt laut. »Wie wäre es mit heute? Wir fahren nach Hause, ich dusche, und dann erzählst du mir alles.«

»Okay.« Ich nicke. »Wir können die Fotoalben anschauen.«

»Super. Und dann bin ich im Nu auf dem Laufenden über mein neues Leben.«

Ich lächle und wünschte, es wäre so einfach.

Kapitel 12

Max hält Wort und klemmt sich nun dahinter, um das Leben, das er vergessen hat, wieder in den Griff zu bekommen. Er macht sich Notizen und erstellt Zeittafeln für unsere alltäglichen Abläufe.

Er hat sich unsere Fotoalben angeschaut, meine lose Fotosammlung und sogar die Bilder in meinem Handy. Er weiß jetzt, dass wir uns in diesem Klub in Clapham über den Weg gelaufen sind, als Dodgy Rodge seinen Junggesellenabschied feierte. Wohin wir in Urlaub gefahren sind. Welches meine Lieblingseissorte ist.

Aber er weiß immer noch nicht, dass ich ihm immer den letzten Löffel Eiscreme überlasse, wenn wir uns einen Becher teilen, und dass ich ihn anschließend küsse, weil er dann so gut und eiscremig schmeckt. Das ist eine alberne Angewohnheit, seit einem Urlaub in Italien, als Max mich um den letzten Rest von meinem Eis gebeten hat. Wir haben es seither beibehalten. Dass er diese Dinge nicht automatisch tut, schmerzt mich, aber ich bringe es nicht fertig, ihn darauf hinzuweisen.

»Also, laut meinen Notizen ist jetzt freies Spielen angesagt«, sagt Max, schaut von seinem Notizbuch zu Sasha.

»Genau, du lässt sie mit ihren Spielsachen spielen oder machst zusammen mit ihr ein Spiel. Ich kümmere mich in der Zeit um das Mittagessen.«

»Aber sie interessiert sich nicht sonderlich für die Stapelbecher oder diese Teile, die man schütteln muss.«

Ich lasse ein paar Eier in den Topf mit dem kochenden Wasser gleiten und wende mich ihm zu. Er sitzt auf dem Küchenboden und zieht die Stirn auf eine Weise kraus, wie er es sonst nur beim Zusammenbauen von Ikea-Möbeln tut.

Es ist das erste Mal, dass wir zu dritt Zeit miteinander verbringen, da Mick heute ein paar Dinge erledigen muss und nicht vorbeikommt, um beim Renovieren des Wohnzimmers zu helfen.

Max versucht es mit dem Kuckuck-Spiel, aber das mochte Sasha noch nie. Sie schlägt seine Hand einfach weg, als wisse sie genau, dass er sich dahinter versteckt.

»Und was soll ich mit ihr spielen?«

Er gerät sichtlich ins Schwimmen, also schnappe ich mir mein Handy und suche nach einer Playlist mit Popsongs. Nur wenige Sekunden später ertönt Taylor Swift aus den Lautsprechern.

Sasha strahlt übers ganze Gesicht. Sie liebt Musik, zieht sich an dem kleinen Kindertisch in der Ecke hoch und wippt dann mit dem ganzen Körper hin und her.

»Prima«, sagt Max, steht auf und will aus der Küche gehen, aber Sasha beginnt zu jammern.

»Nein, du musst mitmachen. Schau her.« Ich drücke die Pause-Taste. »Und nicht bewegen!« Ich hebe die Hände und stehe ganz still, Sasha schaut zu mir hoch und macht es mir nach, allerdings kämpft sie mit der Balance. Ich drücke auf die Play-Taste, und Sasha beginnt wieder zu wippen.

»Verstehe.« Max nickt. »Das kann ich.«

Doch anfangs scheint er sich unbehaglich zu fühlen.

»Schätze, du hast früher schon gesehen, wie schlecht ich tanze«, sagt er und macht Bewegungen, die man nur als furchtbares Daddy-Tanzen bezeichnen kann. Ich presse die Lippen aufeinander, um nicht laut zu lachen.

Sasha wackelt sofort zu ihm hinüber. Beinahe instinktiv

bückt sich Max, ergreift ihre kleinen Hände, und die beiden tanzen zusammen. Ich drücke auf »Pause«. Beide verharren mitten in der Bewegung, und mir entgeht nicht, dass Max eine lustige Grimasse zieht und Sasha damit zum Glucksen bringt.

Ich lasse die Musik weiterlaufen und schaue zu, wie Max sich zunehmend in die Musik hineinfindet und mit Sasha tanzt. Und je mehr er sich bewegt, desto begeisterter lacht sie.

»Das funktioniert tatsächlich«, stellt er fest und wirkt hochzufrieden mit sich.

»Manchmal sind es die einfachsten Dinge, die am besten klappen. Sie will nur deine Aufmerksamkeit.«

Max lächelt auf eine Weise, die mich daran erinnert, wie er Sasha das erste Mal im Arm hielt, ein Blick voller Staunen, Ehrfurcht und Stolz. Tränen stehen mir in den Augen, und ich wende mich schnell wieder dem Herd zu.

Während ich in der Küche herumwusele und das Mittagessen zubereite, werfe ich immer wieder einen Blick auf die beiden. Mit jedem Erstarren beim Aussetzen der Musik scheint ihre Bindung enger zu werden.

Ich versuche, das grünäugige Monster zu ignorieren, das sich in mir regt. Natürlich bin ich nicht eifersüchtig auf die Verbundenheit der beiden, sie macht mich unendlich glücklich. Es betrübt mich aber, dass Max und ich diese Nähe nicht genauso einfach herstellen können.

Der Song *Despacito* ertönt aus den Lautsprechern, und Max runzelt die Stirn.

»Was zum Teufel ist das?«, fragt er. »Klingt wie die Musik, die man nur im Urlaub hört.«

Überrascht sauge ich die Luft ein. Ich hatte gar nicht bedacht, dass er die neuen Songs nicht kennt. »Das war einer der größten Hits der letzten Jahre.«

»Als Musikproduzent wäre ich wohl eine Niete.«

»Vermutlich.« Ich schiebe Brot in den Toaster.

Max bewegt die Hüften und vollführt eine Salsa-Bewegung. »Wow.« Überrascht von sich selbst, bleibt er stehen. »Was war das denn? Meine Hüften haben ein Eigenleben.«

»Das kommt schon hin. Wir haben bei dem Tanzkurs vor unserer Hochzeit zu dem Song tanzen gelernt.«

»Wir haben vor der Hochzeit Tanzstunden genommen?« Er macht große Augen. »Teufel auch.«

»Du sagtest, du hättest zu viele Hochzeiten erlebt, bei denen der Bräutigam nur verschwitzt vor- und zurückwippt und dabei verlegen dreinschaut.«

»Jetzt sag nicht, wir haben auch einen von diesen Formationstänzen getanzt? Bei dem alle die gleichen Bewegungen machen? Ich kann mir Owen nicht dabei vorstellen.«

Ich bemühe das Bild von Owen beim Tanzen in meine Fantasie und pruste laut los.

»Ähm, nein, du hast zwar versucht, mich zu dem Twist aus *Pulp Fiction* zu überreden, aber das schien mir in meinem Brautkleid doch zu schwierig. Letztlich tanzten wir deshalb zu *I'm Gonna Be (500 Miles)*«, antworte ich.

»Von den Proclaimers?«

»Nein, ein Coversong, nett und schön langsam. Wir haben ihn ausgesucht, weil bei unserer ersten Verabredung, während des Minigolfspielens, die Version von den Proclaimers über Stunden als Dauerschleife lief.«

»Wir haben stundenlang Minigolf gespielt?«

»Ich stelle mir gern vor, dass wir nicht wollten, dass der Abend endet. Aber vermutlich lag es eher daran, dass ich ständig gewonnen habe und dein männlicher Stolz es nicht zulassen konnte, aufzuhören, bis du mich wenigstens einmal besiegt hast.«

»Ich kann diese ganze Geschichte immer noch nicht glauben. Und nach meiner Darbietung beim Bier-Pong am Mittwoch bin ich überzeugt, dass ich dich auch beim Minigolf schlage.«

»Nun, das werden wir jetzt wohl kaum herausfinden, oder?«

Ich denke an damals. Ich wollte den Ball schlagen, da versuchte Max mich aus dem Konzept zu bringen, indem er mich an meinem Gürtel zurückzog und zu sich herumdrehte. Es endete damit, dass wir uns küssten.

»Spiel mir das Lied vor«, sagt er. »Wer weiß, vielleicht kommen die Bewegungen dann wie beim Salsa ganz von allein zurück.«

Er wackelt übertrieben mit der Hüfte, und sowohl er als auch Sasha müssen lachen.

»Das ist so seltsam. Der Psychiater sagte, dass ich möglicherweise Fähigkeiten habe, die automatisch wiederkehren, wie beim Muskelgedächtnis. Verfüge ich noch über andere Talente, die ich mir in den letzten Jahren angeeignet habe?«

»Hm, ein paar fallen mir schon ein«, erwidere ich, ohne nachzudenken, mit heiserer Stimme. »Shit, entschuldige, Max, so sollte das nicht rüberkommen. Mal überlegen. Du kannst mittlerweile Ukulele spielen. Das hast du gelernt, kurz bevor Sasha geboren wurde.«

»Echt?«

»Japp, ich musste sie aus einem der Kartons im ungenutzten Zimmer hervorkramen.«

»Gut zu wissen. Und ich freue mich schon darauf, auch noch meine anderen neuen Talente zu entdecken«, fügt er hinzu, errötet tatsächlich ein wenig und wendet sich schnell Sasha zu.

Ich schneide gerade den Toast klein, während Sashas Ei abkühlt, und halte überrascht inne. Zum ersten Mal hat er so eine Art Andeutung gemacht, dass etwas zwischen uns laufen könnte.

»Das nenne ich Rhythmus«, sagt Max und tippt im Takt mit der Fußspitze auf den Boden, als *Gangnam Style* zu spielen beginnt.

»Dieses Lied habe ich seit Jahren nicht gehört«, sage ich, drehe mich zu Max um und sehe, wie er ein imaginatives Lasso schwingt und einen Pony-Jump-Tanz hinlegt. Er war zwar nie der schüchterne Typ, aber für gewöhnlich steht er auch nicht mitten am Tag lassoschwingend in der Küche.

»Ich wusste gar nicht, dass du die Schritte kannst«, wundere ich mich.

»Das war vor ein paar Jahren auf Partys der absolute Hit«, klärt er mich auf, bevor er anfängt, mitzusingen und herumzutraben. Ich spähe auf mein Handy, um zu sehen, wann das Lied herauskam: 2012. Verdammt, hätte nicht gedacht, dass es schon so alt ist.

Max sieht total albern aus, aber Sasha lacht sich kaputt, und ich kann gar nicht anders, als einzustimmen. Die Musik ist zwar von gestern, und seine Bewegungen sind echt schräg, aber so wie er lächelt, hat er offenbar einen Riesenspaß.

Während er sein Lasso schwingt, zwinkert er uns zu und trabt in unsere Richtung, und für einen Moment glaube ich, er holt mich, um mit ihm zu tanzen, aber stattdessen hebt er Sasha hoch. Er setzt sie auf seine Hüfte und dreht sich mit ihr im Kreis.

»Komm schon, Ellie, du kennst doch bestimmt die Schritte. Möchtest du, dass Mami auch mitmacht?«

»Mama, Mama«, feuert Sasha mich an und zeigt auf mich.

»Auf keinen Fall. Du kriegst mich nicht dazu, bei diesem Tanz mitzumachen.«

»Na los, ich weiß, dass du ihn gelernt hast. Du und Rach, ihr habt stundenlang in ihrem Zimmer Tanzschritte geübt. Jede Wette, dass dieser auch dabei war.«

Mit Hüftbewegungen schiebt er sich seitwärts durchs Zimmer. Sasha klammert sich an ihn und quietscht vor Begeisterung.

Max sieht mich mit hochgezogener Braue an. Das ist so albern, dass ich mich nur traue, weil es Max ist. Er hat mich so oft durch die Küche tanzen sehen und hat selbst keine Hemmungen, warum sollte ich welche haben?

Es gibt eine kurze Pause zwischen zwei Takten, und als die Musik wieder einsetzt, trabe ich los. Max feuert mich mit einem »Juchhu« an.

»Unglaublich, dass ich zu diesem Lied tanze!«, rufe ich und genieße es insgeheim. So sehr als Familie gefühlt habe ich mich seit einer Woche nicht mehr, und ich stürze mich voll hinein.

Als das Lied zu Ende ist, bin ich erschöpft. Ich hatte ganz vergessen, dass dieser Tanz einem Workout gleichkommt. Max wirkt ebenfalls erledigt. Ich nehme ihm Sasha ab und setze sie in ihren Hochstuhl. Sie reibt sich die Augen, und ich hoffe, dass sie noch ihr Mittagessen schafft, bevor sie einschläft.

Für Max und mich habe ich etwas Suppe, während Sasha ihren Toast mit Ei verdrückt. Er und ich sind gerade mit dem Essen fertig, als Sasha die letzte ihrer Pfirsichspalten, die es zum Nachtisch gab, auf den Boden wirft und mit weit offenem Mund gähnt.

»Oh, da ist aber jemand müde«, sage ich zu ihr. »Zeit für deinen Mittagsschlaf?«

Max schaut auf seine Liste. »Aber es ist fünfzehn Minuten zu früh.«

»Mag schon sein, aber mit Müdigkeit treibt man keine Spielchen. Und glaub mir, du willst ihr nicht begegnen, wenn sie quengelig wird.«

»Okay, habe verstanden.« Er steht auf, putzt ihr mit dem

Waschlappen den Mund ab, den ich schon auf dem Tisch bereitgelegt habe, und gurtet sie dann los. »Ich lege sie hin. Schläft sie in diesen Sachen?«

Ich bin so perplex, dass es mir für einen Moment die Sprache verschlägt. Der alte Max hätte das nie von sich aus angeboten. Vermutlich, weil ich es immer gemacht habe und er davon ausging, dass ich ihn schon dazu auffordern würde, wenn er es übernehmen soll. »Ähm, ja, zieh ihr nur die Latzhose aus, aber den Body behält sie an. Und du musst überprüfen, ob die Windel noch trocken ist.«

»Okay, Latzhose aus, frische Windel, und dann stecke ich sie in ihren Schlafsack?«

»Japp, und schalte das Babyfon ein.«

»Verstanden«, bestätigt er.

Ich kann mich nicht zurückhalten, schleiche auf Zehenspitzen zur Tür und lausche, wie Max und Sasha miteinander brabbeln und kichern, während er sie nach oben trägt.

Ich räume die Teller und das Besteck vom Mittagessen in den Geschirrspüler. Bevor ich die Arbeitsplatte abwische, trage ich die an der Seite liegende Post fort. Dabei fällt mein Blick auf ein einzelnes Foto, das ebenfalls dort liegt. Es gehört zu dem Stapel Bilder, die ich Max gezeigt habe, muss aber vorher herausgefallen sein. Es zeigt uns beide auf der Comic Con, ein Jahr nachdem wir zusammengekommen waren. Ich hebe es hoch, aber bevor ich es mir genauer ansehen kann, klingelt mein Handy. Es ist meine Mum per Videocall.

»Hallo, Mum«, melde ich mich und bin erleichtert, dass das Bild dieses Mal nicht verpixelt ist.

»Hallo, mein Schatz, es ist so schön, dich zu sehen! Noch lieber würde ich allerdings meine wunderbare Enkeltochter sehen.«

»Max legt sie gerade zu ihrem Mittagschlaf hin.«

»Ach, jetzt habe ich sie schon wieder verpasst. Aber das Video, das du mir gestern geschickt hast, ist süß. Also, wie geht es dir?«

»Gut, gut«, lüge ich und widerstehe dem Drang, ihr alles zu erzählen. »Wo seid ihr jetzt?«

»Direkt vor Guadalupe«, antwortet sie und schwingt imaginäre Rumba-Rasseln. »Es ist atemberaubend, und das Essen …« Sie schmatzt mit den Lippen und stöhnt genüsslich.

»Wo ist Dad?«

»Bei einem Vortrag über Astronomie«, antwortet sie und gähnt gespielt. »Bei diesen Gastvorträgen ist er in seinem Element. Ich sehe ihn kaum.«

Ich lache, denn das hört sich ganz nach meinem Dad an. Mehr als alles andere wünschte ich, die beiden wären jetzt hier.

»Sasha ist auf der Stelle eingeschlafen, sobald sie eine neue Windel anhatte – oh, entschuldige«, sagt Max, als er sieht, dass ich in einem Video-Chat bin. »Ich gehe wieder«, formt er fast lautlos mit den Lippen.

»Ist da mein Lieblingsschwiegersohn?«, ruft Mum in dem Moment und versucht, an mir vorbeizuschauen.

»Japp, und er ist auch dein einziger Schwiegersohn«, antworte ich.

Mum winkt ab. Sie hat Max unheimlich gern.

Er späht nervös über meine Schulter und winkt zaghaft. »Hallo, Mrs Smith«, begrüßt er sie.

Ich zucke zusammen. Das ist sie wohl für ihn, da er sie nur aus der Zeit kennt, als wir Kinder waren.

»Oh, Mr Voss, seit wann sind wir denn so förmlich?«

Max sieht mich Hilfe suchend an, und ich schreibe rasch auf den vor mir liegenden Block: *Sag nichts über dein Gedächtnis – sie weiß es nicht!*

»Haha, ich wollte nur witzig sein«, antwortet er schließlich.

»Immer ein Witzbold, dafür würde ich dir gern in die Wangen kneifen«, sagt sie, beugt sich vor und macht die entsprechende Handbewegung.

Max lacht, wirkt jedoch völlig verunsichert.

»Bald seid ihr wieder zu Hause, und dann kannst du es tun«, versichert er ihr mir künstlichem Lachen.

Meine Mum strahlt ihn an. »Ja, schon in vier Wochen. Falls ich noch in den Flieger nach Hause passe. Bei all dem, was ich esse, werde ich dann den Umfang eines Hauses haben.«

Sie dreht den Kopf zur Seite, und ich weiß genau, worauf sie wartet. Rasch schreibe ich: *Mach ihr ein Kompliment!!!*

»Ähm, schickes Top übrigens«, sagt er. »Betont die Farbe deiner Augen.«

»Max, du bist ja so ein Schatz!«

»Höre ich da Sasha weinen? Max, könntest du …?«

Er sieht mich im ersten Moment verwirrt an, aber dann halte ich meine Hand außerhalb des Kamerabereichs und zeige zur Tür.

»Ja, natürlich … sorry, Mr…um, bis bald.«

Er macht kehrt und eilt aus der Küche.

»Geht es ihm gut?«, fragt Mum. »Er wirkte etwas abwesend. Und wir haben Freitag. Wieso ist er zu Hause?«

Meine Mum verfügt über den sechsten Sinn, was solche Dinge angeht.

»Doch, es geht ihm gut. Er ist nur müde, weil er so hart an einem Projekt gearbeitet hat. Deshalb macht er ein langes Wochenende.«

»Na schön. Du würdest es mir doch sagen, wenn etwas nicht in Ordnung ist, oder?«

»Natürlich. Es geht ihm wirklich gut. Hör mal, ich glaube, Sasha weint immer noch. Ich muss ihm zu Hilfe eilen – kann ich dich später oder morgen zurückrufen?«

»Ja, kein Problem. Ich werde heute den ganzen Tag am Pool liegen, aber ab morgen sind wir für zwei Tage an Land.«

»Okay. Ich melde mich bald. Hab dich lieb, und Grüße an Dad!«

Mum haucht einen theatralischen Kuss ins Leere, als ich gerade auflege, wodurch ihr *Mmmmah* für eine Sekunde in der Luft hängt, bevor die Verbindung abbricht.

»Die Luft ist rein!«, rufe ich, und Max taucht fast augenblicklich im Türrahmen auf. »Tut mir echt leid.«

»Ist schon gut. Deine Mum ist ein bisschen …«

»Exaltiert? Ja, sie hat schon früher gern vor der Kamera posiert. Du schleimst dich immer schön bei ihr ein, und sie nimmt es begeistert an. Ich hätte dich vorwarnen sollen, aber da die beiden verreist sind …«

»Verstehe. Und warum hast du es ihr nicht erzählt?«

Ich zucke mit den Schultern. »Keine Ahnung. Wohl aus Sorge, dass sie möglicherweise ihren Urlaub abbrechen und zurückkommen, weil sie helfen wollen. Aber es gibt ja nichts, das sie tun können.«

»Kann ich nachvollziehen. Mein Dad hat seinen Urlaub abgebrochen, und ich fühle mich deswegen ein bisschen schlecht.«

»Hm.« Ich hebe das Foto auf.

»Was ist das?«, fragt er und späht mir über die Schulter.

»Das muss aus der Schachtel mit den Fotos gefallen sein, die ich dir gestern gezeigt habe.

»Bist du das mit Perücke?«, fragt er. »Und warum bist du angezogen wie eine nuttige Polizistin?«

»Ich war Amy Pond aus *Doctor Who*.«

Er sieht mich verständnislos an, genauso wie damals, als ich das Kostüm zum ersten Mal trug.

»Als sie dem Doktor das erste Mal begegnete, war sie ein Kissogramm – das ist jemand, der ein Glückwunschtelegramm überbringt und dem Beglückwünschten zusätzlich einen Kuss gibt. Oder sie hat den Doktor wiedergesehen – lange Geschichte. Du musst dir die Serie anschauen.«

»Gab es irgendeinen Anlass für das Kostüm? Oder tun wir so etwas regelmäßig? Uns verkleiden, Rollen spielen. Neulich in Mums Küche … Und ich habe die Textnachrichten über ein Raupenkostüm gelesen.«

Mir schießt das Blut in die Wangen.

»Nein, darauf stehen wir nicht. Das in der Küche bezog sich auf einen Artikel, den ich gelesen habe. Und das Raupenkostüm … war, ähm, für Sashas Geburtstag. Auf diesem Foto hier wollten wir zur Comic Con.«

»Ich war bei einer Comic Con?« Max runzelt ungläubig die Stirn. »Ist das nicht so etwas, wo sich alle verkleiden?«

»Ja, und das ist toll«, antworte ich.

»Aber ich habe mich wohl nicht verkleidet«, murmelt er und betrachtet sich auf dem Bild.

»Ich habe allen erzählt, du würdest als Rory gehen, mit dem Amy Pond zusammen war. Der lief auch immer in Jeans und Hemd herum, und genau das hattest du an.«

»Ich wirke beinahe panisch.«

»Stimmt. Ist mir bisher gar nicht aufgefallen. Aber ich weiß noch, dass du dich ein bisschen unwohl gefühlt hast. Diese Aktion lag wohl außerhalb deiner Komfortzone.«

»Bin ich seither besser geworden?«, fragt er.

»Wir sind nicht mehr hingegangen. Im Jahr darauf hast du für uns für diesen Zeitraum einen Trip nach Sevilla gebucht. Im Jahr darauf wollte ich Sasha nicht allein lassen, weil sie noch so klein war, und dieses Jahr, nun ja, die Comic Con ist in ein paar Wochen, aber ich habe nicht einmal darüber nachgedacht.«

»Auf dem Foto siehst du glücklich aus«, stellt er fest.

»War ich auch. Dort hinzugehen war etwas Besonderes, als hätte ich mein Mutterschiff gefunden.«

»Du hast dich kein bisschen verändert, bist immer noch so ein Geek«, erwidert er lachend.

Ich weiß, dass er sich nichts dabei denkt, trotzdem versetzt es mir einen Stich. Er sieht mich immer noch als Rachels schräge Freundin.

»Hey, denkst du, wir können deine Eltern fragen, ob sie morgen Abend noch mal auf Sasha aufpassen?«, frage ich, verzweifelter denn je, die romantische Beziehung zwischen uns wieder auf Kurs zu bringen.

»Bestimmt. Sie haben es schließlich angeboten.«

»Super.«

»Was hast du denn vor?«

»Ich möchte ausgehen.«

»Okay.«

»Also, ich meine *ausgehen*, nur wir beide, zu einem …« Ich zögere, bevor ich den Mut aufbringe, es auszusprechen: »Einem Date, du weißt schon. Einem richtigen.«

Er schaut mich an, und mein Herz beginnt heftig zu schlagen. Ich fühle mich tatsächlich so, als würde ich ihn um unser erstes Rendezvous bitten. Und wenn er Nein sagt? Wie peinlich wäre das denn?

»Das wäre schön«, stimmt er zu.

»Schön«, wiederhole ich. Nicht ganz das, was ich mir gewünscht habe, aber er hat zugestimmt.

»Und wohin sollen wir gehen?«

»Keine Ahnung«, antworte ich und gehe im Kopf sämtliche Restaurants in Fleet durch, bis ich glaube, das perfekte gefunden zu haben. »La Flambé? Das ist das französische Restaurant draußen in Church Crookham.«

»Ja. Mum und Dad schwärmen ständig davon.«

Ich erwähne nicht, dass wir beide dort waren, als wir unsere jeweiligen Eltern in Fleet besuchten.

Dort war es, wo wir zum ersten Mal über eine gemeinsame Zukunft sprachen und uns beiden klar war, dass wir eine Beziehung hatten. Ich muss nur die Daumen drücken, dass es besser läuft als dieses Bier-Pong-Fiasko.

Kapitel 13

Ich hauche Sasha einen Kuss auf das Köpfchen, werfe einen letzten Blick auf ihre schlafende Gestalt und schleiche dann auf Zehenspitzen aus ihrem Zimmer. Ich weiß, dass ich sie eigentlich allein einschlafen lassen sollte, aber ich schaffe es einfach nicht. Dieser gemeinsame Moment am Ende des Tages ist meine Lieblingszeit. Vor allem jetzt, da ich weiß, dass ich dafür nicht mehr immer Zeit haben werde, sobald das Baby da ist.

Ich gehe möglichst geräuschlos den Flur entlang und die Treppe hinunter. Mick und Judy sind bereits da, um auf Sasha aufzupassen. Ich glaube, Judy hätte gern etwas Zeit allein gehabt, aber Mick nimmt diese Scharade sehr ernst und will ihr unbedingt Gesellschaft leisten. Ich höre die beiden in der Küche mit Max lachen, und sobald ich bei ihnen bin, brauche ich nicht lange, um zu erkennen, worüber sie lachen. Es geht um eine berühmte Geschichte in der Familie Voss: als Max und Rach im Apfelbaum vom Bösen Bill festsaßen. Die drei sind so darin vertieft, dass sie mein Hereinkommen gar nicht bemerken. Es wirkt seltsam, Judy und Mick gemeinsam lachen zu sehen, während sie sich gegenseitig mit Details der Geschichte übertreffen.

»Und dann kam Bill mit seiner zusammengerollten Zeitung aus dem Haus, und Rachels entsetzter Blick, bevor sie heruntersprang …«, sagt Max, und ich sehe seine Lachfältchen.

»Der war nichts im Vergleich zum Gesichtsausdruck deiner Mutter, als sie ihren markerschütternden Schrei hörte. Dann kamt ihr beide durch die Hecke gekrochen, voller Schrammen, und habt den halben Garten mitgeschleppt. Und Rach leuchtete förmlich in ihren grellpinken Shorts.«

»Ich hätte sterben können«, sagt Judy lachend und wischt sich eine Träne weg. Mick lächelt sie beinahe liebevoll an. »Ellie, ich habe dich gar nicht hereinkommen sehen«, sagt sie, steht auf und kommt zu mir. »Du siehst hübsch aus«, fügt sie hinzu und dreht mich, sodass mein Schwangerschaftskleid sanft mitschwingt. »Ein schönes Kleid. Ist das neu?«

»Nein, das habe ich gekauft, als ich mit Sasha schwanger war.« Es ist ein dezentes, ärmelloses Kleid mit Stehkragen, das meine Waden umspielt. Aber die Art, wie sich der Stoff an den Körper schmiegt und meine Figur deutlicher betont als meine ansonsten weiten Schwangerschafts-Outfits, verleiht ihm eine sexy Note.

»Es steht dir wirklich gut. Sasha schläft tief und fest?«, fragt sie nach.

»Ja, sie ist auf der Stelle eingeschlafen. Max war heute Nachmittag mit ihr im Park.«

Ich bin immer noch perplex, dass Max von sich aus vorgeschlagen hat, mit ihr in den Park zu gehen, damit »ich mich ein bisschen entspannen und ausruhen kann«. Wieder so eine Sache, auf die er normalerweise nicht kommen würde.

»Sehr schön, hoffen wir mal, dass es so bleibt.«

»Ja, hoffentlich schaut sie nicht wieder mitten in der Nacht *Peppa Wutz*«, erwidere ich mit Seitenblick auf Mick, der verlegen grinst. »Wir sollten jetzt los.«

»Ich zieh schon mal meine Schuhe an«, sagt Max.

Er geht an mir vorbei, und ich vermisse, dass er dabei mit den Fingern über meine Taille streift, was er sonst immer getan hat.

»Es scheint gut mit euch zu laufen.« Judy beugt sich zu mir, als wolle sie ein bisschen tratschen.

»Ja, seit unserem Ausflug nach London hat sich die Lage definitiv verbessert. Er nimmt jetzt mehr Anteil an unserem Leben und bemüht sich sehr, Sashas Tagesablauf zu verinnerlichen«, antworte ich und versuche, positiv zu klingen.

»Und heute Abend geht ihr essen«, ermutigt sie mich, weiterzusprechen.

»Ja, es ist ein Schritt in die richtige Richtung.«

»Wo wollt ihr hin?«, fragt Mick.

»La Flambé«, antworte ich, und Judy zuckt zusammen.

»Echt? Wollt ihr nicht lieber ins El Costellos oder The Exchequer?«, erwidert sie und neigt den Kopf zur Seite.

»Habe ich überlegt, aber Max und ich hatten unser erstes Date im La Flambé, als wir beide in Fleet waren.«

»Oh, daran erinnere ich mich.« Judy nickt. »Er war zu einem geheimnisvollen Abendessen verabredet, und wir haben erst Monate später herausgefunden, dass es mit dir war. Dennoch wären die anderen Restaurants vielleicht die bessere Wahl.«

»Mir gefällt die Idee, dass ihr beide dorthin geht, wo ihr schon einmal wart«, erwidert Mick mit einem Augenzwinkern. »Ein bisschen den alten Zauber schüren.«

»Na, weißt du, Mick, du hörst dich an wie ein alter Romantiker«, sagt Judy.

»Ich war schon immer romantisch«, erwidert er und seufzt.

Judy gibt ein spöttisches Geräusch von sich, und die entspannte Atmosphäre zwischen den beiden ist dahin.

Max kommt zurück. »Ich bin fertig.«

»Du wirst das La Flambé lieben, es gehört zu unseren Lieblingsrestaurants, nicht wahr, Judy?«, sagt Mick.

Sie wirkt nicht so überzeugt, nickt aber dennoch.

»Wollen wir?«, fragt Max.

»Ich denke schon. Ist es auch wirklich okay für euch?«, wende ich mich noch mal an Judy und Mick.

»Wir kommen zurecht«, sagt Judy und schiebt uns zur Tür hinaus.

Während der kurzen Fahrt zum Restaurant bombardiert Max mich mit Fragen über unseren ersten Besuch in diesem Restaurant, und als wir dort ankommen, habe ich ein richtiges Verhör hinter mir.

»Ich glaube, seit damals hat der Besitzer gewechselt, aber die Küche ist immer noch französisch«, sage ich, als wir parken, und drücke sämtliche Daumen, dass sich sonst nicht so viel verändert hat.

»Ist überhaupt geöffnet?«, fragt Max und schaut sich auf dem leeren Parkplatz um.

»Ja, ich habe heute Nachmittag angerufen und einen Tisch reserviert. Seltsam, man sollte meinen, dass an einem Samstagabend viel los ist.«

Wir steigen aus dem Wagen und gehen ins Haus, entdecken zu unserer Erleichterung zumindest ein weiteres Paar, etwas älter als wir, an einem Tisch in der Ecke. Ich beginne mich zu entspannen. Die Einrichtung ist seit unserem letzten Besuch unverändert. Vor den Fenstern hängen immer noch die roten Spanngardinen, und auf den Tischen stehen mit Wachs überzogene Weinflaschen, die als Kerzenständer dienen.

Eine Kellnerin von höchstens zwanzig kommt mit einem Selbstbewusstsein angerauscht, das ich in dem Alter – oder in jedem anderen – nie hatte. Sie trägt hautenge schwarze Jeans, eine luftige weiße Bluse und eine schwarze Weste. Das Haar hat sie auf eine Seite geflochten, und ihre Lippen sind leuchtend rot geschminkt.

»Was kann ich für Sie tun?«, fragt sie mit starkem französischem Akzent, sie schreit fast, um die laute Akkordeonmusik zu übertönen, die aus den Lautsprechern dröhnt.

»Wir haben einen Tisch für zwei reserviert, auf den Namen Voss.«

»Voss, sehr gut«, sagt sie.

Dann lässt sie den Blick durch das nahezu leere Restaurant schweifen und weist uns den Tisch direkt neben dem anderen Paar zu.

»Könnten wir bitte woanders sitzen?«, frage ich und deute auf das leere Restaurant.

»Aber das ist unser bester Tisch«, sagt sie und senkt dabei die Stimme, damit das andere Paar sie nicht hören kann.

»Na gut«, sagt Max, lässt sich nieder und greift zur Speisekarte.

»Die heutige Empfehlung ist Bœuf bourguignon, und als Fisch haben wir Kabeljau. Möchten Sie einen Aperitif, etwas Wein?«, fragt sie und sieht mich dabei an.

»Ich trinke nicht«, antworte ich und tätschele meinen Bauch.

Sie schaut darauf. »Aber ein Glas geht doch bestimmt?«

»Ich bleibe bei Mineralwasser, danke.«

»Und für mich nur ein großes Bier, danke«, sagt Max.

Sie nickt kurz und marschiert davon.

»Warum sind Französinnen so einschüchternd?«, fragt Max und späht über den Rand seiner Speisekarte.

»Keine Ahnung. Und umwerfend schön sind sie auch noch.«

»Das bist du in deinem Kleid aber auch«, antwortet er, ohne von der Karte hochzuschauen. »Es ist mutig, ein Kleid mit einem Rollkragen wie diesem anzuziehen. Denk an den Abend, an dem ich dich in einem Top mit Rollkragen sah.«

»O ja.« Ich winde mich innerlich bei der Erinnerung daran. »Du hast mir damals gesagt, Mädchen würden nur aus einem Grund mit Rollkragen herumlaufen – um Knutschflecke zu verbergen.«

»Ja, ich erinnere mich«, antwortet er und schafft es nicht,

sein Lächeln zu unterdrücken. »Ich glaube, ich habe niemandem mehr einen Knutschfleck verpasst, seit ich in dem Alter war. Oh – jetzt sag nicht, dass du mich korrigieren musst?«

Ich schüttle den Kopf.

»Ich hatte nie einen.«

»Echt jetzt? Nicht einmal in der Oberstufe?«

»Nein.« Ich schüttle den Kopf und frage mich, ob es wirklich schade ist, dass ich diesen Ritus des Erwachsenwerdens verpasst habe. »Vermutlich überrascht es dich nicht, dass mich in der Oberstufe nicht gerade viele Jungs geküsst haben.«

»Warum sollte mich das nicht überraschen?«

»Ich bitte dich, wegen dieser ganzen Spider-Sache? Du sagst doch selbst, dass es dir schwerfällt, mich anders zu sehen als früher.«

Was tue ich hier? Das soll ein Date sein, bei dem ich ihn davon überzeuge, dass ich nicht mehr der Teenager von damals bin, und jetzt *erinnere ich ihn genau daran*?

»Ja, aber das bedeutet nicht, dass ich dich nicht hübsch fand«, erwidert er.

»Max, du musst solche Dinge nicht sagen. Cara Worthington hat mir erst letztens erzählt, dass sie dich 1997 zum *Most Fuckable* gewählt haben, und ich habe damals in einer anderen Liga gespielt.«

Er lacht laut. »Du lieber Himmel, das hatte ich ganz vergessen.«

»Du wusstest es?«

»Ja, klar. Ich glaube, sie haben mir sogar eine Trophäe überreicht, die irgendjemand im Werkunterricht geschnitzt hat. Ich frage mich, ob sie immer noch bei meinen Eltern auf dem Speicher liegt.«

Ich schüttle den Kopf.

»Weißt du, wozu sie mich in unserem Abschlussjahrbuch

gewählt haben? ›Wird sehr wahrscheinlich deine Steuererklärung machen‹.«

Max lacht wieder. »Nur weil du gut in Mathe warst, heißt das nicht, dass die Jungs dich nicht attraktiv fanden. Erinnerst du dich an den Abschlussball, als Rach und du bei uns im Garten Fotos gemacht habt? Du hattest ein langes schwarzes, rückenfreies Kleid an.«

»Ach, das. Ich musste selbstklebende BH-Schalen tragen und war den ganzen Abend panisch, dass sie abfallen könnten.«

»Im Garten wirktest du nicht panisch. Du hast mit Rach posiert und gelacht und sahst in dem Kleid unheimlich heiß aus. Ich weiß noch, dass ich dachte, du hättest wohl endlich erkannt, wie hübsch du bist.«

»Was?«, erwidere ich überrascht. »Das hast du mir noch nie gesagt.«

»Echt nicht? Komisch.«

Ich kann es nicht glauben. In all den Jahren wäre ich nie auf die Idee gekommen, dass er damals so über mich gedacht hat.

»Du warst schon immer hübsch, eben nur ein totaler Nerd«, sagt er mit aufrichtigem Lächeln.

»Hey«, erwidere ich, als wolle ich protestieren, aber mir fehlen die Argumente.

»Nachdem Rach und du sämtliche *Doctor Who*-Folgen gesehen habt, bist du ein Jahr lang mit einem roten Strickschal um den Hals herumgelaufen.«

»Da hast du recht!«, stimme ich zu und denke, wie sehr ich mein damaliges Ich liebe, das sich nicht um die Meinung anderer scherte. »Das habe ich völlig vergessen.«

»Jede Wette, dass du dir immer noch alle neuen Folgen von *Doctor Who* ansiehst?«

»Na klar. Aber dich konnte ich nie dazu bringen.«

Es kribbelt in meinem Nacken, und mir wird zunehmend bewusst, wie dicht das andere Paar neben uns sitzt. Ich fühle mich beobachtet, und als ich hinüberschaue, stelle ich fest, dass sie mich beide anstarren. Rasch wenden sie sich ab, unterhalten sich jedoch nicht.

»Hat die Serie jetzt nicht einen neuen Doktor? Diesen Burschen aus *The Thick of it*?«, lenkt Max meine Aufmerksamkeit zurück auf unser Gespräch.

»Ja, Peter Capaldi. Aber aktuell gibt es die erste weibliche *Doctor Who*, was zu jeder Menge Kontroversen führt.«

Der Mann am Nebentisch schnaubt leise. Ich werfe ihm einen wütenden Blick zu, woraufhin er sich wieder seiner Begleiterin zuwendet.

»Wieso löst das Kontroversen aus?«

»Keine Ahnung, vermutlich sind manche Leute große Verfechter des Patriarchats«, sage ich laut.

»Dann ist *Doctor Who* immer noch deine Lieblingsserie?«

»Nein, das ist inzwischen *Dark Matter*. Die Serie gibt es auch schon ein paar Jahre, aber ich glaube, du hast sie nie gesehen.«

Ich will eine kurze Inhaltsangabe abspulen, verkneife es mir dann aber doch. Ich sollte ihn nicht immerfort daran erinnern, wie wenig ich mich seit meiner Teenagerzeit verändert habe.

Die Kellnerin stellt die Getränke ohne viel Brimborium vor uns auf den Tisch. Dann wischt sie sich die feuchten Hände an ihrer um die Taille gebundenen Schürze ab.

»Haben Sie schon etwas ausgesucht?«, fragt sie, und ihr Akzent wirkt noch stärker.

»Ehrlich gesagt haben wir noch gar nicht in die Karte geschaut«, erwidere ich mit entschuldigendem Lächeln.

Sie gibt ein abfälliges »Ts« von sich und macht auf dem Absatz kehrt.

»Hat sie etwa gerade ›Ts‹ gemacht?«, frage ich und sehe Max zwecks Bestätigung an.

»Japp. Sie wird hier nicht gerade auf Trab gehalten. Man sollte meinen, dass wir ihr einen Gefallen tun, wenn wir ihr etwas zu tun geben.« Er verzieht das Gesicht. »Gut, dann werfen wir mal einen Blick in die Karte. Was, sagtest du, habe ich letztes Mal bestellt? Steak und Pommes frites?«

»Immer ein Klassiker.« Ich nicke. »Ich glaube, ich hatte die Muscheln, und sie waren überraschend gut. Aber auf Kabeljau habe ich keine Lust, ich nehme vielleicht das Bourguignon. Das ist mein momentanes Maximum an Wein beim Essen.«

»Vermisst du es?«

Ich spähe zu der Flasche Rotwein auf dem Nebentisch.

»Ja und nein. Manchmal einfach nur aus Gewohnheit, wenn alle anderen ein Glas trinken. Aber seit Sasha auf der Welt ist, hat Alkohol bei uns eh keine große Rolle mehr gespielt.«

Max nippt an seinem Bier.

»Nach dem Absturz am Mittwoch und dem anschließenden Brummschädel ist das vermutlich keine schlechte Entscheidung.«

Die Kellnerin ist wieder da, tippt mit ihren hübschen kleinen Schuhen auf den Boden und zieht eine Augenbraue hoch.

»Ich hätte gern *chèvre chaud pour l'entree et le steak frites pour* Hauptgang, *s'il vous plaît*«, bestellt Max in schwerfälligem Franglisch. Die Kellnerin wirkt nicht beeindruckt von seinem angestrengten Bemühen.

»Wie möchten Sie Ihr Steak?«

»Medium-rare«, antwortet Max und klappt die Karte zu.

»Und ich nehme das Bœuf bourguignon, keine Vorspeise.«

Die Kellnerin entreißt uns die Karten und eilt davon.

»Service mit einem Lächeln, hä?«, stellt Max fest.

»Allerdings, und das, nachdem du dich so mit deinem Französisch angestrengt hast. Für gewöhnlich belässt du es bei ›*une bière*, bitte‹.«

»Das Erste, was du in jeder Sprache beherrschen solltest.«

»Offensichtlich.« Ich nippe an meinem Mineralwasser. Ein lautes Bimmeln ertönt aus Richtung Tür, und ein weiteres Paar betritt den Gastraum. Die beiden wirken ebenfalls sichtlich überrascht, wie leer es hier ist. Die Kellnerin schnappt sich dieselben Menükarten, die wir hatten, geht zu dem Paar und führt es zu dem Tisch neben uns.

»Verdammt noch mal«, fluche ich leise. Ich wollte einen romantischen Abend, nur wir beide – und nicht sechs Leute gemütlich eng beieinander.

Max schaut hoch und lächelt die gerade eingetroffene Frau an, während sie sich setzt.

»Kuschelig, nicht wahr?«, sagt sie und erwidert sein Lächeln.

Die Kellnerin reicht den beiden die Karten und spaziert davon.

»Ist unser Hochzeitstag«, sagt die Frau.

»Neun Jahre«, fügt der Mann hinzu und strahlt genauso wie sie.

»Und bei Ihnen?«, fragt die Frau und breitet die Serviette auf ihrem Schoß aus.

»Ebenfalls Hochzeitstag«, antwortet Max, und die Gesichter des Paares strahlen noch mehr.

»Wie lange?«

»Eine Woche«, antwortet Max mit einem Lächeln.

Ich pruste in mein Mineralwasser, an dem zu trinken ich vorgegeben habe.

»Heute vor einer Woche also«, erwidert die Frau, offenkundig vermutend, dass er nur scherzt.

»Heute vor einer Woche war ich in der Notaufnahme«, antwortet Max.

»Lange Geschichte«, werfe ich ein und wende mich wieder Max zu. So hatte ich mir diesen Abend wirklich nicht vorgestellt – und plane im Geiste bereits unser nächstes Date. Da ich Sasha nicht ständig bei Judy und Mick lassen kann, überlege ich, sie beim nächsten Mal mitzunehmen. »Ich habe heute mit Rach über das Festival gesprochen, zu dem sie und Gaby nächste Woche fahren wollen. Wir haben überlegt, sie zu begleiten.«

Das ist nicht völlig gelogen; Max tendierte zwar eher zu nein, aber an dem Tag, als er sein Gedächtnis verlor, sagte er, dass wir mit Rach darüber reden würden.

»Wir lieben Festivals«, sagt die Frau, die offensichtlich mithört. »Nicht wahr, Howard? Dieses Jahr waren wir zum dritten Mal in Glastonbury!«

»Wunderbar«, presse ich hervor und schenke ihr mein »schön für Sie, aber halten Sie sich aus meinem Gespräch heraus«-Gesicht. Dabei fühle ich mich schrecklich, denn normalerweise bin ich ziemlich freundlich, aber an diesem Abend soll es nun mal nur um Max und mich gehen. Zum Glück erscheint die Kellnerin am Tisch der beiden, und sie sind damit beschäftigt, ihre Bestellung aufzugeben.

»Ein Festival«, hakt Max nach. »Wie, in einem Zelt?«

»Genau.« Das war der Punkt, an dem wir vor einer Woche ausgestiegen sind. »Ich habe überlegt, Owen und Claire zu fragen, ob sie auch mitkommen.«

»Prima Idee. Daniel fände es gut, wenn ich mich mit Freunden treffe, um die Erinnerungslücken zu dem noch fehlenden Jahr zu füllen.«

Ich brauche einen Moment, bis mir einfällt, dass Daniel sein Psychotherapeut ist.

»Dann wäre das also abgemacht. Und was hat es mit diesem fehlenden Jahr auf sich?«

»Na ja, du hast tolle Arbeit geleistet, was die vergangenen vier Jahre betrifft, aber es wäre gut, auch mehr über das Jahr davor herauszufinden. Habe ich mit dir je darüber gesprochen?«

Ich kann ihm unmöglich von der Trennung seiner Eltern erzählen, das ist nicht meine Aufgabe.

»Ein bisschen. Vor mir hattest du eine andere Freundin – also, es war schon eine Weile her, und ich war keine Lückenbüßerin oder so«, antworte ich und hasse mich dafür, darauf hinzuweisen, denn nun klingt es, als wäre ich genau das gewesen.

»Aha. War ich lange mit ihr zusammen?«

»Ich glaube, nur ein paar Monate, bevor sie dann ins Ausland ging.«

»Vielleicht sollte ich mit ihr reden. Sie könnte mir helfen, ein paar Lücken zu füllen.«

»Ich kenne nicht alle Details, hatte aber den Eindruck, dass ihr keinen Kontakt mehr habt.«

»Dann endete es unschön?« Er zuckt kaum merklich zusammen.

»Du hast nie wirklich von ihr erzählt, deshalb habe ich keine Ahnung. Vielleicht weiß Owen mehr«, erwidere ich schulterzuckend.

»Gute Idee. Ich möchte mir gern ein vollständiges Bild von dem machen, was passiert ist.«

Ich versuche, nicht zu lachen. Schon bald wird Owen einem Verhör unterzogen werden.

»Klar. Je mehr du weißt, desto schneller erinnerst du dich vielleicht.«

»Genau. Ich werde ihn fragen. Wäre sowieso schön, ihn und

Claire zu treffen. Auch wenn es seltsam ist, ihn mit einer anderen Frau als Sarah zu sehen.«

»Das ging mir auch so, obwohl ich Claire wirklich mag.«

»Ja, sie scheint nett zu sein. Aber Sarah ist im Laufe der Jahre zu einer engen Freundin geworden. Treffen wir uns noch mit ihr?«

»Sie und ich schreiben uns ab und zu Textnachrichten. Aber in unserem neuen Haus ist sie noch nicht gewesen. Vermutlich fällt es dir schwer, sie einzuladen, weil du Owen gegenüber loyal sein willst.«

»Es ist immer knifflig, wenn sich Leute trennen.«

Das gesprächige Pärchen neben uns bricht gemeinsam mit der Kellnerin in schallendes Gelächter aus, und ich frage mich, wieso sie mit den beiden so viel Spaß hat und uns gegenüber so kühl ist.

»Auf dem Weg hierher hast du gesagt, dass wir bei unserem letzten Besuch in diesem Restaurant über unsere Vorstellungen für die Zukunft gesprochen haben«, sagt Max.

»Ja.« Ich nicke und rüste mich für ein erneutes Verhör. »Wir waren damals in der sentimentalen Phase einer Beziehung, du weißt schon, wie hatten bereits eine Menge voneinander erfahren und redeten über unsere Träume und Hoffnungen. Wo wir in fünf Jahren gern stehen würden und so etwas.«

Ich greife nach meinem Glas und nippe daran.

»Und du hast dir vermutlich nicht vorgestellt, dass du in fünf Jahren mit jemandem verheiratet bist, der sich nicht an dich erinnern kann.«

»Nein, witzigerweise nicht. Damals konnte ich mir nicht einmal in meinen kühnsten Träumen vorstellen, dass wir beide überhaupt zusammenbleiben und heiraten würden.«

»Echt?«

»Ich brauchte eine Weile, um davon überzeugt zu sein, dass

es funktionieren wird. Als wir noch zur Schule gingen, war ich in dich verknallt.« Max wird verlegen. »Keine Sorge, du hast mir schon verraten, dass du es wusstest.«

»Manchmal war es ziemlich offensichtlich.« Er lächelt.

»Na klar«, stimme ich zu und erinnere mich an die Male, als ich plötzlich »aufs Klo musste«, wenn er nach dem Duschen aus dem Bad kam und ich ihn für den Bruchteil einer Sekunde nur mit einem Handtuch um die Hüften sehen konnte. Und ich liebte es, das Bad nach ihm zu benutzen, wenn es voller Dampf war, und den Duft seines Lynx-Duschgels tief einzuatmen. Tja, Teenagerschwärmereien sind brutal.

»Aber das erklärt nicht, warum du skeptisch warst, ob es mit uns beiden funktioniert.«

»Vermutlich konnte ich einfach nicht glauben, dass du dich tatsächlich für mich interessierst.«

»Und diese Befürchtungen haben sich wohl ganz schnell in Luft aufgelöst, als du gemerkt hast, dass bei mir alles nur Blendwerk war«, entgegnet er lachend.

Ich lache mit, obwohl ich mich manchmal immer noch kneifen muss, wenn ich daran denke, dass ich mit Max Voss zusammen bin.

»Und was hast du gesagt, wo du dich in fünf Jahren sehen würdest?«, greift er das Thema wieder auf.

»Ich glaube, irgendetwas Klischeehaftes wie ein Sabbatjahr nehmen und durch die Welt reisen.«

»Hast du dir nach der Schule ein freies Jahr gegönnt?«

»Nein, ich bin direkt an die Uni, dachte, ich würde das mit dem Reisen nachholen. Aber dann bin ich in einem Graduiertenprogramm gelandet, und das war's. Wenn ich jetzt zurückschaue, wünschte ich jedoch, ich hätte es getan. Ist gar nicht so einfach, stimmt's? Man denkt als junger Mensch, man habe noch das ganze Leben vor sich, und merkt gar nicht, wie schnell es einem durch die Finger gleitet, je mehr Jahre vergehen.«

»Bei mir in der Tat. Fünf Jahre passen buchstäblich in eine Minute.«

Ich muss lachen.

»Aber so alt sind wir nun auch noch nicht, oder?«, fragt Max.

»Okay, vielleicht nicht so alt, aber wir haben Verantwortung. Wir haben beide unsere Jobs, eine Hypothek, ein Kind, und ein zweites ist unterwegs. Der Zug für ein Jahr in Freiheit ist abgefahren.«

Ich trinke noch einen Schluck Wasser und fahre dann fort: »Sorry, das ist bestimmt nicht das, was du hören wolltest. Ich sollte dir unser Leben anpreisen.«

»Hab schon verstanden«, versichert er. »Vermutlich hätte ich auch ein Jahr Pause einlegen sollen. Das war auch geplant. Owen und ich wollten nach dem Uniabschluss fort, aber dann begegnete er Sarah, und ich hatte keine Lust, allein loszuziehen.«

Ich schenke ihm ein schwaches Lächeln.

»Das weißt du bereits.« Er schüttelt den Kopf.

»Das ist das Problem, wenn man einander so gut kennt, nicht wahr?«, mischt sich die Frau vom Nebentisch ein und lehnt sich zu uns. Ich starre sie entsetzt an. »Wir sind genauso. Ich erzähle dieselben Geschichten und Witze immer wieder, und er nimmt sie begierig auf.«

Ihr Mann zuckt mit den Schultern. »Ich tue es ja auch.«

Ich lächle die beiden an und ziehe die Brauen hoch.

Das hier ist zwar nicht so verheerend wie das Bier-Pong, aber toll läuft es auch nicht. Ich erinnere Max ständig an mein Teenager-Ich, und wir sitzen eingeklemmt zwischen zwei völlig fremden Paaren, die beide viel zu sehr mithören.

Die Kellnerin stellt mit lautem Knall einen Teller vor Max auf den Tisch.

»*Buon appetito*«, wünscht sie ihm und eilt davon.

»Ist das nicht italienisch?«, fragt Max, aber ich finde nicht, dass dies gerade die meiste Aufmerksamkeit verdient. Vielmehr starre ich auf das labberige Salatblatt mit der Tomatenscheibe und dem Ziegenkäse auf einer dünnen, getoasteten Baguette-Scheibe.

»Nun ja, das sieht, äh …« Max pikst vorsichtig mit der Gabel hinein.

»Zumindest ist der Ziegenkäse schön geschmolzen«, sage ich, und mir läuft das Wasser im Mund zusammen.

»Verdammt, der ist wie Lava.« Max leert sein Bier in einem Zug. »Dieser Käse war bis zur Besinnungslosigkeit in der Mikrowelle.« Er stochert darin herum.

»Möchtest du probieren?«, fragt er dann und hält mir eine Gabel voll hin.

Ich weiche zurück und rümpfe die Nase.

»Rohmilchkäse darf ich gerade nicht essen.«

»Ach ja, richtig. Ich wünschte, ich hätte auch so viel Glück.« Er legt die Gabel hin und gibt sich geschlagen. »Jetzt bin ich ein wenig beunruhigt wegen des Hauptgangs.«

»Hm. Ich auch. Das letzte Mal war das Essen echt gut.«

Aus den Augenwinkeln spähe ich zum Nebentisch, wo das schweigende Paar sich kurz anschaut, sie dann eine Scheibe Baguette aus dem Korb nimmt und rundherum die Kruste abknabbert.

»Vielleicht hätte ich vorher bei Tripadvisor nachschauen sollen«, räume ich ein und lasse den Blick durch den Raum schweifen. Nach wie vor sind nur drei Tische besetzt.

»Aber Dad sagte, es sei gut, und er muss es wissen. Jede Wette, dass Mum und er ständig hier essen.«

Zum Glück kehrt unsere freundliche Kellnerin in diesem Moment zurück und unterbricht das Gespräch, bevor ich ihn aus Versehen korrigieren kann. Sie räumt Max' Vorspeise ab und kommt nur Augenblicke später mit zwei dampfenden Tellern an unseren Tisch.

»Sehr heiß«, teilt sie uns mit, schiebt die Teller über den Tisch und bringt sie mit einem schmuddeligen Trockentuch zum Stehen. »Guten Appetit!«

Bei ihr klingt es eher wie eine Kampfansage statt wie eine höfliche Floskel.

»Das sieht ein bisschen besser aus«, sagt Max und pikst in das Steak auf seinem Teller.

»Und meins duftet gut«, stelle ich fest und atme den Weingeruch ein. »Falls es nicht schmeckt, werde ich einfach hier sitzen und den Duft in mich aufnehmen. So viel Wein hatte ich seit Monaten nicht mehr.«

»Wenn das so ist, hätten wir ein sehr preiswertes Date haben können. Wir bleiben zu Hause, und ich lasse dich an meinem Weinglas schnuppern.«

»Das nenne ich ein Angebot«, erwidere ich lachend. »Bei allem, was du mir im Laufe der Jahre so angeboten hast, war das definitiv nie dabei.«

»Woran hätte ich dich denn schnuppern lassen sollen?«

Die Frau, die nach uns gekommen ist, lehnt sich zu mir. »Ah, das Bourguignon. Das bekomme ich auch. Riecht köstlich.«

»Allerdings«, erwidere ich und wünschte, sie würde uns in Ruhe lassen.

Ich schiebe mir einen Bissen in den Mund, damit ich nicht weiterreden muss. »Verdammt, ist das heiß!« Ich spucke das Fleisch in meine Hand und lasse es auf die Serviette fallen. Die Frau wirkt entsetzt, und ich zeige ihr den erhobenen Daumen. »Nur erst ein bisschen abkühlen lassen.«

Das Ausspucken des Essens scheint seinen Zweck erfüllt zu haben. Offenbar bin ich sie endlich los, denn sie wendet sich ihrem Mann zu und beginnt ein Gespräch mit ihm.

»Ist es wenigstens gut?«, fragt Max.

Ich greife zum Mineralwasser, das auf meiner verbrannten Zunge prickelt.

»Keine Ahnung. Ich glaube, ich habe meine Geschmacksknospen verbrannt.«

Max lacht leise. Nach meiner Erfahrung mit dem Essen wartet er noch, bevor er sein Steak probiert.

Die Kellnerin geht zum Tisch zu meiner Linken und räumt die Teller ab.

»Möchten Sie die Dessertkarte sehen?«

»Warum nicht? Es war köstlich, danke.«

Ich weiß nicht, was mich mehr erschüttert, die Tatsache, dass die Frau sprechen kann, oder dass die Kellnerin dieses Mal nicht die Spur eines französischen Akzents hat.

»Hast du die Kellnerin gehört?«, flüstere ich Max zu.

»Ja, sie hat ihren Akzent verloren.«

Ich wende mich wieder meinem Essen zu, das mit jedem Moment unappetitlicher wird. Es hat sich auf meinem Teller zu einem geronnenen Haufen verformt. Der Weinduft ist verflogen und damit auch der ganze Reiz.

»Wie ist dein Steak?«

»Zäh wie eine Schuhsohle«, antwortet Max und verzieht beim Kauen das Gesicht. »Und deins?«

Ich probiere ein kleines bisschen. Wenigstens ist das Fleisch zart.

»Habe schon schlechter gegessen.«

»Glühende Empfehlung«, erwidert Max grinsend.

Wir essen gerade genug, damit es nicht unhöflich wirkt. Max versteckt ein großes Stück des fettigen Steaks unter einem

Salatblatt, und ich schaffe es, alle meine ungegessenen, gummiartigen Pilze in eine Ecke des Tellers zu schieben.

Kaum wirken wir so, als seien wir fertig mit Essen, kommt die Kellnerin schnurstracks auf uns zugestürmt.

»Nachtisch?«, fragt sie.

»Nein«, erwidern wir beide schnell.

»Die Rechnung, bitte«, fügt Max hinzu.

»Klar«, antwortet sie mit einem Akzent, der dieses Mal eher spanisch klingt.

»Fühlen Sie sich nicht gut?«, fragt die geschwätzige Frau. »Ist es das Baby? Ich hatte gegen Ende fürchterliches Sodbrennen.«

»Hm«, erwidere ich. »Etwas in der Art.«

Die Kellnerin kommt mit der Rechnung zurück, und ich schaue nicht einmal darauf, bevor ich ihr meine Karte reiche.

»Genießen Sie den Rest des Abends«, sagt Max zum Abschied, während er mich an den leeren Tischen vorbei zur Tür dirigiert.

»Na schön«, sagt er draußen. »Ich gehe davon aus, dass unser letzter Besuch hier anders verlaufen ist.«

»Und ob.« Ich schüttle den Kopf. Das hier hätte nicht weniger mit dem zu tun haben können, was ich vorhatte.

»Als sie das zweite Paar auch noch direkt neben uns gesetzt hat …« Max beendet den Satz nicht, sondern fängt an zu lachen.

»Und dieser aufgesetzte Akzent! Was sollte das eigentlich?«, füge ich hinzu, und wir beide lachen immer lauter.

»Oh«, seufze ich schließlich. »Witzig sollte es eigentlich nicht sein.«

Eine Träne kullert mir plötzlich über die Wange, und ich spüre, dass weitere folgen werden.

»Hey, hey.« Max legt den Arm um mich und tätschelt meine

Schulter. »Was ist los? Es war ein lustiger Abend und abenteuerliches Essen.«

»Verdammte Hormone. Aber es sollte doch ein richtiges Date sein«, schniefe ich und wische die abtrünnigen Tränen weg.

»Es war auf jeden Fall ein unvergessliches.«

Ich stöhne erneut. »Aber aus den falschen Gründen! Jedes Mal, wenn wir ausgehen und versuchen, eines unserer früheren Dates zu wiederholen, geht es fürchterlich daneben.«

»Was meinst du mit ›unsere Dates wiederholen‹?«

Shit. Das hatte ich nicht sagen wollen.

»Ellie?«, fragt er mit beinahe amüsiertem Grinsen, wodurch ich mir noch blöder vorkomme. »Sind wir deshalb hergekommen, weil du zum Leben erwecken wolltest, was letztes Mal hier passiert ist? Bist du deshalb so wütend gewesen, dass die Minigolfanlage außer Betrieb war?« Er fährt sich mit der Hand durchs Haar. »Verstehe, du willst meinem Gedächtnis auf die Sprünge helfen. Denkst du, wenn wir einen ähnlichen Abend verbringen, könnte alles wieder in Ordnung kommen?«

»Ja«, antworte ich ein bisschen zu schnell. Lieber soll er das denken – statt zu durchschauen, dass ich versuche, ihn wieder in mich verliebt zu machen. »Ja, genau. Um deinem Gedächtnis auf die Sprünge zu helfen.«

»Wenn unsere Dates früher genauso katastrophal verlaufen wären, hätte es vielleicht sogar funktioniert«, antwortet er lächelnd. »Hör zu, es ist noch früh, was hältst du davon, etwas trinken zu gehen? Gibt es das Five Bells noch?«

»Keine Ahnung. Da bin ich nie gewesen.«

»Nicht einmal als Teenager? Das war doch der einzige Ort, an dem man bedient wurde – ohne Fragen.«

Ich schüttle den Kopf.

»Du und Rach, ihr wart echte Musterkinder.«

»Wir konnten schließlich nicht alle Rebellen sein, die mit einem Joint Gartenlauben abfackeln«, erwidere ich mit einem Augenzwinkern.

Er runzelt die Stirn. »Irgendetwas sagt mir, dass ich dir die wahre Geschichte erzählt habe, stimmt's?«

»Mir ist klar, warum du sie für andere verändert hast. Liebesbriefe im Mülleimer zu verbrennen ist nicht gerade förderlich für deinen Ruf auf der Straße«, erwidere ich kichernd. »Du bist bestimmt der einzige Mensch auf dieser Welt, der seinen Eltern vorgegaukelt hat, er würde Drogen nehmen.«

»Ich weiß. Aber ich fand, ich müsste meinem Ruf als Bad Boy gerecht werden. Dabei war ich gar nicht so. Überhaupt nicht. Die Leute in der Schule haben das gesehen, was sie sehen wollten, stimmt's? Wir haben uns nicht sonderlich bemüht, den wahren Menschen hinter dem Etikett kennenzulernen.«

»Versuch das mal, wenn du das Etikett ›Streberin‹ trägst.«

»Kann mir vorstellen, dass es hart war, aber es war auch nicht einfach …«

»*Most Fuckable 1997* zu sein.«

Max lacht. »Okay, du hast gewonnen. Aber ich habe im Laufe der vergangenen Woche gelernt, dass du anders bist, als ich dachte.«

Bedeutet das etwa, dass er mich nicht länger als Rachels streberhafte Freundin ansieht?

»Geben wir dem Five Bells eine Chance«, schlägt Max vor, legt die Hand auf mein Kreuz und führt mich in Richtung Auto.

Obwohl dieses Inszenieren früherer Dates nicht nach Plan läuft, so bewegen Max und ich uns doch aufeinander zu – wenn auch mit dem Tempo sich verschiebender Kontinentalplatten.

Kapitel 14

Nicht nur Max und sein Gedächtnisverlust halten mich in meiner Mutterschutzzeit auf Trab, sondern auch meine neuen Mami-Freundinnen. Vor allem deren Sorge bezüglich der bevorstehenden Geburt ihrer Wassermelone. Wie sich herausstellt, haben die Informationen im Geburtsvorbereitungskurs bei Helen und Polly Albträume verursacht, und da ich nicht vorhabe, ihnen meine Vagina zu zeigen, kann ich sie nur schwer davon überzeugen, dass es funktioniert. Anneka hat diese Sorgen natürlich nicht, da sie den Wunschkaiserschnitt wählt. Stattdessen kanalisiert sie ihre Sorgen darauf, in welchen von den exklusiven Kindergärten ihr Nachwuchs gehen wird.

Obwohl nur ich offiziell im Mutterschutz bin, haben wir es geschafft, uns zu einem mittäglichen Montagskaffee in dem Café im Kunstzentrum zu treffen – Anneka arbeitet nicht, Helen nutzt ihre Gleitzeit, und Polly macht früh Mittagspause.

»Ich starre ständig Tobys Kopf an und schwöre, dass er unnatürlich dick ist. Vielleicht täuschen auch die Geheimratsecken, aber trotzdem«, seufzt Helen und schiebt ihre EC-Karte zurück ins Portemonnaie. »Ist das ein Anhaltspunkt für den Kopfumfang des Kindes? Und das, was mir bei der Geburt bevorsteht? Ich überlege, ein paar Selfies zu machen, um das alte Mädchen in Erinnerung zu behalten. Ich kann mir nicht vorstellen, dass sie je wieder dieselbe sein wird.«

Lachend tätschele ich Helens Arm.

»Denk nur mal an Ellie, wenn sie in Bälde das Zweite bekommen hat«, gibt Anneka zu bedenken.

»Besten Dank auch«, erwidere ich, aber das ist echt die geringste meiner Sorgen. »Vergesst nicht, dass unsere wunderbaren Ehemänner an unserer Seite sein und um einen weiteren Nahtstich bitten werden.«

»Dieser verdammte Extra-Stich! Falls Toby seine Klappe aufmacht, um diesen blöden Witz zu reißen, dann wird er den Stich genau dorthin bekommen.«

Anneka nimmt ihr Getränk von der Theke und wendet sich uns zu, bevor sie loszieht, um uns einen Tisch zu suchen.

»Ladys, dies ist der erste von vielen weiteren Kaffeemorgen«, sagt sie und macht ein Geräusch des Missfallens über eine andere Frauengruppe, die auf die Sofaecke zusteuert. Sie streckt ihren Bauch heraus und wirft ihnen einen derart eindringlichen Blick zu, dass sie es vorziehen, sich einen anderen Tisch zu suchen.

»Ja, aber vermutlich werden ›viele weitere‹ nicht so entspannt ablaufen«, sagt Helen. »Heute ist sicher eines der letzten Male, bei denen wir eine Unterhaltung führen, der alle folgen können.«

»Komm schon, so schlimm wird es nicht«, erwidert Polly. »Oder?«

Helen zieht eine Augenbraue hoch. »Ich kann an einer Hand abzählen, wie viele ernsthafte Gespräche ich mit meinen Freundinnen geführt habe, seit sie Mütter sind. In den ersten Jahren waren sie immer erschöpft oder abgelenkt. Oh, nicht böse sein, Ellie.«

»Bin ich auch nicht. Denn du hast recht. Wenn Sasha dabei ist, kommt alles einem Kampf gleich, und in den anderen Fällen bin ich für gewöhnlich völlig erledigt von der Arbeit oder davon, ihr hinterherzulaufen. Aber das ist der Vorteil von Max' Krankschreibung – ich kann Sasha bei ihm lassen, wenn ich mich mit euch treffe. Und das Beste daran ist, dass er sich nicht einmal beschwert, weil er glaubt, dass er das immer getan hat, wenn er nicht bei der Arbeit ist – dabei hätte er sonst ein Nickerchen gehalten, wäre joggen oder Rad fahren gegangen. Deshalb habe ich vorgeschlagen, uns hier zu treffen, er ist nämlich gerade mit ihr in der Bibliothek, beim ›Reimen und Singen mit Kleinkindern‹.«

Die Bibliothek ist ebenfalls im Kunstzentrum untergebracht, und da dies Max' erster Ausflug mit Sasha ist – abgesehen von Spazierengehen im Park –, wollte ich sicherheitshalber in der Nähe sein.

»Wie süß! Vielleicht unternimmt Jason mit unserem Kleinen auch so etwas«, träumt Polly.

»Ich werde George auf keinen Fall zu dieser Reim-Veranstaltung gehen lassen«, erklärt Anneka kategorisch. »Bei all den appetitlichen Mamis dort.«

»Das sagt eine Frau, die offenkundig noch nie da gewesen ist. Es ist eine brutale Erfahrung: Du musst rechtzeitig dort sein, bevor es rappelvoll ist und du dich nur noch irgendwo auf den Boden hocken kannst wie bei einer Schulversammlung. Während der gesamten Veranstaltung musst du dann nicht nur singen, sondern auch dein Kind daran hindern, zu den anderen Kids zu krabbeln oder zu schreien, und du kannst nur beten, dass es nicht in die Windel macht oder sich übergibt.«

»Dann gehe ich mal davon aus, dass das nicht zu unserem Wochenprogramm gehört«, stellt Helen fest.

»So würde ich das nicht sagen. Für die Kinder ist es toll, und es kostet nichts. Ich wollte nur klarstellen, dass die anderen Mums viel zu beschäftigt sind, um einen abtrünnigen Ehemann zu bumsen.«

»Du wärst überrascht.« Anneka schürzt die Lippen.

Polly seufzt. »Dieses ganze Mutterschafts-Ding klingt wie

ein nie endendes Minenfeld. Und ich dachte, Schlafmangel sei der schlimmste Teil.«

»Was das angeht, habe ich etwas für euch«, vermeldet Anneka, kramt in ihrer Handtasche und reicht jeder von uns ein Exemplar eines Buches. »Ich dachte mir, wenn wir alle dieses Buch lesen und bei unseren Kindern denselben Zeitplan einhalten, wird das unser Leben enorm vereinfachen.«

Ich werfe einen Blick darauf und muss schlucken. Dieses Buch habe ich gelesen, als Sasha ein Baby war, und ich habe mindestens genauso viel geweint wie sie, als wir versuchten, die strengen Regeln durchzuhalten.

»Wirklich nett von dir, danke«, antworte ich diplomatisch. »Uns allen ein Exemplar zu kaufen.«

»Einem Freund von mir gehört eine Buchhandlung«, erwidert sie schulterzuckend.

»Dein Freund heißt nicht zufällig Jeff Bezos, oder?«, fragt Helen.

»Nein, aber ein anderer Freund von mir kennt ihn persönlich. Das hier habe ich aus einer realen Buchhandlung, und ich versuche, dort so oft wie möglich etwas zu kaufen.«

»Ah, du tust es, um deinen Freund zu unterstützen. Dann muss ich kein schlechtes Gewissen haben, wenn ich es nicht lese.« Helen legt ihr Exemplar auf den Tisch.

»Ist es das Buch, in dem steht, man solle das Baby weinen lassen?«, fragt Polly sichtlich abgeschreckt. »Ich bezweifle, dass ich das kann. Letzten Monat habe ich ein Buch gelesen, das … ein bisschen sanftere Ansätze vorschlägt.«

»Ich bin sicher, dass es ein gutes war, aber du musst den Zeitplan berücksichtigen«, entgegnet Anneka.

»Aber in dem Buch ging es genau darum«, widerspricht Polly. »Mit dem Unterschied, dass *das Baby* den Zeitplan bestimmt.«

»Ich rede nicht vom Zeitplan des Babys«, stellt Anneka klar,

»sondern von deinem *gesellschaftlichen* Zeitplan. Du willst doch nicht ein Jahr lang auf dem Sofa sitzen und das Baby füttern, obwohl es so viel zu machen gibt? Ich habe alle optionalen Aktivitäten mit Babys in einem Fünf-Meilen-Radius zusammengestellt und werde einen vorläufigen Zeitplan für uns entwerfen.«

»Einen vorläufigen Zeitplan?«, hake ich nach und werde jetzt doch nervös.

»Ja, es gibt Sensorik-Förderung für Babys, Baby-Yoga, Baby-Massage, Reimen und Singen, Bach für Babys – das kollidiert zeitlich allerdings mit Baby-Massage, was ein Problem darstellt. Andererseits haben wir ja Reimen und Singen für die musische Förderung. Ich habe sogar einen Französischkurs gefunden. Es ist so wichtig, schon ganz früh möglichst viele Sprachen zu lernen!«

»Hm, ich bin nicht sicher, ob das ein ausgewogener Lehrplan ist«, nimmt Helen sie auf den Arm. »Im Ernst, Anneka, ich habe die vergangenen zehn Jahre meines Lebens mit Arbeiten verbracht. Für das kommende Jahr plane ich, rein gar nichts zu tun.«

Polly schaut sie vielsagend an.

»Okay, nicht absolut gar nichts. Mir ist schon klar, dass ich mich um ein kleines menschliches Wesen kümmern muss. Aber ich habe meiner Watchlist auf Netflix einige Serien und Filme hinzugefügt, die demnächst anlaufen.«

Anneka starrt Helen entsetzt an. »Aber die ersten Monate und Jahre sind so wichtig für die Entwicklung!«

»Sie bekommt eine Geschichtsstunde, wenn ich *The Crown* schaue, und Spanisch lernt sie bei *Narcos*. Während unseres Mittagsschlafs lasse ich leise klassische Musik laufen und *voilà*.«

Anneka will etwas erwidern, aber Helen hebt die Hand.

»Keine Sorge, ich komme natürlich zu unseren Kaffeetreffen. Aber ich werde an keinem Kurs teilnehmen, bei dem ich meinen Namen irgendwo eintragen muss«, fügt sie kategorisch hinzu, und alle bis auf Anneka kichern. »Heute geht es doch eigentlich darum, dass wir mal nicht an Babys mit Riesenköpfen und die drohende Zerstörung unserer Vagina denken. Sollten wir also nicht über andere Dinge reden?«

»Allerdings«, stimmt Polly zu, und alle Augen richten sich plötzlich auf mich. »Wie läuft es mit Max? Wie war euer Date am Samstag? Deine Nachrichten waren ziemlich vage. Heißt das, es lief gut?«

»Ja, das Restaurant war zwar furchtbar, aber der Abend verlief … nett.«

»Wo wart ihr?«

»Im La Flambé.«

Alle saugen hörbar den Atem ein, und Anneka sieht aus, als würde ihr jeden Moment der kalte Schweiß ausbrechen.

»Warum in aller Welt seid ihr dahin gegangen?«, fragt sie und rümpft die Nase.

»Wir waren dort vor ein paar Jahren mal, und es war ziemlich gut. Max' Vater hat es zudem wärmstens empfohlen.«

»Max' Vater, der in Portugal lebt?«

»Mir ist der Denkfehler durchaus bewusst.«

»Vergangenes Jahr hat der Besitzer gewechselt, und seither hat es sich enorm verschlechtert«, sagt Anneka und schüttelt den Kopf auf eine Weise, als hätte uns das doch bekannt sein müssen. »Du hättest uns fragen sollen. Wir hätten The Exchequer oder das Mamma Mia in Hartley Witney vorgeschlagen.«

»Da waren wir am Valentinstag, und es ist der Grund für das hier.« Helen zeigt auf ihren dicken Bauch.

»Bedient im Flambé immer noch die Kellnerin, die so tut, als sei sie Französin?«, fragt Polly lachend.

»Ist sie das nicht?«, fragt Helen.

»Nein, sie ist in Fleet geboren und aufgewachsen. Sie macht das vermutlich, um mehr Trinkgeld zu bekommen.«

»In dem Laden muss sie auch tun, was immer möglich ist, um Trinkgeld zu bekommen«, füge ich hinzu.

»Aber euer Abend verlief trotzdem gut?«, hakt Helen nach.

»Ja, im Gegensatz zu dem Bier-Pong-Debakel. Wir haben Witze darüber gemacht, wie schlecht das Essen war, und sind zum ersten Mal richtig locker miteinander umgegangen. Wir haben die ganze Zeit geredet, und es fühlte sich nicht mehr an wie ein Verhör, so wie sonst seit seinem Gedächtnisverlust. Max hat mir sogar Dinge aus unserer Zeit als Teenager erzählt, die echt süß waren und die er mir noch nie verraten hat.«

»Hört sich nach einem Fortschritt an.«

»Ja, das war es. Max hat sich geöffnet wie noch nie. Er glaubt, er hätte mir immer alles erzählt, deshalb hält er nichts zurück.«

»Interessant«, wirft Polly ein. »Und warum bist du dann nicht glücklicher?«

»Weil sie keinen Sex hat«, stellt Helen fest und beißt den Kopf eines Lebkuchenmanns ab.

»Woher weißt du das?«, fragt Polly.

»Ich erkenne so etwas«, antwortet Helen.

»Schaust du dir immer noch *Magic Mike* an?«, frage ich sie.

»Nein, ich habe zu *Warrior* mit Tom Hardy gewechselt. Er ist in dem Film ständig mit nacktem Oberkörper unterwegs.« Sie sabbert beinahe. »Ich weiß auch nicht, was mit Toby nicht stimmt. Beschweren Männer sich nicht ständig, dass ihre Frauen keinen Sex wollen? Ich serviere mich ihm auf dem Silbertablett, und er lehnt ab, murmelt etwas von Aliens und Dingen, die aus meinem Bauch herausragen.«

Anneka windet sich, und Polly kichert.

»Das ist aber nicht der Grund, warum ich unglücklich bin«, erkläre ich. »Sondern, weil es einfach nur *nett* war.«

»Ist das denn nicht gut?«, fragt Anneka, während sie in ihrem Tee rührt und den Löffel dann klirrend an der Tasse abklopft.

»Nein«, erwidern Polly und Helen wie aus einem Munde.

»Du willst nicht, dass ein Date *nett* ist«, stellt Polly klar.

»Er sagte zu mir, ich sähe hübsch aus, und es war schön, sich zu unterhalten. Aber etwas hat gefehlt. Es war wohl das Flirten. Ich weiß nicht einmal, ob er noch scharf auf mich ist.«

»Was?«, entfährt es Helen. »Dann wäre er ein Idiot.«

»Aber als wir uns kennenlernten, war ich sportlich, mit glänzendem, glattem Haar, einer tollen Frisur. Jetzt ist es lang, splissig und stumpf. Seit Sasha auf der Welt ist, schaffe ich es nicht, zum Friseur zu gehen«, jammere ich und betrachte die kaputten Haarspitzen.

»Sei nicht albern«, erwidert Helen. »Wir sind alle nicht mehr so wie zu der Zeit, als wir unsere bessere Hälfte kennenlernten. Auch unsere Männer nicht. Für Toby gilt das jedenfalls, er hat die meisten Kopfhaare verloren und trägt ein paar Kilo mehr mit sich herum. Aber deshalb stehe ich nicht weniger auf ihn. Ich wünschte, es wäre so, denn dann wäre diese Sex-Hungersnot leichter zu ertragen.«

Polly reicht Helen ihren Lebkuchenmann, nimmt offenbar an, dass sie ihn dringender braucht.

»Das ist doch genau der Punkt! Wir wachsen mit unseren Partnern. Und es spielt keine Rolle, wenn du dich ein bisschen gehen lässt, denn zu diesem Zeitpunkt liebt er dich trotzdem. Aber durch den Gedächtnisverlust kennt Max nur mein siebzehnjähriges Ich, das furchtbar war, und mein jetziges Ich mit dem elefantösen Bauch, meinen angeschwollenen Knöcheln und den riesigen Unterhosen, mit denen man den Mond verdecken könnte. Und sosehr ich auch zu meinem Bauch stehe, ich kann mir nicht vorstellen, dass er denkt: Wow, ich liebe jeden Zentimeter dieser Frau, die watschelt wie ein Walross.«

»Dein Bauch ist doch echt klein, und es ist sein Kind«, beharrt Polly.

»Ja, aber ich glaube nicht, dass er es wirklich begreift. Ist ja auch schwer, wenn du dich nicht daran erinnerst, Sex gehabt zu haben.«

»Dann ist doch alles klar – ihr beide müsst es unbedingt tun«, sagt Helen. »Da hast du die Antwort.«

Ich schenke ihr ein gequältes Lächeln.

»Vielleicht solltest du eurem Liebesleben einen kleinen Stups versetzen. Wo werdet ihr euren Babymoon verbringen?«, fragt Anneka.

»Du hast keinen Babymoon, wenn zu Hause bereits ein Kind ist.«

»Wieso nicht?«, fragt Helen.

»Es gehört genauso zur Schwangerschaft wie deine Folsäure«, fügt Anneka hinzu.

Ich werde sie nicht darauf hinweisen, wie falsch dieser Satz ist.

»George und ich fahren nächste Woche nur zu zweit nach Stratford-upon-Avon«, fährt sie fort.

»Wie nett«, sagt Helen. »Toby und ich werden eine Nacht in London in einem Wellnesshotel verbringen. Ursprünglich war es als heißes Wochenende geplant, aber das kann ich mir wohl abschminken, also habe ich stattdessen Geburtsvorbereitungs-Spa-Anwendungen. Wenn es schon nicht schmutzig wird, dann zumindest richtig sauber. Was ist mit dir, Polly?«

»In ein paar Wochen fahren wir zur Hochzeit eines Freundes nach Bristol und werden das Wochenende dort verbringen.«

»Siehst du«, sagt Anneka. »Das gehört dazu, Ellie.«

»Und was ist mit Sasha?«, erwidere ich.

»Deine Schwiegermutter nimmt sie doch bestimmt«, tut Helen das Problem mit einem Handwedeln ab.

»Gibt es einen Ort, der romantische Erinnerungen bei dir weckt?«, hakt Polly nach.

»Unser bester Kurzurlaub war in Paris«, antworte ich, und mir schießt bei der Erinnerung daran das Blut in die Wangen. »Schon klar, was für ein Klischee! Aber Max war zu einer Konferenz dort, und ich bin für ein Wochenende rübergeflogen. Es war unglaublich romantisch.«

»Ich liebe Paris«, schwärmt Anneka. »Und habe so viele glückliche Erinnerungen daran.«

»Mit George?«

»Nein«, erwidert sie augenzwinkernd. »George mag keine Kurzstreckenflüge. Er hält es für vertane Zeit, zum Flughafen zu fahren und ein oder zwei Stunden später schon wieder irgendwo zu landen.«

Diesen Mann möchte ich unbedingt mal kennenlernen. Nach Annekas Beschreibungen entsteht in meinem Kopf ein ziemlich schräger Typ.

»Ihr solltet definitiv nach Paris fahren«, beharrt Helen. »Dort verbringt jeder eine sinnliche Zeit. Ihr könnt den Eurostar nehmen«, fügt sie hinzu. »Und dir dieses Brimborium mit dem ärztlichen Attest sparen, dass du überhaupt fliegen darfst.«

»Sowieso viel besser für die Umwelt«, stimmt Polly zu.

»Aber ist es eine gute Idee, gegen Ende der Schwangerschaft noch mal ins Ausland zu fahren?«

»Wieso nicht?«, entgegnet Anneka.

»Und wenn ich Wehen bekomme? Die Zweiten verspäten sich für gewöhnlich nicht.«

»Dort gibt es auch Krankenhäuser. Nimm einfach alle deine Unterlagen mit.«

»Ich will keinesfalls in einem französischen Krankenhaus ein Kind zur Welt bringen. Ich kann in dieser Sprache gerade mal nach dem Weg zur Diskothek fragen.«

»Du fährst nach Paris und nicht in den Dschungel. Sicherlich findest du einen Arzt, der Englisch spricht, und sonst bleibt immer noch das gute alte Google Translate. Außerdem hättest du eine wunderbare Geburtsgeschichte zu erzählen«, stellt Anneka fest. »Oh, und du könntest dem Kind einen süßen französischen Namen geben wie Margot oder Hugo.«

»Jetzt mal nicht so vorschnell. Die Wahrscheinlichkeit, dass die Wehen schon in den nächsten Wochen bei ihr einsetzen, ist doch sehr gering«, bremst Helen Annekas Gedankenspiele. »Achte nur darauf, zentral zu wohnen, damit du keine weiten Strecken laufen musst«, fügt sie an mich gewandt hinzu.

»Paris«, sage ich leise und denke an den Nachmittag, den Max und ich im Frühling im Garten von Versailles verbrachten. Nie zuvor war ich an einem so schönen und romantischen Ort gewesen. Wir haben uns auf den Rasen gelegt, mein Kopf auf seiner Brust, und dann sagte er mir plötzlich zum ersten Mal, dass er mich liebt. »Und wenn es unsere Erinnerungen an die Stadt ruiniert?«

»Blödsinn«, erwidert Polly. »Positiv denken, schon vergessen?«

»Positiv, richtig.«

»Und … bevor du gehst, mache ich für dich einen Termin bei meiner Friseurin. Sie kriegt das schon hin. Ich schreibe ihr sofort eine Nachricht, um zu sehen, wann es bei ihr passt. Bist du die ganze Woche frei?«

»Na ja, ich –«

»Perfekt, überlass das einfach mir«, sagt Anneka.

»Okay, danke«, antworte ich, denn es kommt mir so vor, als hätte ich keine andere Wahl.

»Ich werde dir auch einen Link schicken zu einer sehr guten Dessous-Firma, die sich auf Schwangerschaftsdessous spezialisiert hat. Dir schicke ich ihn auch, Helen«, fügt sie hinzu und tippt auf ihrem Handy herum. »Man weiß nie, möglicherweise ist es genau das Richtige für Toby.«

Helen schnappt sich sofort ihr Handy, als es piept.

»Wann ist euer nächstes Date?«, fragt Polly.

»Wir gehen zu einem Musikfestival.«

»Ein Festival. Etwa so eins mit Zelten?«, fragt Anneka und rümpft die Nase.

»Japp. Es ist ein familienfreundliches Festival. Wir nehmen Sasha mit und gehen mit Max' Schwester Rach, seinem besten Freund Owen und deren besseren Hälften hin. Sasha wird begeistert sein – Mr Tumble tritt dort auf.«

»Mr wer?«, fragt Anneka.

»Ein Mann, mit dem du gegen Ende nächsten Jahres bestens vertraut sein wirst.«

»Wer ist Hauptact für die Erwachsenen?«, fragt Helen.

»Pilot Dawn.«

»Ich bin so neidisch«, stöhnt sie. »Ob deren Leadsänger, wie heißt er noch – Miles – immer noch so heiß ist?«

»Der muss doch mittlerweile richtig alt sein«, wirft Polly ein. »Bestimmt in den Fünfzigern?«

»So alt ist das nun auch nicht«, blafft Anneka sie an.

»Nein, gar nicht«, beschwichtige ich sie, weil mir einfällt, dass ihr George bereits über sechzig ist.

Helen googelt rasch und nickt anerkennend beim Anblick seines Fotos. »Immer noch heiß.«

»Komm doch mit!«

»Ha, in einem Zelt, mit diesem Bauch. Machst du Witze?«

»Ganz zu schweigen von den Toiletten.« Anneka verzieht das Gesicht.

»Ich bin sicher, dass ihr viel Spaß haben werdet.« Polly ist optimistisch. »Und wir sind gespannt, was du uns anschließend über Max und dich berichtest.«

»Und wie heiß Miles ist«, fügt Helen hinzu.

»Mach ich«, versichere ich und leere meine Tasse.

»Oh, ich muss los, Ladys«, sagt Polly. »Das war echt schön. Wir müssen es unbedingt wiederholen, ja?«

»Absolut«, stimme ich zu.

Sie umarmt jede von uns und eilt dann durch die Tür.

Mein Handy klingelt, und ich blicke darauf – Anneka hat mir einen weiteren Link geschickt.

»Das ist ein Boutique-Hotel, in dem ich in Paris mal gewesen bin«, sagt sie wehmütig. »Es liegt zentral und ist einfach umwerfend.«

»Ich bin nicht sicher, ob wir das Budget für etwas sehr Teures haben – der Hauskauf, ihr wisst schon.«

»O nein, das war vor George. Ist so ein Shabby Chic, aber ich denke, es wird euch gefallen.«

Aus Richtung der Bibliothek ertönt ein Geräusch, ehe die Türen auffliegen und eine Schar Frauen herausgeströmt kommt, alle mit einem Kleinkind auf dem Arm. Ich entdecke Max sofort in der Menge – er ist der einzige Mann – und winke ihm zu.

»Hi«, begrüßt er die Mädels und errötet leicht, weil es ihm vermutlich unangenehm ist, dass er sie nicht kennt.

»Hallo«, trällern sie unisono und lächeln zu ihm hoch.

Eine Gruppe Frauen kommt aus der Bibliothek und geht an ihm vorbei. »Tschüss, Max, bis nächste Woche.« Sie winken ihm zu.

»Oh, wie ich sehe, hast du schon Freundinnen gefunden«, stelle ich fest.

Anneka grinst süffisant.

»Mit denen bin ich zur Schule gegangen, sie waren in meinem Jahrgang. Ich weiß ihre Namen nicht mehr, aber sie haben sich an mich erinnert«, sagt Max.

»Dich vergisst niemand«, stelle ich fest.

»Ah, das kann ich mir vorstellen«, sagt Helen.

»Ihr macht mich verlegen«, wiegelt er ab und stellt Sasha auf den Boden, da sie angefangen hat, sich in seinen Armen zu winden.

»Und das ist dann wohl Sasha?«, fragt Helen mit warmherzigem Lächeln. Ich umarme die Kleine, aber sie interessiert sich mehr für die Krümel auf meinem Teller und den Löffel, mit dem sie sofort gegen die Porzellantasse klopft. Plötzlich ist mein entspanntes Treffen mit den Mädels alles, nur nicht mehr entspannt.

»Möchtest du nach Hause?«, frage ich Max.

»Ja, aber falls du noch bleiben willst, könnte ich mit Sasha in den Park gehen. Den hinter diesem Gebäude gibt es doch noch, oder?«

»J…a«, stottere ich. »Den gibt es noch.«

»Super. Dann gehe ich mit ihr dahin, und du kommst einfach zu uns, wenn du nach Hause möchtest.«

»Okay«, antworte ich und versuche, so zu tun, als sei das sein übliches Verhalten.

»Hat mich gefreut, Ladys«, verabschiedet er sich und beugt sich dann hinunter zu Sasha. »Möchtest du in den Park?«

Sie brabbelt sofort irgendetwas über den Park, ergreift seine ausgestreckte Hand, und die beiden ziehen los.

Ich schaue zu, wie sie durch die Drehtür verschwinden, und bin immer noch perplex.

»Den hast du aber gut erzogen«, staunt Helen.

»Hm«, murmele ich mit großen Augen. »Er hat sich in Super-Dad verwandelt.«

»Das ist nicht von Nachteil«, erklärt Anneka kategorisch.

»Das ist sogar ein Traum«, versichert Helen.

»Klar, das finde ich ja auch. Aber – habt ihr gesehen, wie sie sich an den Händen halten und miteinander reden?«

»Ähm, ja«, antwortet Helen.

»Sie haben es geschafft, mit ihrer Beziehung so schnell wieder in die Spur zu kommen. Sie ist sogar besser als früher, und sie verbringen viel mehr Zeit miteinander.« Ich seufze. »Ich bin eifersüchtig, ist das nicht schrecklich?«

»Sei nicht so streng mit dir, Ellie. Du hast gerade ein Riesenproblem am Hals. Niemand würde deine momentanen Gefühle verurteilen.«

»Aber«, setzt Anneka an, und Helen wirft ihr einen warnenden Blick zu, »das ist nur ein weiterer Grund, warum ihr nach Paris fahren solltet. Sobald du deine Beziehung mit ihm wiederaufgebaut hast, sind nämlich auch die Unsicherheiten verschwunden.«

»Paris«, wiederhole ich.

»Alle Wege führen nach Paris«, sagt Helen. »Und zu Sex.«

Ich nicke langsam. Ich muss die Dinge in Gang bringen. Wollen wir hoffen, dass es tatsächlich so einfach ist.

Kapitel 15

Im Vorbeigehen betrachte ich mich in dem Spiegel im Flur. Ich bin nicht sicher, ob sich Rock-Chic auch als Modetrend für Schwangere durchsetzen wird. Deshalb trage ich Jeans-Shorts mit Gummizugbund, ein weites weißes Top und eine schlabberige, grobmaschige Wollstrickjacke. Dazu die Hunter-Gummistiefel, die Anneka mir geliehen hat. Auf dem Coachella wäre ich sicher deplatziert, aber für ein familienfreundliches Festival in Dorset wird es wohl gehen. Sicherheitshalber habe ich auch eine Jeans und eine Fleecejacke eingepackt, das ist zwar weniger rockig, dafür aber passender zum britischen Wetter Mitte September.

Während ich in die Küche gehe, ziehe ich am Saum meiner Jeans, die ich von den wenigen Malen, als ich sie im Sommer tapfer trug, länger in Erinnerung habe. Max hat gerade ein paar Dosen Coke aus dem Kühlschrank geholt, als er mich erblickt.

»Wow!«, ruft er und lässt beinahe eine der Dosen fallen. Er neigt den Kopf zur Seite und starrt mich unverblümt an.

»Du hast Beine«, stellt er dann fest und schüttelt den Kopf.

»Ich weiß. Unglaublich, oder? Habe gehört, dass du auch welche hast.«

»Ich meinte nur, dass ich dich zum ersten Mal ohne Leggings oder langes Kleid sehe.«

Das erinnert mich an den Abend in Clapham, als es mit uns anfing. Damals konnte er die Augen nicht von meinen Brüsten in dem Wonder-Woman-Kostüm abwenden.

»Diese Shorts sind süß! Du solltest sie öfter tragen«, sagt er und kann immer noch nicht wegschauen.

»Es ist fast Herbst. Ich bezweifle, dass sie für die nächste Zeit warm genug sind.«

»Du könntest die Heizung hochdrehen und sie im Haus tragen«, erwidert er achselzuckend.

Für einen Sekundenbruchteil sehe ich in seinem Gesicht etwas aufflackern. Ich weiß genau, was dieser Blick bedeutet und zu was er normalerweise führt. Er mag kurz gewesen sein, aber er war da, und das werte ich als gutes Zeichen.

»Ich pack das nur schnell in den Wagen«, sagt er, hebt die Kühltasche hoch und verlässt den Raum.

Ich räume die letzten Sachen in der Küche zusammen, und als ich draußen Stimmen höre, nehme ich Sasha auf den Arm, um nachsehen zu gehen. Judy ist gekommen und gibt Max offenbar noch ein paar Tipps.

»Wie gut, dass ich euch nicht verpasst habe, Ellie! Ich habe ein paar Sachen mitgebracht.«

Sie zeigt auf den Stapel neben unserem Kofferraum.

»Was ist das alles? Wir sind doch Sonntag wieder zurück.«

Für zwei Nächte scheint mir das ein bisschen übertrieben.

»Nur die wichtigsten Sachen«, antwortet sie. »Zum Beispiel Campingstühle.«

»Campingstühle?«

»Ja, Liebes, du kannst doch nicht hochschwanger auf dem Boden sitzen.«

Ich betrachte den Stuhl mit dem leuchtend grünen Stoff, nicht gerade sehr Rock'n'Roll, aber über das Hinsetzen habe ich tatsächlich noch nicht nachgedacht. Vielleicht würde er sich als praktisch erweisen.

»Wird dir auch nicht kalt? Und was ist mit Mücken?« Sie zeigt auf meine nackten Beine.

»Es wird schon alles gut gehen«, versichert Max und zwängt die zusätzlichen Sachen in den Kofferraum.

»Ich glaube nicht, dass es dort viele Mücken gibt, aber zur Sicherheit habe ich ein Spray dabei. Was ist in der Kiste?«

»Campingkocher, Kochtopf, Wasserkessel, Erste-Hilfe-Set, Teller, Schüsseln – eben alles Notwendige.«

»Dir ist aber bewusst, dass wir das alles zum Campingplatz tragen müssen, Mum?«, fragt Max, der sichtlich Mühe hat, die Sachen unterzubringen.

»Das schaffst du schon. Ihr seid zu sechst, richtig?« Sie beugt sich herunter, um Sasha zu kitzeln. »Ist sie auch warm genug angezogen?«

»Es wird alles gut gehen«, sage dieses Mal ich. »Und vielen Dank, dass du die Sachen vorbeigebracht hast.«

»In der Box sind auch noch Sandwiches für euch«, sagt Judy.

»Mum, ich mag in meinem Kopf ja fünf Jahre verloren haben, aber ich bin dennoch zu alt, um mir von meiner Mutter ein Pausenbrot mitgeben zu lassen.«

»Schließ nicht von dir auf andere. Bei Snacks bin ich momentan voll dabei. Danke, Judy.« Ich drücke sie kurz.

»Wollt ihr Sasha nicht doch bei mir lassen? Ich weiß wirklich nicht, ob ein Festival das Richtige für sie ist.«

»Keine Sorge, Judy. Wir passen auf, dass sie nichts anstellt«, beruhige ich sie.

»Ich mache mir mehr Sorgen um euch. Ihr müsst nicht nur auf ein Kleinkind, sondern auch auf euch achtgeben.«

»Wir werden uns zurückhalten. Vergiss nicht, dass ich schwanger bin.«

»Na gut, also dann, viel Spaß.« Sie wirft Sasha einen Luftkuss zu und geht dann in Richtung ihres Wagens.

»Wir sehen uns Sonntag!«, rufe ich ihr nach.

»Möchtest du eins von meinen faltbaren Regencapes ausleihen?«

Sie langt bereits in ihre Handtasche, aber ich schüttle den Kopf. »Ich habe eine Fleecejacke mit, und es ist ohnehin kein Regen vorhergesagt.«

»Bist du sicher? Es lässt sich ganz klein zusammenfalten.«

»Da bin ich sicher«, sage ich leise und denke, dass ich sowieso schon nicht gerade festivalmäßig angezogen bin. »Nochmals danke.«

Sie dreht sich um und schafft es dieses Mal bis zu ihrem Wagen.

»Na dann. Lass uns die restlichen Teile holen und losfahren«, sage ich zu Max.

Wir treffen Owen und Claire an der letzten Tankstelle, bevor wir die Autobahn verlassen müssen. Wir wechseln rasch die Beifahrer, will heißen, Claire kommt zu mir, und Max fährt bei Owen mit. An dem Abend, als wir Claire kennenlernten, verarbeiteten wir gerade den Schock wegen Max' Gedächtnisverlust und haben deshalb nicht besonders viel über sie erfahren. Von daher ist die Autofahrt eine ausgezeichnete Gelegenheit, sie angemessen zu verhören, etwa so, wie Max es in den vergangenen zwei Wochen mit mir gemacht hat. Sie ist siebenundzwanzig Jahre alt, arbeitet im Online-Marketing, weiß auch nicht, wer Mr Tumble ist, steht auf Pilot Dawn, auch wenn sie die als oldschool bezeichnet. Ich beginne bereits, sie zu mögen, obwohl ich Sarah sehr vermisse, weil ich sie so ewig lange kenne.

Als wir beim Festivalgelände ankommen, mache ich mir schon fast in die Hose, obwohl ich unterwegs nichts getrunken habe und wie ein braves Mädchen an jeder Raststätte aufs Klo gegangen bin. Jeder weiß, dass die Toiletten das Schlimmste bei einem Festival sind, aber ich bin gewappnet. Ich habe meinen Mutterpass dabei, der mir erlaubt, die Behindertentoilette zu benutzen, die viel weniger frequentiert wird. Außerdem habe ich mir solche Frauenurinale für unterwegs besorgt, denn die Website rühmte sich damit, dass sie ideal für Schwangere seien, wenn sie mal dringend müssen.

Aber keine von beiden Optionen ist gerade verfügbar: Auf dem Parkplatz stehen nur zwei einsame Dixi-Klos, die auf meine verzweifelte Blase wie Leuchttürme wirken; und das Frauenurinal ist tief in meinem Rucksack vergraben. Ich kann nicht einmal mein übliches »so viel Alkohol trinken, dass ich nicht mehr mitbekomme, wie eklig die Toiletten sind« anwenden, also muss ich es heroisch ertragen. Als ich eines der Toilettenhäuschen betrete, ist es jedoch erstaunlich sauber, und ich frage mich, ob es bei einem familienfreundlichen Festival vielleicht zivilisierter zugeht.

Als ich zum Wagen zurückkehre, haben die anderen bereits alles ausgepackt, und Owen steht vor einer Schubkarre.

»Was ist das?«, frage ich lachend.

»Ich hatte keine Lust, Taschen zu schleppen«, antwortet er. »Habe ich unterwegs gekauft.

»Die wird euch bestimmt noch nützlich sein in eurer Dachwohnung.«

»Ihr könnt sie anschließend mitnehmen, betrachtet es als Geschenk zum Einzug.«

»Prost. Es gab Zeiten, da hättest du eine Flasche Tequila mitgebracht.«

Owen hebt die Brauen und lächelt. »Die Zeiten ändern sich.«

»Als würde ich das nicht ständig hören«, sagt Max, hebt Sasha hoch und setzt sie sich auf die Schultern.

»Dafür ist sie noch zu klein!«, rufe ich erschrocken. »Festhalten, Sasha, Süße.«

»Sie kann das. Sieh doch nur – alle coolen Eltern machen

es.« Er zeigt zu den anderen Dads. »Außerdem habe ich dank Owens Schubkarre die Hände frei, denn er übernimmt auch unser Zelt und den anderen Kram.«

»Gut, können wir dann?«, fragt Claire.

»Ja«, antworte ich und nehme ihr ein paar der Kissen ab, damit ich das Gefühl habe, einen kleinen Teil beizutragen.

Wir schließen uns den anderen Festivalbesuchern an. In einer Art geordnetem Chaos strömen die Menschenmassen zum Campingplatz. Kinder laufen in dem Gedränge hin und her, gehetzt wirkende Eltern drehen ständig die Köpfe, um zu sehen, wo sie stecken, und versuchen, ihr Rudel zusammenzuscheuchen.

»Halten Rach und Gaby uns einen Platz frei?«, fragte Owen.

»Nein, sie sind noch nicht hier«, erwidere ich und schaue auf meinem Handy nach, ob sie sich schon gemeldet haben. »Sie haben verschlafen und sind später los als geplant.«

»War das hier nicht *ihre* verdammt Idee?«, flucht er und schiebt die Schubkarre über den holprigen Boden.

Ich würde nicht gerade sagen, dass man Owen den Arm umdrehen muss, damit er freiwillig auf ein Festival geht, aber ich denke, er hat nur zugestimmt, um ein guter Freund zu sein. Er hofft sehr, dass Max und ich wieder zueinanderfinden, und denkt vermutlich, dass dieser Ausflug helfen könnte.

»Geht es dir gut?«, fragt Max, als wir hinter den anderen zurückfallen. »Brauchst du eine Pause?«

»Wir sind höchstens fünfzig Meter gelaufen. So schwach bin ich nun auch nicht. Brauchst *du* vielleicht eine Pause?«

Er wirkt ein wenig rot im Gesicht.

»Es geht mir gut«, knurrt er mit zusammengebissenen Zähnen.

Zum ersten Mal sind wir gleichauf, was die Schlepperei angeht. Sein Rucksack und Sasha wiegen zusammen einiges.

Wir brauchen zwanzig Minuten, bis wir endlich einen Platz gefunden haben, der groß genug ist für drei Zelte nebeneinander.

Max setzt Sasha vorsichtig auf dem Boden ab und wirft dann seinen Rucksack ab. Er zieht den Campingstuhl von der Schubkarre und weist mich an, mich hinzusetzen, dann macht er sich daran, das Zelt aufzubauen.

Ich lasse mich auf den Campingstuhl fallen und liebe Judy sehr dafür, dass sie ihn uns gebracht hat. »Bist du sicher, dass ich dir nicht helfen soll?«

»Ist schon okay. Im Aufbauen von Zelten bin ich Experte.«

Ich lache lauthals.

»Shit, ich habe ganz vergessen, dass du meine dunkelsten Geheimnisse kennst. Aber das hier sieht ziemlich einfach aus«, verkündet er und rollt die äußere Zeltplane auseinander.

Ich schaue hinüber zu Claire und Owen, die miteinander kichern, während sie ihr Zelt aufbauen. Ich verspüre eine stechende Eifersucht, wünschte, Max und ich wären mehr wie die beiden. Sie stecken noch mitten in der Anfangsphase ihrer Beziehung, wenn einfach alles Schmetterlingsgefühle im Bauch hervorruft. Trotz meiner Anstrengungen, unsere Beziehung auch auf diesen Weg zu bringen, stammt mein Bauchflattern von dem Sodbrennen, das mich in der Endphase der Schwangerschaft plagt.

»Bist du sicher, dass du keine Hilfe möchtest?«, frage ich, als Max versucht, die Mittelstange zum Halten zu bringen.

»Nein, du bleibst schön sitzen, entspann dich«, beharrt er. »Spar dir deine Energie für den Rest des Festivals.«

»Okay.« Ich beiße mir auf die Unterlippe, um nicht lachen zu müssen. Als ich mich umdrehe, kommt Sasha angestapft, und ich kann gerade noch das Gleichgewicht halten, sonst wäre ich samt Stuhl umgekippt. »Hey, du kleiner Wildfang.

Möchtest du auf meinem Schoß sitzen, und ich lese dir etwas vor?«

Ich hole *Lieber Zoo* aus meiner Tasche und hoffe, sie damit wenigstens fünf Minuten zu beschäftigen.

Claire und Owen haben ihr Zelt in Rekordzeit aufgebaut und wollen dann einem rotgesichtigen Max zur Hand gehen, der jedoch ablehnt. Also ziehen sie stattdessen los, um den Campingplatz zu erkunden. Ich bleibe sitzen, versuche mich so wenig wie möglich zu bewegen, denn es grenzt an ein Wunder, aber Sasha sitzt ganz still – um sie herum gibt es so viele Menschen zu beobachten, dass sie völlig gebannt ist.

Max braucht volle vierzig Minuten und die Hilfe von zwei eifrigen Kids aus der Nachbarschaft, um unser Zelt aufzustellen. Schließlich hat er sich doch helfen lassen, aus Angst, dass er immer noch nicht fertig ist, wenn Owen und Claire zurückkommen.

Nachdem er sich bei den Kids und deren Eltern überschwänglich bedankt hat, stellt Max sich einen Stuhl neben meinen.

»Siehst du, kinderleicht«, behauptet er, während Sasha von meinem Schoß klettert und zu ihm tapst.

»So sah es auch aus«, erwidere ich und betrachte die Schweißperlen auf seiner Stirn. »Ich nehme an, jetzt ist Bierzeit?«

»Ich habe vor, dieses Wochenende nicht zu trinken«, antwortet er und versucht, die herumzappelnde Sasha festzuhalten.

»Echt? Bei einem Festival?« Ich sehe ihn an, als hätte er den Verstand verloren.

»Du kannst nichts trinken« – er zuckt mit den Schultern –, »also dachte ich mir, dass ich auch nichts trinke.«

Ich blinzele angestrengt, weil sich mein Gehirn schwertut, diese Information zu verarbeiten.

»Aus Solidarität. Außerdem habe ich mich beim Bier-Pong schon genug zum Idioten gemacht. Es wird mir guttun, den Alkohol wegzulassen. Vor allem, wenn Sasha dabei ist.«

Ich nicke langsam. Max trinkt zwar normalerweise nicht viel, aber bei einem Konzert? Dafür, dass er sich entschieden hat, wegen uns nüchtern zu bleiben, liebe ich ihn noch mehr. Wie kann es sein, dass ich mich immer mehr in ihn verliebe und er nicht umgekehrt auch?

»Ich mache uns einen Tee«, biete ich an.

»Nein, lass mich das machen«, entgegnet er, setzt Sasha auf den Boden und holt den Campingkocher und einen kleinen Wasserkessel aus einer Tasche.

»Ein Wasserkessel? Was macht deine Mum mit all dem Zeug? Ich kann mir sie nicht beim Camping vorstellen«, sage ich und versuche, Sasha einen Gummihammer abzunehmen. Max wirft ihr ein rosafarbenes Einhorn zu, und sie lässt den Hammer so ruckartig los, dass ich ihn beinahe ins Gesicht bekomme.

»Sie hat mir erzählt, dass sie wegen des Brexit ein paar Panikkäufe getätigt hat. Vermutlich ist deshalb eines der Regale im Schuppen voll mit Konservendosen. War es echt so schlimm? Ich habe bei Wikipedia darüber gelesen, aber das erklärt längst nicht die Hamsterkäufe meiner Mum.«

»Wieso überrascht dich das so? Wir reden von deiner Mum, die mit dem Einkaufen der Lebensmittel für Weihnachten im August anfängt, falls die gute Cranberrysoße irgendwann ausverkauft sein sollte.«

Max lacht. »Kaum zu glauben, dass ich all das verpasst habe.«

»Du Glücklicher.« Ich schaue zu, wie er aus einer Flasche Wasser in den Kessel gießt. »Es war eine schwierige Zeit. Aber lass uns nicht darüber reden. In den Jahren, die dir fehlen, sind auch viele schöne Dinge passiert.«

»Wie zum Beispiel, dass es bei unserem Bäcker jetzt auch vegetarische Würstchen im Schlafrock gibt«, sagt er.

»Ja, zum Beispiel. Wie du siehst, habe wir dich bei allem Wesentlichen auf den aktuellen Stand gebracht.«

Er entzündet die Flamme des Campingkochers, und während wir darauf warten, dass das Wasser im Kessel zu kochen beginnt, müssen wir Sasha von den flackernden Flammen fernhalten. Ich stehe auf und suche die Luftmatratze.

Als ich sie gerade auseinanderrolle, reicht Max mir eine Tasse Tee.

»Lass mich das übernehmen«, bietet er an und holt den Blasebalg aus der Kiste mit den Campingutensilien.

Mein Handy summt, und ich nehme Rachels Anruf entgegen.

»Hey, wir sind fast da«, sagt sie. »Wir sind die mit den Riesensombreros.«

»Ich werde nicht fragen«, antworte ich und wende mich dann Max zu. »Sie sind gleich hier. Kannst du dich hinstellen und winken?«

Er setzt Sasha wieder auf seine Schultern und wedelt mit den Armen. Gemeinsam lassen wir den Blick schweifen, bis wir zwei riesige Hüte entdecken.

»Hallo, hallo!«, begrüßen uns die beiden, und wir umarmen einander.

»Was soll das mit den Hüten?«

»Dann finden wir uns gegenseitig leichter«, antwortet Rach.

»Guter Gedanke«, stimme ich zu. »Eine Tasse Tee?«

»Ähm, danke, aber wir haben schon mit dem Wein angefangen«, sagt Gaby und deutet auf ihre Bag-in-Box.

»Das war eine ganz schöne Schlepperei«, flucht Rach. »Also haben wir sie uns mit ein bisschen Wein versüßt.«

»Gut überlegt.«

Rach drückt Sasha, die sofort nach den baumelnden Bändern des Sombreros greift.

»Hoffentlich schaffen wir es überhaupt, das Zelt aufzubauen«, sagt Gaby verlegen. »Der Wein ist mir sofort in den Kopf gestiegen. Es ist noch viel zu früh am Tag für Alkohol.«

»Max hilft euch sicher«, erwidere ich und sehe zu, wie er immer noch mit dem Blasebalg die Luftmatratze aufpumpt.

Ich rechne damit, dass er mir den Mittelfinger zeigt, um mir auf diese Weise mitzuteilen, was er von meiner Idee hält.

Doch fassungslos höre ich, dass er sagt: »Okay, ich mache das hier nur schnell fertig, und dann komme ich zu euch.«

»Wir kriegen das hin, Max. Ich weiß doch, dass du kein Pfadfinder warst und beim Zeltaufbau zwei linke Hände hast«, antwortet Rach. »Und bis du mit der Matratze fertig bist, ist es längst aufgebaut.«

Max tritt sofort schneller auf den Blasebalg. Die Geschwisterrivalität der beiden ist grenzenlos.

»Versuch es doch«, fordert er sie auf.

Rach zieht eine Braue hoch, und Max pumpt noch schneller. Der Blasebalg quietscht.

Sie lässt ihre Tasche fallen und zerrt einen runden Sack heraus, in dem sich ein Zelt befindet, öffnet den Reißverschluss und holt es hervor.

»Sieh zu und lerne«, sagt sie kichernd, wirft das Zelt auf den Boden, und es entfaltet sich selbst.

»Das ist Betrug«, schimpft Max und läuft rot an. »Aber du musst es noch festmachen.«

»Das genügt, Max. Die Luftmatratze muss nicht so prall sein. Ich brauche nur so viel Luft, dass sie den Bauch stützt.«

»Hey, du ergreifst Partei, Ellie!«, ruft Rach und schlägt im Eiltempo die Haken in den Boden.

Max entscheidet sich offenbar, nicht auf mich zu hören, und

tritt weiter. Allmählich fürchte ich, dass er die Matratze zum Platzen bringt und ich auf dem Boden schlafen muss.

»Fertig!«, rufen beide, als Max eilig den Stopfen in die Öffnung schiebt.

Sie inspizieren das Werk des anderen, wenig beeindruckt von dem Unentschieden.

»Ich freu mich schon darauf, zuzusehen, wie du das hinterher zusammenfaltest und in den Beutel stopfst«, sagt Max und verschränkt die Arme vor der Brust.

»Das wird schon«, murmelt Rach und wirft die selbstaufblasbaren Campingmatten in ihr kleines Zelt.

Gaby kommt herüber und setzt sich auf den Stuhl neben mir. »Manche Dinge ändern sich nie, stimmt's?«

Ich will gerade antworten, da kommen Owen und Claire zurück, und ich mache sie mit Gaby bekannt.

»Wie ist es denn so auf dem Gelände?«, frage ich, während Claire einen kleinen Campingstuhl aus ihrem Zelt holt und sich ebenfalls zu mir setzt. Ich bewundere ihre zierliche Gestalt.

»Ziemlich gut.« Sie nickt. »Überall sitzen Leute und trinken Gin aus Dosen statt Wodka aus Flaschen.«

Sasha kommt angetapst und reicht ihr ein dickes Bündel Gras. Amüsiert nimmt Claire es entgegen.

»Und was mache ich jetzt damit?«, fragt sie.

»Alles, was sicherstellt, dass Sasha es nicht isst«, erwidere ich lächelnd, und sie nickt.

»Hier gibt es keinen Gin in Dosen, wir trinken überhaupt keinen Alkohol«, vermeldet Max und schnappt sich nach seiner Beinarbeit den wohlverdienten Tee.

»Ich nehme auch einen«, sagt Owen. Er schaut zu Rachels Zelt und nickt. »Das ging aber schnell.«

»Ja, aber warte ab, wenn sie es wieder zusammenpacken muss«, knurrt Max.

Rach verdreht die Augen, während Max erneut Teewasser aufsetzt.

»Ihr könnt doch nicht alle Tee trinken!«, sagt Claire. »Ellie hat eine unübersehbar gute Entschuldigung, aber was ist mit euch anderen?«

»Ich sage dir ja ständig, dass wir alt werden«, antwortet Owen.

»Erinnert ihr euch noch an die Zeiten, als wir angefangen haben zu trinken, sobald wir aus dem Wagen gestiegen sind, und erst aufgehört, als das Festival zu Ende war?«, fragt Max.

»Damals waren wir jung und unsere Lebern noch frisch«, erwidert Owen.

»Frische Leber.« Claire kichert. »Ich vermute mal, dass deine Leber jetzt frischer ist als zu der Zeit, als du noch viel getrunken hast.«

»Sie hat recht«, stimmt Gaby zu. »Die Leber regeneriert sich.«

»Du bist Ärztin, richtig?«, fragt Claire, und Gaby nickt.

»Also, wollen wir mal einen Plan erstellen, welche Bands wir uns ansehen?«, schlägt Rach vor und geht das Programm durch. »Irgendwie sind wir nur hier, um morgen Abend Pilot Dawn zu sehen, aber heute Abend gibt es auch ein paar echt gute Acts.«

»Können wir nicht einfach spontan vorbeischauen?«, schlägt Claire vor.

Rach saugt hörbar die Luft ein.

»Einfach vorbeischauen finde ich gut«, stimmt Max zu. »Auf die Weise entdeckt man unbekannte Talente.«

»O nein.« Rach schüttelt den Kopf. »Wenn du keinen Plan hast, verpasst du womöglich etwas Gutes, weil es verschiedene Bühnen gibt.«

»Ellie, was möchtest du sehen?«, fragt Gaby.

»Keine Ahnung, ehrlich. Es gibt wohl auch Babyfotografen,

da würde ich gern mit Sasha hin. Und ich muss ihren Mittagschlaf im Auge behalten«, sage ich und studiere das Programm. »Hey, spielen nachher etwa die Vengaboys?«

Rach geht die Daten durch. »Um 14 Uhr. Das können wir gerade noch schaffen.«

»Ich liebe die Vengaboys«, sagt Claire. »Das erinnert mich an Mittelstufe.«

Wir wenden uns ihr zu. Wie alt fühlen wir uns jetzt? Es war Rachels und meine Musik in unserem letzten Schuljahr.

»Oh, und nach den Vengaboys gibt es Basteln mit Mister Maker.«

Rachel steht auf und klatscht in die Hände. »Super, cooler Plan.«

»Ihr müsst nicht alle mit zu Mister Maker.«

»Ist doch süß, Sasha bei ihrem ersten Festival«, sagt Gaby. »Weißt du, Rach, wenn wir unser Kind haben, unternehmen wir auch solche Dinge.«

Max und ich schauen überrascht hoch.

»Ihr zwei bekommt ein Baby?«, fragt er.

»Nein, noch nicht«, wiegelt Gaby ab. »Ich habe wohl schon zu viel Wein getrunken, und es ist ein bisschen falsch rübergekommen. Aber eines Tages, schon bald, hoffe ich.«

»Das ist wunderbar.« Max grinst.

»Allerdings«, stimme ich zu und fühle mich plötzlich schrecklich.

Vermutlich wollte Rachel mit mir genau darüber reden, als wir an dem Kaffee-Stand saßen und Judy wegen Max anrief. In dem anschließenden Chaos habe ich es dann total vergessen.

Ich will gerade nachfragen, als Rachel noch einmal in die Hände klatscht.

»Na los, wenn wir die Vengaboys sehen wollen, müssen wir gehen – und zwar jetzt«, treibt sie uns an. Ich habe den Eindruck, dass sie nicht nur zu dem Auftritt, sondern auch vor diesem Gespräch fliehen will. Offenbar teilt sie unsere Begeisterung über die Baby-Neuigkeit nicht. Ich muss unbedingt in Ruhe mit ihr sprechen, um herauszufinden, was los ist.

»Dann lasst uns gehen«, stimmt Max zu und hebt Sasha wieder auf seine Schultern. Wir folgen den Menschenmassen, die sich in Richtung einer der Bühnen bewegen.

Wie sich herausstellt, sind Stühle auf einem Festival eine Offenbarung. Auf dem Festivalgelände gibt es einen sanften Hügel, was bedeutet, dass wir, obwohl wir weiter von der Bühne entfernt sind, als ich es normalerweise bevorzuge, dennoch gut sehen können. Und da es sich um ein familienfreundliches Festival handelt, sind um uns herum überall Leute mit Stühlen oder auf Decken, sodass ich nicht im Mindesten fehlplatziert wirke.

Sasha sitzt die ganze Zeit auf Max' Schultern, der sich im Takt der Musik wiegt, und hat mit ihren türkisfarbenen Gehörschützern einen Riesenspaß.

Ein paar Songs lang habe ich gestanden und so gut es ging mitgetanzt. Aber nachdem ich drei Stunden gejubelt und aus vollem Halse mitgesungen habe, bin ich echt erschöpft.

»Du gähnst schon wieder«, sagt Max.

»Nein, tue ich nicht«, behaupte ich schnell.

»Na, komm schon, ich bring dich zum Zelt. Du kannst ein Schläfchen halten, damit du nachher wieder fit bist. Sasha sieht auch müde aus.«

»Okay, gute Idee.«

»Wir gehen zurück zum Zelt«, sagt Max zu Owen.

»In Ordnung, wir sehen euch später.«

»Oder wir begleiten sie«, schlägt Claire vor, ergreift seine Hände und zwinkert ihm unmissverständlich zu.

»Ja, das können wir natürlich auch tun«, sagt Owen grinsend.

»Großartig.« Ich ringe mir ein Lächeln ab.

»Was ist mit euch?«, wende ich mich an Rach und Gaby.

»Wir ziehen weiter und sehen uns die Nachwuchsgruppen an«, sagt Rach und ergreift Gabys Hand. »Ihr könnt ja später dazukommen.«

»Cool.« Ich nicke. »Wir halten nach den Sombreros Ausschau.«

Sie entfernen sich in Richtung einer anderen Bühne, und wir marschieren zum Zeltplatz. Ich wünschte, Owen und Claire wären mit den beiden gegangen. Seit wir hier angekommen sind, können sie kaum die Hände voneinander lassen, und jetzt rennen sie förmlich zu ihrem Zelt, das direkt neben unserem liegt. Es wäre schon unter normalen Umständen peinlich, etwas mit anzuhören, aber die Tatsache, dass wir uns seit Max' Gedächtnisverlust nicht einmal geküsst haben, macht es noch schlimmer.

Wir lassen uns mit Sasha ein wenig zurückfallen, und ich hoffe, dass ihr Quickie schon vorbei ist, wenn wir ankommen.

»Wie findest du es bisher ohne Alkohol?«, frage ich Max.

»Erstaunlich gut. Ist angenehm, nicht alle paar Minuten pinkeln zu müssen, und ich schätze mal, dass ich ein kleines Vermögen spare.«

»Nüchtern zu bleiben ist echt preiswert.«

Er trägt Sasha auf dem Arm, und als wir am Zelt ankommen, ist sie eingeschlafen. Aus Owens und Claires Zelt ertönt jede Menge Gekicher – als wir die Zelte so dicht nebeneinander aufstellten, haben wir das definitiv nicht mit bedacht. Max legt Sasha auf ihre kleine Luftmatratze.

»Ich bin echt müde«, sage ich und gähne übertrieben laut. Vielleicht merken die beiden nebenan ja, wie geräuschempfindlich es hier ist. Aber sie sind offenbar zu sehr in den Moment vertieft, um etwas zu hören, denn die Geräusche gehen weiter.

Max und ich schauen uns an.

»Ein Schläfchen«, sagt er noch einmal. »Soll ich Musik dazu anmachen?«

»Ja, bitte«, antworte ich rasch und schlängele mich auf die Luftmatratze, von der in allen Foren geschwärmt wird – und sie haben verdammt recht. So bequem habe ich schon lange nicht mehr gelegen. *Ring my Bell*, beginnt leise zu spielen, und ich halte es in diesem Moment für das beste Schlaflied aller Zeiten.

Als ich aufwache, ist es stockdunkel im Zelt, und Max' Handy spielt keine Musik mehr. Von der Campingplatzbeleuchtung dringt gerade genug Licht ins Zelt, dass ich Sasha tief schlafen sehe. Im Rücken spüre ich, dass Max sich an mich kuschelt. Dem leisen Schnarchen und seinem ruhigen Atmen nach zu urteilen, schläft er ebenfalls tief und fest. Es ist so schön, ihn dicht bei mir zu spüren, das Heben und Senken seiner Brust zu fühlen! Ich genieße das leise Schnarchen und merke erst jetzt, wie sehr ich es vermisst habe, seit wir nicht mehr im selben Raum schlafen. Am liebsten würde ich mich nicht bewegen, um ihn nur ja nicht zu stören.

Gerade frage ich mich, wie viel Uhr es wohl ist, als ich den Druck in meiner Blase spüre. Es ist die Art von Druck, bei der ich keine Zeit verlieren darf. Ich fürchte, dass ich es nicht einmal bis zu den Toiletten schaffe.

Ich suche in meiner Handtasche nach dem Plastikurinal und überlege, das Zelt zu öffnen und draußen unbemerkt Pipi zu machen, aber überall höre ich Leute reden und kichern.

Kalter Schweiß tritt mir auf die Stirn, und es braucht alles an Beckenboden, was ich aktivieren kann, um den Urin zurückzuhalten.

»Verdammt«, fluche ich leise und versuche, den bis über den Bauch reichenden Gummibund herunterzuschieben, damit ich die Hose weit genug ausziehen kann, um das Urinal zu positionieren. Laut Website ist die Anwendung total einfach, aber im Nachhinein betrachtet, hätte ich zu Hause einen Testlauf machen sollen. Ich muss unbedingt die richtige Position finden. Aber das ist leichter gesagt als getan, wenn du schwanger und in einem verdammten Zelt bist.

»Mist, Mist«, fluche ich und taste fahrig herum, als ich plötzlich Judys Wasserkessel zu fassen bekomme. Ich kann es nicht länger halten und gebe mich geschlagen. Eine Welle der Erleichterung durchfährt mich, als ich höre, wie der Strahl in den Metallkessel plätschert. Plötzlich regt sich Max.

»Was ist los?«, murmelt er.

»Ach, nichts«, antworte ich und wünschte, der satte Strahl würde endlich verebben.

»Was ist das für ein Geräusch? Regnet es?«

»Ja, das ist nur Regen«, antworte ich und fürchte plötzlich, dass der Kessel nicht groß genug ist. »Schlaf weiter.«

Endlich bin ich fertig und seufze erleichtert. Ich suche gerade nach einer Rolle Toilettenpapier, als Max' Stirnlampe aufleuchtet, und ich erstarre. Die Idee bei der transportablen Toilette für Frauen besteht darin, dass man sich nicht ausziehen muss, aber die Erfinder haben dabei nicht Shorts berücksichtigt, die ich jetzt bis zu meinen Knien heruntergezogen habe, was bedeutet, dass meine Unterhose von Max'Taschenlampe angestrahlt wird. Und es ist nicht einmal eine figurformende Mama-Spanx, sondern geblümte Hüfthosen, im Dreierpack im Supermarkt erworben. Sie erinnern an die Teile, die früher an Omas Wäscheleine hingen.

»Ähm, Ellie …«, sagt Max.

»Wie du weißt, bin ich schwanger, und wenn es jetzt nicht in Ordnung ist, Oma-Unterhosen zu tragen, wann dann?«, verteidige ich mich gedemütigt.

»Ich glaube, die Unterhosen sind gerade unser kleinstes Problem. Dein Urin läuft aus der Tülle des Kessels, in den du gerade gepinkelt hast.«

»O Shit!«, fluche ich und krabble in Richtung Zelteingang. Max kommt ebenfalls angekrochen und zerrt den Reißverschluss auf, sodass ich den Kessel schnell draußen ausschütten kann.

»Mist, ich wollte das nicht direkt vor den Eingang kippen. Tut mir echt leid«, sage ich dann.

»Mach dir darüber keine Gedanken. Ich habe schon an schlimmeren Orten gepinkelt«, erwidert er grinsend. »Aber dem Geräusch nach dachte ich, es würde in Strömen gießen.«

Ich verpasse ihm einen Klaps auf den Arm. Max lacht jetzt lauthals, wie er es immer nur tut, wenn ich etwas besonders Albernes gemacht habe. Ich liebe es, wie sich sein ganzer Körper dabei schüttelt.

»Und diese Unterhosen, die sind, ähm … Hast du die von deiner Uroma geerbt?«

»Hey, normalerweise findest du die sexy«, lüge ich. »Und schscht, sonst weckst du noch Sasha. Sieht so aus, als sei sie völlig erledigt.«

Ich höre Schritte draußen vor dem Zelt.

»Super, ihr seid noch wach«, sagt Claire.

»Eine Sekunde«, erwidere ich und ziehe erst meine Hose hoch, bevor ich den Reißverschluss des Zelteingangs weiter öffne.

»Ihr wart vorhin völlig weggetreten. Jetzt habt ihr Jess Glynne verpasst. Sie war umwerfend«, erzählt Claire.

»Ist es schon so spät?« Ich taste nach meinem Telefon.

»Es ist 23:30 Uhr!«

»Verdammt, so viel zu einem kleinen Schläfchen.«

»Du bist wenigstens schwanger«, knurrt Max. »Aber was ist meine Entschuldigung?«

»Ah, da ist ja der Wasserkessel. Soll ich uns einen Tee aufgießen?«

»Nein!«, rufen Max und ich wie aus einem Mund. Mit einem Hechtsprung ist er am Zelteingang und schiebt Claires Hand weg.

»Wir haben kaum noch Teebeutel, und für die arme Ellie ist es doch der einzige Genuss.«

»Natürlich, ich habe noch Cidre im Zelt, dann trinke ich den.«

In dem Moment tritt Owen vor den Zelteingang – mitten in die Pipipfütze. Er verzieht das Gesicht. »Möchte ich jetzt wissen, warum mein Schuh nass ist?«

Max schüttelt den Kopf, und ich lasse meinen beschämt hängen, während Owen in sein Zelt zurückhumpelt, um was auch immer mit dem Schuh anzustellen.

»Ihr seid vermutlich nicht in Stimmung, um bei uns noch einen Schlummertrunk zu nehmen, oder? Owen hat Rach und Claire eine Nachricht geschickt, und sie sind bereits auf dem Weg zu uns.«

»Eher nicht. Ich will sichergehen, dass ich morgen Abend durchhalte und Pilot Dawn nicht verpasse. Außerdem möchte ich Sasha nicht aufwecken.«

»Dann lasse ich euch mal weiterschlafen«, sagt sie und folgt Owen zu ihrem Zelt.

Wieder allein, starren Max und ich auf den unglückseligen Kessel.

»Ich spüle ihn morgen früh sehr gründlich«, bietet Max an.

»Wir sollten ihn in der Tasche verstecken und zu Hause in die Spülmaschine stellen. Du hast doch einen Kochtopf eingepackt, oder? Dann kochen wir damit das Teewasser.«

»Sehr viel besserer Plan. Bist du müde?«

»Ein bisschen, aber um ehrlich zu sein, ist es auf der Luftmatratze einfach superbequem, mein Bauch wird wunderbar gestützt.«

»Dann leg dich wieder hin.«

»Erzählst du mir eine Gutenachtgeschichte?«

»Tue ich das für gewöhnlich?«

»O ja, in der Regel erzählst du mir verrückte Sachen von dir und Rach aus eurer Kindheit«, lüge ich und verschränke die Finger hinter dem Rücken. Normalerweise erzählt er Sasha solche Geschichten.

»Okay.« Er legt sich mit dem Gesicht zu mir auf die Luftmatratze und stützt den Kopf auf den Ellenbogen. »Es waren einmal zwei Kinder. Ein wunderbarer, süßer kleiner Junge und ein zimperliches, übellauniges kleines Mädchen …«

Ich schließe die Augen und versuche mich auf seine Worte zu konzentrieren, aber in Wahrheit genieße ich es einfach, neben meinem Mann zu liegen – etwas, das ich immer als selbstverständlich angesehen habe, das mir jedoch jetzt unendlich viel bedeutet.

Kapitel 16

Ich schlafe gerade wunderbar, als ich höre, dass Sasha sich regt und mich aus meinem Traum reißt. Keine Ahnung, wie spät es ist. Ich krabble von der Luftmatratze und werfe einen Blick auf meine Uhr. 5:45 Uhr. Teufel auch. Das passiert wohl, wenn man sich um fünf Uhr nachmittags zu einem Nickerchen hinlegt. Max schläft immer noch tief, stößt seine kleinen Schnarcher aus, und ich befürchte, dass wir ihn aufwecken. Ich ziehe Sasha die Fleecejacke über den Pyjama, schiebe ihre Füßchen in die Schuhe, bevor ich dasselbe bei mir tue, dann nehme ich ihr Fläschchen aus der Kühltasche und ein paar Croissants.

Der Himmel ist noch dunkel, aber am Horizont zeichnet sich ein feiner Streifen Grau ab. Ich sehe, dass etliche Leute den Hügel hinter dem Campingplatz hinaufsteigen, wohl um sich später den Sonnenaufgang anzuschauen.

»Hast du Lust auf einen kleinen Spaziergang, Süße?«

»Spieren ja«, sagt sie und es klingt für mich eindeutig.

Nachdem ich Sashas Windel gewechselt und sie schön warm angezogen habe, gehen wir los. Wir sind noch nicht weit vom Zelt entfernt, als Rach angelaufen kommt.

»Hey, ich dachte, ich hätte Stimmen gehört.«

»Sorry, haben wir dich geweckt?«

»Nein ich bin schon eine Weile wach. Habe wohl gestern zu viel zuckerhaltiges Zeug getrunken.«

Sasha schiebt ihre Hand in die von Rach, und wir machen uns langsam auf den Weg.

»Ist nicht schwer zu erraten, was dich so früh geweckt hat.«

»Allerdings nicht.« Ich lache.

Der Hügel ist relativ steil, und als wir oben ankommen, keuche ich, aber wir werden mit einem wunderschönen beginnenden Sonnenaufgang belohnt.

»O mein Gott«, flüstere ich.

»Wow, das war den Anstieg wert«, stimmt Rachel zu.

»Definitiv.«

Wir setzen uns auf den Boden, und ich hole das Fläschchen aus meiner Jacke. Sasha kuschelt sich in meinen Schoß und trinkt.

»Hey, sieh dir diesen Typen an.« Rachel zeigt zu einem Mann, der unten auf dem Campingplatz aus seinem Zelt kriecht und sich dann orientierungslos um die eigene Achse dreht.

»Der klassische Walk of Shame. Er hat nur einen Schuh an.«

Ein paar Leute rennen zu den Toiletten – offenbar haben sie keinen Kessel griffbereit. Andere scheinen immer noch vom Vorabend auf den Beinen zu sein. Ein paar übernächtigt aussehende Eltern sind mit ihren Kindern hier oben, die herumlaufen und so aufgeregt sind wie an Weihnachten.

»Ich bin echt froh, dass du doch mitgekommen bist«, sagt Rach und nimmt eins der Croissants, die ich ihr anbiete.

»Geht mir genauso. Bisher hatte ich echt Spaß.«

»Davon abgesehen, dass du den größten Teil verschlafen hast«, erwidert sie.

»Ja, davon abgesehen. Max und mir tut es gut, mal wegzukommen. Er wirkt hier sehr viel entspannter und scheint sich zu amüsieren. In den vergangenen zwei Wochen haben wir so viel Zeit damit verbracht, dass ich ihm möglichst viel aus seinem Leben erzähle. Es ist schön, dass er es jetzt tatsächlich mit uns erlebt.«

»So habe ich das noch gar nicht betrachtet«, sagt sie zwischen zwei Bissen. »Ich kann diesen Gedächtnisverlust immer noch nicht fassen. Gaby und ich reden oft darüber. Sie hat mir den medizinischen Aspekt bestimmt tausendmal erklärt, aber ich begreife trotzdem nicht, wie all die Erinnerungen im Grunde da sein können und er nicht an sie herankommt.«

»Ja, das ist seltsam.«

»Aber dir scheint es besser zu gehen als bei unserem letzten Treffen. Er verhält sich dir gegenüber auch anders. Dann funktioniert das Revival eurer Dates mittlerweile wohl besser als beim Bier-Pong-Desaster?«

Rach hat mir schon vor dem Bier-Pong-Abend gesagt, dass sie es für keine gute Idee hält und ich mich lieber darauf konzentrieren sollte, den Grund für seinen Gedächtnisverlust zu finden.

»Ja.« Ich schiebe Sasha in eine etwas bequemere Position. »Obwohl er sich offenkundig nicht wieder in mich verliebt hat. Aber zumindest hat er akzeptiert, dass er Vater ist, und wir beide kommen miteinander klar.«

»Das ist doch gut – du konntest schlecht erwarten, dass er sich über Nacht wieder in dich verliebt.«

»Nicht?«

»Nein, tatsächlich hätte mich das sogar eher beunruhigt.«

Ich seufze. Sie hat recht, trotzdem höre ich es nicht gern.

Die Sonne ist nun vollständig aufgegangen, und der Himmel ist ein explodierendes Farbenmeer.

»Es ist aufregend, dass Gaby und du darüber nachdenkt, ein Kind zu bekommen«, sage ich.

Rachels Lächeln verschwindet. »Sie sollte das eigentlich für sich behalten.«

»Sorry, ich hätte es nicht ansprechen sollen. Aber wolltest du über dieses Thema neulich mit mir reden?«

Rachel nickt langsam.

»Ach, Rach, es tut mir so leid, aber ich hatte unser Gespräch völlig vergessen, bis Gaby die Sache gestern herausgerutscht ist. Da habe ich dann zwei und zwei zusammengezählt.«

»Ist schon gut. Du hast momentan genug anderes um die Ohren.«

»Trotzdem fühle ich mich schrecklich. Möchtest du immer noch darüber sprechen?«

»Ich denke schon«, antwortet sie, schweigt dann jedoch.

Wir sitzen da und betrachten den Himmel.

»Gaby möchte ein Kind«, sagt Rachel schließlich.

»Und das ist nicht gut?« Ich versuche herauszufinden, wie sie dazu steht. »Ich dachte, das wolltest du auch immer?«

»Wollte ich auch, ich meine, will ich.«

»Geht es um den Zeitpunkt?«

»Nein, ich bin bereit«, erwidert sie entschieden. »Es ist nur so kompliziert! Für eine Menge Leute ist es schwierig, ein Baby zu bekommen, weil sie zum Beispiel Probleme mit der Fruchtbarkeit haben, aber wir haben schon Probleme, bevor wir überhaupt in dem Stadium sind.« Sie macht eine Pause und fährt dann fort: »Als Max und du ein Kind wolltet, brauchtet ihr nur – na ja, du weißt schon, was ihr tun musstet. Aber Gaby und ich müssen so viele Entscheidungen treffen! Gehen wir zu einer Samenbank, oder fragen wir jemanden, den wir kennen? Wer von uns trägt das Kind aus? Sollten wir heiraten, damit wir gesetzlich als Eltern gleichgestellt sind?«

Nachdem sie die Liste heruntergerattert hat, atmet sie laut aus.

»An all diese Dinge habe ich gar nicht gedacht«, erwidere ich erstaunt und realisiere erst jetzt, wie einfach wir es dagegen hatten.

»Gaby hat mir alles so sachlich erklärt, wie sie vermutlich auch mit ihren Patienten spricht, und ich bekam Panik … Das klingt jetzt total albern.«

»Nichts klingt je so albern, wie man denkt.« Ich muss an mein Gespräch mit Owen denken.

»Ich habe Angst, dass wir die falsche Entscheidung treffen. Was ist, wenn wir uns für eine anonyme Samenspende entscheiden und das Baby zu einem totalen Arschloch heranwächst, weil der Samenspender eines war? Oder wenn wir uns für jemanden entscheiden, den wir kennen, und der Betreffende später auf einmal das Sorgerecht will? Gaby hat diese Bedenken nicht. Sie ist die Ruhe selbst und von alldem unbeeindruckt. Vermutlich, weil sie durch ihren Job mehr darüber weiß. Und wenn ich versuche, mit ihr über meine Ängste zu sprechen, denkt sie, ich will kein Kind.«

»Und du bist sicher, dass du eines willst?«

Sie schaut gerade Sasha und einem kleinen Jungen in etwa demselben Alter zu, wie die beiden Seifenblasen platzen lassen, die seine Mutter in die Luft pustet. Mir entgeht nicht der Ausdruck in Rachels Augen.

»Ja, ich möchte das wirklich. Aber manchmal überwältigt mich diese ganze Prozedur, und ich bekomme Angst. Und was, wenn unsere Beziehung nicht stark genug ist, um all das durchzustehen?«

»Möchtest du wissen, was ich darüber denke?«

»Ja«, antwortet sie und verzieht angespannt das Gesicht, als würde sie sich innerlich rüsten.

»Ich finde, du solltest mit Gaby reden. Sag ihr genau das, was du mir gerade gesagt hast. Erklär ihr, dass sie Verständnis dafür aufbringen muss, dass du dich in dem Bereich nicht so gut auskennst wie sie und ihr mehr Zeit investieren müsst, um alle Optionen und ihre Konsequenzen durchzugehen. Aber am wichtigsten ist, dass du Gaby sagst, dass du es wirklich willst. Für welchen Weg ihr euch auch entscheidet, am Ende geht es darum, sich auf das Baby zu konzentrieren.«

Sie atmet tief aus. »Das sollte ich schaffen«, stimmt sie zu. »Ich bin erleichtert, dass ich dir das alles erzählt habe.«

»Das freut mich. Rach, du weißt, dass du immer mit mir sprechen kannst, oder?«

»Natürlich.« Sie nickt. »Das gilt umgekehrt genauso. Ich bin für dich da, okay?«

»Danke.«

»Solange es nicht um deinen Sex mit Max geht – ich will auf keinen Fall etwas über eure Rollenspielchen erfahren.«

»Wie spielen keine –«

»La, la, la.« Rach steckt sich die Finger in die Ohren. »Ich höre nicht zu.«

Lachend verpasse ich ihr einen freundschaftlichen Schubs.

»Jetzt bin ich froh, dass wir diesen Spaziergang gemacht haben«, sagt Rach.

»Ich auch, obwohl es anstrengend war.«

»Berg runter geht es leichter. Apropos, ich bin am Verhungern. Von diesen Croissants bin ich nicht satt geworden. Sollen wir schauen, ob die anderen wach sind, damit wir ein ordentliches Frühstück zubereiten können?«

»Klar«, stimme ich zu.

Wir bedanken uns bei der Mum mit den Seifenblasen und gehen mit Sasha langsam zurück. Als wir bei den Zelten ankommen, sitzt Max draußen und trinkt Orangensaft.

»Da seid ihr ja! Ich habe gerade an Frühstück gedacht.«

»Ich auch«, versichert Rachel.

»Schinkensandwiches?«, schlage ich vor, als mir klar wird, dass ich gar nichts zu Abend gegessen habe.

»Getoastet, mit brauner Soße«, sagen Rach und Max wie aus einem Munde.

Ich verziehe das Gesicht. Für mich auf jeden Fall Tomatenketchup.

»Ist sonst noch jemand wach?«, fragt Rach.

»Gaby. Von Owen oder Claire habe ich noch nichts gesehen.«

»Ich bin hier«, sagt Claire in dem Moment und kriecht in einem Shorty-Pyjama aus dem Zelt. Sie streift eine Fleecejacke über und steigt in ihre Flipflops. »Hat jemand was von Frühstück gesagt?«

»Ja, wir wollten gerade welches besorgen.«

»Bin dabei«, sagt sie.

»Sollen wir dir etwas mitbringen?«

»Äh, nein, danke. Ich habe gehört, dass ihr von brauner Soße gesprochen habt. Ich komme lieber mit.« Sie holt ihr Portemonnaie aus dem Zelt.

»Ich bleibe mit Sasha hier«, sage ich, und die anderen ziehen los in Richtung Imbiss.

Ich suche im Zelt nach einem Kochtopf und stoße dabei auf ein Malbuch für Sasha und ein paar Buntstifte, die sie aber vermutlich zu essen versuchen wird, statt damit zu malen. Ich reiche sie ihr, und sie nimmt sie zumindest an, was meine Chancen erhöht, in Ruhe eine heiße Tasse Tee trinken zu können.

Ich setze Sasha auf ihre Decke, und sie hält dabei die Stifte so fest, als hinge ihr Leben davon ab und ich könnte sie ihr entreißen wollen. Während das Wasser auf dem Gaskocher langsam heiß wird, setze ich mich auf meinen Campingstuhl.

Owen kommt auf allen vieren aus seinem Zelt gekrochen und bricht am Rand von Sashas Decke zusammen.

»Teufel, was für eine Nacht«, stöhnt er.

»Wie ich hörte, war Jess Glynne gut.«

»So was von gut.« Er stöhnt noch einmal und schirmt seine Augen mit der Hand vor dem Sonnenlicht ab. »Wir standen mittendrin. Ich glaube nicht, dass ich je wieder richtig hören kann. Alles Claires Schuld.«

»Mit euch beiden scheint es echt gut zu laufen.«

»Ja, tut es.« Er nickt, lächelt jedoch nicht.

»Ist alles in Ordnung? Das klang nicht sehr überzeugend.«

»Dir entgeht einfach nichts.« Er lacht. »Vermutlich fühlt es sich nur komisch an, weil alles so fremd ist. Ich war so lange mit Sarah zusammen und kannte sie so gut. Es ist nicht leicht, wieder bei null anzufangen, die Macken des anderen kennenzulernen et cetera. Ich hatte vergessen, wie anstrengend es in der Anfangszeit sein kann.«

»Ach, willkommen in meiner Welt.«

»Aber Max ist immerhin noch derselbe Mensch. Ich finde es unheimlich schwierig, dass Claire auf alles ganz anders reagiert als Sarah.«

»Aber mehr nicht? Du hängst nicht immer noch an Sarah, oder?«

»Nein, bestimmt nicht. Es ist ja auch gar nicht schlecht, dass die beiden so verschieden sind, und ich genieße es, Claire immer besser kennenzulernen. Je mehr ich das tue, desto stärker habe ich das Gefühl, dass es das Richtige ist. Aber ich freue mich auch darauf, wenn wir ein paar Schritte weiter sind und total entspannt miteinander umgehen.« Mit einem abschließenden Stöhnen rollt er sich herum und stützt sich auf den Ellenbogen.

»Wem sagst du das«, erwidere ich lachend.

»Hoffentlich kann er sich bald wieder erinnern.«

»Hoffentlich.« Ich seufze. »Ich mache mir langsam Sorgen, dass er sich womöglich nie mehr erinnert. Ich versuche die ganze Zeit, seinem Gedächtnis mit vertrauten Orten und so weiter auf die Sprünge zu helfen, aber nichts scheint zu funktionieren. Hat er mit dir über das Jahr geredet, bevor wir uns damals wiederbegegneten?«

»Nein, warum?«

»Weil er möglichst viel über dieses Jahr herausfinden möchte.

Er hat mich eingehender verhört, als wenn ich eine Verdächtige in *Line of Duty* wäre.«

Owen lacht auf.

»Er hat mich nach der Frau gefragt, mit der er vor mir zusammen gewesen ist – ich glaube, sie heißt Anne. Ich habe ihm gesagt, dass ich nicht viel darüber weiß, außer, dass es eine kurze Beziehung war. Sei vorbereitet auf ein Kreuzverhör zu dem Thema«, warne ich ihn lächelnd.

»Keine Ahnung, warum er sich so dafür interessiert. Das ist eine alte Geschichte«, erwidert Owen ablehnend.

»Natürlich, das weiß ich, er will sich nur Klarheit verschaffen.«

»Dann sollte seine Mum ihm sagen, dass sein Vater die Familie verlassen hat. Das war mit Sicherheit ein größerer Einschnitt für ihn als die Beziehung mit Anne. Über sie muss er nichts wissen.«

Owen setzt sich aufrecht hin, und da er bei jeder Bewegung stöhnt, verwundert mich das.

»Du solltest dich stärker auf deine Idee mit den Dates konzentrieren, statt zurückzuschauen.« Er beugt sich zu Sasha und legt großes Interesse für ihre Kunstwerke an den Tag, die mehr oder weniger daraus bestehen, dass sie jede Seite mit einem dicken schwarzen Stift markiert.

Irgendetwas ist seltsam an der Art und Weise, wie er auf das Thema Anne reagiert hat. Das Problem ist, wenn er nicht über sie sprechen will und Max sich nicht erinnert, habe ich keine Möglichkeit, herauszufinden, was es mit ihr auf sich hat.

»Ich verschwinde mal rasch zu den Toiletten, bevor die anderen mit den Sandwiches zurückkommen«, sagt Owen.

Ich bemerke, dass er regelrecht davoneilt, was mich noch misstrauischer macht. Aber mir bleibt keine Zeit zum Grübeln, denn der Duft von gebratenem Speck wabert zu mir. Die anderen kommen zurück, und ich sehe, dass sich Max und Claire angeregt unterhalten.

Max reicht mir eine der Schachteln, und als ich den Deckel hochklappe, finde ich eines der größten Sandwiches aller Zeiten vor.

»Ich esse nicht wirklich für zwei«, stelle ich klar.

»Ja, aber du musst bei Kräften bleiben. Das wird ein langer Tag. Es gibt jede Menge zu sehen«, erwidert Rachel. »Und es wird getanzt. Die einzige Person, die heute einen Mittagsschlaf halten darf, ist Sasha.«

»Gebongt!«, stimme ich zu und beiße herzhaft in mein Sandwich. Ich freue mich auf den Tag und versuche, das seltsame Gespräch mit Owen zu vergessen.

Als Sasha Anzeichen von Müdigkeit zeigt, erzählen Max und ich den anderen, dass wir sie im Tragetuch herumtragen werden, während sie schläft. In Wahrheit gehen wir zum Zelt und halten für fünfundvierzig Minuten ein taktisches Nickerchen, ohne dass Rach uns vorwurfsvoll ansieht oder wir eine Neuauflage der Geräusche aus Owens und Claires Zelt erdulden müssen.

»Warum ist die Hauptbühne nur so weit weg«, stöhne ich, als wir nach unserer Ruhepause wieder zu den anderen zurückgehen. Vom Zelt bis zur Bühne sind es vielleicht fünfzig Meter, und wir sind erst ein paar Schritte gegangen, aber mir kommt es viel weiter vor. Das Herumlaufen auf dem Festivalgelände in den vergangenen vierundzwanzig Stunden macht sich allmählich bemerkbar.

»Weil es sonst zu laut wäre zum Schlafen«, erwidert Max lächelnd. »Tun dir die Füße weh?«

»Mir tut alles weh.« Ich stelle den Campingstuhl ab und lasse mich darauf fallen.

»Warte mal«, sagt Max. »Ich habe eine Idee.«

Er eilt zurück zu Owens Zelt, und Sasha kichert in dem Tragetuch auf seinem Rücken. Max ruft »Hallo«, um sicherzugehen, dass die beiden sich nicht hineingeschlichen haben, während wir schliefen. Zufrieden, dass er keine Antwort bekommt, kriecht er hinein und taucht mit Owens Schubkarre wieder auf.

»Was hast du vor?«, frage ich.

»Du setzt dich da rein.«

»Auf keinen Fall.«

Er geht zu unserem Zelt, holt das Kissen heraus, das ich mir in der Seitenlage zwischen die Beine klemme, und polstert die Schubkarre damit aus.

»Du meinst das wirklich ernst, oder?«

»Japp, komm schon, rein mit dir.«

Ich betrachte die Schubkarre skeptisch. Zumindest riskiere ich dank des Kissens keine Hämorrhoiden.

»Und du gehst ganz vorsichtig, nicht wahr?«

»Selbstverständlich.«

Er zieht mich hoch und hilft mir, mich vorsichtig in die Schubkarre zu setzen. Gar nicht mal so unbequem! Max klappt den Stuhl zusammen, packt ihn neben mich und umfasst die Griffe der Schubkarre.

»Bereit?«, fragt er, wartet aber meine Antwort gar nicht erst ab, sondern schiebt los. Ich kreische leise auf.

Wir holpern voran, während ich schützend die Hände um meinen Bauch lege. Die Leute, an denen wir vorbeikommen, jubeln uns zu, und ich fange an, ihnen zuzuwinken wie eine Karnevalsprinzessin, genieße insgeheim die Aufmerksamkeit. Max beschleunigt ein wenig, und wir sind schon bald wieder an der Hauptbühne. Wir treffen Claire und Owen an der vereinbarten Stelle, wo wir uns auch die Vengaboys angesehen haben.

Max neigt die Schubkarre vorsichtig zur Seite, und Owen hilft mir heraus.

»Ich hoffe, du hast nichts dagegen«, sage ich zu ihm.

»Natürlich nicht. Ist schließlich euer Geschenk zum Einzug.«

Kichernd mache ich es mir auf dem Campingstuhl bequem, und wir warten auf die nächste Band.

Staunend sehe ich, wie Owen die Schubkarre umdreht, sodass sie nicht auf den Rädern, sondern auf den Griffen steht, und sich dann daraufsetzt wie auf einen Liegestuhl.

»Himmel, seht nur, da sind Rach und Gaby!« Ich zeige auf den großen Bildschirm. Mit ihren Sombreros entdeckt man sie sofort. Sie sitzen bei zwei Typen auf den Schultern, ganz vorn an der Bühne.

»Teufel auch.« Max ist angemessen beeindruckt von seiner Schwester.

»Und ich dachte, wir wären gestern Abend schon gut gewesen. Aber so dicht an der Bühne waren wir nicht«, stellt Claire fest.

Das Bild wechselt zu einer Aufnahme von der Bühne, und ein Schrei geht durch die Menge, als Pilot Dawn erscheinen. Die Menge rast, und wir stehen alle auf. Sie stimmen einen ihrer letzten Hits an, und ich streiche über meinen Bauch, als wäre er eine Luftgitarre.

Sasha sitzt zu ihrer großen Begeisterung wieder auf Max' Schultern.

»Ist der Song neu?«, fragt er und bewegt sich mit Sasha behutsam im Takt.

»Ja, er kam Anfang des Jahres raus. Wir haben ihn oft gespielt.«

Er nickt, und es erstaunt mich immer noch, dass es auch nicht eine klitzekleine Stelle in seinem Gehirn gibt, die das Lied erkennt, aber er hört es offensichtlich zum ersten Mal.

Alle singen mit, und mein Herz schlägt mir bis zum Hals. Es hat etwas Magisches, bei einem Auftritt live dabei zu sein. Das ist so lebensbejahend! Meine geschwollenen Knöchel und das Gewicht meines Bauches sind vergessen, ich gehe ganz in diesem Moment auf.

Max rückt näher an mich heran, seine Hand streift meine, und ich spüre ein Kribbeln auf der Haut. Wir haben oft über dieses Erlebnis bei Konzerten gesprochen, und ich weiß, dass er es auch fühlt, also ergreife ich seine Hand.

Er erwidert den Druck, und mir steigen Tränen in die Augen. Endlich fühlt es sich so an, als würden wir es hinbekommen.

Als unsere Hände allmählich verschwitzt sind, lassen wir los, klatschen und spielen Luftgitarre. Die alten Hits ertönen, die sogar Max kennt. Immer wenn ein langsameres Lied angestimmt wird, ergreift er wieder meine Hand, und obwohl sich unsere Intimität auf Vorschullevel bewegt, habe ich Schmetterlinge im Bauch.

Ehe der Schlusssong kommt, stimmt die Band ein melodisches Gitarrensolo an. Die Menge feiert sie ab. Max schaut mich an. »Das ist einer meiner absoluten Lieblingssongs«, flüstert er dicht an meinem Ohr.

»Meiner auch.« Mein Herz schmerzt bei dem Gedanken, wie oft wir schon dazu getanzt haben.

Alle hüpfen im Takt, und wir machen mit. Sasha kreischt vor Begeisterung, als Max mit ihren Armen wedelt. Um mein Hüpfen abzufedern, wippe ich in den Knien, und das Baby tritt wie verrückt.

»Fühl mal«, sage ich und zeige auf den Bauch. Max hält Sasha mit einer Hand fest und legt die andere auf meinen Bauch. Das Baby tritt wie ein Käfigkämpfer.

Max sieht mich an, und er braucht nichts zu sagen. Es steht ihm ins Gesicht geschrieben. Dieser Blick voller Staunen und

Liebe für das ungeborene Kind. Tränen schimmern in seinen Augen.

»Sieht so aus, als würden unsere Kinder Pilot Dawn cool finden.«

»Sie haben einen guten Geschmack«, flüstere ich ihm ins Ohr.

In diesem Moment scheinen die Tausenden von Menschen, die um uns herum jubeln und singen, zu verschwinden, und es gibt nur noch uns. Max ergreift meine Hand und beugt sich vor, um mich zu küssen. Ich gehe auf die Zehenspitzen und recke mich zu ihm hoch. Unsere Lippen berühren sich gerade, da spüre ich Klapse auf meinem Kopf. Ich schaue hoch und sehe Sasha. Sie kichert und brabbelt mir etwas zu. Max und ich lachen nervös, ein wenig verlegen wegen dem, was gerade passiert ist. Wir waren uns so nah … Aber nun ist der Bann gebrochen.

Es fühlt sich an, als wäre unser Beinahe-Kuss eine Metapher für unsere Beziehung: so nah und doch so fern.

Kapitel 17

Ich muss mich korrigieren: Für mich sind nicht etwa die Toiletten das Schlimmste an Festivals, sondern die anschließende Katerstimmung, wenn du wieder nach Hause und in die alltägliche Tretmühle zurückkehrst. Diese Euphorie, die ich spürte, als ich eine meiner Lieblingsbands live erlebte, diese Momente mit meinen Freunden, von denen ich weiß, dass auch sie diese kostbaren Erinnerungen für immer behalten werden – all das scheint so unendlich weit entfernt, und ich muss Sasha wieder zur Kita bringen.

Nach dem Auftritt von Pilot Dawn gingen wir alle zurück zum Campingplatz. Ich habe Sasha im Zelt schlafen gelegt, danach haben wir Erwachsenen uns zusammengesetzt, getrunken (Mineralwasser in meinem Fall) und dem schwachen Klang der Rockband gelauscht, die den Hauptact des Abschlussabends bildete. Am darauffolgenden Morgen waren wir noch bei den Attraktionen für die Kinder, und Sasha bekam eine Gesichtsbemalung. Wir probierten auch alle anderen Angebote aus, für die sie schon alt genug ist. Gegen Abend packten wir dann zusammen und fuhren nach Hause.

All das scheint jetzt eine Million Meilen entfernt zu sein, als ich die Kita betrete und mich die berauschende Duftmischung von Desinfektionsmittel und feuchten Anoraks empfängt.

Ich gebe Sasha einen dicken Kuss, drücke sie und versuche es nicht persönlich zu nehmen, dass sie sofort losrennt zur Spielzeugküche, ohne sich noch mal nach mir umzudrehen. Ich bedanke mich bei den Mitarbeiterinnen und eile hinaus, spute mich, um pünktlich zu meinem Treffen mit Anneka zu kommen, da Helen sich bestimmt verspätet und Polly gar nicht teilnimmt, weil sie arbeiten muss.

Eine Minute vor der vereinbarten Zeit komme ich im Coffeeshop an und entdecke Anneka, die in einer Ecke sitzt.

»Hey«, begrüße ich sie, beuge mich vor und gebe ihr einen flüchtigen Luftkuss.

»Hallo«, erwidert sie. »Bin froh, dass du pünktlich bist. Von Helen natürlich noch weit und breit keine Spur.«

Ich streife den Riemen meiner Handtasche von der Schulter und setze mich Anneka gegenüber. Mit ihr allein zu sein, macht mich ein bisschen nervös, irgendwie schüchtert sie mich ein.

»Sie kommt sicher jeden Moment.«

Die Kellnerin nähert sich, und in dem Wissen, dass Helen ganz bestimmt nicht im nächsten Moment durch die Tür kommt, bestellen wir uns schon mal Kräutertee. Anneka ordert außerdem ein paar Dattelriegel, die in meinen Augen nur ein armseliger Ersatz für den leckeren Kuchen hinter der Theke sind.

»Wie war dein Wochenende?«, frage ich sie.

»Gut, danke. Wir hatten eine Dinnerparty mit ein paar von Georges Freunden. Insgesamt waren wir zwanzig Leute, es ging also ziemlich lebhaft zu.«

»Zwanzig?«, erwidere ich entsetzt. »Du lieber Himmel! Für so viele Personen könnte ich nicht kochen.«

»Ach, Ellie, du bist lustig. Ich hatte natürlich einen Caterer«, sagt sie in einem Ton, als hätte ich einen Witz gemacht. »Und gestern sind wir mit Georges Kindern einen leckeren Sonntagsbraten essen gegangen.«

»Ach ja, richtig, du hast erwähnt, dass er Kinder hat. Wie alt sind sie?«

»Liam ist sechzehn und Lyla vierzehn.«

»Schon richtige Teenager. Verstehst du dich gut mit ihnen?«

Die Kellnerin stellt unsere Getränke und die Dattelriegel vor uns auf den Tisch.

»Eine Weile war ich die böse Stiefmutter, und sie waren gemein zu mir. Klebefolie auf die Toilettenbrille, meine teure Feuchtigkeitscreme leer gemacht und durch billiges Zeug aus dem 1-Euro-Laden ersetzt, mit dem Bügeleisen Brandflecke in meine Seidenblusen fabriziert. Es gibt nichts, was sie nicht getan haben.«

»Du Ärmste!«

Sie zuckt mit den Schultern. »Ehrlich gesagt kann ich ihnen keine Vorwürfe machen. George und ich sind schon kurz nach der Trennung von seiner ersten Frau zusammengezogen. Für die Kinder war es ein Schock – und für mich war es ein Schock, dass seine Kinder plötzlich zu meinem Leben gehörten. Ich bin nicht stolz darauf, wie ich mit der Situation umgegangen bin. Ich habe sie mit Geschenken überhäuft und brauchte eine Weile, um zu kapieren, dass ich mir ihre Zuneigung nicht erkaufen kann.«

»Und jetzt läuft es besser?«

»Meistens. Es stellte sich heraus, dass sie es gut finden, wenn ich ein bisschen Interesse an ihnen zeige. Jetzt schaue ich beim Ballettunterricht zu und meinem Stiefsohn dabei, wie er Befehle in ein Headset brüllt, während er in Videospielen Zombies tötet.«

»Freut mich, dass es jetzt klappt.«

»Ja.« Anneka verdrückt ihren Dattelriegel, als wäre er tatsächlich lecker. Vorsichtig beiße ich eine kleine Ecke ab und bin erstaunt, wie gut er schmeckt.

»Siehst du«, sagt sie selbstzufrieden. »Du brauchst dieses ganze Zeug mit raffiniertem Zucker gar nicht.«

»Ich finde immer noch, dass die Schokoladencremetorte

ziemlich gut aussieht«, erwidere ich und strenge mich an, nicht zur Theke zu spähen.

Sie schüttelt den Kopf. »Und wie war dein Wochenende? Das große Festival?«, fragt sie dann.

»Es war toll«, versichere ich.

»Toll?« Sie zieht eine ihrer perfekt geformten Brauen hoch. »Heißt das, Helen wird sich unglaublich ärgern, dass sie zu spät gekommen ist und die pikanten Details deines Berichts verpasst hat?«

»Anscheinend komme ich genau richtig«, sagt Helen in dem Moment.

»Du bist nur zehn Minuten zu spät«, sagt Anneka.

»Euch auch einen schönen guten Morgen.« Sie umarmt uns und setzt sich dann neben Anneka. »Das hat sich gerade höchst interessant angehört.«

»Ich habe nur über das Festival geredet.«

»Und?« Jetzt zieht *sie* erwartungsvoll die Brauen hoch.

»Wir haben Händchen gehalten.«

Helen macht ein langes Gesicht und bestellt bei der vorbeieilenden Kellnerin einen koffeinfreien Latte.

»Bei dem Tempo fürchte ich, dass Max deine Mumu zum ersten Mal sehen wird, wenn du dein Kind zur Welt bringst.«

Anneka lässt vor Schreck den Teebeutel zurück in die Tasse fallen, und die Flüssigkeit schwappt über den Rand.

»Was denn?«, erwidert Helen. »Mumu ist doch kein Schimpfwort.«

»Nein, aber es ist auch nicht passend für ein Café mitten in Fleet an einem Montagmorgen«, zischt Anneka und hält die Hand vor die Augen, falls jemand sie erkennt.

»Und wenn es tatsächlich so ist?«, frage ich panisch. »Daran habe ich noch gar nicht gedacht. Er wird dabei sein, wenn das Kind zur Welt kommt. Aber was ist, wenn er sich bis dahin immer noch nicht erinnert und wir es noch nicht getan haben?«

Anneka wirft Helen einen warnenden Blick zu, bevor sie sich mit zuversichtlicherer Miene mir zuwendet.

»Ihr fahrt doch diese Woche nach Paris. Hast du dir die Website angesehen, deren Link ich dir geschickt habe? Diese Unterwäsche ist die Antwort auf all deine Sorgen«, versichert sie.

»Und würde in manchen Ländern dazu führen, dass ich verhaftet werde«, erwidere ich stöhnend.

»Nimm solche Dessous mit nach Paris und glaub mir, dass dann mehr passieren wird als Händchenhalten.«

»Ich habe auch welche bestellt, für den Babymoon dieses Wochenende«, sagt Helen. »Nicht dass es bei Toby den geringsten Unterschied machen würde.«

»Diese Unterwäsche versagt nie«, beharrt Anneka. »Ich hatte ganz vergessen, dass du ja auch verreist. Wenn wir uns das nächste Mal treffen, wird es also viel zu erzählen geben.«

»Bei mir könnt ihr nicht darauf wetten. Aber was war denn nun bei dem Festival?«, fragt Helen. »Abgesehen vom Händchenhalten?«

»Was übrigens sehr schön war, wie ich hinzufügen möchte«, stelle ich klar.

»Schon klar, und jetzt erzähl uns den Rest«, drängt Helen.

Eine Tasse Tee und zwei Dattelriegel später sind die beiden bezüglich des Festivals und des Fortschritts bei Max und mir auf dem Laufenden, und sie wissen auch über meine seltsame Unterhaltung mit Owen Bescheid.

»Ich denke nicht, dass viel dahintersteckt.« Helen schüttelt den Kopf. »Hört sich nur an, als habe er einen handfesten Kater gehabt.«

»Schon, aber es war die Art, wie er gesagt hat, ›er muss nichts von Anne wissen‹, die mich so irritierte.«

»Wieso wusstest du eigentlich bisher nichts von Anne? Habt Max und du nicht über eure Ex-Beziehungen gesprochen, als es mit euch anfing?«

»Nur wenig. Ich wusste, dass er mit ihr zusammen war, aber er vermittelte mir den Eindruck, dass es nichts Ernstes gewesen ist.«

»Und du hast es dabei belassen?« Anneka sieht mich mit offenem Mund an. »Ich habe stets darauf geachtet, mich über die Ex-Beziehungen gründlich zu informieren. Auf diese Weise weißt du, ob sie eine Gefahr darstellen.«

»Ich hatte keinen Grund, mich über sie zu informieren. Max hat sich lange vor unserer Zeit von dieser Anne getrennt. Ich denke nicht, dass sie viel Bedeutung hatte.«

»Jede Ex ist von Bedeutung. Sie sind es, mit denen du verglichen wirst, wenn die Männer anfangen, sich zu langweilen, oder ruhelos werden.«

Helen verzieht das Gesicht. »Jetzt sag bitte nicht, dass du das tatsächlich glaubst.«

»Natürlich! Willst du etwa behaupten, dass du dich noch nie mit Toby gestritten und hinterher gefragt hast, wie wohl einer deiner Ex-Freunde reagiert hätte und wie dein Leben wohl aussehen würde, wenn du mit ihm zusammengeblieben wärst?«

Helen wirkt schuldbewusst. »Zu meiner Verteidigung muss ich sagen, dass ich nur schon mal an den dauergeilen Derek gedacht habe, weil mir momentan so wenig Aufmerksamkeit zuteilwird.«

Anneka lächelt süffisant.

»Jetzt ist es wohl zu spät für Recherchen, denn Max erinnert sich nicht, und Owen will nichts sagen, also stecke ich in einer Sackgasse. Keine Ahnung, warum es wichtig ist, aber da war so etwas an seinem Tonfall … Er klang beinahe wütend, als er ihren Namen nannte.«

»Genau deshalb hättest du das alles schon früher in Erfahrung bringen müssen. Ich behaupte ja nicht, dass du eine vollständige Hintergrundrecherche über jeden Mann durchführen musst, mit dem du etwas anfängst, aber du solltest zumindest das Wesentliche wissen.«

Helen stößt einen leisen Pfiff aus.

»Gibt es keine anderen Freunde, die du fragen kannst?«, hakt Anneka nach.

Ich denke an Max' Freund Dodgy Rodge und seinen Kumpel Jez. Aber so nett die beiden auch sein mögen, sie sind nicht die Art Freunde, denen er sein Herz ausschüttet.

»Nein, wirklich eng ist er nur mit Owen.«

»Ist der verheiratet?«

»Frisch geschieden.«

Anneka setzt sich ruckartig aufrecht. »War er verheiratet, als Max mit dieser Anne zusammen war?«

»Ah, ich verstehe, worauf du hinauswillst. Keine Ahnung, ob ich Sarah so etwas fragen kann. Wir sind noch Facebook-Freundinnen, aber seit der Trennung von Owen habe ich sie nur ein einziges Mal gesehen. Wir wollten sie immer in unser neues Haus einladen, aber dazu kam es nie, und jetzt wäre es ein bisschen merkwürdig.«

»Unsinn. Das ist die perfekte Gelegenheit. Bestimmt freut sie sich, dich zu sehen. Schick ihr sofort eine Nachricht.«

»Jetzt?«

»Ja.« Anneka nickt und tippt zweimal auf den Tisch, als sei es ein Befehl.

Ich sehe Helen fragend an, aber die zuckt nur mit den Schultern. »Keine schlechte Idee. Schlag doch vor, dass du zu ihr kommst.«

»Vielleicht könnte ich mich mit ihr zum Mittagessen treffen, sie arbeitet im Londoner Zentrum.«

»Heute. Versuche sie *heute* zu treffen«, drängt Anneka. »Was du heute kannst besorgen, verschiebe nicht auf morgen.«

»Sie ist bestimmt beschäftigt.«

Doch Anneka starrt mich so eindringlich an, dass ich hastig gehorche.

Und schon piept mein Handy, weil ich eine Antwort erhalten habe.

»Sie kann«, vermelde ich überrascht. »Sie hat ein Hotel in Bankside um 13 Uhr vorgeschlagen.«

»Na also.« Anneka ist sichtlich zufrieden mit sich. »Du wirst der Sache in null Komma nichts auf den Grund gegangen sein.«

Ich finde das Hotel und bin erleichtert, dass das Restaurant zwangloser ist als erwartet. Von dem Treffen mit den Mädels musste ich sofort zum Bahnhof eilen und hatte keine Zeit, meine Leggings-Tunika-Kombi gegen andere Kleidung zu tauschen.

Ich entdecke Sarah sofort, und sie winkt mir zu.

»Wow, du siehst absolut fantastisch aus«, begrüßt sie mich und umarmt mich zur Begrüßung.

»Du aber auch. Deine Haare sind toll.«

Sie fährt mit der Hand durch ihren kurzen Bob und lächelt selbstbewusst.

»Ich hatte das Gefühl, dass ich eine Veränderung brauche«, sagt sie, während wir uns einander gegenübersetzen.

Eine gewisse Verlegenheit hängt zwischen uns in der Luft.

»Tut mir leid, dass wir dir immer noch nicht unser neues Haus gezeigt haben«, beginne ich und weiß nicht, wie ich mich dafür rechtfertigen soll.

»Ist schon okay. Als Owen und ich uns trennten, war mir klar, dass er bestimmte Kontakte halten würde, und da du die Frau seines besten Freundes bist, gehörst du dazu.« Sie seufzt theatralisch. »Aber ich freue mich, dass wir auf Facebook befreundet geblieben sind. Es ist nett, aktuelle Fotos von deinem wachsenden Bauch und von Sasha zu sehen – sie ist schon ganz schön groß.«

»Das ist sie.«

»Wo steckt sie gerade?«

»In der Kita.«

»Und bald kommt das nächste Kind auf die Welt?«

»In gut fünf Wochen«, antworte ich und versuche zu ignorieren, weswegen ich *eigentlich* hier bin.

»Das ist so aufregend!«

»Hm. Manchmal ist es schon anstrengend mit einem Kind, aber zwei …«

»Du wirst das schaffen. Viele meiner Freunde haben mittlerweile das zweite Kind bekommen, und es klappt prima.«

Wir schweigen kurz, während die Kellnerin uns die Speisekarten bringt.

»Was möchten Sie trinken?«

»Für mich ein Mineralwasser«, antworte ich.

»Für mich auch bitte«, schließt Sarah sich an. »Bringen Sie einfach eine große Flasche.«

Die Kellnerin geht, und Sarah wendet sich wieder mir zu.

»Also, was für eine unerwartete Freude. Hast du anschließend noch einen Termin in London?«

»Nein, ich bin extra wegen dir hergekommen.«

»Echt? Oh, es geht aber nicht um Owen, oder? Denn falls du denkst, er und ich könnten es noch einmal miteinander versuchen … Wir haben uns echt bemüht. Wir waren sogar sechs Monate bei einem Eheberater. Ich dachte, er käme damit zurecht.«

»Tut er auch«, versichere ich rasch. »Deshalb bin ich nicht hier.«

»Dann ist ja gut.« Sie atmet erleichtert auf. »Kurz nach unserer Trennung hat seine Mum mich aufgesucht, und ich dachte, du wärst … tut mir leid. Aber wenn es nicht um Owen geht …?«

»Es ist wegen Max«, antworte ich. »Er, ähm, er hat sein Gedächtnis verloren.«

Sie saugt hörbar die Luft ein, und ich lege sofort mit den Einzelheiten los, die mir inzwischen flüssig über die Lippen kommen, nachdem ich alles so oft erzählt habe. Wir werden kurz von der Kellnerin unterbrochen, die unser Mineralwasser bringt, und entschuldigen uns, dass wir noch nicht in die Karte geschaut haben.

»Das ist unglaublich«, sagt Sarah, nachdem ich zu Ende erzählt habe. »Wie stehst du das durch? Du musst doch völlig fertig sein!«

»Keine Ahnung. Es wird einfacher. Vermutlich hilft es, dass Sasha uns ablenkt. Und Max lernt mich langsam wieder kennen – besser gesagt, mein erwachsenes Ich. Irgendwie ist das auch der Grund, warum ich mich mit dir treffen wollte.«

»Aha?« Sie neigt sich gespannt vor.

»Die Sache ist, dass ich versuche, ihm Informationen über die letzten fünf Jahre zu geben. Und da wir erst vier Jahre zusammen sind, möchte ich möglichst viel über das Jahr davor herausfinden.«

»Verstehe.« Sarah nickt. »Und an welchem Punkt komme ich ins Spiel?«

»Ich habe Owen darauf angesprochen, aber er reagierte irgendwie seltsam und hat das Gespräch abrupt beendet, indem er behauptete, dringend aufs Klo zu müssen.«

Sarah lacht auf. »Tut mir leid, dass ich lache, aber das ist so typisch für ihn! Mit Konfrontationen kann er nicht umgehen, und er ist ein miserabler Lügner. Deshalb läuft er so oft mitten in einem Gespräch davon. Im ersten Jahr unserer Beziehung dachte ich, er würde an einer Lebensmittelunverträglichkeit leiden, weil er so häufig ins Bad verschwand.«

»Ich habe mich nur gefragt, ob … da du ja auch so eng mit Max befreundet warst – ob du dich an Details aus der Zeit erinnern kannst. Besonders, als ich eine von Max' Ex-Freundinnen erwähnte, reagierte Owen merkwürdig. Ihr Name ist Anne.«

Sarah wirkt ein bisschen zu erleichtert, dass die Kellnerin genau in diesem Moment auftaucht, um unsere Bestellungen entgegenzunehmen. Da ich immer noch nicht in die Karte geschaut habe, bestelle ich einfach einen Salat.

»Du weißt etwas, stimmt's?«, wende ich mich mit flehendem Blick an Sarah, sobald die Kellnerin außer Hörweite ist. »Das alles passierte doch lange vor meiner Zeit mit Max, und ich verstehe deshalb nicht, warum Owen sich so seltsam aufführt.«

Sarah scheint sich unbehaglich zu fühlen, aber dann seufzt sie tief und sagt: »Hör zu, Max und du, ihr seid ein glückliches Paar. Bist du sicher, dass du Dinge erfahren möchtest, die lange vor eurer Zeit passierten?«

Mein Herz beginnt zu rasen, und ich wische die verschwitzten Hände an meinen Leggings ab.

»Ja, weil es mich sonst verrückt macht.«

»Und wenn es dein Bild von ihm verändern würde?«

»Ist es so schlimm?«

Sie zuckt mit den Schultern. »Kommt darauf an, aus welcher Perspektive du es betrachtest.«

Max und ich haben nie detailliert über unsere früheren Beziehungen gesprochen, im Gegensatz zu Anneka sehen wir darin keinen Nutzen.

Sarah atmet tief durch und beginnt zu erzählen.

»Also, ihren Namen kann man sich gut merken, denn sie heißt Anne Summers.«

Beinahe hätte ich mich an meinem Mineralwasser verschluckt. »Wie die Dessous und das Sexspielzeug?«

»Japp. Ich glaube, ihr hat es gefallen, dass man sofort daran denkt, und sie machte ständig Witze darüber. Aber sie hat dann auch immer schnell auf das ›e‹ am Ende von Anne hingewiesen, um sich abzugrenzen. Sie hat in Max' Firma gearbeitet, allerdings in einer anderen Abteilung. Ich glaube, die beiden haben sich bei einer Weihnachtsfeier kennengelernt.«

»Okay.« So weit, so normal.

»Anfangs hat er viel von ihr erzählt, was damals ungewöhnlich für Max war. Er hat uns zwar immer seine jeweiligen Freundinnen vorgestellt, aber nie war er so verknallt wie in sie. Sorry, geht dir das zu weit?«

»Nein, ist schon gut«, erwidere ich und halte mir vor Augen, dass das alles ja lange her ist.

»Wir haben sie einmal getroffen, als es mit den beiden anfing, und sie schien echt nett zu sein, aber dann fanden wir heraus, dass sie verheiratet ist.«

»Sie war verheiratet?« Ich bin entsetzt. Damit hatte ich nicht gerechnet. »Und sie hatte eine Affäre mit Max?« Ich begreife das nicht. Zwar war nicht er der Betrüger, aber ich bin fassungslos, dass er in solche eine Situation geraten ist.

»Ja.« Sie nickt bedächtig. »Wir waren schockiert. Schlimm genug, dass sie ihren Mann betrog, aber sie führte auch einen tollen Kerl wie Max an der Nase herum. Es hielt dann auch nicht mehr lange. Sobald Max davon erfuhr, fühlte er sich unglaublich schlecht wegen des betrogenen Ehemanns und kam damit nicht klar.«

Ich bin sprachlos.

»Ellie? Alles okay? Ich hätte es dir nicht erzählen sollen.

Owen würde mir die Meinung geigen, dass ich gegen den Bro-Code verstoßen habe.«

»Nein, es geht mir gut.« Ich versuche, so zu tun, als wäre das auch der Fall. »Was wurde aus Anne? Max sagte, sie sei ins Ausland gegangen.«

»Das stimmt. Wenn ich mich recht erinnere, ging sie mit ihrem Mann nach Amerika.«

Ich atme tief durch und gebe mir Mühe, das alles zu verarbeiten.

»Denk jetzt nicht schlecht von Max. Er wusste nichts von ihrer Ehe. Und als er es herausfand, war er schon zu verliebt. Aber am Ende hat er das einzig Anständige getan.«

»Aber warum hat er mir das nie erzählt? Ich hätte es doch verstanden.«

»Vermutlich hat er sich Sorgen gemacht, was du über ihn denken könntest.«

»Denkst du, Owen will deshalb nicht, dass Max sich an sie erinnert?«

»Mit Sicherheit. Max hat die Geschichte sehr verletzt, und er hat sich geschämt. Ich wüsste nicht, warum er das noch einmal durchleben sollte.«

Ich seufze erleichtert. Owen beschützt also nur seinen Freund.

»Das erklärt so einiges. Als es mit uns anfing, machte Max ein Riesending daraus, wie wichtig Treue sei und dass er einen Seitensprung nie tolerieren würde.«

»Vielleicht ist ihm dadurch klar geworden, was für eine Art von Beziehung er möchte«, denkt Sarah laut. »Dadurch – und durch das, was mit seinen Eltern passierte.«

»Ja, das hat ihm echt zugesetzt.«

Ich denke an die Mick-und-Judy-Scharade, und es fühlt sich an, als hätte ich einen Stein im Magen. Je länger dieser

Gedächtnisverlust anhält, desto unwohler fühle ich mich damit, dass wir ihn belügen. Zwar hat der Arzt gesagt, wir sollten ihn nicht zu sehr aufregen, aber da dachten wir auch noch, es handle sich bei dem Gedächtnisverlust um eine Sache von Stunden.

»Das Entscheidende dabei ist doch«, sagt Sarah, als die Kellnerin unser Essen vor uns hinstellt, »dass alles nichts mit Max und dir zu tun hat. Vielleicht hat es sogar geholfen, euch zusammenzubringen. Vielleicht war die Sache mit Anne genau die Erfahrung, die Max brauchte, um sich danach auf etwas Festes einzulassen.«

»Vielleicht.« In meinem Kopf dreht sich immer noch alles.

»Es stand nie außer Frage, wie sehr er dich liebt. Das ist alles, worauf du dich konzentrieren musst.«

»Vermutlich hast du recht«, stimme ich ihr zu.

Ich denke daran, dass Anneka es wichtig findet, direkt am Anfang alles über die Ex-Beziehungen des anderen in Erfahrung zu bringen, aber in diesem Punkt irrt sie. Wenn ich früher von dieser Geschichte erfahren hätte, als ich Max noch nicht so gut kannte, hätte ich sein Verhalten möglicherweise verurteilt. Aber ich kenne Max in- und auswendig und weiß, dass er nie etwas tun würde, um andere zu verletzen. Und jetzt bin ich tatsächlich dankbar, denn was auch immer mit Anne vorgefallen ist – wenn das stimmt, was Sarah sagt –, hat den Weg geebnet für Max und mich, die perfekte Beziehung zu haben, die wir bis vor Kurzem führten. Und jetzt kann ich mit einem positiven Gefühl nach Paris fahren und mich darauf konzentrieren, diesen Mann endgültig wieder in mich verliebt zu machen.

Kapitel 18

Ich weiß nicht, wie jemand in Paris ankommen kann, ohne vor Erwartung eine Gänsehaut zu verspüren. Diese Stadt verströmt an jeder Ecke Romantik. Selbst während der kurzen Taxifahrt vom Gare du Nord kam ich gar nicht dagegen an, mir vorzustellen, ich wäre in einer Parfümwerbung. Ich rechne förmlich damit, dass jeden Moment das große Finale des Werbe-Clips kommt, bei dem die beiden Models in einem Schlafzimmer landen und sich gegenseitig die Klamotten vom Leib reißen, die Vorhänge sich vor dem offenen Fenster blähen, mit dem perfekt eingerahmten Eiffelturm im Hintergrund.

Wir haben ein Zimmer in dem Boutique-Hotel gebucht, das Anneka empfohlen hat, und als wir die Lobby betreten, bleibt mir die Luft weg. Es ist wunderschön. Schwarze Marmoroberflächen, schwarze Samtsessel und glitzernde Kronleuchter, die von der Decke hängen.

Wir gehen zum Empfangstresen, und der Mann dahinter lächelt uns an.

»Wir haben reserviert auf den Namen Voss«, sage ich, und dann fällt mir ein, dass wir ja in Frankreich sind. Ich kratze mich am Kopf und wünschte, ich hätte daran gedacht, mein Französisch aufzufrischen. *»J'ai une … reservation?«*

»Wir können Englisch reden, kein Problem«, antwortet er in fehlerfreiem Englisch.

»Okay, super.«

Er tippt auf seiner Tastatur, und ich lächle Max erwartungsvoll an. Wir sind in Paris – der Stadt der Liebe –, und ich merke, dass er genau das Gleiche denkt.

»Da haben wir es ja, Voss. Sie haben einen Twin Room in der zweiten Etage«, sagt er und tippt weiter. »Ich benötige nur noch Ihre Ausweise und eine Kreditkarte.«

Ich hole meinen Ausweis hervor und lege ihn auf den Tresen, als mir plötzlich klar wird, was der Mann gesagt hat.

»Moment mal …« Ich lege die Hand auf meinen Ausweis. »Sagten Sie Twin Room? Also zwei Einzelbetten?«

»Ja, es ist ein sehr schönes Zimmer. Mit Blick auf das Panthéon.«

»Das klingt gut«, sagt Max und schiebt seinen Ausweis über den Tresen.

»Moment«, sage ich noch einmal und halte seinen Ausweis ebenfalls fest. »Wir haben ein Doppelzimmer reserviert. Wir *brauchen* ein Zimmer mit Doppelbett.«

Der Mann schaut auf die Reservierung.

»Die Website, über die Sie gebucht haben, garantiert das nicht. Sie haben lediglich ein Zimmer für zwei Personen reserviert.«

An jedem anderen Tag hätte ich trotz meiner Wut süß gelächelt, ihm überschwänglich gedankt und den Schlüssel genommen. Aber das hier ist keine normale Situation. Ich werde mit meinem Ehemann zum zweiten ersten Mal Sex haben, und das will ich nicht in einem Einzelbett tun. Verdammt, mit meinem dicken Bauch passe ich ja allein kaum in ein Einzelbett, ganz zu schweigen davon, es in einem zu treiben!

»Tut mir echt leid, aber wir brauchen ein Doppelbett.« Ich sehe den Mann mit flehenden Augen an.

Max wendet sich mir zu. »Einzelbetten sind doch okay, Ellie.«

Ich atme tief durch. »Nein. Sind. Sie. Nicht. Wir sind nicht nach Paris gekommen, um in Einzelbetten zu schlafen«, erwidere ich so laut, dass die anderen Leute in der Lobby aufmerksam werden. Jetzt sehen mich alle an, als wäre ich eine schwangere Frau, die es dringend nötig hat. Was ja auch stimmt, aber das muss nicht unbedingt jeder wissen.

»Tut mir echt leid, Madam. Unsere Zimmer mit Doppelbett sind alle belegt. Die sind sehr gefragt.«

»Kann ich mir vorstellen. Aber –«

»Ellie, lass uns einfach –«

Ich hebe die Hand, um Max zum Schweigen zu bringen.

»Als ich hereinkam und sah, wie wunderschön es hier ist, hat sich die Beurteilung auf Tripadvisor quasi von selbst geschrieben, aber nun denke ich, dass etwas ganz anderes darin stehen wird«, sage ich und spitze die Lippen wie ein grimmiges Biest.

Der Mann schaut von seinem Computerbildschirm hoch und erschrickt.

»Oh.« Rasch wendet er sich wieder dem Bildschirm zu und tippt weiter. »Wissen Sie was, wir hätten noch eine Suite.«

»Perfekt.« Ich atme laut aus und versuche, meine zitternden Hände ruhig zu halten. »Das ist eine gute Lösung.«

»Aber, äh …« Er wirkt nervös. »Es ist eines der eher … exotischen Zimmer. Wäre das auch in Ordnung?«

»Steht darin ein Doppelbett?«

»Ja, ja«, versichert er schnell.

»Dann wird es schon passen. Exotisch klingt gut«, antworte ich und nehme an, dass er irgendwelches Grünzeug meint.

Ich lasse unsere Ausweise frei, die er fotokopiert und uns dann zusammen mit der Kreditkarte und den Zimmerschlüsseln zurückreicht.

»Ich wünsche einen schönen Aufenthalt«, verabschiedet er uns lächelnd, und wir wenden uns dem Aufzug zu.

»Siehst du, man muss nur energisch auftreten«, sage ich zu Max und fühle mich wie drei Meter groß, während ich neben ihm hermarschiere.

»Du warst gerade richtig furchteinflößend. Muss ich mir Sorgen machen?«

Ich lache. »Nein, diese Miststück-Wut liegt an den Schwangerschaftshormonen. Das legt sich im ersten Jahr nach der Geburt des Babys. Zumindest war es bei Sasha so.«

»Puh, das ist eine verdammt lange Zeit. Ich muss aufpassen, dass ich mich gut benehme.«

»Ja, allerdings«, stelle ich großspurig fest. Wir quetschen uns in den Aufzug und fahren nach oben bis zu unserer Etage.

Unsere Zimmertür ist schnell gefunden. Ich öffne sie – und schlage die Hand vor den Mund.

»Halleluja«, keucht Max, während wir langsam hineingehen. »Es ist, ähm, sehr rot, nicht wahr?«

»Ja …«

Mehr bekomme ich nicht über die Lippen. Er hat zweifellos recht. Von den gitterartigen Balken an der Decke über die samtene Tapete bis zu dem dicken Satinbettüberwurf – alles ist rot. Die einzige Ausnahme bildet das Gemälde eines nackten Paares an der Wand. Nur für den Fall, dass jemand die wenig subtilen Schwingungen nicht spürt, die der ganze Raum aussendet.

Ich komme mir vor, als stünde ich in einem zwielichtigen Strip-Klub und würde nur darauf warten, dass jemand kommt und uns eine Privatvorstellung gibt.

»Na ja, zumindest hat es das Doppelbett, das du wolltest«, sagt Max.

Selbiges thront erhaben mitten im Raum, als würde es sich über mich lustig machen; der Concierge und alle anderen in der Lobby wissen, warum ich es unbedingt haben wollte. Aber wir sind nicht in der Phase der Parfümwerbung, in der die Akteure sich gegenseitig die Kleider vom Leib reißen.

»Himmel!«, ruft Max und geht zur Balkontür. »Sieh dir diese Aussicht an!«

Er öffnet die Tür zu dem Minibalkon, auf dem man gerade mal stehen kann.

Ich spähe an ihm vorbei, und es verschlägt mir den Atem.

Max legt den Arm um mich, und plötzlich sind das rote Zimmer und das Bett gar nicht mehr so geschmacklos.

»Das ist wunderschön«, sage ich leise.

»Ja, allerdings. Und wenn uns das Rot ein bisschen zu viel wird, genießen wir die Aussicht.«

»Absolut.«

Wir stehen da, bewundern die Stadt, bis eine kühle Brise uns umweht und wir die Tür wieder schließen.

»Bist du müde?«, fragt Max und schaut zu dem Bett, das zum Elefanten in diesem Raum geworden ist.

»Nein. Sollen wir gleich losziehen und die Stadt genießen?«

Ich spähe noch kurz zu der Badewanne, die mitten im Zimmer steht und auf die man vom Bett aus freie Sicht hat. Max wird mich also auf die eine oder andere Weise nackt sehen, da ich auf keinen Fall mit dem dicken Bauch in eine freistehende Badewanne klettern werde, ohne dass er mich festhält. Ich hätte viel zu viel Angst, auszurutschen.

»Ja, lass uns rausgehen«, sagt er. »Gut, dass wir dieses Wochenende nichts trinken. Mit einem Kater wäre dieses Zimmer der reinste Horror.«

»Stimmt. Man würde aufwachen und sich fragen, ob man in einem Strip-Klub ohnmächtig geworden ist.«

»Diese Sessel sind perfekt für einen Lapdance.«

»Kannst du haben«, versichere ich. »Statt meiner Brüste hättest du dann allerdings meinen dicken Bauch vor dem Gesicht.«

»Klingt interessant«, erwidert er lachend und wirkt tatsächlich ein bisschen versucht. Vielleicht laufen die Dinge am Ende doch noch in die richtige Richtung.

Der Reiseführer ragt aus meiner Handtasche, und ich gehe ihn holen. Doch Max nimmt ihn mir aus der Hand und wirft ihn aufs Bett.

»Lass uns ein paar Stunden verbringen, die nicht durchgeplant sind. Morgen und übermorgen haben wir noch zwei volle Tage für die Sehenswürdigkeiten.«

Genau das würde auch der normale Max sagen.

»Okay, gute Idee.« Ich strecke die Hand aus, damit er die Führung übernimmt, und werfe noch einen letzten Blick auf das Doppelbett, das ich so hart erkämpft habe. Ich frage mich, wann wohl der Moment gekommen sein wird, es so zu nutzen, wie ich es vorhabe.

In Paris muss man nicht weit gehen, um sich in diese Stadt zu verlieben. Wir verbringen den Nachmittag damit, durch das Quartier Latin zu spazieren, weichen den Touristenmassen möglichst aus, laufen durch Gassen mit Kopfsteinpflaster, bewundern Universitätsgebäude und alte Kirchen, schlendern durch winzige Parks, vorbei an Springbrunnen und Statuen. Jedes Detail für sich ist eine Schönheit, aber alles zusammen ist überwältigend.

Die Romantik ist ansteckend und wir halten Händchen, schauen uns in die Augen, kuscheln auf Bänken. Es ist schön, nur zu zweit zu sein, etwas in der Gegenwart des anderen zu genießen, neue Erinnerungen zu schaffen, statt sich nur auf die Vergangenheit zu konzentrieren.

In einem der vielen Cafés trinken wir Kaffee und können nicht widerstehen, uns Eisbecher zu bestellen, die uns bis zum Abendessen über Wasser halten.

Automatisch schiebe ich meinen Becher hinüber zu Max, als sich nur noch ein letzter Löffel Schoko-Eis am Boden befindet.

»Oh, hast du genug?«, fragt Max und weiß offenbar nicht, was er damit anfangen soll.

»Ja«, antworte ich und denke, dass es wohl an der Zeit ist, solche Erinnerungen an unsere Vergangenheit hinter mir zu lassen. Ich sollte nicht bei dem Gedanken verweilen, dass der letzte Löffel immer für den anderen war. Ich werde mich darauf konzentrieren, neue Traditionen zu schaffen.

»Gehen wir weiter?«, fragt Max, nachdem er bei dem Kellner die Rechnung bezahlt hat.

»Ja, gern«, sage ich.

»Du siehst allerdings müde aus – möchtest du lieber zurück ins Hotel und vor dem Abendessen ein bisschen ausruhen?«

Ich schließe die Augen und könnte auf der Stelle einschlafen.

»Meine Erfahrung mit Nickerchen ist nicht die beste«, erwidere ich lachend. »Wenn du mich jetzt ins Bett steckst, bekommst du mich vielleicht nicht mehr heraus.«

Max schaut mich an und zieht eine Braue hoch. »Wäre das denn so schlecht? Vor allem, wo du dich so angestrengt hast, dieses Bett zu bekommen?«

»Oje, das verruchte Zimmer. Ich habe gerade versucht, diese demütigende Erfahrung zu verdrängen.«

»So schlimm ist es nicht«, widerspricht er und gibt sich Mühe, nicht zu lachen. »Es ist ein schönes Zimmer.«

»Ja, wenn wir das Licht stark dimmen.«

Wir müssen beide lachen und können gar nicht mehr aufhören. Keine Ahnung, ob das nur an dem scheußlichen Zimmerdekor liegt oder mehr an der Verlegenheit, dass wir doch beide wissen, was ansteht.

»Sollen wir zurückgehen?«, schlägt Max noch einmal vor. »Ich könnte vor dem Abendessen noch ein Bad nehmen.«

»Okay«, stimme ich zu, stelle mir vor, wie er nackt in die

Badewanne steigt, und ziehe am Kragen meines Wollkleides. Liegt es an mir, oder ist es plötzlich sehr warm?

Max ergreift meine Hand, zieht mich hoch und lässt mich nicht los, als wir vor das Café treten.

Am Seine-Ufer entlang spazieren wir in Richtung unseres Hotels. Gerade als ich dachte, Paris könne nicht noch schöner werden, explodiert der Himmel in eine pinkfarbene Dämmerung. Die Straßenlaternen gehen an, und die Lichter der Stadt flackern überall auf.

»Dieser Ort ist so wunderbar«, sage ich.

»Stimmt. Ich dachte immer, das mit der Romantik und Paris sei nur ein Klischee, aber jetzt verstehe ich es.«

»Warte ab, bis wir morgen am Eiffelturm sind!«

»Wir müssen gar nicht überall hin. Ich glaube dir, dass wir all das schon gesehen haben. Ich genieße einfach die Situation. Herumlaufen und reden. Eigentlich möchte ich lieber dich kennenlernen.«

Wir gehen an einem Pärchen vorbei, das öffentliche Liebesbekundungen auf ein ganzes neues Niveau hebt.

»Teufel«, zische ich und schirme meine Augen mit der Hand ab. »Hast du gesehen, wo seine Hand war?«

»Bestimmt wollte er nur ihren Hintern wärmen, weil ihr kalt ist.«

»Wäre möglich. Bei dem winzigen Höschen«, erwidere ich und denke an das Riesenteil, das ich gerade trage.

Max lacht herzhaft.

»Das war ein Null-Punkte-Kuss«, stelle ich fest.

»Was bedeutet das?«

So viel dazu, unsere alten Traditionen nicht mehr zu erklären.

»Wir bewerten oft Küsse auf einer Skala von null bis zehn. Wenn wir Filme schauen, oder wenn du unser Sexleben in

Gang bringen willst – dann versuchst du, mir einen Sieben-Punkte-Kuss zu geben.«

»Aha.« Er nickt. »Hm, ich finde, das bei den beiden war ein guter – ziemlich leidenschaftlich!«

»Für meinen Geschmack ein bisschen zu viel öffentliche Zurschaustellung von Zuneigung.«

»Du bist eine strenge Richterin. Aber meine Güte, wie viele Paare hier unterwegs sind«, erwidert er und schaut sich um. »Als würden sie bei Einbruch der Dämmerung alle ins Freie strömen.«

»Wie Vampire.«

»Er dort strengt sich jedenfalls mächtig an, ihr das Blut auszusaugen.« Max deutet auf einen Mann, der am Hals seiner Partnerin knabbert. »Wie viele Punkte gibt es dafür?«

»Vielleicht drei. Das ist halbromantisch.«

Wir gehen weiter, und es dauert nicht lange, bis wir auf das nächste küssende Paar stoßen.

»Also, der Kuss wirkt lustlos. Da gibt es nicht viele Punkte«, sagt Max.

»Aber sieh doch, er umfasst mit beiden Händen ihr Gesicht. Das ist ein bisschen Ryan Gosling.«

»Und das ist gut?«

»Absolut. Gibt fünf Punkte.«

»Auf mich wirkt es, als würde er das Leben aus ihr herauspressen. Deshalb null Punkte.«

»Bist du streng!«

»Es kann nun mal nicht jeder Kuss eine Zehn bekommen«, erwidert Max.

Hand in Hand gehen wir weiter, während er offenbar darüber nachdenkt. »Da ist zunächst die Vorbereitung. Der Moment, wenn der andere nur *spürt*, was jetzt kommt. Es muss ihn ein bisschen überraschen.«

»Im Sinne von: Ob es wohl gleich passiert?«

»Genau. Und es muss ein *Bam*-Moment sein, wenn der Funke überspringt – du weißt schon, dass dein ganzer Körper erzittert.«

»Aha.« Ich nicke.

»Und dann kommt die Hand ins Spiel. Sie umfasst definitiv nicht das Gesicht. Sie startet möglicherweise im Nacken und fährt behutsam den Rücken hinab und dann vielleicht über den Hintern, aber nicht unter die Klamotten, wie es unser Freund gerade getan hat, nicht zu diesem frühen Zeitpunkt.«

»Und was passiert dann?« Wir gehen so langsam, dass wir praktisch stehen, und ich bewege mich näher zu Max hin.

»Und damit es dann ein richtiger Zehner-Kuss wird, braucht es Leidenschaft. Zum Beispiel: Die Frau schwingt das Bein um seine Hüfte, und er zieht sie fest an sich. Oder einer von beiden presst den anderen gegen eine Wand.«

»Und das ist eine Zehn?«, frage ich kaum hörbar. In all den Jahren, die wir dieses Spiel spielen, hat er nie verbalisiert, wie eine perfekte Zehn aussieht, und mir läuft ein Prickeln über den ganzen Körper.

»Nein, das ist eine Neun. Damit es eine Zehn wird, fehlt noch der Teil mit dem Atmen.«

»Der Teil mit dem Atmen?«

»Japp. Wenn sie sich für einen Moment lösen und so dicht beieinander atmen, dass man nicht mehr weiß, welcher Atem zu wem gehört. Und das, Ellie Voss, ist eine perfekte Ze…«

Max kann den Satz nicht beenden, denn ich ziehe ihn zu mir herunter und küsse ihn.

Für den Bruchteil einer Sekunde reagiert er verdutzt – aber wirklich nur für einen Sekundenbruchteil –, und dann küsst er mich, wie er es nie zuvor getan hat. Seine Hände gleiten unter meinen offenen Mantel und finden ihren Weg zu meinem Rücken. Ich schlinge die Arme um ihn, streichle seinen Nacken und ziehe ihn noch fester an mich. Ich lehne mich hinten gegen die Brüstung, und Max schmiegt sich fest gegen meinen dicken Bauch. Vage bekomme ich mit, dass Leute an uns vorbeigehen, löse mich von Max' Lippen und öffne die Lider. Er sieht mir in die Augen, unsere Nasen berühren sich fast, und wir atmen heftig.

»Jetzt habe ich das mit dem Atmen verstanden«, flüstere ich und versuche, wieder Luft zu bekommen.

»Ja«, sagt er und keucht ebenfalls leise.

»Du hast recht – diese Art von Kuss bekommt eine hohe Bewertung. Aber eine perfekte Zehn war es noch nicht.«

Er zieht die Brauen zusammen. »Nein?«

»Nein. Dafür hatten wir zu viele Kleidungsstücke an.«

»Ach?« Er sieht mich mit einem Blick an, als wolle er mir auf der Stelle die Klamotten vom Körper reißen. Dann breitet sich ein Lächeln auf seinem Gesicht aus. »Und da es für Entblößen in der Öffentlichkeit Punktabzug gibt, bleibt uns wohl nur, möglichst schnell ins Hotel zurückzukehren.«

»Mit Sicherheit die klügste Vorgehensweise«, stimme ich zu, ergreife seine Hand, und wir eilen durch eine Nebenstraße.

Kurz darauf quetschen wir uns in den engen Fahrstuhl, und Max zieht die zusammengefaltete Eisentür zu. Ich möchte ihn auf der Stelle küssen, aber hier drin ist es so eng, dass wir uns kaum bewegen können.

Kaum ist die Tür unserer Suite hinter uns ins Schloss gefallen, da streife ich meinen Mantel ab, und Max knöpft seinen auf, küsst mich und zupft gleichzeitig an meinem Kleid. Wir halten nur kurz mit Küssen inne, damit er mir das Kleid über den Kopf ziehen und ich ihn seines Pullovers entledigen kann. Sein T-Shirt folgt als Nächstes, dann kämpfe ich mit seinem

Gürtel, der schließlich zusammen mit seiner Hose zu Boden fällt.

»Bei der Strumpfhose und den Schuhen brauche ich ein bisschen Hilfe«, flüstere ich und löse mich mit einem verlegenen Lachen von Max. Meine vermutlich durch die Schwangerschaftshormone gesteigerte Lust ist zu groß, als dass ich daran denke, dass meine riesigen Brüste in einem Still-BH stecken, oder an die Schwangerschaftsstreifen, die sich über meinen Bauch ziehen. Max scheint damit auch kein Problem zu haben. Er ist genauso ausgehungert wie ich.

»Du bist wunderschön«, haucht er und hält für einen Moment den Atem an. Ich blinzle eine Träne zurück, und mein Herz pocht.

Behutsam führt er mich zur Bettkante, kniet sich hin und streift meine Stiefel ab. Dann zieht er die Strumpfhose vorsichtig herunter und streichelt anschließend über die Innenseiten meiner Schenkel. Ein Schauer jagt mir über den Rücken. Seine Hände verharren kurz an der riesigen Unterhose, dann zieht er sie mir ebenfalls aus. Ich habe keine Ahnung, was er jetzt sieht, denn mir versperrt der dicke Bauch schon seit einer Weile die Sicht auf alles darunter Befindliche.

Er zieht mich hoch, sodass ich vor ihm stehe, streift seine Boxershorts ab, langt um mich herum und öffnet meinen BH.

Ich kann mich gar nicht mehr daran erinnern, wann wir das letzte Mal Sex hatten, der mehr war als ein schnelles Herumfummeln mitten in der Nacht – bei den seltenen Momenten, wenn keiner von uns zu müde war von unserem anstrengenden Leben mit Jobs und Kind. Jetzt aber passiert alles so langsam und bewusst, dass mein ganzer Körper erregt ist und ich mich beinahe fühle, als wäre es unser erstes Mal.

Max schiebt mir eine lose Haarsträhne hinters Ohr, und ich

lege rasch atmend meine Hand auf seine. Und als ich es kaum noch aushalte, neigt er sich vor und küsst mich.

Dieses Mal ist es ohne jeden Zweifel eine perfekte Zehn. Der Kuss, der alle anderen Küsse in den Schatten stellt.

»Wow«, sagt Max und legt sich auf sein Kissen zurück. »Ist es immer so?«

»Nein, meistens sind wir zu erledigt und ziehen nicht mal die Socken aus.«

Er atmet laut aus. Ich rolle mich auf die Seite, damit ich ihn ansehen kann, und stütze den Kopf auf.

»Weißt du, deine Arbeit ist jetzt aber noch nicht getan«, sage ich.

»Was, du willst es noch mal …? Ellie, keine Ahnung, ob ich direkt wieder kann.«

»Nein, ich rede nicht von dir, sondern von mir, und dass du mich … zum Abschluss bringst.«

»Dich zum Abschluss bringen?« Er runzelt die Stirn.

»Ja, du weißt schon.« Ich wackle mit den Fingern.

Er dreht sich mir zu, sieht mich verdutzt an.

»Bist du nicht …«

»Nein.«

»Oh. Ich dachte, du …«

»Nein.« Lächelnd schüttle ich den Kopf. »Versteh mich nicht falsch, es war wunderbar, aber manchmal musst du noch ein bisschen nacharbeiten.«

»Verstehe …« Er wirkt immer noch perplex. Ich erinnere mich vage an ein ähnliches Gespräch mit ihm vor Jahren, allerdings fand es damals in einem Tequila-Nebel statt. »Weißt du, eigentlich hat sich noch nie jemand beschwert. Und ich dachte, ich würde es merken, wenn ich etwas falsch mache.«

»Glaub mir, du hast rein gar nichts falsch gemacht. Aber

möglicherweise hast du ein paar Damen unbefriedigt zurückgelassen.«

»Oh«, sagt er nur, und ich beuge mich zu ihm, um ihn zu küssen.

»Ich hätte nichts sagen sollen.«

»Doch.« Er löst sich von mir. »Das war absolut richtig. Mache ich normalerweise einfach weiter?«

»Ja, ich muss dich nicht auffordern. Ich lehne mich einfach zurück, und du legst los«, lüge ich, dass sich die Balken biegen. Normalerweise muss ich ihn vorher mit dem Ellenbogen in die Rippen stoßen.

»In Ordnung. Ich werde dir zeigen, dass ich auch darin sehr gut bin.«

»Ich weiß, Max Voss. Fang einfach an, bitte.«

»Okay, aber ich muss da runter, damit ich sehe, was ich tue – und ich verschwinde quasi hinter deinem Bauch.«

»Glaub mir, ich muss dich nicht dabei beobachten.«

»Aber mein Gesicht ist das Beste an mir!«

»Ich halte dagegen, dass deine Finger im Moment das Beste an dir sind.«

»Echt jetzt? Na gut, dann …« Er fährt mit den Fingerspitzen über meine Hüfte. »Dann gebe ich mir jetzt mal richtig viel Mühe.«

Er dreht mich auf den Rücken, und ich lasse mich lachend in das Verlangen fallen. Ich weiß gar nicht mehr, wann Max und ich so gewesen sind. Wir folgen zwar nicht demselben Weg wie beim ersten Mal, als er sich in mich verliebte – aber es fühlt sich so an, als würden wir am Ende dasselbe Ziel erreichen.

Kapitel 19

Die restliche Zeit in Paris verging wie ein Traum aus Perfekte-Zehn-Küssen, mehr Sex, als vermutlich ratsam ist bei einer im achten Monat Schwangeren, Spaziergängen durch malerische Straßen und dem Essen köstlicher Gerichte vom Umfang meines Körpergewichts. Wir haben uns zwar nicht alle bekannten Sehenswürdigkeiten angesehen, aber wir taten das, was wirklich wichtig ist, nämlich wieder zueinanderzufinden.

Mehr denn je erkenne ich, dass Max und ich wieder anfangen müssen, unser Leben zu leben, statt uns auf die Vergangenheit zu konzentrieren. Und als ich nach unserer Rückkehr gestern Sasha bei Judy abholte, überzeugte ich deshalb sie und Mick davon, dass es an der Zeit sei, Max die Wahrheit über ihre Beziehung zu gestehen. Seit dem Gedächtnisverlust sind drei Wochen vergangen, und es gibt noch keinerlei Anzeichen, dass Max' Erinnerungen zurückkommen. Je länger es sich aber hinzieht, desto unbehaglicher fühle ich mich mit dieser Lügerei.

Heute Abend kommen sie zum Essen zu uns, offiziell wollen wir uns damit bei ihnen bedanken, dass sie auf Sasha aufgepasst haben, während wir in Paris waren. Aber in Wahrheit wollen Max' Eltern ihm schonend beibringen, dass sie längst geschieden sind.

Als ich den Backofen öffne, schlägt mir Dampf entgegen. Die Lasagne brutzelt schön vor sich hin.

»Sie ist sofort eingeschlafen«, verkündet Max, als er in die Küche zurückkommt.

»Gut. Danke, dass du sie ins Bett gebracht hast.«

»Kein Problem. Ich war dran – so läuft es doch, oder?«

»Absolut.« Ich nicke Max 2.0 zu. Eigentlich sollte ich ihm auch *darüber* reinen Wein einschenken, dass er gar kein Bilderbuch-Vater ist, aber das bringe ich nicht fertig. Denn wenn ich ehrlich bin, verhält er sich so, wie ich es in meinen Träumen erhofft hatte.

»Duftet köstlich. Kann ich was tun?«

»Ähm, der Salat ist fertig und das Knoblauchbrot vorbereitet. Vielleicht den Wein öffnen?« Ich deute zu der Flasche Rotwein auf dem Tisch.

»Ist das alles?« Er tritt hinter mich und schlingt die Arme um meine Taille. Als er anfängt, sich mit sanften Küssen meinen Nacken hinabzuarbeiten, drehe ich mich zu ihm um, küsse ihn leidenschaftlich, ehe ich sage: »Max, Finger weg! Deine Eltern kommen jeden Moment.«

Seine Hände wandern weiter, und er lacht leise zwischen den Küssen, als ich sie wegschiebe.

»Dafür haben wir keine Zeit.«

»Ich kann schnell sein.«

»Das hört jede Frau gern.«

»Oder auch langsam.« Er haucht einen langen, innigen Kuss auf meinen Hals, sodass ich eine Gänsehaut bekomme.

Es klopft leise an der Tür, und wir fahren auseinander.

»Verdammt.« Max geht sich mit den Fingern durchs Haar. »Fortsetzung folgt«, sagt er, zwinkert mir zu und läuft zur Haustür.

Ich atme ein paarmal tief durch und fächere meinen Wangen mit einem Topfhandschuh Luft zu. Als das nichts bringt, öffne und schließe ich die Backofenklappe, damit es so aussieht, als wäre ich von dem Dampf erhitzt.

»Oh, Ellie, es duftet wunderbar!«, ruft Judy, als sie die Küche betritt. Mick und Graham folgen ihr auf den Fersen.

»Oh.« Ich kann meine Überraschung nicht verbergen, dass Graham mitgekommen ist. Er gehört zwar zu Judys neuer Zukunft, aber ich hielt es für besser, wenn sie und Mick allein mit ihrem Sohn reden.

»Ich habe ganz vergessen, dir zu sagen, dass ich Graham auch eingeladen habe«, sagt Max leicht zerknirscht. »Ist mir total entfallen.«

Graham wirkt verlegen.

»Ich war gar nicht eingeplant, Ellie? Ich kann wieder gehen«, bietet er an.

»Nein, bleib bitte.« Ich gehe zu ihm und umarme ihn zur Begrüßung. »Du bist herzlich willkommen. Es gibt reichlich Essen.«

Ich umarme Mick, und er drückt mich so fest, als sei es die letzte Umarmung, die ich je von ihm bekommen werde.

»Ich habe leckeren Apfelsaft mitgebracht«, sagt Judy und reicht ihn mir.

»Danke! Max, kümmerst du dich um die Getränke?«

»Natürlich.« Er hat immer noch einen Gesichtsausdruck wie ein notgeiler Teenager, aber ich versuche, es zu ignorieren. Es reicht, dass meine Wangen rosig glühen.

»Ist Sasha schon im Bett?«, fragt Judy.

»Ja, Max hat es geschafft, dass sie in Rekordzeit eingeschlafen ist.«

»Sie hat heute den ganzen Tag gekehrt, ist uns mit ihrem kleinen Besen durchs Wohnzimmer gefolgt«, erzählt Mick.

»Und hat den Dreck eher verteilt«, vermute ich lachend.

Ich sehe die Trauer in Micks Augen. Er hat in den vergangenen Wochen nicht nur zu Max wieder eine Beziehung aufgebaut, sondern auch zu seinem Enkelkind.

»Bekommen wir den Fortschritt im Wohnzimmer zu sehen, oder müssen wir auf eine große Eröffnung warten?«, fragt Judy.

»Wenn du magst, zeige ich es dir, Mum«, sagt Max und verteilt die Gläser mit Rotwein.

»Komm mit, Graham«, sagt sie und will ihn an der Hand nehmen, verharrt jedoch mitten in der Bewegung und tätschelt stattdessen seinen Arm. Offenbar hat sie sich im letzten Moment daran erinnert, dass er offiziell nur ein guter Freund ist. »Du hast es auch noch nicht gesehen.«

»Wie fühlst du dich?«, frage ich Mick, sobald die anderen aus dem Zimmer sind.

»Ganz okay.« Er zuckt mit den Schultern. »Ich weiß, dass wir es nicht ewig aufschieben können, aber …«

»Du sorgst dich, dass du ihn und Sasha wieder verlierst.«

»Ach, Ellie.« Er schüttelt den Kopf. »Nichts bedaure ich mehr, als ihn damals verloren zu haben, und was Sasha betrifft … Sie ist der Hauptgrund, warum ich nicht schon früher hergekommen bin. Aus der Ferne kann ich so tun, als würde sie nicht wirklich existieren und nur ein Kind auf einem Foto sein, aber jetzt kenne ich sie. Dieses Wippen, wenn Musik ertönt, und wie sie beim Anblick eines Kekses die Augen aufreißt …«

Er zwickt sich in den Nasenrücken.

»Komm schon, Mick, es ist doch klar, dass du sie jederzeit sehen darfst. Außerdem, wer weiß, vielleicht läuft es dieses Mal mit Max ganz anders.«

»Nein.« Er seufzt. »Das glaube ich nicht. Eher wird es noch schlimmer, weil ich ihm die ganze Zeit etwas vorspiele. Ich hätte mich nicht darauf einlassen dürfen, aber als ich herkam und er mich umarmte und mich so wie früher behandelte … da konnte ich nicht anders.«

»Ich weiß.« Behutsam drücke ich seinen Arm.

Er blinzelt ein paar Tränen weg. Die anderen kehren zurück, und Mick geht zur Terrassentür, damit sie nicht sehen, wie er sich fühlt.

»Sieht toll aus«, lobt Judy. »Richtig schick. Vielleicht sollten wir unser Haus auch ein bisschen herrichten, bevor wir es verkaufen.«

»Verkaufen?«, ruft Max und nimmt sein Weinglas von der Anrichte. »Ihr verkauft das Haus?«

Judy schaut zu Mick, und ich wappne mich, dass jetzt die Wahrheit ans Licht kommt. Irgendwie hatte ich gehofft, dass wir vorher essen, aber vielleicht ist es besser so.

»Wir wollen uns verkleinern. Was sollen wir noch mit so einem großen Haus?«, antwortet Mick.

»Verstehe.« Max wirkt nachdenklich. »Für euch beide ist es tatsächlich ein bisschen groß, aber ich bin in dem Haus aufgewachsen.«

»Keine Sorge, wir sind noch weit davon entfernt, es auf den Markt zu bringen«, versichert Judy.

»So weit nun auch nicht«, widerspricht Mick. »Anfang nächsten Jahres.«

»Anfang nächsten Jahres?«, entfährt es Max. Seit seinem Gedächtnisverlust hat er die meisten Dinge leicht weggesteckt, aber das hier scheint einen Nerv zu treffen.

»Ist nur so eine Idee, wir können es auch noch länger vertagen«, versucht Judy ihn zu beruhigen. »Aber weißt du, nicht alle Veränderungen sind schlecht.«

»Natürlich nicht. Vermutlich reagiere ich albern, denn mir war klar, dass ihr es eines Tages verkaufen würdet. Aber meine gesamte Kindheit habe ich in diesem Haus verbracht, und da mir momentan viele Erinnerungen fehlen, ist es irgendwie schön, sich daran zu klammern.«

Er seufzt und ich drücke liebevoll seine Hand.

Mick sieht Judy mit hochgezogenen Brauen an, und Panik schimmert in ihren Augen.

»Wo wollt ihr denn hinziehen?«, fragt Max.

»Ich habe da etwas in Crookham Village im Auge«, antwortet Judy.

»In der Nähe von Graham«, sagt Max.

Mick lacht auf und kaschiert es dann mit einem Hüsteln.

»Vor allem immer noch nah bei euch, was das Wichtigste ist«, stellt Judy klar. »Aber es gibt wirklich keine Eile.«

Da keine großen Enthüllungen in Aussicht stehen, öffne ich den Backofen und verkünde, dass die Lasagne fertig ist.

»Ausgezeichnet«, freut sich Mick. »Ich bin am Verhungern.«

»Setzt euch schon mal. Max, würdest du noch ein Gedeck für Graham dazustellen?«

»Bist du sicher, dass es für einen mehr reicht?«, fragt er, bevor er sich setzt.

»Auf jeden Fall«, versichere ich, hole eine Form mit Lasagne heraus, die groß genug ist, um die ganze Straße zu beköstigen, und stelle sie auf den Tisch. Graham setzt sich neben Judy, und Mick nimmt den Stuhl am Kopfende, damit Max und ich nebeneinandersitzen können.

Ich greife gleichzeitig mit Max zum Servierlöffel. Unsere Hände berühren sich, und wir schauen uns an. Ich frage mich, ob die anderen mitbekommen, wie es zwischen uns knistert.

»Ihr habt uns noch gar nichts von Paris erzählt«, sagt Judy. »Als du Sasha abgeholt hast, ging alles so schnell.«

»Es war traumhaft.« Wie von selbst legt sich ein verklärtes Lächeln auf mein Gesicht.

»Wart ihr im Louvre?«, möchte Judy wissen. »Als wir vergangenes Jahr dort waren, herrschte ein unglaubliches Gedränge.«

»Nein, das haben wir nicht geschafft«, erwidere ich.

»Oh«, sagt Judy. »Und was ist mit Sacré-Cœur?«

Ich schüttle den Kopf.

»Eiffelturm? Versailles?«

»Ähm, wir haben uns auf das Viertel beschränkt, in dem das Hotel ist«, erkläre ich. Tatsächlich waren wir in den drei Tagen nie weiter als ein paar Straßen vom Hotel entfernt.

»In deinem Zustand ist Herumlaufen ja auch sehr anstrengend, und dich durch die Menschenmassen zu quetschen, ist dann nicht angenehm.« Judy nickt.

»Genau«, pflichtet Max ihr bei und kneift mich unter dem Tisch in den Oberschenkel. »Wir haben viel in Cafés gesessen und Passanten beobachtet.«

Was sogar stimmt, in den Pausen zwischen dem vielen Sex.

»Das gehört zu meinen Lieblingsbeschäftigungen in Paris«, sagt Graham. »Ich fand es toll, am Place Dauphine zu sitzen, etwas zu trinken und mir die Leute anzuschauen.«

»In diesem hübschen kleinen Café, wo es die dickflüssige heiße Schokolade gab«, träumt Judy laut.

»Ach, seid ihr zu dritt dort gewesen?«, fragt Max und bricht sich ein Stück Brot ab.

Judy wirkt entsetzt über ihren Versprecher, aber dadurch bietet sich eine wunderbare Gelegenheit, endlich die Wahrheit zu sagen.

Doch Judy erwidert: »Ja, waren wir. Wir sind zu dritt hingefahren.«

»Echt?« Max schaut misstrauisch zwischen ihnen hin und her.«

»Japp.« Mick nickt.

Ich schließe kurz die Augen; sie haben mir versprochen, dass sie Max die Wahrheit sagen würden. Immer wieder tun sich Möglichkeiten dazu auf, aber die drei lügen munter weiter.

»Toll, dass ihr euch so gut versteht.«

»Hm«, murmelt Judy und wechselt schnell das Thema. »Das Essen ist köstlich, Ellie.«

»Danke. Max hat beim Kochen geholfen.«

»Genau, es schmeckt so gut wegen meines Geschicks beim Gemüsekleinschneiden«, erwidert er lachend.

»Hey, mach niemals die Küchenhilfe schlecht«, sagt Graham. »Jeder braucht eine, nicht wahr, Judy?«

»Natürlich. Und Mick ist sehr gut darin«, versichert sie schnell.

Graham macht ein langes Gesicht, was Max aber nicht auffällt, stattdessen lacht er.

»Das ist ein Witz, oder? Seit wann hilft Dad in der Küche?«

Judy und Mick lächeln verlegen, und ich ziehe eine Braue hoch.

»In den vergangenen fünf Jahren hat sich viel verändert«, sage ich, denn ich bin dieses Theater allmählich leid.

»Dad, sag nicht, dass du neuerdings kochst?«

Mick öffnet den Mund, zögert jedoch, als fehlten ihm die Worte. Sein Handy klingelt, und er wirkt erleichtert.

Er zieht es aus der Hemdtasche und erstarrt, als er die Nummer des Anrufers auf dem Display sieht. Hektisch will er es ausschalten und lässt es dabei auf den Tisch fallen, direkt vor Max.

»Wer ist Ruby?«, fragt der, als er es seinem Vater zurückreicht.

»Niemand Wichtiges«, versichert Mick. »Nur meine Pilates-Trainerin.«

»Deine Pilates-Trainerin ruft dich an einem Samstagabend an?«

»Mick versucht, sie mit Graham zu verkuppeln«, eilt Judy ihm zu Hilfe.

Graham lässt die Gabel fallen, die klirrend auf seinem Teller landet.

»Wie spannend. Eine Pilates-Trainerin.« Max zwinkert Graham zu.

»Wie ich deinem Dad schon sagte«, erwidert Graham und spannt den Unterkiefer an, »jung und gelenkig ist nicht alles. Ich bevorzuge reife Frauen mit Intelligenz und Sinn für Humor.«

»Jung und beweglich zu sein, definiert nicht den Charakter einer Person«, erwidert Mick, und Judy seufzt laut. »Davon abgesehen ist sie clever und witzig.«

»Möchte jemand mehr?«, werfe ich ein, besorgt darüber, wo dieses Gespräch auf unsachliche Weise hinführen könnte.

Mick und Graham nehmen beide einen Nachschlag, aber die Anspannung hängt weiterhin in der Luft.

»Also, Mick, hattest du nicht erwähnt, dass du Max etwas sagen wolltest?«, frage ich schließlich und lege mein Besteck auf den Teller.

Er nickt und holt tief Luft.

»Ich wollte dir sagen … wie viel Spaß es macht, mit dir gemeinsam das Wohnzimmer zu renovieren. Ich habe es sehr genossen, viel Zeit mit dir zu verbringen, und …«

Jetzt kommt es, denke ich und halte die Luft an.

»… kann es kaum erwarten, bis wir anfangen, dieses Wandgemälde zu beseitigen.«

»Mir hat es auch Spaß gemacht, Dad«, versichert Max.

Ich presse die Lippen aufeinander.

»Hat einer von euch auch gerade Sasha gehört?«, zische ich.

»Ich habe nichts gehört«, sagt Max.

»Könntest du trotzdem kurz nach ihr sehen?«

»Klar.« Er steht sofort auf.

Ich warte, bis er den halben Weg die Treppe hinauf ist, und beuge mich dann über den Tisch. »Werdet ihr es ihm sagen?«

»Ich glaube nicht, dass es der richtige Zeitpunkt ist«, sagt Judy und peilt verlegen zu Mick.

»Finde ich auch. Hast du gemerkt, wie er auf den Hausverkauf reagiert hat?«

Ich kann nicht leugnen, dass Max erschüttert wirkte, aber das ist keine Entschuldigung dafür, ihm weiterhin Lügen aufzutischen.

»Das kann nicht für immer so weitergehen«, mischt Graham sich ein. »Ich bin nicht geschaffen für dieses verworrene Lügengeflecht.«

Gesegnet sei Graham.

»Ich weiß«, pflichtet Judy ihm bei. »Mich frisst es auch auf.«

»Mich ebenfalls«, stimmt Mick zu. »Außerdem verliert Ruby allmählich die Geduld. Aber«, fährt er fort, »das hier ist nicht der geeignete Moment, es ihm zu sagen. Das ist wie ein Überfall.«

»Ja«, stimmt Judy zu. »Sehe ich genauso. Vielleicht sollten doch nur wir beide mit ihm reden. Wir könnten einen Spaziergang um den Teich machen. Früher sind wir so gern mit ihm dort gewesen.«

»Gute Idee.« Mick nickt.

»Aber bald!«, beharre ich.

»Natürlich, Ellie. Wir renovieren noch den Flur, und nächste Woche sagen wir es ihm«, verspricht Mick.

»Ganz sicher«, fügt Judy leise hinzu, denn Max' Schritte nähern sich.

»Schläft tief und fest«, verkündet Max und setzt sich wieder. Er legt die Hand auf meinen Rücken. Wie sehr ich diese kleinen Berührungen vermisst habe!

»Entschuldige, ich habe mir wohl nur eingebildet, dass sie gejammert hat«, sage ich und lächle ihn an. »Möchte jemand Nachtisch?«

Rasch stehe ich auf, damit Max nicht merkt, dass ich lüge. Mick und Judy bekommen noch eine allerletzte Chance, denn wenn sie es ihm nächste Woche nicht sagen, werde ich es tun. Für Max und mich läuft es in die richtige Richtung, und das will ich nicht auf einem Fundament aus Lügen aufbauen.

Kapitel 20

Max und Mick haben so tolle Arbeit geleistet beim Renovieren des Wohnzimmers, dass ich meine Mädels aus dem Geburtsvorbereitungskurs eingeladen habe, um den Raum mit einem Nachmittagstee einzuweihen. Weil er uns nicht stören will, hat Max entschieden, an diesem Nachmittag den Dschungel in unserem Garten in Angriff zu nehmen. Ich stelle das Tablett mit dem Tee auf den Sofatisch und schaue hoch, spüre, dass mich alle ansehen. Die drei sitzen aufgereiht auf dem Sofa wie die Interviewer bei einem Vorstellungsgespräch.

»Was? Wieso seht ihr mich so an?«

»Wir wollen wissen, wie es in Paris war …«, drängt Polly.

»So viel dazu, uns die Neugier nicht anmerken zu lassen«, sagt Helen.

»Tut mir leid, aber ich halte es nicht aus. Ich bin hoffnungslos romantisch, und diese Geschichte ist wie aus einem Roman. Ob die Hormone schuld sind?«

»Du kannst es immer auf die Hormone schieben«, versichere ich und schenke den Tee aus.

»Dieses Foto von euch beiden, wo ihr euch in einem Café aneinanderkuschelt …«, seufzt Polly und hat tatsächlich feuchte Augen.

»Okay, genug von dem jugendfreien Zeug«, mischt Helen sich ein und nimmt sich eine der Tassen, die ich gerade gefüllt habe. »Was wir wirklich wissen möchten: Gab es nackte Tatsachen?«

Ich schaue kurz zur Tür und spitze die Ohren, um sicherzugehen, dass die Motorsense im Garten noch kreischt.

»O ja, gab es. Und zwar jede Menge.« Ich grinse von einem Ohr zum anderen.

Helens Augen leuchten auf. »Erzähl weiter«, verlangt sie und setzt sich auf dem Sofa bequemer hin.

»Mehr gibt es nicht zu erzählen. Wir haben es getan, und jetzt ist alles wieder in Ordnung.«

»Alles ist in Ordnung?«, wiederholt Helen wenig beeindruckt. »Seit Wochen warten wir auf diesen Moment, und mehr bekommen wir nicht?«

»Ich fürchte, das muss genügen. Aber was war denn eigentlich mit deinem Babymoon? Ist jetzt Schluss mit dem Laben am Sexleben anderer, und du tust es wieder selbst?«

»Stimmt«, pflichtet Anneka mir bei. »Haben die Dessous ihren Zweck erfüllt?«

Helen seufzt laut. »Toby hat seinen verdammten Rücken vorgeschoben und das ganze Wochenende nur über Schmerzen gejammert. Ich hatte zwar gehofft, dass wir die meiste Zeit im Bett verbringen, aber nicht in der Form, dass er sich Sportsendungen anschaut und dabei seinen Rücken entspannt. Deshalb brauche ich Details von dir, ich brauche –«

»Wir alle wissen, was du brauchst«, unterbricht Anneka sie und rührt in ihrem Tee. »Ich schicke dir einen Link zu einem anderen Onlineshop, und Tobys Rücken ist kein Thema mehr.«

Helen nickt dankbar.

»Und was ist mit euch beiden?«, frage ich Polly und Anneka. »Manchmal kommt es mir so vor, als würde ich bei unseren Treffen nur von mir erzählen.«

»Quatsch«, erwidert Polly. »Aber von mir gibt es momentan nur zu berichten, dass meine Knöchel anschwellen und mein Sodbrennen schlimmer wird.«

»Und ich habe heute einen Burberry-Strampler für das Baby

gefunden, der die Farbe meiner Augen zur Geltung bringt«, schwärmt Anneka.

»Genau darauf achte ich bei Baby-Outfits auch immer«, versichert Helen.

»Wie du siehst, Ellie, geht es keineswegs nur um dich. Aber bei uns passiert einfach nichts Spannendes«, stellt Polly fest.

»Genau«, pflichtet Helen ihr bei. »Das wird sich nach der Geburt unserer Kleinen ändern, aber derzeit ... Wenn du nicht gerade eine tiefsinnige Unterhaltung über *Stranger Things* führen willst oder darüber, dass ich keinen Sex habe – das sind nämlich meine beiden aktuellen Fachgebiete –, dann sind wir alle froh, über das zu reden, was bei dir so los ist.«

»Okay.« Das beruhigt mich, und ich berichte ihnen von einigen der Höhepunkte unseres Trips. Als ich zu der Stelle mit unserem Perfekte-Zehn-Kuss komme, seufzen die drei unisono.

»Das Warten hat sich gelohnt«, sagt Helen und nimmt sich noch einen Keks. »Ich bin angemessen neidisch.«

»Klingt wundervoll«, haucht Polly.

»Allerdings«, stimmt Anneka zu, und ihre Hand schwebt für einen Moment über den Keksen, bis sie sich eines Besseren besinnt. »Hast du eigentlich diese Anne mal gegoogelt?«

»Nein, seit meinem Treffen mit Sarah habe ich kaum an sie gedacht.«

»Oh.« Anneka wirkt überrascht. »Hat es dich nicht gereizt, sie auf Facebook zu suchen?«

»Nein, ich war zu beschäftigt.«

»Ja, mit jeder Menge Sex«, seufzt Helen wehmütig.

»Das könnte ich nicht.« Anneka schüttelt den Kopf. »Wenn ich den Namen wüsste, müsste ich nachschauen.«

»Was ist das nur mit dir und den Ex-Freundinnen?«, fragt Helen.

»Ich weiß eben gern Bescheid, das ist alles.« Anneka schaut mich mit hochgezogenen Brauen auf eine Weise an, die mir sagt, dass sie dieses Thema so schnell nicht aufgeben wird. Seufzend nehme ich mein iPad vom Sofatisch.

»Also schön. Ich schaue sie mir an, obwohl ich keine Ahnung habe, welche Anne die richtige ist – es gibt jede Menge Anne Summers.«

»Komm her damit.« Anneka klopft auf das Sofa und bringt Polly und Helen dazu, ein bisschen Platz zu machen. Es ist zwecklos, mit ihr zu diskutieren, also quetsche ich mich zu ihnen, wo wir jetzt wie die Ölsardinen hocken.

Ich öffne Facebook und tippe *Anne Summers* in das Suchfeld ein.

Eine lange Liste erscheint, und wir starren alle darauf. Die ersten Fotos zeigen Frauen in knapper Unterwäsche, aber dann kommen Frauen in vollständiger Kleidung, und es scheint sich um Personen aus dem wahren Leben zu handeln.

»Es könnte jede sein«, sage ich und scrolle nach unten.

»Hm«, murmelt Anneka. »Ich hatte gehofft, dass Max noch mit ihr befreundet ist und wir es auf diese Weise herausfinden könnten.«

»Ist doch ein gutes Zeichen, dass er es offenbar nicht ist, oder?«, betont Polly, und ich nicke.

»Sagtest du nicht, sie war eine Kollegin von ihm? Der Arbeitgeber könnte also ein Anhaltspunkt sein«, schlägt Helen vor.

»Das dauert. Du musst es bei jeder Anne Summers einzeln anklicken, um die bisherigen Arbeitgeber zu sehen, falls sie überhaupt aufgelistet sind«, sage ich und demonstriere es bei einer zufällig ausgewählten Anne Summers, die in Kanada lebt.

»Wir können es aufteilen«, sagt Anneka und holt ihr Handy aus der Handtasche.

»Das müsst ihr nicht ...«, setze ich an, weil es mir allmählich zu weit geht, aber Anneka tippt bereits und atmet dann hörbar ein. »Eine meiner Freundinnen ist mit einer Anne Summers befreundet«, verkündet sie und zeigt ganz oben auf ihre Liste. »Und zwar Ninny Collins. Die hat Tausende Facebook-Freunde – du musst mit ihr nur einmal Blickkontakt haben, und sofort spürt sie dich auf und schickt dir eine Freundschaftsanfrage.«

Anneka klickt den entsprechenden Profilbereich der hübschen Blondine an.

»Sie hat ebenfalls ihre früheren Arbeitgeber aufgelistet. Walsh Knightly Associates, Hemmingfield Brothers, PDCA«, rattert Anneka herunter.

»Moment, Max arbeitet bei PDCA.«

Als ich diese Anne in meiner Liste anklicke, beginnt mein Herz laut zu schlagen. Ich sehe ihr Profilfoto, betrachte den Hintergrund – eine schicke Rooftop-Bar, umgeben von hohen Gebäuden.

»Ist sie das?«, fragt Helen.

»Wäre sonst doch ein großer Zufall, oder?«, antworte ich und starre auf ihr Lächeln mit den perlweißen Zähnen und auf die blonde, perfekt frisierte Mähne. »Sarah sagte, Anne sei in die USA gezogen, und diese hier lebt in New York.«

»Ist ihr Profil freigegeben?«, fragt Polly.

»Nein, ich kann nur die verschiedenen Profilbilder sehen. Auf allen setzt sie sich in New York in Szene. Seht mal, hier ist sie auf einem Boot vor dem Boathouse im Central Park«, stelle ich fest. »Und da läuft sie auf der Brooklyn Bridge.«

»Moment mal.« Helen scrollt zurück. »Das ist nicht das Boathouse. Da war ich mal bei einer Hochzeit. Aber das hier kommt mir irgendwie bekannt vor.«

Polly und Anneka beugen sich herüber.

»Das ist die Bar am Serpentine See«, sagt Anneka.

»Ja«, stimmt Helen zu.

Dieses Profilbild ist neueren Datums.

»O Shit«, entfährt es mir.

»Was?« Anneka beugt sich noch weiter herüber und liest über meine Schulter hinweg: »Ganz richtig, Bitches, ich ziehe zurück nach Blighty.«

»Von wann stammt das?«, fragt Polly.

Ich schaue auf das Display.

»Ist zwei Monate her. Einen Monat, bevor Max sein Gedächtnis verloren hat.«

»Das hat aber nichts zu bedeuten, oder?«, fragt Polly.

»Nein, aber das hier schon«, antworte ich und zeige auf die Kommentare unter dem Bild.

Gemma Hartley

OMG! Kann es nicht erwarten, dich zu sehen. Bist du zurück in London? Xx

Anne Summers

Ja! In Chiswick. Wir treffen uns bald auf einen Drink, okay? xxx

Mir gefriert das Blut in den Adern.

»In Chiswick hat Max sein Gedächtnis verloren«, sage ich langsam. »Was ist, wenn er sie getroffen hat? Vielleicht gibt es deshalb keine Nachrichten zu einem Termin auf seinem Handy. Vielleicht hat er sie gelöscht, damit ich es nicht herausfinde.«

Mir wird übel. Bei all meinen Vorstellungen, was er wohl in Chiswick wollte, habe ich auch nicht im Traum an ein heimliches Treffen mit einer Ex gedacht.

»Vielleicht ist es doch nur ein Zufall«, versucht Polly mich zu beruhigen, klingt jedoch selbst nicht überzeugt. Und wenn ich mir die Gesichter von Anneka und Helen anschaue, geht es ihnen offenbar ähnlich.

Max betritt den Raum, und wir schauen alle hoch zu ihm.

Rasch legt Anneka das iPad mit dem Display nach unten auf meinen Schoß.

»Ähm, hallo«, sagt Max verlegen. »Sorry, stör ich gerade?«

»Nein«, versichert Polly ein bisschen zu schnell. »Wir haben uns nur, ähm …«

»Geburtsvideos angeschaut«, beendet Helen den Satz. »Um uns auf die seelischen Narben vorzubereiten.«

»Aha. Dann lass ich euch mal wieder allein. Das klingt sehr …« Er verzieht das Gesicht. Anscheinend fehlen ihm die Worte. »Ich hole Sasha aus der Kita ab.«

Er kommt zu mir, beugt sich herunter und haucht einen Kuss auf meinen Scheitel. Ich zucke zusammen.

»Geht es dir gut?«, fragt er.

»Ja, entschuldige, aber diese Geburtsvideos …«, murmele ich.

»Müssen übel gewesen sein«, sagt er auf dem Weg zur Tür. »Bis nachher.«

Ich winke ihm zu und setze ein Lächeln auf, das sofort wieder verschwindet, sobald er aus dem Raum ist.

»Was wirst du jetzt tun?«, fragt Polly, als die Haustür ins Schloss fällt.

»Keine Ahnung. Das hier bringt uns nicht weiter. Selbst wenn er sich mit ihr getroffen hat, erklärt das nicht seinen Gedächtnisverlust. Und Max kann uns nicht helfen, da er sich an nichts erinnert.« Ich stehe auf und atme tief durch.

»Du könntest dich mit meiner Freundin Ninny unterhalten. Sie kommt auch am Samstag zu meiner Baby-Party.«

»Klar. Ich sehe es schon vor mir: ›Hallo, Ninny, weißt du zufällig, ob sich mein Mann heimlich mit einer deiner Facebook-Freundinnen getroffen hat?‹«, flöte ich ein bisschen zu schnippisch. »Entschuldige, Anneka, aber –«

»Du brauchst dich nicht zu entschuldigen. Es war mein Fehler, das überhaupt vorzuschlagen. Aber ich habe echt nicht damit gerechnet …« So verlegen habe ich Anneka noch nie gesehen.

»Noch sollten wir nichts hineininterpretieren«, wiegelt Polly ab. »Falls er sich mit ihr getroffen hat, dann war es bestimmt rein platonisch.«

Das ist echt süß von Polly, überzeugt mich aber nicht. Je länger ich darüber nachdenke, desto stärker glaube ich, dass Anne mit Max' Gedächtnisverlust zu tun hat und ich mehr darüber in Erfahrung bringen muss.

Kapitel 21

Max legt die Hand auf meinen Oberschenkel, während ich fahre.

»Ist alles in Ordnung?«, fragt er. »Du wirkt in den letzten Tagen so geistesabwesend.«

»Mir geht es gut«, lüge ich. Noch fühle ich mich nicht imstande, ihn auf Anne anzusprechen, erst will ich die Wahrheit herausfinden. Hauptsächlich deshalb, weil ich ihm sonst erklären müsste, wie ich überhaupt auf sie gekommen bin. *Übrigens, Max, ich stalke deine Ex auf Facebook* … Das schreit nicht gerade nach Vertrauen.

Wir fahren zum New Forest, um dort einen Familientag zu verbringen. Ich liebe es, zu dieser Jahreszeit, wenn sich die Blätter herbstlich verfärben, dort zu sein. Aber am meisten freue ich mich darauf, Zeit als Familie zu verbringen. Zu zweit in Paris war es sehr romantisch, aber wenn wir zu dritt sind und ich sehe, wie das Band zwischen Max und Sasha mit jedem Tag stärker wird, macht mich das richtig glücklich.

Unterwegs halten wir kurz bei Judy, um die Campingstühle einzuladen, die sich bei dem Festival als so nützlich erwiesen haben, und die Kühltasche.

»Da wir jetzt ein Haus besitzen, in dem wir das alles unterbringen können, sollten wir uns eigene Campingsachen zulegen«, sage ich und biege in Judys Einfahrt.

»Vermutlich hast du recht. Erkennt man daran, dass man erwachsen geworden ist? Man kauft eine elektrische Kühlbox?«

»Vermutlich.« Ich lache. In dem Moment fällt mir auf, dass

die Vorhänge noch zugezogen sind. Das ist seltsam, da Judy normalerweise eine Frühaufsteherin ist.

»Ob deine Mum schon wach ist?«

»Klar, bei Tagesanbruch ist sie auf den Beinen. Vermutlich hat sie die Vorhänge zugelassen, weil Dad noch schläft. Ich nehme den Schlüssel, statt zu klopfen, damit ich ihn nicht wecke.«

Ich schaue Max nach, als er zur Haustür geht, und kümmere mich dann um Sasha, die unentwegt »Gran-Gran« plappert, so nennt sie Judy. Ich rede mit ihr, als es plötzlich an die Scheibe klopft. Erschrocken fahre ich zusammen. Ich hatte gar nicht gemerkt, dass Max schon wieder zurück ist, und fahre das Fenster herunter.

»Du musst mit reinkommen!«, sagt er panisch. »Und bring Sasha mit.«

»Okay.« Ich bemühe mich, so schnell, wie ich es mit dem dicken Bauch kann, aus dem Wagen zu steigen. Dann schnalle ich Sasha los und trage sie zur Haustür, wo Max auf uns wartet.

»Was ist denn los?«, frage ich.

»Nun, Graham ... Als ich die Tür öffnete, kam er gerade die Treppe herunter.«

»Na und?« Ich versuche, mir nichts anmerken zu lassen. »Vielleicht ist es spät geworden, und er hat hier übernachtet.«

»Er hat Mums rosa Rüschenbademantel an!«

»Oh.«

»Und er kam aus ihrem Schlafzimmer, Ellie!« Max sieht mich hilflos an, und ich wappne mich innerlich. Vermutlich ist jetzt der Moment der Wahrheit gekommen. »Ich glaube, meine Eltern hatten einen Dreier mit Graham.«

»Was?« Ich frage mich, wie man zwei und zwei zusammenzählen und auf fünf kommen kann, ganz zu schweigen von den Bildern in meinem Kopf, die ich vermutlich nie wieder loswerde.

»Das ist die einzig logische Erklärung. Er ist immer hier, und die drei hängen ständig zusammen. Sie waren sogar zu dritt in Paris. Graham ist Single und … glaubst du, dass sie das schon immer getan haben?«

Er verzieht das Gesicht.

»Keine voreiligen Schlüsse, bitte«, versuche ich ihn zu beruhigen, schließlich kenne ich die Wahrheit. »Es gibt sicher eine vernünftige Erklärung.«

»Ich wüsste keine«, erwidert er panisch. »In den 1960ern waren die drei Teenager. Vielleicht ist dieses ganze Hippie-Zeug immer noch im Gange. Aber die drei, in ihrem Alter …«

»Max, ich glaube nicht …«, setze ich an, beende den Satz jedoch nicht, weil ich es nicht zu erklären vermag, ohne ihm die Wahrheit zu sagen.

»Wie soll ich ihnen je wieder in die Augen sehen?« Er kann sich gar nicht mehr beruhigen. »Sollen wir fahren? Wir können unterwegs Campingstühle und eine Kühlbox kaufen.«

»Max!« Judy steckt den Kopf aus der Küche und schaut den Flur entlang. Sie trägt ein Nachthemd und darüber einen geblümten Morgenmantel. Ihr Haar, das normalerweise ihr Gesicht ordentlich einrahmt, steht an einer Seite hoch, und sie blinzelt im Flurlicht.

Sasha tapst über die Türschwelle zu ihrer Oma. Als Judy sich bückt, um ihr einen Kuss zu geben, sehe ich, dass sie zusammenzuckt.

»Geht es dir gut?«, frage ich, da ich es auch nicht gewohnt bin, sie so zerzaust zu sehen. Max zögert und steht immer noch im Türrahmen, aber dann folgt er uns doch in die Küche.

»Ja, alles gut, nur ein bisschen zu viel Portwein gestern Abend«, sagt sie und atmet tief durch.

»Ah.« Ich entspanne mich, da es offenbar nur ein Kater ist.

»Kaffee?«, fragt sie. »Ich koche einfach eine große Kanne.

Und dann brutzele ich ein deftiges Frühstück. Möchtet ihr auch?«

Max sieht aus, als müsse er immer noch den Gedanken an Graham und seine Eltern verdauen.

»Wir wollen eigentlich nicht bleiben, sondern nur kurz die Camping …«

Judy schlägt die Hand vor den Mund. »Oh, Ellie, das habe ich ganz vergessen! Ich geh schnell in den Schuppen und hole die Sachen.« Langsam schleicht sie zur Hintertür. »Nach gestern Nacht tut es bei jedem Schritt weh.«

Max starrt mich an, und ich fürchte, ihm könnten jeden Moment die Augen aus dem Kopf fallen.

»Sie meint nur den Kater«, beschwichtige ich ihn.

»Himmel, Judy, ich hätte nicht gedacht, dass du das noch draufhast«, sagt Mick, der in dem Moment in die Küche spaziert kommt. Als er uns entdeckt, bleibt er abrupt stehen. »Was macht ihr denn hier?«

»Wir wollten nur schnell die Campingstühle holen. Du wirkst auch etwas angeschlagen«, begrüße ich ihn.

»Ja.« Er stöhnt. »Eine heiße Nacht.«

»Du, Mum und Graham«, sagt Max.

»O ja, es wurde ein bisschen wild.«

Der arme Max. Seine Gesichtsfarbe wechselt zu lila.

»Bleibt ihr zum Frühstück? Judy macht Eier mit Speck und Würstchen.«

»Nein, wir müssen los.« Max wirkt wie zur Salzsäule erstarrt.

Graham betritt die Küche, schaut uns aber kaum an.

»Es wurde spät gestern, und ich, ähm, konnte nicht mehr fahren, deshalb habe ich hier übernachtet.«

Da Judy offenkundig vergessen hat, dass wir vorbeischauen wollten, hat sie ihn natürlich auch nicht mit einer Erklärung ausgerüstet.

»Gab es kein Taxi?« Max verschränkt die Arme.

»Äh, Taxi, ja, natürlich. Aber dann hätte ich heute meinen Wagen abholen müssen und, ähm …«

Judy kommt zurück, bringt die Klappstühle und die Kühlbox mit. Graham eilt zu ihr, um ihr die Sachen abzunehmen.

»Du solltest mit deinem Rücken vorsichtig sein«, sagt er. »Tut es immer noch weh?«

»Schon. Ich hätte mich nicht so nach vorn beugen sollen. Jetzt wird es ein bisschen dauern.«

»Wir müssen los«, presst Max hervor. »Wir überlassen euch dem, was ihr drei auch immer macht.«

»Bleibt doch und trinkt einen Kaffee. Um die Zeit steckt ihr doch nur im Berufsverkehr fest«, sagt Judy, schiebt Max zum Tisch und drückt ihn auf einen Stuhl hinunter.

Graham füllt sich ein Glas mit Leitungswasser und trinkt einen Schluck. Für einen Moment sieht er beinahe so aus, als würde ihm davon übel werden, aber dann trinkt er weiter.

»Das war ein Gelage letzte Nacht, nicht wahr, Graham?«, sagt Mick.

Max' Halsschlagader pocht so stark, dass sie hervortritt.

»Allerdings. Aber ich stecke das nicht mehr so leicht weg wie früher. Als wir jünger waren, hatten wir mehr drauf.«

»Und ob. Wisst ihr noch, einmal, da ging es die ganze Nacht lang«, wirft Judy kichernd ein, und Graham und Mick nicken verschwörerisch grinsend. Irgendetwas hat sich zwischen den dreien verändert, das Eis ist geschmolzen.

»Und was habt ihr heute so vor?«, versuche ich das Gespräch in harmlosere Gefilde zu lenken, bevor Max noch explodiert.

»Ehrlich gesagt müssen wir uns von letzter Nacht erholen«, antwortet Mick augenzwinkernd.

Max schiebt seinen Stuhl zurück, der laut über den Laminatboden scharrt, und steht auf.

Alle Blicke wenden sich ihm zu, und er öffnet den Mund ein-, zweimal, aber bevor er etwas sagen kann, klingelt es an der Haustür. Judy seufzt und stützt sich auf den Küchentisch, um sich hochzudrücken, als wäre das eine unglaubliche Anstrengung.

»Ich geh schon«, biete ich an und bin froh, der Küche für einen Moment entfliehen zu können.

Ich öffne die Tür, und jetzt klappt mir die Kinnlade herunter. Vor mir steht die letzte Person, mit der ich gerechnet habe. In Sportkleidung mit einem bauchfreien Sweatshirt, das locker über eine Schulter heruntergerutscht ist, und einem kleinen Kabinenkoffer in der Hand steht Ruby da.

»Hallo, Ellie«, begrüßt sie mich und ist offenbar genauso perplex, mich zu sehen. Wir sind uns nur einmal persönlich begegnet, aber ich spreche manchmal mit ihr, wenn ich mit Mick skype. »Du liebe Güte, was für ein Bauch!«

Sie scheint sich gerader aufzurichten und präsentiert ihre nackte Mitte, wodurch ich mich noch dicker fühle.

»Ja, ähm, mein Termin ist Anfang November«, stoße ich zwischen zusammengebissenen Zähnen hervor. Ich habe mich immer sehr angestrengt, Ruby zu mögen, aber sie macht es einem nicht leicht.

»Bist du sicher, dass es keine Zwillinge sind?« Ungläubig starrt sie auf meine Körpermitte.

»Ganz sicher.« Ich wünschte, ich könnte ihr die Tür vor der Nase zuschlagen. Stattdessen trete ich hinaus und ziehe die Tür hinter mir möglichst weit zu. »Weiß Mick, dass du kommst?«

»Nein. Ich versuche seit Tagen, ihn zu erreichen, und er ruft einfach nicht zurück.«

»Okay, also, er hat dir sicher erzählt, dass Max in seinem jetzigen Zustand nichts von dir weiß. Es ist also ein bisschen seltsam für ihn, wenn du jetzt hier aufkreuzt.«

»Vielleicht hätte Mick darüber nachdenken sollen, *bevor* er anfing, glückliche Familie zu spielen.«

Sie will sich an mir vorbeischieben, und mit einem Mal erweist sich mein Bauch als praktisch, denn ich verstelle ihr den Weg, und sie wagt es nicht, mich zur Seite zu drücken.

»Ruby, ich kann ja verstehen, dass du aufgebracht bist. Ich an deiner Stelle wäre außer mir vor Wut, aber Max trägt an alldem keine Schuld. Welche Probleme auch immer du mit Mick hast, kannst du die bitte mit ihm allein ausmachen?«

»Mick lässt mir keine andere Wahl.«

»Hör zu. Ich hole ihn her«, erwidere ich, und sie wirkt erleichtert. »Unter einer Bedingung.«

»Und die wäre?« Sie verschränkt die Arme vor der Brust.

»Du musst mir versprechen, dass du Max nicht sagst, wer du wirklich bist. Ich möchte, dass Mick und Judy ihm all das behutsam beibringen.«

Sie seufzt laut. »Na schön. Aber du lässt mich jetzt rein, es ist nämlich verdammt kalt hier draußen. Wieso ist es so eisig?«

»Weil wir in England sind und es Herbst ist.«

»Wusste ich doch, dass es einen Grund gab, warum ich hier weg bin«, grummelt sie mit klappernden Zähnen.

»Bleib hier«, befehle ich, nachdem sie den Flur betreten hat.

Ich gehe zurück zur Küche und überlege noch, wie ich Mick unauffällig in den Flur locken kann, als ich sehe, dass Max sich zwischen Graham und Mick gesetzt hat und die beiden abwechselnd misstrauisch beäugt.

Sasha kommt zu mir gewackelt, und ich hebe sie auf meine Hüfte.

»Alles okay?«, frage ich.

»Ich glaube, Max ist ein bisschen schwindelig«, sagt Judy. »Wer war an der Tür?«

»Ach so, Mick, da war eine –«

Die Küchentür geht auf, und Ruby schneit herein.

»Hallo, alle zusammen«, sagt sie, winkelt ein Bein leicht an, während sie das andere durchstreckt, und stemmt die Hand in die Hüfte, als würde sie am Ende eines Laufstegs posieren.

Graham, Judy und Max reißen die Köpfe herum, starren sie mit offenem Mund an.

Max betrachtet sie neugierig, und ich kann ihm ansehen, dass er versucht, sich zu erinnern, wer sie ist.

»Das ist Ruby …«, setzt Mick an.

»Die Pilates-Trainerin«, beendet Judy den Satz für ihn.

»Ah, *Sie* sind die Pilates-Trainerin«, sagt Max und wirft ihr einen weiteren interessierten Blick zu.

Mick wirkt blass, was in Anbetracht seiner immer noch ausgeprägten Sonnenbräune eine beachtliche Leistung ist.

»Ruby«, sagt er, »ich habe dich nicht erwartet.«

»Zweifellos«, blafft sie ihn an und verschränkt die Arme. »Und du siehst scheiße aus. Kater?«

Beschämt lässt er den Kopf hängen.

»Graham kam gestern Abend auf einen Drink vorbei.«

»Ach, ist *er* das? Und heute Morgen ist er immer noch hier«, stellt sie mit übertriebenem Blinzeln fest. »Wieso war ich nicht eingeladen?«

»O Gott«, entfährt es Max. »Sie machen auch dabei mit?«

Alle Blicke richten sich auf ihn und seine entsetzte Miene. »Geht das schon seit Jahren?«

»Ein paar«, antwortet Ruby und wirft ihr Haar zurück.

Max schüttelt den Kopf. »Schlimm genug, dass ihr drei Gruppensex habt, aber das … Gibt es noch jemanden, von dem ich wissen sollte? Gehört ihr zu einer Art Klub?«

Ich drücke Sasha fester an mich, erleichtert, dass sie zu jung ist, um zu verstehen, was hier gerade geschieht, und sich mehr dafür interessiert, mich mit meiner Halskette zu erwürgen.

»Gruppensex?«, ruft Judy mit schriller Stimme. *»Gruppensex?«*

Sie klebt förmlich an diesem Wort und scheint jeden Moment vor Demütigung in Anbetracht dieser Unterstellung in Flammen aufzugehen.

»Gruppensex?«, sagt auch Ruby, und ihre Nasenflügel beben. »Ich wusste es, Mick! Ich wusste, dass so etwas passieren würde, wenn ihr beide wieder unter einem Dach wohnt.«

»Max, hier findet kein Gruppensex statt«, sagt Graham mit ruhiger Stimme.

»Wie nennt ihr es denn – einen flotten Dreier?«

Judy heult auf.

»Hier läuft nichts in der Art«, beharrt Graham.

»Ihr wart zu dritt in Paris«, lässt Max nicht locker und blinzelt hektisch, als würde er dadurch Informationen verarbeiten.

»Paris?« Ruby reißt die Hände hoch. »Du hast erzählt, Max und Ellie waren in Paris, nicht ihr drei.«

»Aber ich habe dich heute Morgen aus Mums Zimmer kommen sehen. Willst du mir sagen, das hätte ich mir eingebildet?« Er wendet sich an seine Mutter und schüttelt sich. »Und du jammerst die ganze Zeit, weil dir vom Bücken alles wehtut!«

»Mick hat versucht, uns Pilates beizubringen«, sagt Judy.

Ruby gibt ein verächtliches Geräusch von sich. »Wer's glaubt …«

Max und Ruby starren Judy, Mick und Graham an und missverstehen offenbar die Situation völlig.

»Äh, Leute«, mische ich mich ein, aber Ruby giftet mich wegen der Unterbrechung sofort an, und ich weiche mit Sasha auf dem Arm ein Stück zurück.

»Du hast gesehen, dass ich aus Judys Schlafzimmer kam«, sagt Graham und steht langsam auf. »Aber es ist nicht so, wie du denkst. Judy, Mick, ich finde, es ist an der Zeit, ihm die Wahrheit zu sagen. In dieser Beziehung gibt es nur zwei Personen.«

Max stolpert rückwärts und schaut zwischen den beiden hin und her.

»Du und … Dad«, sagt er. »Das erklärt dann wohl den dreiwöchigen Golfurlaub.«

»Was?«, ruft Mick. »Nein, nein, nein! So ist es nicht.« Er schaut flehentlich zu Judy, und sie seufzt.

»Max, setz dich bitte mal hin.« Sie führt ihren Sohn zu einem Stuhl und setzt sich neben ihn. »Nicht dein Dad hat eine Beziehung mit Graham, sondern ich.«

»Und du weißt Bescheid?« Entsetzt sieht er seinen Vater an. »Und machst beide Augen zu?«

Mick holt tief Luft und rutscht mit seinem Stuhl näher zu Max.

»Wir wollten es dir anfangs nicht sagen, um dich nicht aufzuregen, aber deine Mum und ich … wir haben uns schon vor Jahren getrennt. Ich lebe jetzt in Portugal zusammen mit Ruby. Sie ist meine Freundin.« Er seufzt.

»Dann ist sie nicht deine Pilates-Trainerin?«

»Das war sie, so haben wir uns kennengelernt.« Seine Stimme ist rau vor Nervosität. »Ich traf sie, als ich nach Portugal zog.«

Max schaut zwischen seinen Eltern hin und her, während er die Informationen aufnimmt.

»Ihr seid getrennt, und du bist mit *ihm* zusammen?«, wendet er sich schließlich an seine Mutter, und dann an seinen Vater: »Und du hast eine Beziehung mit *ihr*?«

Er wirkt am Boden zerstört und senkt für einen Moment die Lider. Ich möchte zu ihm gehen, ihn in den Arm nehmen, aber das ist jetzt nicht der richtige Zeitpunkt. Er muss die Wahrheit erfahren.

»Aber warum bist du nach Portugal gezogen? Und warum du nicht, Mum?«

Judy ergreift seine Hände. »Dein Dad und ich –« Sie holt tief Luft. »Es hat nicht mehr funktioniert, und ich habe das damals wohl nicht erkannt. Mick ging fort und kehrte nicht mehr zurück.«

»Du hast Mum verlassen?«, schleudert er seinem Vater voller Verachtung entgegen.

»Max …«, setzt Mick an.

»Nein, ich will es nicht hören.« Max springt auf. »Nur damit ich das richtig verstehe: Ihr habt mir die ganze Zeit nur vorgespielt, dass ihr noch zusammen seid?«

»Wir haben das nicht geplant«, verteidigt sich Judy. »Anfangs wollte ich es dir nicht sagen, um dich nicht aufzuregen, aber ich habe nicht damit gerechnet, dass dein Vater plötzlich auf der Matte steht. Ich bekam Panik und habe deshalb so getan, als wäre ich immer noch mit ihm verheiratet. Aber zu dem Zeitpunkt nahmen wir alle noch an, dass deine Erinnerung jeden Moment zurückkehren würde, und wir hatten Angst, deinen Zustand zu verschlimmern, wenn wir dich aufregen.«

»Es sind jetzt schon über vier Wochen«, sagt Max. »Wolltet ihr mir jemals die Wahrheit sagen?«

»Ellie hat versucht, uns dazu zu bringen«, fährt Judy fort. »Deshalb sind wir letzte Woche zum Abendessen zu euch gekommen. Aber du wirktest so glücklich nach eurer Parisreise und …«

»Ich glaube euch nicht. Ich glaube euch gar nichts mehr. Ihr habt mich die ganze Zeit belogen. Über was habt ihr mich noch angelogen?«

Er wendet sich mir zu. »Wie viel von dem, was ihr mir suggeriert habt, entspricht nicht der Realität?« Seine Stimme hat eine Schärfe, die mich erschaudern lässt.

»Max, das mit dir und mir ist echt, das musst du mir glauben.«

»Zieh Ellie da nicht mit rein, Max«, mischt Mick sich ein und steht auf. »Sie hat uns immer gedrängt, es dir zu sagen. Es ist alles meine Schuld. Wenn du jemandem Vorwürfe machen willst, dann mir. Judy hat nur versucht, dich vor unnötigem Schmerz zu beschützen. Aber ich habe es dir nicht gesagt, weil ich egoistisch war. In meinem ganzen Leben habe ich nichts so sehr bedauert wie dich verloren zu haben. Und diese vergangenen vier Wochen waren die besten meines Lebens.«

»Vielen Dank auch«, presst Ruby hervor und verschränkt die Arme vor der Brust.

Mick seufzt. »Es ist wahr. Ich dachte, ich hätte dich für immer verloren, und nun wieder mit dir Kontakt zu haben … Ich weiß, dass es falsch war.«

Mick wischt eine Träne fort, die ihm über die Wange läuft, und geht einen Schritt auf Max zu.

»Nein«, sagt Max. »Ich will das nicht hören.«

Er stürmt aus der Küche. Ich drücke Sasha Judy in den Arm und eile ihm nach.

»Max, warte, bitte!«, rufe ich.

»Nein, Ellie. Hast du überhaupt eine Ahnung, wie es ist, sich an nichts zu erinnern und sich auf die Menschen verlassen zu müssen, denen du am meisten vertraust? Ich weiß nicht mehr, was ich denken soll. Ich muss hier raus.«

»Soll ich mitkommen?«

»Nein, ich will allein sein.« Er eilt durch die Haustür und zieht sie mit einem Knall hinter sich ins Schloss.

Aus der Küche dringen laute Stimmen, und ich gehe Sasha holen.

Niemand merkt, dass ich zurückkehrt bin. Alle schreien sich an, machen sich gegenseitig Vorwürfe.

»Ruhe!«, brülle ich. Die vier Erwachsenen verstummen, und Sasha beginnt zu weinen. Ich nehme sie Judy ab und drücke sie an mich, um sie zu beruhigen. »Streiten hilft nicht, um das wieder in Ordnung zu bringen. Max ist tief verletzt, weil wir alle ihn angelogen haben.«

»Denkst du nicht, dass er uns verzeihen wird?«, fragt Judy und setzt sich auf einen Stuhl.

»Ich hoffe doch, aber ich habe ihn noch nie so wütend gesehen.«

»Ich schon«, sagt Mick mit Tränen in den Augen.

»Es ist meine Schuld«, jammert Judy. »Es war eine dumme Idee.«

»Nein, ich bin schuld, weil ich so egoistisch war«, entgegnet Mick.

»Es geht jetzt nicht darum, wessen Schuld es ist. Ihr habt mit den besten Absichten eine Entscheidung getroffen, aber es hat sich nicht so ausgezahlt wie erhofft.«

Ich versuche, Sasha zu beruhigen, die immer noch kleine Schluchzer von sich gibt.

»Da nun alles raus ist, gibt es keinen Grund mehr, noch länger hierzubleiben, oder?«, sagt Ruby. »Dein Sohn hasst dich wieder, also kannst du mit mir zurück nach Portugal fliegen.«

Mick seufzt. »Ich verlasse ihn nicht ein zweites Mal. Ich nehme mir ein Zimmer im Hotel, wie ich es von Anfang an hätte tun sollen. Er wird Fragen haben, und ich will hier sein, um sie zu beantworten. Judy, gibst du mir Bescheid, wenn er zurückkommt?«

»Und ich verabschiede mich auch«, sagt Graham. »Das hier müsst ihr als Familie klären.«

»Aber du gehörst zur Familie«, erwidert Judy und nimmt seine Hand.

»Gib Max ein bisschen Zeit, sich an die Vorstellung zu gewöhnen«, sagt er, beugt sich vor und küsst sie auf den Kopf. Dann wendet er sich Mick zu und tätschelt ihm den Rücken. »Aber ein Gutes hatte das Ganze – wir reden wieder miteinander.«

»Das stimmt.« Mick nickt und steht auf. »Ich gehe packen.«

Judy schaut hinüber zu Ruby.

»Ich warte lieber draußen«, sagt die. »Hier drin ist es ja noch eisiger.« Und mit wiegenden Hüften spaziert sie davon.

»Oh, Ellie, was habe ich nur getan?« Judy stützt den Kopf in beide Hände.

»Er kriegt sich schon wieder ein.«

Da sich unser Tagesausflug offensichtlich erledigt hat, gehe ich zum Wasserkocher und schalte ihn ein. Jeder weiß schließlich, dass Tee zu kochen das einzig Sinnvolle in einer Krise ist.

»Ich hoffe, du hast recht, denn ich weiß nicht, was ich machen soll, falls Max sich von mir abwendet.«

Und ich weiß, wie sie sich fühlt, denn mir geht es genauso.

Kapitel 22

Ich habe mich immer schon gefragt, ob überhaupt jemand Baby-Partys mag. Als werdende Mutter hasse ich die Vorstellung, dass sich alle versammeln, um mir Geschenke zu überreichen und peinliche Spiele zu inszenieren. Diese Veranstaltungen sind schon an einem gewöhnlichen Tag nicht meine Lieblingsbeschäftigung, ganz zu schweigen davon, wenn ich das Gefühl habe, eigentlich meinen Mann trösten zu müssen.

Nachdem er am Vortag die Wahrheit über seine Eltern herausgefunden hat, tauchte Max nur kurz zu Hause auf, um ein paar Sachen einzupacken, und quartierte sich dann bei Rachel ein. Er will nicht reden, und ich möchte ihn auch nicht drängen. Er sagte, Rach sei der einzige Mensch, der wirklich verstehe, was er durchmacht, und er hat recht.

Eigentlich hatte ich überlegt, nicht zu Annekas Baby-Party zu gehen, aber dann schoss mir durch den Kopf, wie furchteinflößend sie sein kann. Außerdem besteht die Chance, dass ihre Freundin Ninny ein bisschen Licht auf die Sache mit Anne wirft – die ich angesichts des Dramas am Vortag beinahe vergessen habe. Judy bestand darauf, sich um Sasha zu kümmern, damit sie auf andere Gedanken kommt. Und jetzt bin ich also hier.

Ich hätte mir denken können, dass eine Baby-Party bei Anneka außergewöhnlich wird, aber als Polly und ich zu Fuß in die Einfahrt biegen, bekommen wir einen Vorgeschmack darauf, *wie* außergewöhnlich.

»Ist das ein Pony?«, stößt Polly hervor.

»Ich denke schon«, antworte ich und trete näher heran. An seinem Stirnriemen ist ein Teil befestigt, sodass es aussieht wie ein Einhorn. Ein Einhorn auf der Baby-Party – das kann auch nur Anneka.

»Was mag uns dann erst drinnen erwarten?«

Polly und ich sehen uns an, dann drückt Polly auf die Türklingel.

Wir müssen nicht lange warten, denn eine Frau in rosafarbenem Kleid öffnet uns.

»Willkommen zu Annekas Baby-Party«, begrüßt sie uns lächelnd und reicht jeder ein Einhorn-Stirnband, das wir anziehen sollen. »Lasst euch bitte in dem Rahmen fotografieren und denkt daran, das Bild auf Instagram zu posten!«

Ich spähe zu der Papp-Fotokabine mit dem großen #babyFernleyMatthewLowe Hashtag-Zeichen.

»Nicht gerade ein einprägsamer Hashtag. Man fragt sich, warum sie es nicht abgekürzt hat zu #babyFML … ups.« Polly kichert. Wir stellen uns hinter den Rahmen, und die Frau macht Fotos von uns.

In einer Ecke entdecken wir Helen, die uns sofort zu sich winkt.

»Was tust du denn schon hier? Dir ist klar, dass du pünktlich bist, oder?«, begrüße ich sie.

»Ich war verdammt früh.« Sie nippt an einem pinkfarbenen Getränk. »Mittlerweile habe ich geschnallt, dass mich Anneka zu unseren Treffen immer eine Stunde früher bestellt, also habe ich mich entsprechend angepasst. Aber heute waren es drei Stunden.«

»Dann bist du ja schon eine Ewigkeit hier.«

»Zehn Minuten. Aber in diesen zehn Minuten hätte ich mir am liebsten die Augäpfel herausgerissen. Sie lässt uns Stirnbänder tragen, mit denen wir aussehen wie Schwanzköpfe.«

»Das soll ein Einhorn sein. Aber Einhörner sind eben nicht dein Ding«, sage ich mit sanfter Stimme, um sie nicht noch zu provozieren.

»Richtig, genauso wenig wie diese bescheuerten Farben.«

»Ladys, da seid ihr ja!« Anneka kommt zu uns geschwebt. Sie trägt ein bodenlanges zartrosa Kleid mit langem Schlitz an einer Seite, und ihr Haar ist in sanften Locken mit Blumen zur Seite gesteckt, was mich an die Einhorn-Torten auf Instagram erinnert.

»Da hast du aber was Tolles organisiert«, sage ich, umarme sie, und unsere Bäuche stoßen zusammen.

»Das ist doch gar nichts. Nur ein paar Kleinigkeiten rasch zusammengeworfen.«

Helen verdreht die Augen. »Ich sehe dich förmlich vor mir, wie du allein eine Million Luftballons aufbläst.«

»Ha, ich habe meine Stiefkinder dabei erwischt, wie sie sich an meiner Gin-Sammlung vergriffen haben. Als Strafe mussten sie die Luftballons aufpusten.«

»Bist du gemein«, sage ich, insgeheim beeindruckt.

»Ich erfülle nur meinen Job als böse Stiefmutter. Vermutlich haben sie sich schon seit Jahren daran bedient, aber wenn man selbst jeden Abend davon trinkt, fällt es einem nicht auf, wenn ein bisschen fehlt. Bleibst du jedoch acht Monate nüchtern, dann behältst du sehr viel besser den Überblick.«

»Meine Mum hat Striche auf alle Flaschen gemalt«, sagt Polly.

»Meine auch, aber ich habe mir etwas abgefüllt und dann Wasser nachgefüllt«, sagt Helen.

»Und sie ist dir nicht auf die Schliche gekommen?«, frage ich und nehme mir einen pinkfarbenen Mocktail vom Tablett einer vorbeispazierenden Kellnerin.

»Nein, sie haben die Flaschen nur einmal im Jahr hervorgeholt, an Silvester, und es war lustig, die Erwachsenen zu beobachten, die dachten, sie wären betrunken, dabei bestand ihre Wodka-Cola zu neunzig Prozent aus Wasser.«

Wir lachen herzhaft.

»Ist George heute hier?«, frage ich und schaue mich in der Hoffnung um, einen Blick auf diesen Phantom-Ehemann zu erhaschen.

»Nein, heute ist Samstag. Da ist George den ganzen Tag auf dem Golfplatz.«

»Kluger Mann«, murmelt Helen. »Männer haben es echt einfach mit Babys, stimmt's? Sie müssen nicht bei solchen Partys herumsitzen und höflich zu anderen Menschen sein, beschissene Spiele spielen und Geld ausgeben für ein Geschenk für die werdende Mutter und das Baby. Stattdessen ziehen sie mit ihren Kumpels um die Häuser und lassen sich volllaufen, um die Geburt zu begießen. Wir sind es, deren Körper gedehnt und zerrissen wird, die zu Hause bleiben und auf das Kind aufpassen, während die Männer wer weiß was anstellen.«

»Und atmen«, sage ich.

»Aber ich habe doch recht, oder? Ich habe verdammt noch mal recht.«

»Hast du«, versichert Polly. »Ich habe nur noch nie darüber nachgedacht. Eigentlich sollten wir auch losziehen und die Geburt begießen.«

»Allerdings.« Helen nickt energisch. »Aber so funktioniert die Natur nicht! Wir werden auf Abruf stillen oder so wund sein, dass wir uns nicht setzen können. Oder so verdammt geschlaucht, dass wir das Haus in nichts anderem als Jogginghosen verlassen wollen.«

»Aber nichtsdestotrotz – tolle Party, Anneka. Wunderbar, wie du das Motto umgesetzt hast.« Ich erhebe mein Glas.

»Es ist wunderschön«, stimmt Polly zu.

»Ja, ja, wunderschön«, grummelt Helen und greift sich eine Handvoll Kekse aus der Schale, mit der die Kellnerin herumgeht. »Wenigstens gibt es Kekse.«

»Das sind Grünkohl-Plätzchen«, sagt Anneka, als Helen gerade den ersten Bissen im Mund hat.

Helen verzieht das Gesicht, während sie weiterkaut. Anneka winkt ihr zu und schwebt davon.

»Wie schmecken die?«, fragt Polly.

»Gar nicht so übel«, antwortet Helen, nachdem sie endlich mit Kauen fertig ist, »allerdings haben sie einen komischen Nachgeschmack.«

Sie greift nach ihrem Glas und leert es in einem Zug.

»Ich liebäugle eigentlich mit der Einhorn-Torte, aber jetzt bin ich skeptisch. Bestimmt ist die mit Spinatgeschmack«, sagt sie seufzend.

»Ist mit dir heute alles okay?«, frage ich behutsam.

»Wieso, bin ich ein noch größeres Miststück als sonst?«

»Nein.« Polly und ich schütteln beide den Kopf.

Helen zieht eine Braue hoch.

»Lass uns einfach sagen, dass du nicht dein übliches fröhliches Ich bist«, antworte ich diplomatisch.

»Es ist wegen Toby. Diese endlose Geschichte mit seinem Rücken ist schlimmer geworden. Er ist krankgeschrieben und jetzt ebenfalls zu Hause.«

»Wie schön«, sagt Polly. »Dann habt ihr ein bisschen Extra-Zeit zu zweit, bevor das Baby kommt.«

»Etwas Schlimmeres konnte gar nicht passieren. Ich habe mich aufs Sofa gelegt, Pfannkuchen gegessen und *Queer Eye* komageglotzt, aber er hat mich noch übertroffen. Er hat sich eine komplette Krimistaffel reingezogen und die gute Schokolade verdrückt, die ich für meinen Krankenhausaufenthalt gebunkert hatte. Würden nicht diese schlaflosen Nächte drohen, die ich nicht allein gestemmt bekomme, hätte ich Annekas George angerufen.«

»Vielleicht solltest du das ohnehin tun, dann würden wir zumindest mal erfahren, wie er aussieht«, erwidere ich, und zum ersten Mal seit unserer Ankunft ringt sich Helen ein Lächeln ab.

»Hoffentlich wird es nächste Woche besser, ich habe nämlich einen neuen Fernseher fürs Schlafzimmer bestellt. Vielleicht kann ich ihn so nach oben locken, dann habe ich zumindest das Wohnzimmer unten für mich.«

»Wäre es im Bett für dich nicht bequemer?«, fragt Polly.

»Schon, aber dann bin ich weit von der Küche entfernt, und momentan stehen Snacks auf meiner Prioritätenliste ganz oben.«

»Auf meiner auch«, pflichte ich ihr bei und betrachte die Kanapees, die herumgereicht werden. »Was ist das?«

»Erbsenpüree auf Blätterteig«, antwortet die Kellnerin.

Ich nehme eines der Häppchen und schiebe es mir in den Mund. Es schmeckt göttlich.

Helen verzieht nur das Gesicht, und die Kellnerin geht weiter.

»Habt ihr Anneka ein Geschenk mitgebracht?«, fragt Helen.

»Ja, diese wiederverwendbaren Windeln von ihrer Liste«, antworte ich.

»Ich auch«, sagt Helen. »Allein die Vorstellung, wie Anneka mit ihren perfekt manikürten Nägeln diese Dinger abkratzt und in die Waschmaschine steckt, war göttlich.«

»Du weißt schon, dass sie sich bei einem Service angemeldet hat, bei dem du die Windeln draußen vor die Tür stellst und sie wie durch Zauberhand sauber wieder zurückkommen?«, sagt Polly.

»Dafür gibt es einen Service?«, frage ich ungläubig.

»Klar, wenn du bereit bist, dafür zu bezahlen. Aber ich bin ziemlich sicher, dass du trotzdem kratzen musst«, sagt Helen mit einem Funkeln in den Augen.

»Du bist so gemein!«, sagt Polly.

»Jede Wette, dass du die auch gekauft hast?«

»Habe ich, aber vor allem deshalb, weil die anderen Sachen alle von Designern und außerhalb meines Budgets waren.«

Ich nicke zustimmend.

Die Kellnerin kommt mit Nachschub an Erbsenpüree-Kanapees vorbei, und ich nehme noch zwei. Eins für mich und eins für das Baby.

Anneka nähert sich mit einer anderen Frau, bei der sie sich eingehakt hat. Als sie direkt vor uns ist, verlangsamt sie den Schritt.

»Oh, Ninny!«, sagt sie laut, »das ist ja zum Totlachen.«

Wir starren die Frau mit dem flammend roten Haar an, die angeblich Max' Ex kennt. Ich konnte Anneka davon überzeugen, dass ich lieber allein mit ihr reden würde und sie mir diese Ninny einfach nur zeigt. Aber jetzt, im selben Raum wie sie, weiß ich nicht, wie ich es anstellen soll.

»Was wirst du tun?«, fragt Polly.

»Keine Ahnung. Ich zermartere mir das Hirn, was ich sagen soll, ohne wie eine durchgeknallte Stalkerin zu wirken. Wie soll ich denn das Gespräch darauf bringen, dass wir eine gemeinsame ›Freundin‹ haben?«

»Ich hab eine Idee. Schick ihr doch eine Freundschaftsanfrage auf Facebook, und wenn sie angenommen hat, kannst du sagen: ›Hey, wir haben übrigens eine gemeinsame Freundin‹«, schlägt Polly vor.

»Daran habe ich auch schon gedacht. Aber wenn sie es checkt, wird sie merken, dass es nicht stimmt, denn Ellie ist auf Facebook nicht mit Anne befreundet«, gibt Helen zu bedenken.

Die Frau, die uns beim Eintreffen die Haustür geöffnet hat, kommt mit pfirsichfarbenen Klemmbrettern in den Händen zu uns.

»Anneka hat ein paar individuelle Eisbrecher-Spiele zusammengestellt. Bei dem hier geht es um Informationen zu verschiedenen Stationen in ihrem Leben, zu denen ihr Leute befragen sollt, die ihr nicht kennt.«

Ich rechne damit, dass Helen ihr sagt, sie solle sich die Klemmbretter sonst wohin schieben, aber stattdessen streckt sie die Hand aus.

»Danke, tolle Idee«, sagt sie. Polly und ich starren sie verblüfft an.

Wir nehmen jede ein Klemmbrett, und die Frau spaziert weiter zur nächsten Gruppe.

»Ich sage euch, was wir machen. Ich gehe zu Ninny und stelle ihr meine Anneka-Fragen.«

»Mit welchem Zwilling der Sweet-Valley-Buchreihe identifiziert sich Anneka am meisten?«, liest Polly laut über Helens Schulter hinweg. »Und wie sollte das helfen?«

»Jede hat andere Fragen, stimmt's? Vielleicht ist Ann Summers ja Annekas Lieblingsgeschäft. Wünscht mir Glück.«

Bevor wir widersprechen können, marschiert Helen los, und Polly und ich folgen möglichst unauffällig, um mithören zu können.

»Hi, ich bin Helen«, begrüßt sie Ninny. So viel habe ich Helen noch nie lächeln sehen.

»Hallo, du bist dann wohl eine von Annekas Yummy-Mummy-Freundinnen.«

Helen zerbricht fast den Stift in ihrer Hand, sie hasst den Namen unserer WhatsApp-Gruppe.

»Gut geraten«, antwortet sie dann zuckersüß. »Und woher kennst du Anneka?«

»Das ist schon lange her. Wir haben früher zusammen gearbeitet.«

»Verstehe.« Helen nickt. »Hast du schon deine Eisbrecher-Fragen? Ich liebe Eisbrecher! Das Spiel macht so viel Spaß, findest du nicht auch?«

»Ja! Und diese Fragen sind klasse. Ich fange an: Was denkst du, welches Spice Girl Anneka am liebsten wäre?«

»Das muss Posh sein, oder?«

»Richtig!« Ninny lacht herzhaft.

»Okay, jetzt bin ich dran. In welchem Sexshop hat Anneka so ein … vibrierendes Häschen gekauft?«

Beinahe hätte ich mein Getränk wieder ausgespuckt.

»So wie das Spielzeug, das allein läuft und Saltos schlägt?«, fragt Ninny mit verwirrtem Gesichtsausdruck.

»Nicht ganz«, antwortet Helen. »Ich dachte mehr an ein Spielzeug für Erwachsene.«

»Aha.« Ninny wirkt immer noch verloren. Um fair zu sein, muss ich gestehen, dass ich dem Gespräch auch nur folgen kann, weil ich weiß, worauf Helen hinauswill.

»Ich versuche es mal mit einer anderen Frage. Von welcher Dessous-Marke hat sich Anneka den Namen für eine Kostümparty ausgeliehen?«

»Agent Provocateur. Das ist ja *so* typisch für Anneka.«

Das ist es wirklich. Die arme Helen läuft vor Anspannung rot an.

»Schon nah dran, aber etwas weniger exklusiv.«

»Figleaves? Floosy? Victoria's Secret?«

»Ann Summers«, schreit Polly und schlägt sich sofort die Hand vor den Mund. »Tut mir leid, ich konnte mich nicht zurückhalten. Suchst du danach?«

»Echt?« Ninny lacht. »Das ist witzig. Ich kenne jemanden mit dem Name Anne Summers.«

»Tatsächlich? Was für ein Zufall«, sagt Helen erleichtert.

»Ja, sie ist mit einer Freundin von mir eng befreundet. Ah, die arme Anne.« Sie schüttelt den Kopf. »Aber wie dem auch sei, das hat Spaß gemacht. Wir sollten noch mehr Leuten Fragen stellen. Hey, wie heißt du übrigens? Dann kann ich dir auf Facebook folgen.«

Helen hat keine Gelegenheit zu antworten, denn mit wenigen Schritten bin ich bei Ninny.

»Entschuldige, ich wollte nicht lauschen, aber du meintest nicht zufällig Anne Summers, die mal bei PDCA gearbeitet hat? Mein Mann kennt sie von dort.«

»Ja, da klingelt was bei mir. Ich glaube, sie war dort angestellt, bevor sie nach New York ging.«

»Mir ist zu Ohren gekommen, sie sei wieder zurück?«

»Ja, aber ich wette, dass sie das bereut und wünscht, sie wäre in den Staaten geblieben.«

»Tatsächlich? Was ist denn passiert?«, frage ich.

»Sie wurde vor etwa einem Monat von einem Bus angefahren.«

Mir gefriert förmlich das Blut in den Adern.

»Sie wurde *was*? Ist sie tot?«, stammle ich.

In meinem Kopf dreht sich alles. Vor einem Monat hat Max sein Gedächtnis verloren.

»Nein, sie hatte unglaubliches Glück. Nur ein wenn auch komplizierter Beinbruch und etliche Schrammen.«

»O mein Gott«, stöhnt Polly. »Das ist ja schrecklich.«

»Aber das war wohl nicht einmal das Schlimmste. Offenbar war sie mit ihrem Freund unterwegs, und der hat nicht gewartet, bis der Krankenwagen kam, sondern ist einfach abgehauen.«

Ich habe gar nicht gemerkt, dass Helen meinen Arm festhält, aber das ist gut, andernfalls wären mir sonst die Beine weggesackt.

»Wo ist das passiert?«, frage ich.

»Irgendwo in London, ich meine Chiswick.«

Ich schließe die Augen, und meine ganze Welt scheint einzustürzen. Der Anruf aus dem Krankenhaus in Hammersmith. Es passt alles zusammen.

»Sagte deine Freundin wirklich etwas von einem Freund? Ich dachte, sie sei verheiratet«, frage ich mit zitternder Stimme.

»Offenbar haben sie und ihr Mann sich getrennt. Er ist in New York geblieben, und sie ist allein wieder hier.«

Den Rest des Gesprächs bekomme ich nur noch wie durch einen Nebel mit: Streckverband – Krankenhaus – zu Hause.

»Hat deine Freundin ihre Adresse? Mein Mann würde ihr bestimmt Blumen schicken wollen.« Ich versuche, gelassen zu klingen und nicht so, als hätte sie mir gerade offenbart, dass mein Mann womöglich eine Affäre hat.

»Die kann ich dir besorgen. Wie heißt du? Ich füge dich als Freundin auf Facebook hinzu.«

Sie holt ihr Handy hervor und schickt mir eine Freundschaftsanfrage, bevor sie weiterzieht, um sich unters Volk zu mischen.

»Das kann alles Zufall sein«, sagt Polly mit beschwichtigender Stimme.

»Aber es ist in Chiswick passiert, wo Max ungefähr zu der Zeit sein Gedächtnis verloren hat, als sie vor den Bus lief! Ninny sagte, Anne habe einen Freund dabeigehabt, der nicht am Unfallort gewartet hat. Wenn nun dieser Unfall das traumatische Erlebnis war, das ihn fünf Jahre vergessen ließ? Wenn nun Max dieser Freund war?«

In meinem Kopf wirbelt alles durcheinander, und ich kann nicht klar denken.

»Wie bitte, Ellie?«, fragt Polly entsetzt. »Wie kommst du

denn darauf? Du willst doch wohl nicht andeuten, dass Max eine Affäre hat?«

»Warum nicht? So verdiene ich mein Geld. Ich verbinde Informationen, und die Informationen in diesem Fall führen alle zu derselben Schlussfolgerung – dass Max besagter Freund ist.«

Polly und Helen schweigen, während in meinem Kopf weiterhin Chaos herrscht.

»In letzter Zeit hat er viel gearbeitet und war ständig mit den Gedanken woanders. Er behauptete, es liege daran, dass er vor der Geburt des Babys noch ein paar Projekte abschließen will. Aber was ist, wenn er sich stattdessen mit ihr getroffen hat?«

»Ellie, zieh bitte keine vorschnellen Schlüsse«, sagt Helen mit sanfter Stimme.

»Tue ich auch nicht, aber es gibt anscheinend nur zwei Menschen, die mir sagen können, ob meine Vermutung richtig ist – der eine hat sein Gedächtnis verloren, und der andere sitzt mit einem gebrochenen Bein zu Hause.«

»Du willst doch nicht allen Ernstes zu ihr gehen, oder?«, fragt Polly.

»Kommt schon, ihr beide würdet es doch auch wissen wollen, wenn es um Jason oder Toby ginge!«

»Das würde zumindest erklären, warum wir keinen Sex haben«, sagt Polly und wirkt plötzlich entsetzt. »Tut mir leid, kein guter Moment für Witze. Ja, natürlich würde ich es wissen wollen.«

»Wer macht mit beim Wickel-Rennen?«, ruft Anneka. »Das ist ein Riesenspaß. Uns werden die Augen verbunden, und dann müssen wir so schnell wie möglich Windeln wechseln.«

»Hört sich mehr an wie eine Jahresbeschäftigung als wie ein Spiel«, knurrt Helen.

»Anneka, ich fürchte, ich muss nach Hause. Ich fühle mich nicht so gut«, sage ich.

»Aber du kannst jetzt nicht gehen! Es sei denn – ist mit dem Baby alles in Ordnung?«

»Dem Baby geht's gut. Aber ich möchte wirklich heim.«

»Na gut«, stimmt Anneka zu. »Du siehst tatsächlich ein bisschen blass aus. Schade, dass du die Abstimmung verpasst, welches das süßeste Babyfoto von mir ist.«

»Wirklich bedauerlich«, sagt Helen und zwinkert mir zu.

»Ich fahre dich«, bietet Polly an.

»Nein, du bleibst. Ich rufe ein Taxi.«

»Ist kein Problem.«

»Bleib«, beharre ich und drücke behutsam ihre Hand.

»Ja, ihr könnt doch nicht alle abhauen«, sagt Anneka. »Warte kurz, Ellie, ich hole dir deine Goody Bag.«

»Ja, danke.« Eine Goody Bag ist das Letzte, was ich in diesem Moment brauche, aber ich bleibe brav stehen und warte.

Anneka kommt bereits zurück. Eigentlich hatte ich mit einer kleinen Geschenktüte gerechnet, aber stattdessen überreicht sie mir eine prall gefüllte Einhorn-Tragetasche.

»Schreib mir später eine Nachricht und lass mich wissen, ob es dir gut geht«, sagt sie. »Ich halte lieber Abstand für den Fall, dass es ansteckend ist.«

»Mache ich, und vielen Dank noch mal«, antworte ich und wende mich zum Gehen.

»Und uns auch«, sagt Helen und drückt mich zum Abschied. »Ich lasse bei Bedarf alles stehen und liegen, jederzeit, wenn du mich brauchst.«

»Danke.« Gerührt schlucke ich.

Nach einem Monat der Ungewissheit und dem Bedürfnis, die Wahrheit wissen zu wollen, bin ich jetzt, kurz vor der Enthüllung, gar nicht mehr sicher, ob mir gefallen wird, was ich erfahre.

Kapitel 23

»Max!«, rufe ich ein bisschen zu laut im Zugabteil. Obwohl es hier drin nicht gerade mucksmäuschenstill ist, habe ich bereits grimmige Blicke geerntet, weil mein Handy ständig klingelt. Aber der Empfang ist furchtbar, immer wieder verliere ich das Signal. »Ich rufe dich zurück, sobald ich am Bahnhof bin.«

»Nein, mach dir keinen Stress. Ich werde …«– das Signal verschwindet – »zu Hause … heute Nachmittag.«

»Okay.« Ich seufze erleichtert. Er hat das ganze Wochenende bei Rach und Gaby verbracht, aber ich freue mich – nach dem, was ich mir aus den Gesprächsfetzen zusammengereimt habe –, dass er endlich mit seinen Eltern über alles sprechen will. »Viel Glück.«

Im Laufe des Wochenendes haben wir ein paar Mal telefoniert, und obwohl ich den Eindruck hatte, dass er es mir nicht verübelt, geschwiegen zu haben, scheint er ein bisschen das Vertrauen zu mir verloren zu haben. Das kann ich nachvollziehen, denn ich weiß, wie es sich anfühlt, etwas zu erfahren, was deine gesamte Welt auf den Kopf stellt.

Nach Annekas Baby-Party habe ich das ganze Wochenende gegrübelt, ob es irgendwelche verräterischen Hinweise darauf gab, dass Max eine Affäre hatte. Ninny hat mir direkt nach der Party Annes Adresse geschickt, und seither überlege ich, ob ich dieser Frau gegenübertreten soll. Würde sie überhaupt mit mir reden? Wenn ich nun alles missverstanden habe und Max sich gar nicht mit ihr getroffen hat? Würde sie mich dann für eine Irre halten, wenn ich bei ihr auftauche? Oder wenn er bei ihr ist, wie würde ich mit dieser Situation umgehen? Als ich Sasha am Morgen in die Kita brachte, wusste ich immer noch nicht, ob ich den Mut dazu hätte, aber seither handele ich wie auf Autopilot. Ich fuhr zum Bahnhof und bin jetzt unterwegs zu Anne.

Der Zug verlangsamt sein Tempo, als er in den Bahnhof Chiswick einfährt. Ich schiebe mein Handy in die Handtasche, steige aus und mache mich auf den Weg zu Annes Wohnung. Je näher ich komme, desto nervöser werde ich und desto langsamer gehe ich. Ich bin so auf dieses Ziel fixiert, dass ich gar nicht überlegt habe, was ich sagen oder wie ich mich vorstellen soll.

Als ich vor dem großen viktorianischen Haus stehe, stelle ich fest, dass es sich bei 11b um eine Souterrainwohnung handelt. Ich will gerade klopfen, da wird die Tür aufgerissen. Eine Frau mittleren Alters mit einer blauen Krankenschwester-Schürze und einem breiten Lächeln im Gesicht steht vor mir.

»Ah, Sie haben es geschafft, bevor ich losmuss. Perfekt. Anne hatte schon Sorge, sie müsste aufstehen und die Tür öffnen. In der Küche habe ich zwei Tassen mit Teebeuteln und ein Paket Plätzchen bereitgestellt. Anne ist im Wohnzimmer. Dann wünsche ich viel Spaß«, sagt sie, hängt sich ihre Tasche über die Schulter und hält die Tür für mich auf, damit sie nicht zufällt.

»Eigentlich …«, setze ich an, überlege es mir dann jedoch anders. Es fühlt sich ein bisschen wie unbefugtes Eindringen an, denn sie hält mich offenbar für jemand anderes, aber zumindest umgehe ich dadurch das Problem, dass Anne mich möglicherweise nicht sehen will. »Vielen Dank.«

Die Krankenschwester lächelt und eilt die Stufen hinauf zur Straße.

Ich betrete das Wohnzimmer, wo Anne sitzt, das Bein mit dem pinkfarbenen Gips auf einem Stuhl gelagert und das lange blonde Haar zu einem unordentlichen Knoten hochgesteckt. Sie hat zwar Schrammen auf den Wangen, aber sie ist dennoch genauso hübsch wie auf ihren Facebook-Bildern.

Sie schaut mich an und reißt erschrocken die Augen auf.

»Wer sind Sie?«, fragt sie und versucht sich hochzudrücken.

»Sorry, ich hätte nicht so hier hereinplatzen dürfen, aber die Krankenschwester – ach, egal. Ich bin Ellie, Ellie Voss«, füge ich schnell hinzu, bevor sie noch ausflippt.

Anne hält inne. Jetzt wirkt sie zwar nicht mehr ängstlich, aber glücklicher sieht sie nicht aus.

»Ist Max auch da?« Sie späht fragend über meine Schulter.

»Nein, er weiß nicht, dass ich hier bin.«

»Okay. Möchten Sie sich setzen? Ist vielleicht angenehmer.«

Dankbar setze ich mich in einen Sessel.

»Tut mir leid, was Ihnen zugestoßen ist«, sage ich und bemühe mich, dass meine Stimme fest klingt. »Wird Ihr Bein wieder vollständig heilen?«

»Die Ärzte meinen, dass die Prognose gut sei. Ich hatte unglaubliches Glück«, antwortet sie. »Aber ich nehme an, deshalb sind Sie nicht den ganzen Weg hergekommen.«

»Nein.« Ich betrachte die Genesungskarten und das große Bouquet teuer aussehender Blumen auf dem Kaminsims. »Ich bin hier, um über Sie und Max zu sprechen.«

»Ich und Max?« Sie stößt ein beinahe verbittertes Lachen aus. »Hören Sie, Ellie, ich weiß ja nicht, was Max Ihnen erzählt hat, aber was mich betrifft, kann er mich mal.«

»Okay.« Ich versuche, gelassen zu bleiben. Ich bin diejenige, die wütend sein sollte, nicht sie. »Ich hatte gehofft, dass Sie mir von dem Tag des Unfalls erzählen können, was Sie und Max …« Ich bringe es nicht fertig, den Satz zu beenden.

»Sie meinen, als ich vom Bus angefahren wurde und er einfach abgehauen ist? Ich bin im Krankenwagen aufgewacht, und der Sanitäter sagte mir, dass Max sich umgedreht habe und gegangen sei, statt mir zu helfen, als ich verletzt dort lag. Hat er Ihnen das erzählt?«, fragt sie.

»Ehrlich gesagt kann er es mir nicht erzählen. Er erinnert sich nicht.«

»Er … *was*?« Sie klingt immer noch wütend.

»Er hat sein Gedächtnis verloren. Die Ärzte sagen, dass etwas Traumatisches passiert sein muss und zu einem Zustand führte, in dem er sich nicht an die letzten Jahre seines Lebens erinnern kann.«

Ich erkläre ihr, dass wir nicht wissen, was diesen Verlust ausgelöst hat, und dass ich mich frage, ob es vielleicht der Moment war, als er sah, wie sie vom Bus angefahren wurde.

»Sein Gehirn hat sich quasi abgeschaltet? Deshalb hat er mich dort allein gelassen?«

»Vermutlich.«

Ihr Verhalten ändert sich auf der Stelle, der giftige Tonfall verschwindet, und sie sieht mich ungläubig an.

»Er war also nicht ein Mistkerl, der sich einfach nicht um mich gekümmert hat?«

»Ich kenne Max, und unter normalen Umständen hätte er Sie niemals im Stich gelassen.«

Sie langt nach einem Glas Wasser und zuckt vor Schmerz zusammen. Dann trinkt sie einen kleinen Schluck und stellt es wieder ab.

»Ich kann es gar nicht glauben«, sagt sie. »Das ist alles so …«

»Abwegig? Es war für uns alle ein Schock.«

»Und er erinnert sich nicht an die Zeit mit Ihnen? Oder an mich?«

»Nein. Zum Glück haben wir einen Großteil der ihm fehlenden Jahre miteinander verbracht und …«

Sie nickt, als würde sie verstehen.

»Ich bin froh. Max sagte, Sie seien sehr glücklich miteinander.«

»Ja, das dachte ich auch – und das ist einer der Gründe, warum ich hier bin. Ich versuche, die Einzelteile zusammenzusetzen, und bin dabei auf Sie gestoßen. Aber er kann mir nichts über Sie erzählen. Ich muss wissen, wieso Sie sich getroffen haben und ob Sie beide eine Affäre hatten.« Ich würge die Wörter förmlich heraus.

»Eine Affäre?« Sie schweigt für einen Moment, und ihr Blick huscht zu meinem Bauch. Dann schaut sie mir wieder ins Gesicht und sagt: »Definitiv nicht.«

Ich atme erleichtert aus. »Als er an jenem Samstag fortging, log er mich an und sagte, er habe einen beruflichen Termin. Später fand ich dann heraus, dass er sich mit Ihnen getroffen hat, und da habe ich zwei und zwei zusammengezählt.«

Anne schweigt wieder einen Moment, dann nickt sie.

»Nun, es *ging* um die Arbeit«, sagt sie. »Es war keine komplette Lüge. Ich hatte ihn um dieses Treffen gebeten, weil ich überlegte, mich wieder bei PDCA zu bewerben.«

»Oh, haben Sie das tatsächlich vor?«

»Nein, mittlerweile habe ich ein Angebot von einer anderen Firma. Ein paar Tage vor dem Unfall hatte ich dort ein Vorstellungsgespräch.«

»Warum haben Sie dann noch mit dem Gedanken gespielt, sich bei PDCA zu bewerben?«

Sie streift eine Strähne, die sich aus dem Haarknoten gelöst hat, hinters Ohr. »Ich befürchtete, das Vorstellungsgespräch sei nicht gut gelaufen, und hatte Panik.«

»Und das war alles?«

»Ja. Wir haben ein bisschen geplaudert, ich wollte gehen, und dann passierte der Unfall.«

»Und Max verlor sein Gedächtnis.«

Es war alles völlig harmlos.

»Werden Sie ihm von dem Unfall erzählen?«

»Keine Ahnung«, gestehe ich.

Ihm die Wahrheit über seine Eltern zu erzählen, war schon problematisch genug, und ihm zu gestehen, dass ich im Leben seiner Ex-Freundin herumstochere, wird unsere Lage vermutlich nicht verbessern. Ganz zu schweigen davon, dass ich bis vor wenigen Augenblicken dachte, die beiden hätten eine Affäre. Es wäre mir furchtbar unangenehm, wenn er herausfände, dass ich ihm so etwas zutraue. »Ich sollte wieder gehen.«

Ich stehe auf und bewege mich in Richtung Tür.

»Ellie«, sagt sie, und ich bleibe stehen. »Max liebt Sie auf eine Weise, wie er mich nie geliebt hat. Sie beide werden das durchstehen.«

Ich lächle sie zaghaft an und eile nach draußen.

Als ich in Fleet ankomme, ist Max zu Hause.

»Hey!«, begrüße ich ihn überrascht, weil ich dachte, er würde länger bei seinen Eltern brauchen. »Wie lief es?«

»Besser als erwartet«, antwortet er. Er sitzt am Küchentisch, und ich nehme auf dem Stuhl ihm gegenüber Platz, ergreife seine Hand. »Es fällt mir schwer, unter einen Hut zu bringen, was Dad getan hat und wie er sich in den vergangenen Wochen verhalten hat. Ich kann immer noch nicht glauben, dass er damals fortging. Das ist ein Schock. Und ich kann nicht behaupten, dass ich es gutheiße, aber wenn ich sehe, wie sich ihrer aller Leben seither entwickelt hat und wie glücklich sie sind, muss ich zugestehen, dass sie so besser dran sind.«

Er seufzt tief. »Meine Beziehung zu Dad wird vermutlich nicht so weitergehen wie im vergangenen Monat, aber wir werden eine *haben*, und wie ich hörte, ist das mehr als vorher.«

»Sehr viel besser«, versichere ich und drücke seine Hand.

»Dieses ganze Vortäuschen war trotzdem daneben – aber Rach und Gaby haben mich daran erinnert, dass dies auch alles andere als eine normale Situation ist und wir uns erst einfinden mussten.«

»Erzähle mir von euren Gesprächen«, fordere ich ihn auf, und er erwidert den Druck meiner Hand.

»Mir wurde dabei klar, was für ein bemerkenswerter Mensch du bist und wie wunderbar es ist, dich zur Frau zu haben. Wie toll du mit dieser ganzen Sache umgegangen bist.«

»Ich habe getan, was jede Ehefrau getan hätte – in guten wie in schlechten Tagen, richtig?«

»Richtig.« Max lächelt.

Jetzt fühle ich mich sehr schlecht wegen Anne und kann es nicht länger verschweigen.

»Ich war heute in London, um jemanden zu besuchen«, sage ich. »Eine Frau namens Anne Summers.«

»Ist das ein Code dafür, dass du etwas Besonderes einkaufen warst?« Er zieht fragend eine Braue hoch.

»Nein.« Ich wünschte, es wäre so. »Sie wurde von einem Bus angefahren und zog sich einen komplizierten Beinbruch zu.«

»Wie furchtbar«, sagt Max. »Geht es ihr denn schon besser?«

Ich suche in seinem Gesicht nach Anzeichen von Erkennen.

»Es kommt alles wieder in Ordnung, sie hatte viel Glück.«

»Klingt so.« Er beugt sich vor und küsst mich, bevor ich weitersprechen kann. »Seit du Anne Summers gesagt hast, bekomme ich das Bild von dir in scharfer Unterwäsche nicht mehr aus dem Kopf. Deshalb frage ich mich, wie viel Zeit wir noch haben, bis Sasha aus der Kita geholt werden muss …«

Er küsst mich erneut, und mir ist klar, dass ich ihn behutsam wegschieben und ihm die Wahrheit sagen müsste. Er muss wissen, wie er in diese Geschichte passt. Möglicherweise ist *das* der Auslöser, damit seine Erinnerung zurückkehrt. Aber ich schaffe es einfach nicht. Seine Hände gleiten unter meinen Pulli, wandern hinauf und hinab, und ich halte ihn nicht auf. Denn da gibt es einen kleinen Teil in mir, der unser altes Leben nicht zurückhaben möchte. Ich will *diese* Beziehung – die, bei der wir uns füreinander Zeit nehmen, wir uns beide wiedergefunden haben.

Ich weiß, dass ich es ihm sagen muss, es ist nur fair, aber ich werde es nicht in diesem Moment tun.

Kapitel 24

Die Karten für das Konzert von Left Foot Forward hatte ich reserviert, als ich herausfand, dass ich in der siebten Woche schwanger war. Ich konnte mich noch gut daran erinnern, wie langweilig mir in der letzten Schwangerschaftsphase mit Sasha war, und wollte etwas haben, auf das ich mich freuen konnte. Damals hatte ich nicht die geringste Ahnung, wie viel Stress ich dieses Mal gegen Ende der Schwangerschaft haben würde.

»Sollen wir noch versuchen, auf dem Schwarzmarkt Karten zu bekommen?«, fragt Claire. »Left Foot Forward sind zwar nicht ganz mein Ding, aber mit euch zusammen macht es bestimmt Spaß.«

»Ellie und Max haben nummerierte Sitzplätze, wir wären also nicht zusammen«, gibt Owen zu bedenken.

Um das Maximum aus unserem Ausflug nach London herauszuholen, sind wir vor dem Konzert mit Owen und Claire essen gegangen, und ich wünschte, sie würden sich die Band gleich mit uns anhören. In letzter Zeit fand ich es sehr angenehm, mit ihnen abzuhängen. Die beiden sind mittlerweile ein festes Paar, und je besser ich Claire kennenlerne, desto mehr mag ich sie. Außerdem ist es schön, Owen so glücklich zu sehen.

»Wir müssen los«, sagt Max und leert sein Glas.

Owen schnappt sich die Rechnung und schaut sich in dem Restaurant um, das mittlerweile ziemlich voll geworden ist.

»Vielleicht sollte ich an der Bar bezahlen«, sagt er.

»Ich begleite dich«, sage ich, und wir stellen uns ans Ende der Schlange.

»Ist mit Max alles in Ordnung?«, fragt Owen. »Er wirkt ein bisschen still.«

»Es war für ihn ein ziemlich emotionales Wochenende wegen der Sache mit seinen Eltern. Vermutlich holt ihn das jetzt erst so richtig ein.«

»Ja, das wird es sein.«

»Ich hatte auch ein interessantes Erlebnis. Gestern habe ich Max' Ex-Freundin Anne besucht.«

»Was?« Owen starrt mich mit offenem Mund an. »Sarah hat mir erzählt, dass ihr beide euch getroffen habt und du sie nach Anne gefragt hast, aber sie ausfindig zu machen? Ellie!«

Er schüttelt den Kopf über mich.

Ich zucke leicht zusammen. »Krass, ich weiß. Aber du klangst so komisch, als wir auf dem Festival über Max' Beziehung zu ihr gesprochen haben. Ich hatte echt Angst davor, was ich wohl erfahren würde. Aber jetzt kenne ich die Wahrheit, und es ist keine große Sache.«

»Nicht?« Jetzt wirkt er überrascht.

»Mir ist klar, dass du nur Max beschützen wolltest, aber das ist jetzt Vergangenheit. Du hättest es mir erzählen sollen.«

»Ja, tut mir leid«, sagt er. Der gestresst wirkende Barkeeper taucht auf und nimmt unsere Bezahlung entgegen. »Ich hätte nicht gedacht, dass es für dich in Ordnung ist, aber … Hm. Dann ist ja alles gut.«

»Wieso sollte es für mich nicht in Ordnung –« In dem Moment taucht Claire auf und schlingt die Arme um Owens Taille. Max kommt ebenfalls zu uns und ergreift meine Hand.

»Viel Spaß bei dem Konzert«, sagt Claire und merkt offenbar nicht, dass sie unser Gespräch unterbrochen hat.

»Wir müssen echt los, Ellie«, drängt Max. Er drückt Claire zum Abschied und reicht Owen die Hand. Als ich Owen umarme, flüstere ich ihm ins Ohr: »Kann ich dich morgen anrufen?«

Er löst sich von mir und schaut mich genauso an, wie er es tat, als er mir nichts von Anne erzählen wollte. Aber dann zuckt er mit den Schultern und nickt. »Genießt den Abend«, sagt er, und es klingt wie ein Befehl.

Max legt die Hand um meine Schultern, und ich verspüre sofort das vertraute Kribbeln. Ich versuche, Owens Blick aus meinen Gedanken zu verdrängen, und sage mir, dass er einfach nur überbeschützend ist, was Max betrifft. Anne hat mir schließlich schon erzählt, was passiert ist.

Als ich die Eintrittskarten kaufte, hatte ich nicht berücksichtigt, wie steil die O2 Arena an den Seiten ist, und ich klammere mich fest an die Sitzreihe neben mir, während ich mich nach unseren Plätzen umschaue.

»Ist es für dich in Ordnung, dass wir hier oben sitzen?«, fragt Max, als ich mich endlich auf meinen Platz fallen lasse. »Ich meine, in deinem Zustand …«

»In meinem Zustand«, wiederhole ich lachend und umfasse die Rückenlehne vor mir so stark, dass meine Knöchel weiß hervortreten. »Hier oben hätte ich in jedem Zustand Schwierigkeiten. Mit Höhe habe ich es nicht so.«

»Entspann dich. Ich bin bei dir«, sagt er und drückt behutsam meinen Oberschenkel.

»Gut, du wirst mich nämlich ablenken müssen.«

Max beugt sich zu mir und gibt mir einen Kuss.

»Hey, ich meinte eigentlich, dass du mit mir reden sollst!«

»Okay.« Er schaut sich um. »Also, was ist dein Lieblingssong von Left Foot Forward?«

»Definitiv *Whispers*. Es war die erste Single, die ich je gekauft habe«, antworte ich und schwelge in Erinnerungen. »Ich war in der zehnten Klasse und total verknallt in einen Jungen namens Peter Dawson.«

»Der Name kommt mir irgendwie bekannt vor. Sollte ich ihn kennen?«

»Vielleicht. Er war ein ziemlich guter Football-Spieler.«

»Ach ja, richtig, wurde er nicht von einem Verein angeworben?«

»Ich glaube, er ging zur Jugendmannschaft von Southampton«, sage ich auf eine Weise, als wäre ich nicht sicher und hätte nicht seine Karriere verfolgt.

»War etwas zwischen euch?«

»Ich wünschte es«, antworte ich lachend.

»Kaum zu glauben, dass du für jemand anderen geschwärmt hat. Ich bin tief verletzt; ich dachte, du hattest während der Schulzeit nur Augen für mich?«

»O nein, ich habe für eine Menge Typen geschwärmt – Matthew Hooper, Tim Knight, Russell Frost.«

»Russell Frost? Der mit dem Irokesenschnitt?«

»Ja, hatte David Beckham nicht auch einen?«, erwidere ich grinsend.

»Hatte er, aber ich glaube, Russels Irokese war das Ergebnis, weil er bei einem Kumpel eingeschlafen ist und der ihm zum Spaß den Schädel rasierte.«

Ich kichere. »Stand ihm aber. Jede Wette, dass du nur neidisch warst, weil du nicht die Eier hattest, dir deine Matte abzuschneiden.«

»Na, hör mal! Die Mädels haben meine Matte geliebt.«

Das stimmt, obwohl er sie nach den Neunzigern ein bisschen zu lange behielt.

Ich schaue nach unten und halte die Luft an, als mir wieder bewusst wird, wie hoch wir sind.

»Weiterreden«, befiehlt Max. »Das beste Konzert, auf dem du je gewesen bist?«

»Foot Fighters im Hyde Park. Ich glaube, 2006. So ein

Typ hat mich auf seine Schultern genommen, und es war total irre.«

»Das werde ich wohl heute nicht schaffen – nichts für ungut.«

»Glaub mir, ich bin schon hoch genug. Was ist mit dir? Bestes Konzert?«

»Das waren wohl die Chilis.« Ein Schwachpunkt in meinem Lebenslauf, denn obwohl ich schon lange auf die Red Hot Chili Peppers stehe, habe ich sie nie live gesehen.

»Das war also noch besser als das Konzert von 5ive?«

»Habe ich dir etwa nie davon erzählt?«

»Max. Ich kenne all deine Geheimnisse.«

Für einen Moment weicht das Lächeln aus seinem Gesicht.

»War nur ein Scherz«, versichere ich und frage mich, ob hinter Owens merkwürdiger Reaktion doch mehr steckt. »Vergiss nicht, wie eng ich schon damals mit Rach befreundet war, und ich war wahnsinnig eifersüchtig.«

Er lächelt wieder. »Das Konzert war ziemlich gut und ein cooler Ort für einen Jungen im Teenageralter. So viele Mädchen …«

Ich muss lachen. Das ist so typisch Max.

Ein Pärchen will an uns vorbei, und wir müssen aufstehen, damit sie durchkommen. Max hält mich am Unterarm fest.

»Danke«, sage ich, denn dadurch fühle ich mich wesentlich sicherer.

»Jederzeit«, antwortet er, als wir uns wieder hinsetzen, gerade rechtzeitig, bevor das Licht gedimmt wird und die Vorgruppe die Bühne betritt.

Left Foot Forward bedanken sich beim Publikum und verlassen unter tosendem Applaus die Bühne. Die Arena vibriert, weil die Leute mit den Füßen stampfen und eine Zugabe fordern.

Ich will auch unbedingt, dass sie noch mal zurückkommen,

bin enttäuscht, weil sie *Whispers* noch nicht gespielt haben. In dem Moment ertönt ein Kult-Gitarrenriff, und das Publikum johlt noch lauter.

Als wir vor ein paar Stunden hier eintrafen, konnte ich mir nicht vorstellen, dass ich während des Konzerts vor Begeisterung stehen würde, und obwohl ich tatsächlich während des ganzen Konzerts gesessen habe wie die ultimative Spaßbremse, muss ich jetzt einfach aufstehen.

Max legt schützend den Arm um mich und küsst mich auf die Wange. Wenn ich damals, als ich diesen Song in Endlosschleife spielte und dabei von Max träumte, meinem Teenager-Ich erzählt hätte, dass ich eines Tages neben ihm stehen und den Song live hören würde – in einer Million Jahren hätte ich mir das nicht geglaubt.

Der Song nähert sich dem Ende, und dieses Mal flammt die Beleuchtung auf, nachdem die Band die Bühne verlassen hat. Wir warten und lassen die Leute vor uns zuerst raus. In einem Hotel um die Ecke haben wir ein Zimmer. Das habe ich damals zusammen mit den Eintrittskarten gebucht, es sollte unsere letzte Nacht zu zweit vor der Ankunft des Babys sein. Wenn ich nicht hochschwanger wäre, würden wir vermutlich erst noch etwas trinken gehen. Stattdessen kaufen wir uns auf dem Weg nach draußen ein Eis.

Die Massen bewegen sich in Richtung U-Bahn-Station, während wir den Weg am Fluss entlanggehen. Wir genießen das Eis und die frische Luft, nachdem wir stundenlang in der Halle waren.

»Das war unglaublich gut«, sagt Max. »Und du hast dich tapfer gehalten. Du musst doch völlig fertig sein.«

»Ja, ich bin froh, dass wir ein Zimmer ganz in der Nähe haben. Jetzt mit der U-Bahn und dem Zug zurück würde ich echt nicht schaffen.«

»Hätte nie gedacht, dass es so gut sein würde – vor allem, weil wir Sitzplätze hatten. In all den Jahren habe ich die Nase gerümpft über Sitzplätze, weil ich Stehen für das einzig Wahre hielt. Aber es war tatsächlich super.«

»Es ist zumindest toll, zwischendurch pinkeln gehen zu können und zu wissen, dass du anschließend auf demselben Fleck sitzen wirst und nicht eine Ewigkeit deine Leute suchen musst.«

Ich nähere mich dem Boden meines Eisbechers, bleibe stehen und beobachte ein Partyboot, das den Fluss hinunterfährt. Es ist außen mit Lichterketten dekoriert, und fröhliches Stimmengewirr und die Töne von *Dancing Queen* driften herüber.

Ich will gerade den allerletzten Rest Eis löffeln, da sagt Max: »Hey! Ich hoffe doch, dass du nicht das letzte Bisschen selbst isst!«

Er beugt sich über meinen Becher, löffelt es heraus und küsst mich dann. Unsere alte Tradition. Das perfekte Ende eines perfekten Abends.

Wir gehen weiter, bis es mich plötzlich trifft wie ein Blitz.

Eine Tradition, von der ich ihm nie erzählt habe.

Ich stehe wie erstarrt. Meine Gedanken rasen. Habe ich ihm doch davon erzählt und es nur vergessen? Hat Rach ihm am vergangenen Wochenende davon erzählt? Habe ich es *ihr* je erzählt?

Max merkt erst nach ein paar Schritten, dass ich nicht mehr neben ihm bin.

Er dreht sich um und lacht. »Was ist los?«

»Du erinnerst dich«, sage ich langsam und versuche immer noch, es zu verstehen.

Sein Gesicht sagt alles. Er schließt gequält die Augen, als wäre ihm klar, dass er einen Fehler gemacht hat.

So vieles schießt mir durch den Kopf. Seit wann hat er sein Gedächtnis zurück? Warum hat er es mir nicht gesagt? Erinnert er sich an alles? Hat er etwa die ganze Zeit nur so getan?

Aber ich bringe nichts davon über die Lippen.

»Seit … wann?«, stammele ich nur.

»Gestern Abend.«

»Und es ist alles wieder da?«

Ich habe über diesen Moment nachgedacht, seit der Arzt uns die Diagnose nannte. Habe mir vorgestellt, dass Max die Arme um mich schlingt, mir sagt, wie sehr er mich liebt, mich küsst und mir versichert, wie erleichtert er darüber sei, alles wieder zu wissen. Ich begreife einfach nicht, warum er nichts gesagt hat.

Er kommt einen Schritt auf mich zu, aber es ist immer noch kein großer Moment.

»Es war genauso, wie der Arzt gesagt hat: Es überflutete mich förmlich. In der einen Minute habe ich Sasha hingelegt, in der nächsten hatte ich ein seltsames Gefühl – ein bisschen wie ein Déjà-vu –, und dann entdeckte ich Gegenstände im Zimmer, über die ich alles wusste. Das Geschäft, in dem wir den Druck des Rotkehlchens gekauft haben, bevor Sasha geboren wurde, die Stofftiere Grüffelo und Raupe Nimmersatt auf dem Regal als Erinnerung an ihre erste Geburtstagsparty. Dann schaute ich hinunter zu Sasha – und erinnerte mich an sie. An ihre Geburt. Ihre ersten Schritte. An alles.«

Eine einzelne Träne kullert mir über die Wange.

»Und an dich«, fügt er hinzu.

Er beugt sich zu mir und küsst mich. Meine Knie sind so wackelig, dass ich zittere. Ich erwarte einen dieser legendären Perfekte-Zehn-Küsse, aber stattdessen ist es ein Kuss, in dem Traurigkeit mitschwingt.

»Du erinnerst dich an absolut alles aus deinem täglichen

Leben?« Ich zucke zusammen bei dem Gedanken, wie oft ich sein Bild vom perfekten Dad nicht korrigiert habe.

»Ja, ich weiß, dass ich Sasha nicht jeden zweiten Abend ins Bett gebracht habe oder mit ihr in den Park gegangen bin, damit du Zeit für dich hast.«

»Ähm, tut mir leid wegen der kleinen … Korrekturen.«

»Muss es nicht. Denn genau so sollte ich sein.«

Wir reden noch dies und das, aber schließlich bringe ich den Mut auf, ihn zu fragen.

»Warum hast du mir nicht gesagt, dass du dich wieder erinnerst?«

Er schaut mir in die Augen, und das lässt mich erzittern.

»Es kam so plötzlich. Als du mir von Annes Unfall erzählt hast, wusste ich nicht, wer sie ist, aber an der Art, wie du mich angesehen hast, war klar, dass mehr dahintersteckt. Ich konnte nicht aufhören, über die Situation nachzudenken, wenn jemand von einem Bus angefahren wird. Und je länger ich das tat, desto bekannter kam es mir vor. Und so ist es passiert. Und ich wusste, dass du bei Anne warst – und ich …« Er seufzt tief. »Du weißt es, nicht wahr?«

Ich nicke nur.

Er fährt sich mit der Hand durchs Haar und schließt erneut die Augen. Ich habe Max nie zuvor weinen sehen, aber jetzt laufen ihm Tränen über die Wangen.

»Ich hätte dir davon erzählen sollen, direkt nachdem es passierte. Es tut mir so leid«, sagt er.

Jegliche Freude über seine wiedergewonnenen Erinnerungen verebbt, denn irgendetwas passt nicht zusammen. Er reagiert nicht so, wie er sollte. Wieder muss ich an mein Gespräch mit Owen denken. Und nun verhält sich Max auch noch schuldbewusst. Allmählich habe ich den Eindruck, dass mir ein Teil der Geschichte fehlt.

»Warum hast du es nicht getan?« Ich will es jetzt wissen.

»Weil ich mir vorgestellt habe, wie ich mich fühlen würde, wenn du jemand anderen geküsst hättest.«

Die Worte dringen in meine Ohren, aber es dauert ein paar Sekunden, bis ich sie begreife. Als es jedoch so weit ist, zerbricht mein Herz in tausend Stücke.

Ich schaue den Mann an, der vor mir steht. Wieder kommt es mir so vor, als würde ich ihn gar nicht kennen, denn der Max, den ich zu kennen glaubte, würde mich nie betrügen.

»Hat Anne dir gesagt, dass es nur am Alkohol lag? Das macht es natürlich nicht besser. Ich weiß nicht, was sie dir erzählt hat, und ich fürchte, sie hat es dramatischer klingen lassen, als es war.«

»Du solltest nicht so schlecht von ihr denken«, erwidere ich und bin überrascht, wie fest meine Stimme ist. »Sie hat es wesentlich weniger dramatisch klingen lassen, als es offenbar war. Sie sagte, ihr hättet euch an dem Tag des Unfalls getroffen, weil sie sich wieder bei PDCA bewerben wollte. O Gott, das war gar nicht euer einziges Treffen, stimmt's?«

Meine Stimme klingt immer noch ruhig und beherrscht, aber innerlich schreie ich Max an, und das Herz schlägt mir bis zum Hals. Sein Schweigen spricht Bände.

»Das waren jetzt genug Geheimnisse zwischen uns, Max. Erzähl es mir.«

Er wischt sich die Tränen aus dem Gesicht und holt tief Luft.

»Vor ein paar Monaten kehrte sie aus New York zurück und kam mit einer meiner Kolleginnen zum Sommerfest der Firma.«

Ich denke zurück an jene warme Nacht im Juli. Eigentlich hatte ich Max begleiten wollen, aber Sasha war so quengelig und anhänglich, dass ich sie nicht bei seiner Mum lassen wollte, die sich als Babysitter angeboten hatte.

»Ich war ziemlich betrunken, das waren wir alle, du weißt ja, wie es bei solchen Veranstaltungen läuft. Und …«

Wieder fährt er sich mit den Händen durchs Haar.

»Weiter«, presse ich hervor, trotz der Tränen, die mir über die Wangen laufen.

»Auf dem Rückweg von den Toiletten traf ich im Flur mit ihr zusammen. Sie erzählte mir, dass sie sich von ihrem Mann getrennt habe, mich vermisse und wolle, dass wir es noch einmal miteinander versuchen. Und dann hat sie mich geküsst.«

Ich schließe die Augen. Mehr will ich nicht hören.

»Ich war so betrunken, Ellie, dass ich den Kuss erwidert habe – ich brauchte einen Moment, um zu begreifen, was da vor sich ging, aber dann stieß ich sie von mir. Ich erzählte ihr von Sasha und dem Baby und wie glücklich ich mit dir sei.«

»Aber du hast sie geküsst«, sage ich. »Was für ein Kuss war das? Eine Fünf? Eine Sechs? Eine verdammte perfekte Zehn?«

Ich merke, dass ich jetzt schreie, und ein paar Leute, die ebenfalls in Richtung Hotel gehen, versuchen uns auf diese wenig subtile Art zuzuhören, indem sie zwar nicht zu uns schauen, aber auch nicht miteinander reden.

»Ellie, so war das nicht. Es hat nicht einmal lange gedauert, bis ich sie von mir schob.«

»Und warum hast du es mir dann nicht erzählt? Wenn es doch so wenig bedeutet hat?«

Mir ist ganz elend.

»Weil ich dir nicht wehtun wollte.«

Ich lache, denn wenn er es mir damals erzählt hätte, hätten wir es ad acta legen können, und es wäre keine so große Sache wie jetzt.

»Bist du sicher, dass es nicht mehr war? War ich etwa nur die Lückenbüßerin, nachdem sie damals fortgegangen war?«

»Ellie, nein, du weißt, dass das nicht stimmt.«

»Ach ja? Wie soll ich jetzt noch wissen, was wahr ist?«

»Es war nur ein Kuss«, entgegnet er.

»Nur ein Kuss? Wenn du Single bist, ist es nur ein Kuss, bedeutungsloser Spaß«, erwidere ich. »Aber wenn du verheiratet bist, ist ein Kuss so viel mehr als das. Nämlich etwas zwischen uns – und *nur* zwischen uns. Worüber habt ihr wirklich an dem Tag des Unfalls gesprochen? Ich nehme an, es ging nicht um die Arbeit.«

Max seufzt, und ich muss laut darüber lachen, wie naiv ich war. Es tut weh, mir vorzustellen, wie diese Sache wirklich ablief. Nicht nur, dass er eine andere Frau geküsst hat, sondern er hat sich auch noch heimlich mit ihr getroffen.

»Sie hat ein Treffen vorgeschlagen, und ich war einverstanden, weil ich ihr klarmachen wollte, dass dieser Teil meines Lebens der Vergangenheit angehört. Aber sie bedrängte mich immer weiter, es noch einmal miteinander zu versuchen. Wir fingen an zu streiten, sie drehte sich um und trat vom Bürgersteig herunter.« Max atmet scharf ein, als würde er den Moment erneut durchleben.

Ich versuche, das alles zu begreifen. Auch wenn es keine Affäre war, so fühle ich mich dennoch betrogen.

»Wochenlang habe ich mich wie eine Idiotin benommen, versucht, dich dazu zu bringen, dich wieder in mich zu verlieben, um unsere perfekte Ehe zu retten. Aber wie können wir eine perfekte Ehe haben, wenn es zwischen uns solche Geheimnisse gibt? Und Owen wusste es, stimmt's?«

Max seufzt. »Ich musste mit jemandem darüber reden, und er riet mir, es dir zu sagen, aber ich konnte es nicht.«

»Deshalb habt ihr nicht mehr miteinander gesprochen?«

Er nickt.

»Mir reicht es jetzt«, sage ich. Ich kann ihn nicht länger ansehen und setze mich in Richtung Hotel in Bewegung.

»Ellie, warte!«

»Nein, Max. Ich bin zu müde dafür. Ich gehe jetzt ins Hotel. Und du fährst zurück zu deiner Mum oder wohin auch immer. Ich kann das jetzt nicht.«

»Ellie, bitte. Ich möchte mit dir ins Hotel. Ich muss es dir erklären.«

»Nein. Das Baby und ich, wir brauchen Ruhe.«

Ich gehe weiter und schaue nicht zurück. Er folgt mir nicht, und darüber bin ich froh, denn ich meinte, was ich gesagt habe.

Ich ignoriere die Blicke der anderen Leute, als ich die Lobby durchquere, mit tränennassen Wangen und watschelnd, wie es nur eine Frau im achten Monat kann, die gerade von einem Rockkonzert kommt.

Sobald ich in unserem Zimmer bin, lege ich mich aufs Bett, ziehe ein Kissen in meine Arme und rolle mich zusammen.

Jetzt verstehe ich, wie Max sich gefühlt haben muss. So ist es also, wenn dir plötzlich der Boden unter den Füßen weggezogen wird und du keine Ahnung hast, was oder wem du glauben kannst.

Kapitel 25

Die vergangenen sechsunddreißig Stunden verstrichen wie im Nebel. Als ich zu Haus ankam, war Max fort. Er hatte mir eine Nachricht hinterlassen, dass er verstehe, wenn ich jetzt erst einmal Zeit brauche, und dass er solange bei Judy wohnen würde. Sie traf kurz darauf ein, um mir Sasha zu bringen.

Jetzt ist Max hierher unterwegs, um Sasha zu einem Spaziergang abzuholen, und mir zittern die Hände.

Ich bin dankbar, dass Sasha von alldem nichts mitbekommt, und bringe mich auf andere Gedanken, indem ich die ganze Zeit mit ihr spiele. Wir haben Höhlen gebaut, Teepartys veranstaltet. Dennoch krochen mir immer wieder unwillkommene Gedanken in den Kopf, verwirrten mich noch mehr und ließen mich alle Aspekte unserer Ehe hinterfragen.

Ich gehe immer sofort auf die Palme, wenn eine Frau von ihrem Mann betrogen wird, aber seit ich das von Max erfahren habe, ist mir klar geworden, dass es nicht nur schwarz und weiß gibt. Ich nehme die Perspektive von Rach ein, stelle mir eine Frage nach der anderen. Macht es einen Unterschied, dass er betrunken war? Ist es schlimmer, weil es mit seiner Ex passierte und er möglicherweise noch Gefühle für sie hegt? Wenn er es einmal getan hat, ist dann die Wahrscheinlichkeit größer, dass er es wieder tut? Kann ich ihm vertrauen?

Ich frage mich auch, ob alles eindeutiger wäre, wenn ich es vor seinem Gedächtnisverlust herausgefunden hätte. Zu jener Zeit haben wir uns sehr verändert, und ich erkenne schuldbewusst, dass ich unsere Beziehung vernachlässigt habe. Seit

Sasha auf der Welt ist, habe ich sie an die erste Stelle gesetzt, das war unvermeidlich, und die meisten Mütter tun es, aber ich habe Max nie wirklich in unseren kleinen Kreis hineingelassen. Das entschuldigt nicht sein Verhalten, aber mir wird bewusst, dass unsere Ehe nicht so perfekt war, wie sie nach außen schien. Ich war zu sehr auf den äußeren Eindruck fixiert statt darauf, was innen passierte.

Ich überprüfe zum zweiten Mal den Inhalt von Sashas Rucksack, ob ich auch genügend Kleidung zum Wechseln und ihr Lieblingsstofftier eingepackt habe, obwohl ich genau weiß, dass Max durchaus in der Lage ist, sich allein um alles zu kümmern. Mittlerweile kennt er ihren Tagesablauf genauso gut wie ich.

Ein leises Klopfen an der Tür versetzt mir einen Stich, weil er seinen Haustürschlüssel nicht benutzt. Das hier passiert also wirklich.

Sasha ist total aufgeregt und läuft sofort in seine Arme. Er hebt sie hoch und setzt sie sich auf die Hüfte, drückt sie, als habe er sie Jahre nicht gesehen.

»Ich habe dich vermisst, kleine Maus«, sagt er und küsst sie.

Sie lehnt den Kopf an seine Brust. Noch ein Stich in mein Herz.

»Hey«, sagt Max und wendet sich mir zu.

»Hey.«

Es folgt verlegenes Schweigen, da keiner von uns weiß, was er tun oder sagen soll.

»Du siehst gut aus«, sagt er schließlich.

Er lügt. Manche Frauen würden sich für eine derartige Begegnung vermutlich rausputzen, um dem Mann zu zeigen, was er verpasst. Aber ich bin emotional zu ausgezehrt, um solchen Aufwand zu betreiben. Strähnige Haare. Ungeschminkt. Unvorteilhafte Klamotten mit Flecken von Sashas Frühstück.

»Möchtest du reinkommen?«, frage ich, bewege ich mich jedoch nicht vom Fleck und blockiere den Eingang.

»Nein, nein, wir ziehen direkt los. Es sei denn, du möchtest reden?« Hoffnung schwingt in seiner Stimme.

Ich schüttle den Kopf.

»Ich hole ihren Rucksack«, sage ich nur.

Das fühlt sich so falsch an. Wird es immer so sein, wenn wir es nicht hinbekommen? Kurze Gespräche auf der Türschwelle, während wir die Kinder übergeben?

»Super, danke«, sagt Max und nimmt den Rucksack entgegen. »Ich habe gestern Abend noch einmal mit meinem Dad telefoniert. Er kommt demnächst wieder her, damit wir in Ruhe sprechen können.«

»Oh«, erwidere ich überrascht. »Ich bin froh, dass du noch mit ihm redest, obwohl du dein Gedächtnis zurückhast.«

»Ja, es ist einfach an der Zeit, dass wir unser Verhältnis klären. Wir werden vermutlich nicht die dicksten Freunde, aber ich möchte, dass er Sasha und das Baby kennenlernt.«

Ich nicke, und wir schweigen erneut.

»Ich habe auch mit meinem Chef gesprochen und werde ab nächster Woche wieder arbeiten, anfangs in Teilzeit. Und wenn das gut läuft, arbeite ich vielleicht dauerhaft in Teilzeit oder nehme jeden zweiten Freitag frei oder etwas in der Art. Ich möchte mehr Zeit mit den Kindern verbringen. Wenn das für dich okay ist?«

Ich bin so überrascht, dass ich wieder nur nicken kann.

»Gut, also, dann gehen wir mal.«

»Viel Spaß, meine Süße.« Ich beuge mich vor und küsse Sasha auf den Kopf.

Max verabschiedet sich kurz, und dann sind sie weg. Das ist meine Familie – ich sollte mit ihnen gehen. Aber sofort denke ich an Anne und wie hübsch sie sogar dann aussieht, wenn sie sich von einem Unfall erholt, und schon wieder habe ich dieses elende Gefühl im Magen. Rasch schließe ich die Tür, versuche, nicht zu weinen.

Ich weiß nicht recht, was ich mit mir anfangen soll. Am späten Nachmittag fahren Judy und ich ins Gartencenter. Sie will mir helfen, ein paar Pflanzen für unseren Garten auszusuchen. Aber bis dahin sind es noch zwei Stunden. Normalerweise sehne ich mich danach, Zeit für mich zu haben, aber jetzt will ich sie nicht.

Ich gehe gerade in die Küche, um aufzuräumen, als es wieder an die Tür klopft. Ich frage mich, ob Max etwas vergessen hat, aber zu meiner Überraschung steht Rach draußen.

»Hey«, begrüße ich sie. Ich weiß gar nicht, ob sie jemals unangemeldet auf der Matte gestanden hat. »Was tust du denn hier, musst du nicht arbeiten?«

»Ich habe mir einen Tag freigenommen«, antwortet sie. An ihrem Tonfall und der Körpersprache erkenne ich sofort, dass sie es weiß.

»Max hat es dir erzählt«, stelle ich fest.

»Ich dachte, du brauchst vielleicht ein bisschen Gesellschaft«, antwortet sie.

Ich nicke und kann nichts dagegen tun, dass die Tränen laufen.

»Komm her.« Sie zieht mich in ihre Arme, und ich lege den Kopf auf ihre Schulter, schluchze herzerweichend.

Sie führt mich ins Wohnzimmer und setzt mich aufs Sofa. »Wieso hast du mir nichts davon erzählt?«

Mit dem Ärmel wische ich die Tränen weg. »Ich wollte nicht, dass es jemand erfährt. Ich dachte, selbst wenn Max und ich es hinbekommen, würden die Leute ihn trotzdem für immer als Ehebrecher ansehen. Ich will nicht, dass er oder unsere Ehe so überschattet ist.«

»Ach, Ellie, du kannst so etwas nicht allein durchstehen! Und du weißt doch, dass ich immer für dich da bin. Wenn ich Max ansehe, denke ich sowieso schon, was für ein Idiot er ist, es würde also nichts ändern.«

Ich lache unter Tränen. Mich in solch einer Situation aufzuheitern, das schafft auch nur sie.

»Aber im Ernst, Ellie, vergiss, dass er mein Bruder ist. Ich war schon lange, bevor du mit ihm zusammengekommen bist, deine beste Freundin.«

Früher habe ich Rach alles erzählt, und es war ganz einfach – aber seit Max fühlt es sich komisch an.

»Du hast mich damals gewarnt, dass Max mir wehtun würde und ich fliehen solle, solange es noch ging.«

»Deswegen hatte ich immer ein schlechtes Gewissen. Ich hatte nicht erwartet, wie gut es mit euch laufen würde. Keiner von uns konnte sich vorstellen, dass Max je eine feste Beziehung eingeht.«

»Nun, mich hat es noch mehr überrascht. Ich konnte nicht glauben, dass er mit jemandem wie mir zusammen sein will.«

»Schluss damit«, sagt Rach. »Er ist derjenige, der sich glücklich schätzen muss, jemanden wie dich zu bekommen.«

»Ha, ich –«

»Nein«, unterbricht Rachel mich. »Du bist eine der wunderbarsten Frauen, die ich kenne. Du bist klug und nett und humorvoll. Es ist dir nicht bewusst, aber du hast diese Art von – keine Ahnung, wie du es nennen würdest – Ausstrahlung, du bringst Räume zum Leuchten. Und ja, möglicherweise war Max mit Frauen zusammen, die aussehen, als würden sie Victoria Secret's auf dem Laufsteg präsentieren, aber sie sind nichts im Vergleich zu dir. Du musst Max von seinem Podest herunterholen und dir klarmachen, dass *du* stattdessen da oben hingehörst.«

»Rach …« Die Tränen laufen erneut.

»Es ist mein Ernst. *Er* ist der Glückliche.«

»Ich habe mich immer gefragt, ob ich ihn irgendwie mit einem Trick eingefangen habe … Wir haben damals so schnell geheiratet.«

»Im Ernst?«

»Das hat mir oft zu schaffen gemacht.« Ich zucke mit den Schultern. »Und nach dieser Sache mit Anne … Ich weiß, dass es nur ein Kuss war, aber es hat das Grübeln verstärkt. Denn jetzt frage ich mich, ob er sie nur wegen Sasha und dem Baby zurückgewiesen hat.«

»Niemals«, erwidert Rach lächelnd. »Du musst doch nur dich und Max zusammen sehen, um zu erkennen, dass ihr zusammengehört. Er hat sich sogar wieder in dich verliebt, nachdem er sein Gedächtnis verloren hat – das sollte dir doch etwas sagen!«

»Aber sie hatte er auch vergessen – deshalb wusste er nicht, was ihm entgeht.«

»Ellie! Schluss damit«, befiehlt Rach mit ihrer sachlichen Art. »Ich kenne Max mein ganzes Leben und habe nie erlebt, dass ihm jemand so viel bedeutet wie du. Und ja, er liebt Sasha, wie jeder Vater es tun würde, aber dich liebt er auch, von ganzem Herzen. Er hat mich übrigens angerufen, damit ich herkomme, während er mit Sasha unterwegs ist. Er wusste genau, dass ich wütend sein und ihn anschreien würde, aber er hat mir trotzdem die Wahrheit gesagt, weil er nicht wollte, dass du hier allein bist.« Sie zögert kurz. »Natürlich war es falsch von ihm, Anne zu küssen, und ich weiß nicht, ob du ihm verzeihen kannst, aber mach nicht noch eine größere Sache daraus, indem du es mit anderen Ängsten vermischst. Ängsten, von denen ich weiß, dass sie jeder Grundlage entbehren. Und wenn du mit Max reden würdest, könnte er dir klarmachen, dass diese Ängste völlig unnötig sind.«

Sie drückt meine Hand. »Tut mir leid, wenn das ein bisschen grob klang«, fügt sie hinzu.

Ich nicke. »Hat es, aber ich habe es vermisst, dass du so mit mir redest«, erwidere ich. »Niemand analysiert meine Probleme so, wie du es tust.«

»Irgendjemand muss dich ja zur Vernunft bringen.«

Sie hat wohl recht.

»Also, wie fühlst du dich, wegen dieses Kusses?«, fragt sie in sanfterem Ton.

»Ehrlich gesagt weiß ich es nicht. Ein bisschen wie ein Teenager, der sich über eine Kleinigkeit wie einen Kuss aufregt. Aber es fühlt sich so sehr nach Verrat an.«

»Natürlich. Ich würde ausflippen, wenn Gaby jemand anderen küssen würde. Aber was Max betrifft, so glaube ich nicht, dass es einer dieser leidenschaftlichen Filmküsse war. Für mich klingt es eher nach einem Ausrutscher in betrunkenem Zustand.«

»Aber das Problem ist, er hat es für sich behalten und sich heimlich mit ihr getroffen!«

»Wie gesagt, mein Bruder ist ein Idiot.« Rachel seufzt. »Und was wirst du jetzt tun?«

»Weiß ich noch nicht. Irrationale Ängste hin oder her, diese Sache mit dem Gedächtnisverlust hat mich darauf gebracht, meine Ehe mit anderen Augen zu sehen. Ich habe naiverweise angenommen, alles sei perfekt, aber das stimmt nicht. Es hat gar nichts mit der Max-und-Anne-Sache zu tun, ich trage genauso Schuld daran. Ich glaube, du hast recht, vielleicht habe ich Max auf einen Sockel gestellt.« Ich seufze. »Ein Teil von mir war gefangen in dieser Fantasie, einen Traummann bekommen zu haben. Und als er sein Gedächtnis verlor, mussten wir uns neu kennenlernen. Er sah endlich mehr von meinem wahren Ich und ich mehr von dem wahren Max, zumindest dachte ich das. Deshalb hat mich die Geschichte vermutlich so heftig getroffen – weil wir uns so viel nähergekommen waren. Jetzt weiß ich nicht, ob ich ihm trauen kann. Ich habe Angst, dass ich jedes Mal, wenn er samstags ins Büro gehen will, denke, dass etwas anderes dahintersteckt.«

»Vertrauen ist schon eine seltsame Sache, nicht wahr?«, sagt Rach nach einer Pause. »Findest du es nicht verrückt, dass man jemandem zu Beginn einer Beziehung einen Vertrauensvorschuss einräumt, den er sich noch gar nicht verdient hat?«

»Irgendwie schon. So habe ich es noch nie gesehen.«

»Wir vertrauen unserem Partner mit unserem Herzen, unseren Hoffnungen, unseren Träumen.«

Eine Trauer ist in ihre Stimme gekrochen, die mir den Eindruck vermittelt, dass wir nicht länger über Max und mich sprechen.

»Konntest du mit Gaby über das Baby reden?«

»Ein bisschen, aber das ist jetzt nicht der Moment dafür.«

»Doch, es ist *exakt* der richtige Moment. Ich habe im vergangenen Monat nichts anderes getan, als über mich zu sprechen, und es wird Zeit, dass ich Menschen mit echten Problemen zuhöre.«

»Jedermanns Probleme sind echt, sie unterscheiden sich nur.«

»Weichst du mir aus?« Ich ziehe die Brauen hoch.

»Ja«, stimmt sie lachend zu.

»Komm schon, ich will es hören.«

Sie seufzt tief und laut. »Ich konnte Gaby meine Ängste schildern, und sie hat es verstanden. Wir haben die verschiedenen Möglichkeiten abgewogen und entschieden, mehr als ein Kind zu haben, sodass wir beide schwanger sein können.«

»Das klingt fair.«

»Ja, tut es, und ich dachte, dass ich dann aufhören könnte zu grübeln. Aber jetzt sorge ich mich wegen anderer Dinge. Was ist zum Beispiel, wenn wir ein Kind bekommen und dann doch kein zweites wollen? Oder kein zweites bekommen können? Wird diejenige von uns, die das erste Kind nicht ausgetragen hat, es der anderen dann neiden?«

»Oh, Rach. Natürlich sind das echte Ängste, aber so darfst du nicht denken – du hast nur die Worst-Case-Szenarien im Kopf. Jemand Kluges hat mir mal geraten, nicht eine größere Sache aus etwas zu machen, indem man unnötige Ängste hinzufügt.« Ich schweige kurz und fahre dann fort: »Du willst ein Kind mit Gaby, das ist der entscheidende Punkt. Egal wie ihr das anstellt oder wer es austrägt, ihr werdet beide die Eltern des Kindes sein.«

»Und das ist verdammt ängstigend. Wenn ich das nun nicht gut kann?«

»Dann trittst du dem Klub bei, in dem wir alle sind, denn genau das denken die meisten Eltern von Zeit zu Zeit. Oder ehrlich gesagt die ganze Zeit. Aber wenn du mich fragst, wirst du eine tolle Mum sein, und dein Kind kann sich glücklich schätzen, dich zur Mutter zu haben. Dich und Gaby.«

Rach, die definitiv nicht nah am Wasser gebaut hat, bekommt feuchte Augen.

»Verdammt, weißt du noch, als wir in meinem Zimmer gesessen und uns in die letzte Folge von *Akte X* hineingesteigert haben?«

»Ja, das Leben war so viel einfacher, als wir uns nur vor Außerirdischen und kettenrauchenden Männern in Anzügen gefürchtet haben!«

Rach lacht. »Tut mir leid, dass wir aufgehört haben, so offen miteinander zu sprechen«, sagt sie. »Es ist schön, eine Partnerin zu haben, die wie deine beste Freundin ist, aber das bedeutet nicht, dass nicht auch noch Platz für meine älteste beste Freundin ist.«

»Dito. Tut mir leid, dass ich es ruiniert habe durch meine Heirat mit Max.«

»Du hast gar nichts ruiniert. Versprichst du mir, dass wir in Zukunft wieder mehr über solche Dinge reden?«

»Ja, das wäre schön«, versichere ich. »Es klingt albern, zu sagen, dass ich dich vermisst habe, weil wir uns ständig als Familienmitglieder sehen, aber ich habe *dich* vermisst.«

»Geht mir genauso. Obwohl du mich heute nicht den ganzen Tag für dich allein hast«, sagt sie und verzieht das Gesicht.

»Deine Mum.« Ich nicke. »Ich hatte kurz vergessen, dass ich sie später abholen soll.«

»Ach so … Nun, es gibt keinen Ausflug ins Gartencenter.«

»Nicht?« Das kommt mir seltsam vor.

»Nein. Ich will dir ja nicht die Überraschung verderben, aber vielleicht solltest du doch lieber vorgewarnt sein. Du bist zwar auch mit tränenverschmiertem Gesicht und fleckigen Klamotten wunderschön, aber eventuell möchtest du etwas weniger Auffälliges anziehen oder sogar duschen und deine Haare kämmen.«

»Wieso? Ist es wegen Max – plant er etwas?«

»Nein.« Sie schüttelt den Kopf. »Aber deine neue Freundin Anneka.«

»Gütiger Gott, ich möchte keine B…«

»Schon gut. Sprich nicht weiter. Ich stecke in Schwierigkeiten und möchte so wenig wie möglich verraten. Mach dich einfach ein bisschen vorzeigbarer.«

»Okay.« Langsam stehe ich auf. »Wird es mir wenigstens gefallen?«

»Ich denke, du findest es toll. Und jetzt beeil dich, du musst in einer Stunde bei Mum sein, und ich fürchte mich vor dieser Anneka. Wir haben erst seit drei Tagen über WhatsApp Kontakt, und ich ziehe bereits den Kopf ein, wenn ich nur das Piepen einer neuen Nachricht höre.«

»Danke, Rach, für die Vorwarnung. Und dafür, dass du hergekommen bist. Und für das Zuhören.«

»Jederzeit. Und jetzt los. Ich fürchte nämlich, dass Annekas Zorn in natura noch schlimmer ist als per WhatsApp.«

Ich steige aus dem Wagen und streiche meine frisch geföhnten Haare hinters Ohr. Als ich auf die Haustür zugehe, höre ich »Schscht!« und Kichern, und im nächsten Moment wird die Tür theatralisch von Judy aufgerissen. Sosehr ich Baby-Partys auch hasse, heute mit meiner Familie und meinen Freundinnen zusammen zu sein, ist vielleicht genau das, was ich brauche.

»Liebes, wie schön, dich zu sehen«, sagt Judy und breitet die Arme aus.

»Fahren wir nicht direkt los?«, spiele ich brav mit.

»Wie?«

»Ins Gartencenter, du weißt schon.« Ich ziehe eine Braue hoch.

»Ach ja … Aber, ähm, ich wollte dir noch etwas im Wohnzimmer zeigen.«

»Okay.« Ich wünschte, ich würde ihre Begeisterung fürs Schauspielern teilen, aber durch die Aktion mit Mick ist sie besser im Training.

Ich drücke die Wohnzimmertür auf und werde von so vielen Luftballons empfangen, dass ich meine Freundinnen nur mit Mühe dazwischen entdecken kann.

»Du meine Güte!«, rufe ich mit einem aufgesetzten Lächeln, dass ich die ganze Fahrt über einstudiert habe.

»Wir konnten einfach nicht zulassen, dass du keine Baby-Party feierst, vor allem, da du den Großteil von meiner verpasst hast«, sagt Anneka, schiebt Ballons beiseite und tritt vor.

»O mein Gott, was hast du denn an?« Ich reiße die Augen weit auf.

»Ist das nicht fabelhaft?«

Es ist ein langes T-Shirt mit dem Aufdruck eines Wonder-Woman-Kostüms. Da es ihr bis zu den Oberschenkeln reicht, sind sogar die kurzen Shorts aufgedruckt. Ich schaue mich im Raum um und stelle fest, dass alle diese T-Shirts tragen, vervollständigt durch Stirnbänder und kurze Umhänge.

»Ausgezeichnete Themenwahl«, sage ich, als Helen zu mir kommt und mich umarmt. »Aber was sollen die furchtbar vielen Luftballons?«

»Anneka hat vergessen, dass nicht alle Häuser so groß sind wie ihres, als sie sie bestellt hat.«

Ich drehe mich um und begrüße Polly. Dann hält Judy mir ihr iPad vor die Nase, das an einem Griff befestigt ist und von dessen Bildschirm mir Mum zuwinkt.

»Hallo, Ellie, mein Schatz«, sagt sie und grinst auf dem leicht verpixelten Bild.

»Mum, du bist auch dabei!« Ich bekomme feuchte Augen.

»Um nichts in der Welt würde ich das verpassen wollen«, antwortet sie. »Du musst nur darauf achten, dass du mich immer schön mit dir herumträgst, damit mir nichts entgeht.«

»Wir haben noch mehr Freundinnen von dir eingeladen«, sagt Judy. »Aber an einem Donnerstagnachmittag konnten viele es nicht einrichten.«

»Gaby lässt sich entschuldigen«, sagt Rach.

»Ist verziehen«, versichere ich. »Das ist alles wunderbar. Vielen Dank.«

»Hab ich's nicht gesagt?«, mischt Anneka sich ein und schaut sich auf der Suche nach Bestätigung im Raum um. »Und jetzt musst du dein Outfit anziehen, Ellie.«

»Mein Outfit? Bekomme ich auch ein T-Shirt?«

»O nein, für dich haben wir etwas viel Besseres«, antwortet sie und holt ein echtes Wonder-Woman-Kostüm hinter ihrem Rücken vor.

»Ähm, Anneka, der Bauch … Das passt niemals.«

»Doch. Ich habe meine Schneiderin elastische Teile einsetzen lassen – hier.« Sie zeigt darauf. »Die eigentlich starren Partien sind jetzt weich und nachgiebig. Es wird hübsch und gemütlich für deinen Bauch sein.«

»Anziehen, anziehen!«, ruft Helen, und die anderen stimmen mit ein. Ich bekomme grässliche Flashbacks an das letzte Mal, als ich ein Wonder-Woman-Kostüm trug und von Max' Freunden umringt war. Aber die wollten damals nicht, dass ich mich anziehe, sondern ausziehe.

Ich nehme den Kleiderbügel entgegen, und alle jubeln.

»Und das ist erst der Anfang«, verkündet Anneka und klatscht in die Hände.

Meine Mum zeigt mir den erhobenen Daumen, dann gehe ich los, um mich umzuziehen. Diese Party ist eine so liebevolle Geste, dass mir plötzlich alles zu viel wird und ich zu weinen beginne.

»Verdammte Hormone, was?«, sagt Polly und drückt mich.

»Ja, verdammte Hormone«, antworte ich und bin zum ersten Mal froh darüber, denn sie liefern mir zumindest eine Ausrede, warum ich ein heulendes Wrack bin.

Kapitel 26

Wie sich herausstellt, ist eine Baby-Party gar nicht so eine scheußliche Erfahrung, vor allem, wenn man gerade eine Lebenskrise durchmacht. Mir war nicht bewusst, wie sehr ich es brauchte, dass man sich um mich bemüht, und das verlieh mir den Mut, meinen neuen Mami-Freundinnen zu erzählen, was passiert war. Sie haben sich in den vergangenen Tagen um mich geschart, sich mit Sasha und mir im Park getroffen, uns zum Abendessen zu sich nach Hause eingeladen und mich mit Albernheiten in unserer WhatsApp-Gruppe zum Lachen gebracht. Ehrlich gesagt weiß ich nicht, was ich ohne sie gemacht hätte, und ohne Rach, die mir mehrmals täglich Nachrichten schickt, um nachzuhören, ob es mir gut geht.

Mit Max habe ich immer noch nicht geredet. Er ist mit Mick beschäftigt, der übers Wochenende aus Portugal hergeflogen ist. Max in Ruhe zu lassen, damit er die Beziehung zu seinem Vater erneuern kann, ist für mich die perfekte Ausrede, um Zeit zu schinden, weil ich nach wie vor keine Ahnung habe, was ich tun soll. Gestern Nachmittag habe ich Sasha zu Judy gebracht, weil ich wusste, dass Mick sie gern sehen möchte. Außerdem vermisst sie Max schrecklich. Sie ist über Nacht dort geblieben, und heute unternehmen die drei gemeinsam etwas. Und nicht nur sie, denn die Mädels haben mich überrascht, indem sie Karten für uns alle gebucht haben – wir gehen auf die Comic Con!

»Was denkst du?«, frage ich Helen und zupfe an meinem Wonder-Woman-Kostüm herum. Für die Baby-Party bei Judy war es ganz okay, aber in der Öffentlichkeit damit herumzulaufen, ist mir doch ein bisschen peinlich.

»Von deinem Outfit oder der Nachricht, die du erhalten hast?«, fragt sie zurück und schaut von meinem Handy hoch.

»Beides.«

Am Vorabend erhielt ich eine unerwartete Facebook-Nachricht von Anne. Sie schrieb mir, dass Max sie angerufen und um Entschuldigung gebeten habe, dass er sie nach dem Unfall alleingelassen hat. Er habe ihr erklärt, was mit uns passiert sei und dass er ihr alles Gute wünsche, jedoch nie wieder etwas von ihr hören möchte.

»In dem Outfit siehst du rattenscharf aus, und ich fand die Nachricht nett«, sagt Helen mit einem Schulterzucken. »Außerdem verstehe ich sie irgendwie. Sie hatte sich gerade von ihrem Mann getrennt, ist wieder nach London gezogen und hat Max getroffen, etwas Vertrautes, und das hat sie missverstanden.«

»Genau das habe ich auch gedacht und rechne ihr hoch an, dass sie mir geschrieben hat. Das hätte sie nicht tun müssen.«

»Nein, und wenn zwischen den beiden wirklich etwas gewesen wäre, hätte sie es auch nicht getan und dich nicht zudem ermutigt, ihn zurückzunehmen.«

»Stimmt.« Ich seufze. »Hey, warte mal! Wieso trägst du nicht dein Wonder-Woman-T-Shirt von der Baby-Party – war das nicht der Plan?«

»Doch.« Helen knöpft ihre übergroße Strickjacke auf. »Ich musste es unter der Jacke verstecken und mich dann rausschleichen. Wie du weißt, ist Toby wie ein notgeiler Teenager, seit ich es letzte Woche zu Hause angezogen habe.«

»Aber war das nicht genau das, was du wolltest?«

»Ja! Und es ist äußerst schmeichelhaft, aber mir war nicht

klar, wie anstrengend und mühevoll Sex ist, wenn du dir vorkommst wie ein Wal.«

»Wer weiß, vielleicht bringt es die Geburt ja in Gang. Oder ist das ein Ammenmärchen?«

»Lieber versuche ich es mit Himbeertee und Curry«, sagt sie und greift in das Glas mit Rosinen auf der Arbeitsplatte.

»Was sollen diese ganzen gesunden Snacks? Färbt Anneka auf dich ab?«

»Das tue ich wegen Sasha. Das gute Zeug ist im Küchenschrank.«

»Na gut«, sagt sie und schaufelt sich eine Handvoll Rosinen in den Mund. »Apropos Snacks, brauchen wir Proviant für unterwegs?«

»Schon erledigt.« Ich halte einen Beutel hoch. Draußen hupt jemand. »Da sind sie schon.«

Helen klopft sich die Krümel von den Händen, und dann eilen wir nach draußen, wo uns ein schicker Rolls Royce erwartet.

Anneka steckt den Kopf aus dem Beifahrerfenster. »Springt rein, Ladys.«

Helen und ich schieben uns auf die Sitzbank neben Polly.

»Das ist in jedem Fall besser als der Zug«, stellt Helen fest.

»Und wir haben unsere Privatsphäre«, sagt Anneka.

»Alle bereit?«

»Ja!«, rufen wir im Chor, und ich bin echt gerührt, dass die Mädels das tun, um mich aufzuheitern.

»Okay, Ladys, nächster Halt Comic Con«, verkündet Anneka, und der Fahrer gibt Gas.

»Weißt du«, sagt Helen und schaut sich um, als wir das Ausstellungszentrum betreten, »ich hätte nicht gedacht, dass ich hiermit underdressed bin.«

Wo wir auch hinschauen, sind Menschen in Kostümen. Von *Doctor Who* über *Star Wars* bis zu *The Avengers* ist für jeden etwas dabei, und zwar auf hohem Niveau.

»Als was sind all diese Menschen verkleidet?«, fragt Anneka und rümpft die Nase. »Ich hatte keine Ahnung, dass es eine Art Freak-Show sein würde.«

»Das ist doch erst der Anfang«, erwidere ich und klatsche in die Hände. »Also, was möchtet ihr als Erstes tun? Die Ausstellungsstände ansehen? Versuchen, Karten für eine Signierstunde zu bekommen, oder euch einen der Vorträge anhören?«

Annekas Nase ist immer noch gerümpft. »Ich dachte, die Comic Con wäre lustiger. Comedy eben.«

»Äh, nein, es kommt von Comics und nicht von Comedy«, korrigiere ich sie und muss lachen, als sie das Gesicht noch stärker verzieht.

»Wieso haben wir uns wohl alle als Wonder Woman kostümiert?«, fragt Helen sie.

»Um Ellie aufzumuntern und damit wir die T-Shirts wenigstens noch einmal anziehen können? Wenn ich gewusst hätte, dass es um Science-Fiction geht, hätte ich mein Prinzessin-Leia-Kostüm angezogen – ein goldener Bikini. Außerhalb des Schlafzimmers kommt er sowieso kaum zum Einsatz.«

»Wäre deinem Bauch dann nicht kalt geworden?« Ich versuche, die Bilder aus meinem Kopf zu verdrängen.

»Daran habe ich nicht gedacht. Aber etwas Besseres hätte ich in jedem Fall gefunden.«

Plötzlich zuckt sie zusammen, verzieht vor Schmerzen das Gesicht, geht ein paar Schritte im Kreis und atmet dabei tief ein und aus.

»Ist alles in Ordnung?«, fragt Polly.

»Klar. Ich habe den ganzen Morgen schon Übungswehen. Kein Grund zur Sorge«, stöhnt sie.

»Okay«, sagt Helen, wirkt jedoch beunruhigt. »Also bis zur *Dark-Energy*-Podiumsdiskussion, für die wir Karten reserviert haben, bleibt uns noch ein bisschen Zeit.«

Ich klatsche vor Aufregung erneut in die Hände.

»Ich kann es kaum erwarten, Candy Tyler und Evan Wilson zu sehen!«

Die drei anderen starren mich verständnislos an.

»Sie haben Persephone und Commander Quartz gespielt.«

Diese Information scheint ihnen nicht zu helfen.

»Ihr werdet es lieben«, sage ich lachend. »Na los, lasst uns ein paar der Stände ansehen, um in Stimmung zu kommen.«

»Wenn wir gleich eine Weile sitzen, sollten wir vorher zur Toilette gehen«, schlägt Polly vor.

»Ja, Mum«, antwortet Helen.

Wir schieben uns durch die Menge, die um die vielen Tische herumschwirrt.

»Ist schön, dich lächeln zu sehen«, sagt Polly und hakt sich bei mir ein.

»Danke, tut auch gut«, antworte ich und steuere sie aus der Flugbahn von Captain America und Loki, die sich offenbar einen Show-Kampf liefern.

»Hoffentlich ist der heutige Tag genau das, was du brauchst.«

»Das wäre schön«, sage ich und versuche, die Gedanken an Max zu verdrängen.

Die *Dark-Energy*-Podiumsdiskussion erfüllt all meine Erwartungen. Sogar die Mädels scheinen die Atmosphäre zu genießen. Die Comic Con verströmt eine Magie, die man jemandem, der das nie erlebt hat, nur schwer erklären kann. Es herrscht eine ansteckende Aufregung, egal wer die Redner sind; die Superfans sind so begeistert und gehen derartig mit, dass sie das übrige Publikum mitreißen. Ich bin beinahe enttäuscht, dass die Stunde fast vorbei ist und nur noch wenige Fragen gestellt werden können.

»Besteht Hoffnung auf weitere Folgen?«, fragt ein Fan, der ziemlich weit vorn sitzt. Lachen aus dem Publikum, und viele applaudieren. Insgeheim hoffen wir das nämlich alle, haben es jedoch aufgegeben, nachzufragen.

»Nun«, antwortet Candy und dreht sich dem Regisseur am anderen Ende der Bühne zu, »es ist zwar ziemlich sicher, dass es keine weiteren Folgen geben wird« – Stöhnen ist aus dem ganzen Raum zu hören –, »es könnte jedoch … ich weiß nicht, ob ich das sagen darf, einen abendfüllenden Film auf einer Streaming-Plattform geben.«

Sie flüstert die letzten Wörter beinahe und schlägt dann die Hände vor den Mund.

Der Regisseur zwinkert ihr zu, der Raum bebt, und überall gehen Hände hoch für weitere Fragen.

»Ich wünschte, wir hätten Zeit für all diese Fragen«, sagt Hans, der Regisseur. »Und ich weiß, dass sich viele von euch betrogen fühlen, weil Persephone und Commander Quartz kein Happy End erlebten. Dazu will ich nur sagen, dass bei der Fortsetzung der Geschichte der Weg zur Liebe möglicherweise holprig verläuft, vor allem im Gamma-Quadranten.«

Die meisten Leute im Raum kichern, weil die echten Fans den galaktischen Wink natürlich verstanden haben. Ich blicke zu Anneka, die unruhig auf ihrem Platz hin und her rutscht. Die Wehen scheinen heftiger zu werden, sie sieht aus, als habe sie unentwegt Schmerzen, und ich überlege, ob wir nach dieser Podiumsdiskussion besser zurückfahren.

»Möchtest du gehen? Es ist sowieso fast zu Ende«, flüstere ich ihr zu.

»Nein«, erwidert sie beinahe entsetzt. »Wir müssen bis zum Ende bleiben.«

»Okay.« Ich bin ein wenig erschrocken, freue mich jedoch, dass sie es genauso genießt wie ich.

»Also, eine letzte Frage«, sagt der Moderator und erntet noch mehr Stöhnen.

Ein Ordner reicht einem Mann im klassischen Batman-Kostüm aus der Fernsehserie in den 1960ern das Mikro.

»Hi, ich wollte noch mal bei dem nachhaken, was Sie über das Happy End gesagt haben«, beginnt er mit zitternder Stimme, die beinahe wie die von Max klingt. Aber das kann nicht sein. Max würde sich nicht kostümieren oder auf die Comic Con gehen. »Eine von euren größten Fans hatte die Chance auf ein Happy End, und ich habe es vermasselt. Ich habe etwas sehr Dummes getan, so wie Commander Quartz«, sagt er und nickt Evan Wilson zu.

Meine Güte, das ist definitiv Max, der da spricht! Mein Herz schlägt mir bis zum Hals. Ich stehe auf, um besser sehen zu können, aber die Leute hinter mir flüstern mir zu, ich solle mich wieder hinsetzen. »Aber im Gegensatz zu ihm wusste ich sofort, dass ich ein totaler Idiot war und –«

»Tut mir leid«, unterbricht ihn der Moderator. »Wir haben hier eine Menge Fans, und sie alle wollen Fragen stellen. Wenn es also nicht um die Serie geht, dann –«

»Hey, Mann«, mischt sich Evan Wilson ein und hält dem Moderator die Hand vors Gesicht. »Ich will hören, was dieser Bursche zu sagen hat. Quartz hat seine Chance noch nicht bekommen, aber dieser Mann vielleicht schon. Was meint ihr?«, wendet er sich in seiner gedehnten Südstaatensprechweise ans Publikum.

Verhaltener Applaus ertönt, und ein paar Leute rufen: »Ja!« Zögernd setzt sich der Moderator wieder hin, und der Ordner hilft Max auf die Bühne.

Gut, dass die Leute hinter mir mich zum Hinsetzen aufgefordert haben, denn ich bekomme weiche Knie, als ich Max in seinem Kostüm verlegen über die Bühne gehen sehe. Er hasst es, sich zu verkleiden, und ich kann nur ahnen, wie albern er sich vorkommt.

Ich wende mich den Mädels zu, aber keine von ihnen wirkt überrascht, Max hier zu sehen. Polly zeigt mir sogar den erhobenen Daumen, und mich überkommt der Verdacht, dass unser unerwarteter Ausflug zur Comic Con etwas mit Max' Auftritt zu tun hat.

»Komm schon, Mann«, sagt Evan und klopft Max auf den Rücken, als der an den Bühnenrand tritt.

»Hallo, alle zusammen. Ähm, zunächst möchte ich meiner Frau sagen, dass unsere Tochter bei meiner Mum ist, damit sie keine Panik bekommt, weil ich eigentlich auf sie aufpassen sollte«, beginnt er mit zitternder Stimme. Normalerweise ist er ein guter Redner, aber hier befindet er sich weit außerhalb seiner Wohlfühlzone, und das hat Folgen. »Eigentlich wollte ich mich nur zu Wort melden und meiner Frau sagen, dass es mir leidtut und dass ich sie liebe. Ich hatte nicht geplant, eine ganze Rede zu halten.«

»Sprich mit dem Herzen, Mann«, sagt Evan und klopft sich auf die Brust, was über sein Mikro laut durch den Raum hallt. »Erzähl uns die Geschichte. Wir stehen alle zu dir.«

»Okay.« Max atmet tief aus und lächelt dann auf diese Art, die mich dahinschmelzen lässt. »Vor ein paar Jahren hatte ich das Glück, die wunderbarste Frau zufällig wiederzusehen, und nachdem wir ein paar Monate zusammen waren, fühlte ich mich als der glücklichste Mann auf Erden, als sie einwilligte, mich zu heiraten. Meine Erfolgsbilanz mit Frauen war bis dahin nicht die beste, und ich befürchtete deshalb, ich würde es irgendwie vermasseln. Aber das tat ich nicht. Wir heirateten und bekamen ein Baby, und ich hätte mir am liebsten auf die

Schulter geklopft, weil ich fand, dass ich alles prima hinbekommen hatte. Aber eines Tages lief dann etwas fürchterlich schief. Allein der Gedanke, wie sehr ich sie verletzt und enttäuscht hatte, war unerträglich. Aber bevor sie es erfuhr, erlebte ich die ultimativste Wendung, die das Leben mir je beschert hat – ich verlor mein Gedächtnis und konnte mich nicht mehr an unsere Beziehung und nicht einmal an unsere Tochter erinnern.«

Ich reibe meine verschwitzten Hände an meinem Umhang ab und schaue mich im Raum um. Alle sind gebannt von Max' Geschichte, beinahe genauso sehr, wie sie es waren, als die Schauspieler von *Dark Energy* redeten.

»Und meine Frau, der nette Mensch, der sie nun einmal ist, brachte mir geduldig alles über unser Leben und meine Person bei und darüber, wie wir als Paar waren, und langsam verliebten wir uns erneut. Aber als meine Erinnerung zurückkehrte, erfuhr sie von meinem Fehler, und ich verlor sie ein weiteres Mal.« Er hält kurz inne, ehe er fortfährt: »Vor meinem Gedächtnisverlust habe ich sie geliebt, aber was ich jetzt für sie empfinde, ist noch viel mehr. Als hätte ich früher unterschätzt, wie wunderbar sie ist.«

Ich schlucke. Ich möchte ihm zurufen, dass es mir genauso geht – dass ich ihn als Partner und Vater unterschätzt habe. Aber ich tue es nicht. Ich sitze wie angewurzelt auf meinem Stuhl.

»Ich kam auf die Comic Con, um ihr zu zeigen, dass ich sie liebe. Ich habe sogar eine Liste mit all meinen Lieblingserinnerungen an sie geschrieben, von denen ich ihr erzählt hätte, wenn *sie* das Gedächtnis verloren hätte. Das alles klingt jetzt furchtbar kitschig«, sagt er, und das Publikum lacht. »Ich weiß nicht einmal, was ich auf dieser Bühne eigentlich tue, aber ich habe wohl nichts mehr zu verlieren. Ich möchte von den

Dächern rufen, dass ich sie liebe, und das hier ist das beste Äquivalent, das ich finden konnte, da sie diese Convention schon immer geliebt hat. Es gibt also keinen besseren Ort, um es zu tun, als hier. Ellie, ich weiß, dass du irgendwo dort sitzt …«

Helen jubelt laut auf, und alle Köpfe richten sich auf mich.

Die Leute hinter mir stupsen mich plötzlich an, ich soll wohl aufstehen, was ich mit wackeligen Knien auch tue.

Max entdeckt mich und entspannt sich sichtlich; er sieht mich an.

»Ich liebe dich, Ellie, mehr, als du dir vorstellen kannst.«

Die Leute im Publikum reißen die Köpfe wieder herum zu mir, warten gespannt auf meine Antwort. Aber bevor ich den Mund öffnen kann, durchdringt ein lauter Schrei die Luft, und ich schaue zu Anneka, die sich vor Schmerzen krümmt und an die Rückenlehne vor ihr klammert.

»Tut. Mir. So. Leid«, stößt sie hervor.

»Verdammt, Anneka, was ist?« Ich setze mich wieder.

»Ich glaube nicht, dass es Übungswehen sind«, sagt Helen besorgt.

Einer der Ordner kommt angelaufen und spricht in sein Walkie-Talkie. Es gelingt uns, Anneka aus der Sitzreihe herauszubringen. Suchend schaue ich mich nach Max um, aber der Moderator hat wieder die Kontrolle übernommen und bedankt sich beim Publikum, das stehend applaudiert.

Der Ordner begleitet uns zu einem Notausgang, hinter dem sich ein Flur erstreckt. Bevor ich durch die Tür trete, schaue ich mich noch einmal um, und plötzlich sehe ich Max auf uns zulaufen, mit Robin, Batgirl und Catwoman im Schlepptau. Ich muss zweimal hinschauen, bis ich die drei als Owen, Rach und Gaby identifiziere.

Max schaut mich an, als würde er mir im nächsten Moment

um den Hals fallen wollen. »Dafür ist jetzt keine Zeit. Anneka hat Wehen!«, rufe ich, und seine Miene verändert sich.

»Shit, ist das nicht zu früh?«, fragt er.

»Sie hat gerade die 37. Woche erreicht, es sollte also okay sein«, antworte ich und bedeute den dreien, uns zu folgen. Gaby schiebt sich an mir vorbei, um Pollys Platz an Annekas Seite einzunehmen.

»Ich bin Ellies Freundin und Allgemeinmedizinern. Seit wann hast du Wehen?«

»Seit letzter Nacht.«

»Anneka!«, ruft Helen.

»Aber meine Fruchtblase ist noch nicht geplatzt. Das sind keine richtigen Wehen.«

»Die Fruchtblase platzt nicht immer zuerst«, erwidert Gaby. Sie sorgt dafür, dass Anneka sich setzt, und misst ihren Puls, während der Ordner immer noch hektisch über das Walkie-Talkie kommuniziert. »Du hast Wehen.«

»Das kann nicht sein, mein Termin für den Kaiserschnitt ist erst in zwei Wochen.«

»Dir ist aber klar, dass dein Baby das nicht weiß?«, fragt Gaby. »Lass uns schauen, in welchen Abständen die Wehen kommen.«

»Moment mal, dieses Kind kommt aber nicht hier und jetzt, oder?« Evan Wilson hat sich im Laufschritt genähert.

Mir bleibt die Luft weg. Evan Wilson ist bei uns! Max hört auf zu telefonieren, geht zu Evan und begrüßt ihn wie einen alten Freund.

»Ich habe Annekas Mann erreicht«, sagt Max dann. »Er spielt Golf in Richmond und trifft sich im Krankenhaus mit uns. Wir werden wohl vor ihm da sein. Es ist nicht weit von hier.«

»Nein, es ist noch zu früh«, beharrt Anneka. »Nur deshalb hat George mich überhaupt hierherfahren lassen.«

»Hast du die Nummer deines Chauffeurs? Er kann uns abholen«, sagt Polly.

»Der kommt erst in ein paar Stunden zurück«, stöhnt Anneka. »Der kann gerade Gott weiß wo sein.«

»Braucht ihr eine Mitfahrgelegenheit?«, fragt Evan. »Mein Auto steht draußen. Ich kann euch am Krankenhaus absetzen. Na kommt.« Er bedeutet uns, ihm zu folgen.

Aber bevor wir uns in Bewegung setzen können, hat Anneka die nächste Wehe, und der arme Owen, der direkt neben ihr steht, bekommt es voll ab, da sie sich an ihn krallt.

»Wir müssen definitiv los«, erklärt Gaby, als Anneka wieder zu Atem kommt.

Evan bedeutet einem Mann im Anzug, mitzukommen.

Rach packt meinen Arm und deutet mit dem Kopf zu Evan. »OmeinGottomeinGottomeinGott«, stammelt sie.

»Ganz mein Gedanke«, erwidere ich, während wir ihm so schnell wie möglich folgen.

Wir sind auf halbem Weg durch den Flur zum Ausgang, als Anneka stehen bleibt. »Ich kann nicht ins Krankenhaus«, sagt sie. »Was ist, wenn sie wollen, dass ich das Kind auf natürliche Weise zur Welt bringe?«

»Du meinst, so, wie die Frauen es seit Anbeginn der Zeit tun?«, erwidert Helen.

»Denk jetzt nicht darüber nach«, sagt Gaby. »Die Ärzte werden dir sagen, was für dich und dein Baby am besten ist. Momentan zählt nur, dass ihr beide sicher seid, und eine Veranstaltung mit Leuten, die sich als Comic-Helden kostümiert haben, ist nicht gerade ideal.«

»Aber wir könnten lebenslang freien Eintritt zur Comic Con kriegen«, erwidert Rach mit dümmlichem Grinsen.

»Auf so eine Idee kannst auch nur du kommen.« Gaby verdreht lachend die Augen.

»Weiter«, befiehlt Evan, und irgendetwas an seiner selbstbewussten Stimme sorgt dafür, dass Anneka sich wieder in Bewegung setzt.

Max und Owen stützen sie. Wir erreichen den Ausgang und befinden uns hinter dem Gebäude.

»Moment mal. Wir passen nicht alle in einen Wagen«, sage ich, denn mir wird plötzlich klar, dass wir zusammen mit dem Batman-Team zu viele sind.

»Natürlich passt das«, erwidert Evan. »Ihr glaubt doch wohl nicht, dass ich mit einem eurer kleinen britischen Autos hergekommen bin?«

Wie aufs Stichwort surrt eine Stretch-Limousine heran und hält direkt vor uns.

»Reichlich Platz für alle«, fügt Evan hinzu. Der Fahrer öffnet die Tür, und unser zusammengewürfelter Haufen steigt ein.

Alles passiert so hektisch, dass Max und ich gar keine Zeit haben, miteinander zu reden. Und jede Hoffnung, in der Limousine mit ihm sprechen zu können, wird zerstört, als ich mich zwischen Polly und Rach gequetscht wiederfinde.

»Es geht wieder los«, stöhnt Anneka, drückt Pollys Hand und beugt sich zu Gaby. Nach etwa einer Minute holt sie tief Luft und lächelt.

»Seht ihr, kein Grund zur Sorge«, keucht sie.

»Wow, du bist ein ganz harter Knochen«, sagt Evan. »Weißt du, ob es ein Junge oder ein Mädchen wird?«

»Wir wollen uns überraschen lassen«, antwortet sie.

»Also, wenn ihr nach einem Namen sucht, Evan ist eine solide Wahl, oder Eva, wenn es ein Mädchen wird.«

»Du könntest sie auch Persephone nennen«, schlägt Rach vor. »Das wäre ziemlich cool, da du beinahe während einer *Dark-Energy*-Podiumsdiskussion entbunden hättest.«

Bis zur nächsten Wehe grübeln wir alle über Comic-Con-inspirierte Namen.

»Jetzt«, sagt Gaby und schaut auf ihre Uhr. »Die Wehen kommen in immer kürzeren Abständen.« Sie fragt den Fahrer, wie weit es noch bis zum Krankenhaus ist.

»Etwa eine Meile. In diesem Riesenkasten und bei dem Verkehr brauchen wir etwa zehn Minuten«, antwortet er durch den Lautsprecher.

»Da wären wir ja zu Fuß schneller«, sagt Max. »Wir können sie tragen, oder, Owen?«

»Ihr wisst schon, dass ihr nicht wirklich Batman und Robin seid, oder?«, fragt Rach lachend.

»Außerdem hat sie vermutlich noch ein paar Stunden Zeit«, sagt Gaby. »Zehn Minuten ist okay. Ich wollte nur, dass sie so schnell wie möglich dorthin kommt, damit sie sich sicherer fühlt.«

Als wir endlich vor dem Krankenhaus halten, weiß ich nicht, wer erleichterter ist, dass sie nicht in dem Auto entbunden hat – Anneka oder der Fahrer.

»Moment mal«, sage ich und starre auf die Klinik, die mir seltsam bekannt vorkommt. »Entbinden hier nicht auch die Royals?«

»Wenn es gut genug ist für eine Prinzessin …«, antwortet Anneka mit einem Augenzwinkern, beugt sich dann zu Evan, umarmt ihn und bedankt sich für die Mitfahrgelegenheit.

»Vergesst nicht, mich auf Twitter zu benachrichtigen, damit ich das Kleine sehen kann«, sagt er.

Während wir aussteigen, bedanken wir uns alle überschwänglich bei ihm.

»Viel Glück, ihr beiden«, verabschiedet er sich von Max und mir mit einem Faustcheck.

»Ist das gerade wirklich passiert?«, frage ich perplex.

»Und deshalb wird man sich an diesen Tag ewig erinnern, während meine Rede auf der Bühne in Vergessenheit gerät«, mault Max.

»Was das betrifft …«, setze ich an, aber Owen kommt zu uns geeilt.

»Also los, Batman, wir schaffen jetzt diese Frau zu einem Arzt.«

»Zur Entbindungsstation«, korrigiert Max und wirft mir einen sehnsüchtigen Blick zu, bevor er sich umdreht und hilft, Anneka die Stufen hinaufzubegleiten. Oben angekommen, drücken sie auf die Klingel.

In dem Moment bläht die warme Luft ihre Umhänge auf und lässt sie aussehen wie echte Superhelden. Wir anderen müssen laut lachen.

Rachel zieht mich ein Stück von den anderen weg. »Und, was hältst du von Max' Rede?«, fragt sie mit hochgezogener Braue.

»Wusstest du, was er vorhat?«, frage ich zurück.

»Ich glaube, das wusste er selbst nicht«, antwortet sie. »Er hat mir erzählt, dass er die Mädels dazu gebracht hat, mit dir dorthin zu gehen. Gaby und ich fanden es witzig und haben uns angeschlossen.«

»Ich bin froh, dass ihr das getan habt. Ihr beide wirkt heute entspannter – konntet ihr eure Probleme bereinigen?«

Rach bricht in breites Grinsen aus. »Ja, ich habe deinen Rat befolgt und noch einmal mit Gaby geredet. Sie gestand mir, dass sie ebenfalls Angst hat, auch wenn sie zu allem eine Antwort hat. Sie findet, es sei völlig normal, sich überwältigt zu fühlen.«

»Und du bist damit nicht allein.«

»Ich weiß. Wir haben entschieden, von nun an alles gemeinsam zu tun, als Team. Deshalb« – sie sieht mich aufgeregt an –

»werden wir Gabys Eizellen für die künstliche Befruchtung nehmen und sie mir implantieren lassen. Auf diese Weise sind wir beide in die Schwangerschaft einbezogen.«

»Das sind tolle Neuigkeiten!« Ich reibe ihr liebevoll über den Arm.

»Ja.« Sie wirkt plötzlich nicht mehr ganz so überzeugt. »Aber wenn ich mir ansehe, was Anneka durchmacht, sollte ich Gaby vielleicht fragen, ob wir die Rollen tauschen können.«

Jetzt müssen wir beide lachen. Helen dreht sich zu uns um und will wissen, worüber. In dem Moment eilt ein Mann in Chinos und Poloshirt auf uns zu, und wir starren ihn mit großen Augen an.

Er sieht aus wie Hugh Jackmans älterer Bruder und ist vermutlich einer der attraktivsten Männer, die mir im echten Leben je begegnet sind.

»Annie, Annie!«, ruft er atemlos, und Anneka strahlt ihn an, breitet die Arme aus.

»Es ist so weit, Schatz. Ich bin froh, dass du es geschafft hast.«

Helen, Polly und ich stehen immer noch mit offenem Mund da.

»Das ist George?«, frage ich.

»Zur Hölle. So, wie sie über ihn geredet hat, dachte ich, sie wäre mit einem Scheintoten zusammen«, keucht Helen.

»Und schaut euch nur an, wie er ihre Hand drückt und sie seine Wange streichelt. Das ist so süß«, haucht Polly.

Wie sehen zu, wie die beiden miteinander flüstern, bis ein Pfleger kommt und Anneka in einen Rollstuhl setzt.

Anneka zeigt auf uns, und George nickt. Dann telefoniert er kurz und spricht uns dann lächelnd an.

»Wie schön, euch endlich alle kennenzulernen! Ich wünschte, ich hätte mehr Zeit dafür, aber ich bin leider ziemlich beschäftigt«, sagt er mit breitem Grinsen. »Ich habe den Wagen herbestellt, mit dem ihr zur Comic Con gefahren seid. Außerdem wartet mein Fahrer da drüben, ihr könnt also beide Wagen nehmen, um zum Convention Center zurückzufahren oder wohin auch immer ihr wollt. Nutzt es bitte aus – ich werde Vater!«, fügt er strahlend hinzu.

»Herzlichen Glückwunsch!«, rufen wir alle.

»Und jetzt schnell zu deiner Frau«, sage ich.

»Mache ich.« Im Vorbeigehen bedankt er sich noch kurz bei Gaby.

»Ist das ihr Mann?«, fragt Owen, der sich mit Max zu uns stellt.

»Japp. Er ist Scheidungsanwalt.«

»Ich frage mich, ob er vorher die Ehen auseinanderbringt«, murmelt Helen und fächelt sich Luft zu.

Als das Wort Scheidung fällt, wirft Max mir einen unbehaglichen Blick zu.

»Können wir kurz reden?«, fragt er.

Ich nicke, und wir entfernen uns ein Stück von den anderen.

»Dein Kostüm …« Ich betrachte ihn staunend von oben bis unten.

»Ganz schön attraktiv, findest du nicht auch? Vor allem bei meinem Waschbrettbauch«, sagt er und schaut an sich hinab.

»Dir ist schon klar, dass ich weiß, dass es gepolstert ist?«

»Trotzdem bin ich stolz«, antwortet er, und wir lachen.

»Unfassbar, dass du dich verkleidet hast. Du kannst Kostüme doch nicht ausstehen.«

»Aber dir gefallen sie. Eines der vielen Dinge, die ich durch meinen Gedächtnisverlust gelernt habe, ist, dass ich im Laufe der Jahre nicht genug bei dem mitgemacht habe, was du magst.«

Er sieht mich derartig eindringlich an, dass mein Herz schneller schlägt.

»Was stand eigentlich auf deiner Liste mit Erinnerungen?«

»Möchtest du das wirklich hören? War die Rede nicht genug?« Er verzieht das Gesicht.

»Möglicherweise schon, aber erheitere mich ruhig auch mit deiner Liste.«

Lächelnd holt er ein zusammengefaltetes Blatt aus seinem Ausrüstungsgürtel.

»Erstens«, beginnt er und räuspert sich. »Das Wochenende, das wir im Bett verbracht und uns *Game of Thrones* angeschaut haben.«

»Ich glaube nicht, dass wir eine ganze Folge zu Ende geschafft haben.«

»Ich weiß«, sagt Max, »aber es waren tolle Stunden. Zweitens – der Kurzurlaub in Sevilla, wo wir einen Lebensmittelmarkt gefunden und den ganzen Tag verschiedene Tapas probiert und leckeres Bier getrunken haben. Drittens – Paddle Boarding an der Küste.«

»Ich habe eine Ewigkeit gebraucht, bis ich das beherrschte«, erwidere ich und verschränke die Arme.

»Aber ich konnte dir endlich einmal bei etwas helfen«, entgegnet er lächelnd. »Viertens – der Moment, in dem mir die Hebamme Sasha reichte und ich sie dir dann gab. Es war unglaublich, was du durchgestanden hast. *Du* warst unglaublich.«

Er hüstelt ein bisschen zu laut, und ich bin sicher, Tränen in seinen Augen zu sehen.

»Fünftens – der Tag, an dem wir zum ersten Mal bei der Comic Con waren.«

»Ernsthaft? Comic Con? Du wirktest total verängstigt. Du hast dich nicht kostümiert. Du hast dich den ganzen Tag unwohl gefühlt.«

Er zuckt mit den Schultern.

»Das stimmt. Weil mir dort klar wurde, dass ich mich hätte verkleiden sollen. Aber an jenem Tag warst du ganz in deinem

Element. In dem Moment wusste ich, dass ich mich in dich verliebt habe und dass du die Frau bist, die ich heiraten würde.«

»Echt?«

Er nickt. »Weißt du, eines der Dinge, die ich durch diesen Gedächtnisverlust gelernt habe, ist, dass wir zu viel Zeit damit verbracht haben, unsere schönen Erinnerungen nicht nur als selbstverständlich anzusehen, sondern auch faul davon zu zehren. Damit wir uns nicht anstrengen müssen.«

»Ist dir aufgefallen, dass die meisten Erinnerungen, die wir heraufbeschwören, aus unserer Anfangszeit stammen, als wir uns verliebten? Ich fürchte, sobald man verheiratet ist, vergisst man, sich im Alltag zu bemühen. Seit Sashas Geburt habe ich mich dessen mit Sicherheit schuldig gemacht.«

»Ich denke, das gilt für uns beide«, sagt Max und nickt. »Allerdings habe ich in den vergangenen Wochen ein paar neue Anwärter für meine Lieblingserinnerungen abgespeichert. Wie die Zeit im Zelt auf dem Festival.«

»Moment mal, etwa, als ich in den Kessel gepinkelt habe?«

»Ja, aber nicht aus dem Grund, sondern weil es uns einander nähergebracht hat. Und dann die Zeit, als ich dir die Geschichten erzählt habe – die ich auch Sasha erzähle.« Er hebt eine Augenbraue. »Und schließlich war da noch Paris.«

»Wie könnte ich Paris je vergessen«, sage ich, »mit all dem, was es uns gebracht hat.«

»Von manchen Dingen ein bisschen mehr als von anderen, oder?«, stimmt er zu und bringt mich damit zum Lachen.

»Und ich verspreche, dass ich in Zukunft keine Extra-Aufforderung brauche wie in dem Hotelzimmer. Aber das meinte ich nicht. Für mich ist es so besonders, weil ich in der ersten Nacht nicht schlafen konnte. Du lagst halb auf mir, und das Baby übte offenbar die ganze Zeit Karate. Da habe ich mich gefragt: Wie in aller Welt kann sie dabei schlafen? Nacht für

Nacht? Aber du hast zufrieden vor dich hin geschnarcht«, fügt er hinzu.

»Hey, ich schnarche nicht.« Ich versetze ihm einen leichten Stoß in die Rippen.

»Es ist ja nicht laut, eher süße, leise Schnarcher. Aber der Punkt ist, dass ich dich ansah und glücklich war – glücklicher als je zuvor –, und in dem Moment erkannte ich, dass dies mein Leben ist: du, Sasha und das Baby.«

Eine Träne läuft mir über die Wange. Auch ohne sich an die letzten Jahre erinnern zu können, hatte er genauso gefühlt.

»Und dann hast du dich auf meinen Arm gerollt – das hat vielleicht wehgetan«, grummelt er.

»Hey!«, stoße ich mit einem leisen Schluchzer hervor, will ihm wieder einen leichten Hieb verpassen, aber stattdessen ergreift er meine zitternde Hand.

»Ich liebe dich mehr als alles andere auf dieser Welt, Ellie.«

»Sogar mehr als Brighton & Hove Albion?«

»Noch mehr«, versichert er. »Sich wieder daran zu erinnern, dass sie aufgestiegen sind, verblasst im Gegensatz dazu, mich wieder daran zu erinnern, wie ich mich das erste Mal in dich verliebte. Ich würde alles dafür tun, dass wir zusammenbleiben. Eheberatung, Therapie, was immer nötig ist. Ich möchte dir beweisen, dass ich mich geändert habe und so etwas nie wieder passieren wird.«

Ich schaue tief in Max' Augen, die ich hinter der Batman-Maske gerade noch erkennen kann. Unglaublich, dass er sie in der Limousine nicht abgenommen hat.

»Denkst du, du kannst uns noch eine Chance geben?«, fragt er.

Liebe ist ein riesiger Vertrauensvorschuss. Aber die vergangenen Wochen haben mich etwas gelehrt: Wenn es eine Liebe wie die von Max und mir ist, dann lohnt es, dafür zu kämpfen.

»Ja, lass uns neue Erinnerungen schaffen«, antworte ich. »Viele Erinnerungen.«

»Aber nicht nur große«, sagt er und kommt einen Schritt näher. »Lass uns auch die kleinen genießen.«

»Wie die Küsse.«

»Wie *all* die Küsse«, korrigiert er, kommt noch näher, fährt mir mit der Hand durchs Haar und umfasst meinen Nacken. Dann zieht er mich zu sich und gibt mir einen langen, zärtlichen Kuss.

»Perfekte Zehn?«, fragt er, nachdem er sich von mir gelöst hat.

»Eher eine Acht«, erwidere ich und beiße mir schmunzelnd auf die Unterlippe.

»Wie bitte?«

»Es können ja nicht alle eine Zehn sein, oder? Außerdem turnt mich diese Maske nicht gerade an.«

»Ach, und ich dachte, dass du auf Verkleidung stehst.«

»Tu ich auch. Aber das hier ist nicht die attraktivste Variante von Batman.« Ich zupfe an seinem Ausrüstungsgürtel. »Ich stand immer auf die Val-Kilmer-Version aus den 1990ern.«

»Ist gespeichert fürs nächste Mal.«

Plötzlich verspüre ich Freude, dass es ein nächstes Mal geben wird.

»Ob wir wohl heute mehr Glück hätten, wenn wir versuchen würden, dich aus dem Wonder-Woman-Kostüm herauszubekommen, als damals in Clapham?«

»Und ohne dir wieder ein blaues Auge zu verpassen?« Ich denke zurück an jene Nacht. Dieses Mal sind wir wenigstens auf einer Linie, dank seines Kostüms, und während ich mir vorstelle, es ihm auszuziehen, schießt mir das Blut in die Wangen.

»Hätte deine Mum wohl etwas dagegen, Sasha über Nacht

zu behalten?«, frage ich und komme mir vor wie eine schlechte Mutter. Aber langfristig ist es in Sashas Interesse – wenn ihre Eltern an ihrer Ehe arbeiten und all das.

»Ich habe sie schon gefragt. Zum Glück. Denn nun muss ich diese Nacht zu etwas Unvergesslichem machen, damit der Faustcheck mit Evan Wilson dagegen verblasst.«

Ich lache, und Max beugt sich vor, küsst mich noch einmal.

»Nehmt euch ein Zimmer, ihr beiden.« Owen, der unbemerkt näher gekommen ist, klopft Max auf den Rücken, und wir fahren auseinander. »Freut mich, dass ihr alles geklärt habt.«

»Und ihr beiden auch«, füge ich lächelnd hinzu. »Nun, wenn Max von Anfang an auf mich gehört hätte, wäre das nie passiert.«

»Aber dann würden wir jetzt nicht in diesen reizenden Kostümen hier stehen«, sagt Max und zuckt sofort zusammen, weil ihm offenbar klar ist, dass er sich auf dünnes Eis begibt.

»Apropos Kostüme«, werfe ich ein, »habe ich dir schon gesagt, wie sehr mir deins gefällt, Owen?«

Er starrt mich an.

»Ich mache das aus Freundschaft.«

Jetzt kommen auch Polly, Helen, Gaby und Rach zu uns.

»Der Wagen ist bestimmt gleich hier«, sagt uns Helen, die in breites Grinsen ausbricht, als sie sieht, dass Max und ich Händchen halten.

»Also, fahren wir zurück zur Comic Con?«, fragt Owen.

»Ja!« Rach klatscht in die Hände. »Wir sind dabei, oder?«

Gaby nickt.

»Großartig. Claire trifft sich gleich dort mit uns. Sie kommt auch als Catwoman.«

Polly schaut mich an. »Möchtest du auch dorthin zurück? Oder …«

»Ich hätte nichts dagegen, nach Hause zu fahren«, sagt Max und drückt meine Hand.

»Ich ehrlich gesagt auch nicht«, stimmt Helen zu. »Ich bin erledigt.«

»Okay, dann steigen wir in den einen Wagen, und ihr nehmt den anderen«, schlägt Owen vor.

Es dauert eine Weile, bis wir uns alle zum Abschied umarmt haben. Dann teilen wir uns in zwei Gruppen auf und gehen gleich darauf zu unseren Wagen.

»Soll ich dich über die Schwelle tragen?«, fragt Max und winkt dem Fahrer zu, als er bei uns wegfährt.

»Äh, nein.« Ich schaue auf meinen Bauch. »Und ich kann dich auch nicht tragen.«

»Hm. Aber irgendwie fühlt es sich so an, als brauche dieser Moment eine besondere Geste. Unser Neuanfang.«

Eine Frau schiebt in diesem Moment einen Kinderwagen an unserem Haus vorbei.

»Entschuldigen Sie bitte«, spreche ich sie an. »Könnten Sie ein Foto von uns machen? Wir ziehen gerade in unser neues Haus.«

»Natürlich. Herzlichen Glückwunsch«, sagt sie, nimmt mein Handy entgegen und starrt dann etwas verwundert auf unsere Kostüme.

»Wir waren bei der Comic Con«, erklärt Max.

»Schon okay«, erwidert sie lächelnd. »Sagt *cheese*.«

Nachdem die Frau mir das Handy zurückgegeben hat und wir uns bedankt haben, betrachten wir das Foto.

Ich muss lachen, weil es so albern wirkt, aber ich liebe es, dass wir beide übers ganze Gesicht strahlen.

»Das ist für unsere Erinnerungswand neben der Treppe«, sage ich.

»Erinnerungswand? Du willst Hunderte Fotorahmen aufhängen und die Wände ruinieren, die wir so liebevoll verputzt und gestrichen haben?«, stößt Max stöhnend hervor.

»Japp.« Ich drehe den Schlüssel im Schloss.

»Stell dir doch nur vor, wie schön die Wände aussehen, mit nichts darauf als wunderbarer weißer Farbe.«

»Gott, bist du langweilig, Max Voss.«

»Ich weiß, aber das ist doch einer der Gründe, warum du mich liebst, stimmt's?«

»Einer der vielen Gründe«, antworte ich und warte nicht, bis er mich küsst. Ich packe ihn und ziehe ihn zu mir herunter. Und dieses Mal besteht kein Zweifel daran, dass es eine perfekte Zehn ist.

Danksagung

Vielen Dank, dass du dieses Buch gelesen hast. Ich hoffe wirklich, dass du deinen Spaß hattest, und falls du die Zeit dafür findest, gib bitte eine Bewertung ab! Ich liebe es, mich mit meinen Leserinnen auszutauschen, folgt mir also bitte auf Twitter, Facebook und Instagram. Es ist so schön, all eure netten Kommentare zu erhalten, die mich während der schwierigen ersten Entwürfe eines Buches und der vielen Überarbeitungen nicht aufgeben lassen. Danke auch euch wunderbaren Bookstagrammern und Rezensentinnen, die ihr euch die Zeit nehmt, meine Bücher zu besprechen und diese Liebe zu Büchern zu verbreiten.

Für dieses Buch habe ich stark von meiner schriftstellerischen Freiheit Gebrauch gemacht – jegliche Fehler in Bezug auf medizinische Fakten, die Geografie von Fleet (zum Beispiel der erfundene Kaffee-Stand am Fleet Pond, von dem ich wünschte, es gäbe ihn wirklich) und so weiter gehen alle auf mein Konto.

Ein riesiges Dankeschön gilt meiner lang leidenden Literaturagentin Hannah Ferguson für das Lesen erster Entwürfe und ihre Geduld bei meinem Hin und Her, dieses Buch aufzugeben, und neuen Ideen, damit die Handlung funktioniert – am Ende haben wir es geschafft! Danke auch dem übrigen Team bei Hardman & Swainson für alles, was sie tun.

Ebenfalls großer Dank gilt meiner Lektorin Emily Kitchin und der Lektoratsassistentin Melanie Hayes für ihre Begeisterung für dieses Buch. Ihre brillanten inhaltlichen Kommentare haben es – wie immer – sehr viel besser gemacht. Besonderer

Dank auch dem übrigen Team bei HQ – vor allem Katrina Smedley, Lucy Richardson, Lucy Davey, Fliss Porter, Harriet Williams, Sammy Luton, Angie Dobbs, Halema Begum und Tom Keane. Und dem Redakteur Jon Appleton.

Während des Lockdowns zu schreiben und zu lektorieren war eine besondere Herausforderung – aber es hat mich daran erinnert, wie sehr ich mich auf meine Freundinnen, Freunde und die Familie stütze, um während des Schreibprozesses nicht durchzudrehen. Deshalb danke, Mum und John, Jane, Laura, Kaf, Hannah, Jo, Sam, Sarah, Sonia, Ali, Christie, Janine und Ken, Jon und Debs. Eine besondere Erwähnung verdienen Isabelle Broom, Lucy Vine, Vicky Zimmerman und Katie Marsh für die so dringend benötigten täglichen Wortgefechte und Zoom-Sitzungen. Und ich danke den Schriftstellerkolleginnen Lorraine Wilson, Victoria Walters und der Mirepoix Writers' Group für all ihre Unterstützung.

Und zu guter Letzt gilt wie immer der größte Dank meinem Ehemann Steve und meinen Kindern Evan und Jessica, weil sie Mums ständige Tagträumerei beim Entwerfen dieses Buches erduldet haben. Und unseren Hunden, Rex und Pru, weil ich auch während unserer Spaziergänge träumen durfte.

EMILY HENRY

Kein Sommer ohne dich

Zwei beste Freunde. Zehn gemeinsame Urlaube. Eine letzte Chance für die Liebe?

Eigentlich hat die abenteuerlustige Poppy in New York alles, was sie sich schon immer gewünscht hat. Wirklich glücklich war sie trotzdem seit jenem Sommerurlaub vor zwei Jahren nicht mehr, als sie zum letzten Mal mit ihrem besten Freund Alex verreist ist. Seitdem haben sie nicht mal mehr miteinander gesprochen. Also fasst Poppy sich ein Herz und bittet Alex, noch einmal mit ihr in Urlaub zu fahren, um über alles zu reden. Wie durch ein Wunder sagt er zu. Jetzt darf nur diese eine Wahrheit nicht zur Sprache kommen, die seit zehn Jahren still und heimlich im Zentrum ihrer scheinbar perfekten Freundschaft steht …

»Eine warmherzige, liebevolle und witzige Alltagsflucht,
von der man sich wünscht, sie würde nie enden.«
Jodi Picoult

KNAUR

MHAIRI MCFARLANE

Fang jetzt bloß nicht an zu lieben

Es braucht Mut, um der Liebe immer und immer wieder zu vertrauen.

Obwohl Harriet die begehrteste Hochzeitsfotografin in Leeds ist, glaubt sie nicht an die Ehe und findet Romantik nur schwer erträglich. Als ihr Freund Jon ihr einen Heiratsantrag macht, gerät Harriet in Panik. Kurz darauf ist sie nicht nur Single, sondern braucht auch dringend eine neue Wohnung. Nur deshalb zieht sie bei Cal ein, ohne ihn vorher wenigstens einmal getroffen zu haben – mit einer unangenehmen Überraschung. Als Harriets bestgehütetes Geheimnis ans Licht kommt und ihr Leben zu zerstören droht, muss sie sich ihren tiefsten Ängsten stellen. Ausgerechnet Cals scharfsinniger Humor ist es, der sie vorm Durchdrehen bewahrt. Doch reicht das, um sich gemeinsam der Vergangenheit zu stellen?

»Jeder neue Mhairi-Roman beflügelt mein Herz. Ich liebe, liebe, liebe sie. Sie spaziert perfekt auf diesem schmalen Grat zwischen Humor und Niederlage. Ich lese ihre Bücher mit Freude und Neid.« *Marian Keyes*

»Die Geschichte geht einem unter die Haut.«
Lucy Diamond

KNAUR